KB188046

아무래도 제 몸은 **완전무적**인 것 같아요 7

Contents

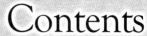

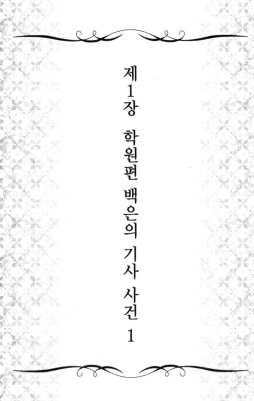

제1장 학원편 백은의 기사 사건 1

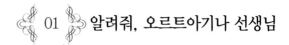# 01 알려줘, 오르트아기나 선생님

『그러니 이야기를 들어주지 않겠나?』

"뭐가 『그러니』야? 얘기가 너무 비약한 거 아냐?"

지금 나는 대서고탑 중심에 자리하고 있는 한 마리의 흑룡 앞에서 딴죽을 걸었다.

그의 이름은 오르트아기나.

지욕룡(智欲竜)이라 불리는 태고의 용이자 이곳 카이로메이어의 창시자다.

대서고탑 사건을 겪은 지 3주쯤 지났지만 나는 아직도 카이로메이어에 있었다.

오르트아기나 덕분에 부흥 작업이 신속하게 진행되어 모두가 안정을 되찾기 시작했을 때, 그가 불러서 가봤더니 다짜고짜 그렇게 말했다.

『카카캇, 그대는 이번 소동을 해결하기 위해 여기를 찾은 게 아니겠지. 더 중요한 목적이 따로 있다. 틀렸나?』

(아니, 뭐, 듣고 보니 그렇긴 한데…… 말투가 왠지.)

오르트아기나가 왠지 의미심장하게 말했기 때문인지 주변에서 이런저런 작업을 하던 사서들이 화들짝 놀라 속닥거리는 게 아닌가.

용과 대화를 나눌 때는 소곤거릴 수가 없고, 애당초 그의 음량이 너무 큰 게 문제였다. 뭐, 몸집이 저토록 크니까. 어쩌면 제 딴에는 목소리를 최대한 낮췄는지도 모르겠다.

"사, 사적인 얘기이니 남이 없는 데서 대화를 나누고 싶은데~."

나는 영악하게 몸을 배배 꼬면서 일단 귀엽게 부탁을 해봤다. 용에게 통할지는 모르겠지만……

『사적이라~. 위에 있는 탑이라면 가능할 테지만, 그대가 부숴버려서 쓸 수가 없어.』

"무례하기는! 당신의 브레스 때문에 반파됐고, 스노우도 부쉈어. 나 혼자서 부순 게 아니야. 오해를 초래하는 발언은 자제해줘!"

아니나 다를까, 내 해명은 깨끗하게 무시됐고 또 누명을 쓰게 됐다.

비밀 이야기 작전이 실패로 끝났으니, 마음을 전환하여 주변에 불필요한 오해를 심어주지 않도록 순순히 털어놓기로 하자.

"따, 딱히 별일은 아냐. 학원 졸업 리포트 소재를, 찾으러, 저기……"

내 입으로 말해놓고도 민망하지만, 이 장대한 대서고탑에 자리하고 있는 전설의 용에게 말하기에는 내용이 너무 하잘것없는지라 왠지 창피해서 말꼬리가 점점 기어들어갔다.

『그랬군, 그랬군……. 이 몸과 마찬가지로 지식을 탐구하러 왔는가. 이거 재밌군.』

(아니, 그거랑 똑같은 수준이라고 하는 마. 난 어린애 자유 연구 수준이니까.)

솔직히 대답했는데도 어째선지 더 의미심장하게 느껴지는 대답이 돌아오고 말았다. 이거 착각 아니지?

『그럼 대화를 나눠보자꾸나. 무엇에 관하여 말하겠는가? 그대라면 8계급 마법의 수수께끼나 혹은 신에 관하여——.』

"스톱, 스토오오오오옵! 스케일이 너무 거대해서 평범한 학생이 논할 레벨이 아니잖아! 레벨을 더 낮춰줘."

지욕룡 님이 터무니없는 대화를 시도하려고 하자 나는 황급히 제지했다.

『평범한 학생 레벨이라고? 이 정도는 이해할 수 있을 터인데?』

『이해할 수 없어요. 천재처럼 취급하지 말아줘요.』

『으~음…… 그럼 그대가 한번 제시해 보겠는가? 막연하게라도 좋다. 뭔가 비전이 있겠지.』

거대한 머리를 이쪽으로 돌린 채 오르트아기나가 흥미진진해하며 물었다.

내가 물어보고 싶은 건 오직 모브가 되는 방법뿐이지만, 이런 곳에서 큰 소리로 말했다가는 지금껏 감춰왔던 고생이 물거품이 된다.

(확실히 말하지 않더라도 아는 사람은 알아들을 수 있도록 어떻게 잘 돌려서 표현할 방법이 없을까?)

여기에 마기루카가 있었다면 그녀에게 조언을 들을 수 있었을 테지만, 현재 왕자님과 함께 씨족장님과 향후 방안을 의논하고 있었다.

사피나는 부러진 검의 예비품을 가지러 스노우를 타고서 리리와 함께 카르샤나령(領)으로 돌아갔다. 자하는 특유의 소통력을 발휘하여 어느새 이곳 병사들과 검술 대련에 힘쓰고 있었다.

그래서 현재 나는 튜테와 단둘이었다.

(상대의 머리가 영리하니, 차라리 내가 뭘 원하는지 추상적으로 전달하는 건 어떨까?)

마기루카 및 동료가 곁에 없으면 얄팍한 스킬이 발동되기 십상인 나는 나이스 아이디어라고 여기고서 의기양양하게 오르트아기나를 봤다.

"글쎄, 거대한 힘을 제어하거나, 혹은 봉인하는 방법⋯⋯?"

내 이야기임을 깨닫지 못하도록 추상적으로 말해봤다. 왠지 흉흉한 예언 같다는 느낌을 지울 수가 없지만, 뭐, 그냥 느낌이겠지.

주변 사람들이 웅성거리고 있지만 괘념치 말자, 괘념치 말자.

"메어리 님, 그건⋯⋯ 신의 다음 계시인가요?"

오르트아기나가 생각에 잠겼는지 잠시 침묵하자 그 옆에 있던 사서장 시타가 황송해하듯 물었다.

"아니, 아니, 아니, 신의 계시 같은 뒤숭숭한 얘기를 하려는 게 아냐. 내 리포트 테마 말이야."

시타가 내 예상과는 다른 해석을 내놓자, 나는 황급히 부정했다.

"⋯⋯오르트아기나 님?"

방금 시타가 석연치 않다는 반응을 보였지만, 더는 아무 대답도 하지 않는 오르트아기나가 신경 쓰여서 그를 올려다봤다.

『응? 아아, 미안, 미안. 메어리의 말을 어디선가 들어본 적이 있는 것 같아서 말이야. 떠올랐어. 일찍이 이 몸의 물음에 그대와 똑같이 답변했던 자가 있었지.』

오르트아기나의 말을 듣고서 나는 놀라움을 감추지 못했다. 나와 똑같은 고민을 했던 사람이 있었던 걸까? 나는 어렴풋한 기대감을 가슴속에 숨긴 채 긴장한 표정으로 되물었다.

"그, 그 사람이 누구?"

『이름은 듣지 못했군. 다만 주변에서「백은의 기사」라고 불렀다.』

오르트아기나의 대답을 듣고서 나는 말문이 막혔다.

(어, 잠깐만…… 혹시 백은의 기사도 나랑 똑같은 고민이 있었단 말이야?)

02 테마, 찾았다

"백은의 기사가…… 어, 조금만 더 자세히."

『이 몸이 이공간에 틀어박혀 있었을 적에 그자가 이 대서고탑에 방문했다. 무언가를 조사하려고 왔겠지. 한동안 책을 읽었는데, 그 전신 갑옷을 입은 채로 독서하는 광경이 이질적이었지. 재밌는 광경이라서 흥미가 솟았다.』

"확실히, 갑옷 차림으로 독서는……."

오르트아기나의 말을 듣고서 나는 책장 앞에서 전신 갑옷을 입은 채 멋지게 책을 읽는 광경을 떠올렸다. 그 이질적인 모습을 뭐라고 표현해야 좋을지 난감해서 쓴웃음을 지었다. 뭐니 뭐니 해도 그는 알디아 왕국의 영웅이니까…….

『궁금해지면 조사하고 싶어지는 게 이 몸의 성미. 그래서 이 몸은 사서장한테 말을 걸어보라고 명했고, 오르트아기나서(書) 너머에서 그자한테 말을 걸었다. 무엇을 바라는가, 하고. 상대도 책 너머에 있는 이 몸의 존재를 감지했는지 잠시 생각하다가 숨겨뒀던 비밀을 밝혔다.』

"그게, 내가 아까 했던 말……."

『그렇다. 음색을 들어보니 꽤 고민하는 듯했다. 그러나 거대한 힘이 무엇인지 그자는 끝끝내 말하지 않았고, 이 몸이 아는 범위에서 그자의 영웅담은 그 이후로는 듣지 못했다. 참고로 그대는 말할 생각이 있나?』

"없어요."

『궁금하면 조사하고 싶어지는 게 이 몸의 성미라고 했지? 차라리 체념하고서 지금 밝히는 게 나을 거다.』

"뭐가 차라리야? 소녀의 비밀을 파헤치지 말아줘."

『오호, 오호. 거대한 힘은 소녀의 비밀인지 뭔지와 관련이 있구나. 흠흠, 시타여, 소녀의 비밀이 무엇인고?』

오르트아기나를 적절히 유도한 것 같긴 한데, 과연 그것과 이것을 연결해도 되는 걸까?

그리고 유탄을 맞은 시타는 "후에?" 하고 이상한 목소리를 내고는 그를 올려다봤다.

"소, 소녀의 비밀은…… 소녀의 비밀이라고밖에…… 아니, 오르트아기나 님, 소녀의 비밀을 함부로 건드리지 않는 게 신사의 소양이에요."

『음음, 그러한가?』

"그렇습니다."

오르트아기나와 시타가 마치 과년한 딸을 어떻게 대해야 좋을지 모르는 아버지와 잘 타이르는 딸처럼 대화를 나눴다. 나는 왠지 마음이 흐뭇해졌다.

시타의 선조는 오르트아기나에게 말을 걸었던 최초의 사람이자 최초의 피실험자였다.

그리고 탑의 관리자로서 오르트아기나서를 통하여 그와 연결

되어 있다고 한다.

시타가 말하기를 오르트아기나의 봉인을 풀었을 때 그녀의 의식은 오르트아기나와 이어져 그의 기억과 생각을 엿봤다고 한다.

그래서일까? 오르트아기나가 쓰러졌을 때 그녀는 홀로 그를 두둔했다.

오르트아기나도 그 사실을 아는지 타인에게는 위엄을 드러내면서 아까처럼 시타의 말에는 귀를 기울였다.

시타가 대체 무엇을 봤는지 궁금하긴 했지만, 그녀가 비밀이라면서 더는 말하지 않았기에 나는 묻지 않기로 했다.

"그나저나 백은의 기사라……."

곰곰이 생각해보니 나는 백은의 기사를 아는 것 같으면서도 실은 아는 게 거의 없었다.

그는 알디아 왕국의 영웅으로서 여러 이야기에 등장한다. 그러나 그의 품성은 여전히 밝혀지지 않았다. 더욱이 그의 힘은 나처럼 강대했다. 극단적으로 말하자면 그는 나와 동일한 존재, 즉 전생자가 아닌가 싶기도 했다.

혹시 그는 나와 똑같은 고민을 하다가 그 힘을 봉인하는 데 성공했고, 평범한 사람으로서 생활했던 게 아닐까?

(이거 조사할 가치가 있을 것 같네. 리포트 테마로서 그의 생애를 추적하는 것도 괜찮지 않을까? 내가 알기로는 그의 활약담은 이야기로서 많이 전해졌지만, 말년은 거의 알려지지 않았지.)

백은의 기사는 테마로서 부족함이 없겠지. 더욱이 나의 짐작이 맞아떨어진다면 힘을 봉인하는 방법을 알아내어 나도 평범한 사람이 될 수 있을지도 모른다. 이거야말로 일석이조다.

"후후홋, 좋아, 좋군요. 나의 길이 보이네요. 우후후후후."

『메어리, 왜 그러나? 히죽거리는 얼굴이 징그럽다.』

"지, 징그럽다니! 무례한 소리 좀 하지 말아줄래?!"

내가 미래를 상상하며 희망찬 웃음을 흘렸더니, 그 모습을 보고서 오르트아기나가 무례한 발언을 일삼았다. 그래도 뭐, 지금 기분이 좋은지라 관대한 마음으로 용서했다.

"어쨌든…… 고마워, 오르트아기나. 당신 덕분에 내가 뭘 목표로 삼아야 하는지 보였어."

『응? 그런가? 아무것도 한 게 없다만, 뭐, 뭔가가 필요하다면 말하도록. 최대한 협력하지.』

이렇게 나와 오르트아기나의 대화는 종료됐다.

"잘됐네요, 아가씨. 여러 일이 있었지만, 리포트 완성을 향해서 한 걸음 나아가셨어요."

튜테가 우리의 대화를 듣기만 하고서 나의 결심을 알아차렸는지 기뻐했다. 나의 비밀을 알고 있고, 굳이 말하지 않아도 나와 감정을 공유하는 그녀는 아주 소중한 존재다.

"고마워, 튜테. 이제야 나도 졸업을 향해서 움직일 수 있겠어. 자, 목표가 정해졌으니, 마기루카랑 대화를 나누자. 그녀와 의논해야겠어."

그리고 또 한 사람, 나의 고민을 공유하고 있고, 이끌어주는 소중한 존재에게 의논하러 가자. 뭐, 그렇게 말하면 듣기에는 좋지만, 즉 나는 의기양양하게 남에게 의지하기로 결심했다는 뜻이다.

"아가씨…….."

튜테도 그걸 느꼈는지 언제까지고 자립하지 못하는 나를 보고서 조금 당혹스러워했다.

"하지만, 하지만 조사를 해보려고 해도 뭘 어떻게 해야 좋을지 하나도 모르겠는걸!"

"홋홋홋, 곤란에 처하신 것 같군요, 메어리 님. 조사라면 이 대서고탑의 사서장인 시타한테 맡기시라."

내가 떼를 쓰기 시작하자 어느새 다가온 시타가 스스로를 어필했다.

듣고 보니 이 커다란 탑 안에서 조사를 벌이려면 전문가의 손을 빌리는 편이 빠르겠지.

"시타는 날 따라다녀도 괜찮아? 당신도 바쁘잖아?"

"메어리 님을 돕는 게 최우선이에요. 탑에서 있는 사람들도 알아줄 거예요."

"그래?"

"그래요! 그럼 뭐부터 시작할까?"

"이, 일단 마기루카랑 의논을 하고 싶으니, 그녀를 만나는 것부터 시작해야 하지 않을까?"

자기 관련인데도 역시나 마기루카와 의논을 하려는 나. 그녀가 안 된다고 말하면 금방 관둘 만큼 그녀에게 의존, 아니, 의지……큭, 아무리 생각해도 좋은 표현이 떠오르지 않지만, 어쨌든 그녀에게 허락받지 않는다면 정말로 그것을 테마로 삼아도 좋을지 걱정을 떨쳐낼 수가 없다는 게 솔직한 심정이었다.

"마기루카 씨는 전하와 함께 아버지와 대화를 나누고 있어요. 저도 나중에 낄 예정이라서 사서장실을 빌려드렸죠. 마침 잘 됐어요. 어서 가요, 가요."

시타가 선두에 서서 힘차게 걸어 나가자, 나와 튜테는 이끌리듯 오르트아기나가 있는 중앙 광장을 떠났다.

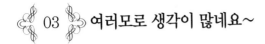# 03 여러모로 생각이 많네요~

나는 마기루카 일행이 있는 사서장실로 가다가 사건 후에 왕자님 및 사람들과 나눴던 대화를 떠올렸다. 나의 회복 마법에 관한 화제였다.

독학으로, 게다가 고계급 회복 마법을 구사했으니 모두 일단은 물어보고 싶겠지.

"어쩌다 보니 독학으로 습득해버렸어. 에헷♪"

"메어리 양은 늘 나의 예상을 아득히 뛰어넘으니 늘 놀라울 따름이야."

내가 웃으면서 얼버무리자, 왕자님이 솔직하게 감상을 밝혔다.

다만 다들 놀라긴 했지만, 어떻게 습득했는지 묻는 사람은 없었다. '그야 메어리 님이니까……'라는 말로 납득하는 게 도무지 이해되지 않는다. 과연 안도해도 괜찮은 건지…….

"으음, 이 탑에는 마도서 등 자료가 아주 풍부하잖아? 그래서 운 좋게 습득했다고 해야 할까, 맞아, 이 탑 덕분이야, 이 탑."

아무도 물어보지 않았는데도 소심한 나는 이 모든 게 대서고탑 덕분이라며 변명하기 시작했다.

모두가 「응응, 그렇구나」 하고 고개를 끄덕이는 게 도무지…… 이하 동문.

"메어리 님, 이제는 정말로 성녀라고 자칭해도 되는 거 아냐?"

"자하 씨. 당신, 해도 되는 소리와 안 되는 소리가 있어요!"

"어? 나, 혼날 만한 발언을 했던가?"

"말했잖아요! 난 성녀가 아니에요. 진짜 성녀님한테 결례라고요!"

"에엥~~~."

드디어 누군가가 입을 열었구나 싶었더니만, 자하가 터무니없는 발언을 해서 나는 발끈했다.

"그나저나, 우리가 성교국의 계획을 거듭 저지했는데, 슬슬 그쪽 상층부도 우리의 존재를 의식하지 않을까?"

자하에게 구원의 손길을 내밀듯 왕자님이 화제를 넌지시 돌렸다.

그런데 그것도 결국은 내가 개입했기 때문에 일어난 일 아닌가? 아니, 모두와 함께 있었으니 나 혼자 한 게 아니야. 응. 지나친 생각이야, 지나친 생각.

"현시점에서는 성교국의 우호국에 간섭하여 포섭한 게 아니라 적대국, 혹은 중립국에 대한 침략 행위를 저지하고 있을 뿐이니, 그쪽도 강하게 나오지는 못할 겁니다."

왕자님의 말을 듣고서 마기루카가 덧붙였다. 왠지 이야기가 커지는 것 같아서 나는 불안해졌다.

"그럼 좋겠는데…… 기우일지도 모르겠지만, 메어리 양에 관해서 이상한 소문이 퍼진 걸 누가 이용하지 않을는지……."

왕자님이 우려를 표하자 나는 창작물에서 흔히 등장하는 패턴을 불현듯 떠올렸다.

현재 성교국과 적대하지 않는 나라들이 떠받드는 성녀나 성자, 신의 사도, 즉 신과 관련한 존재들은 주로 성교국에서 인정한 자들이다.

그런데 내가 아는 패턴에 따르면, 성교국과 무관한 국가에서 그러한 존재를 발표했을 때, 성교국은 이를 인정하지 않고, 그자를 마녀나 악마로서 지목하여 제거하려 들 가능성이 있다.

어쩌면 왕자님도 그 패턴을 우려하시는 걸지도? 아니 뭐, 이건 전생의 지식에서 기반한 내용이니, 여기서 똑같이 벌어질 거라는 보증은 없다.

그러나 왕자님이 정말로 그 사태를 우려했다면, 그 패턴은 개인적으로 대단히 반갑지 않은 사안이었다. 그래서 나는 이야기의 흐름을 무시하고서 조건반사적으로 상투적인 발언을 했다.

"전 성녀가 아닙니다. 전 지극히 평범하게, 조신하게 사는 일개 공작 영애예요."

(알고 있어. '그렇게까지 해놓고 그 발언은 좀⋯⋯' 하고 반박할지도 모르겠지만, 난 포기하지 않아. 반드시 모브의 지위를 손에 넣고 말겠어. 그러기 위해서라도 억지인 걸 알면서도 밀어붙이자.)

모두가 '어?' 하고 의아해하자 마음이 꺾일 뻔했지만 어떻게든 마음을 북돋았다.

"⋯⋯그렇군. 메어리 양은 『그렇게 되는 미래』를 예측했기에 일찍부터 부정했던 거였구나. 내가 너무 우둔했어⋯⋯."

"예? 레이포스 님?"

"메어리 양, 이번 건은 내게 맡겨주지 않겠어? 최대한 네 뜻대로 되도록 카이로메이어 사람들과 대화를 나눠볼게."

상상과는 다른 왕자님의 대답에 나는 동요했다. 어찌해야 좋을지 몰라서 무심코 마기루카 쪽을 봤다. 그러자 그녀는 나의 속내를 짐작했는지 고개를 한 번 끄덕였다.

"부, 부탁드립니다."

그래서 왕자님은 지금도 씨족장들과 대화를 나누며 이번 사건의 내용에 관하여 조정하고 있었다. 씨족장 측도 오르트아기나의 진실이 모두에게 알려지는 것을 꺼렸다. 그가 부활하여 공격한 것을 전부 토마스 사제가 꾸민 음모로 덮고 싶어 하는지 대화에 적극적이었다.

평소였다면 내가 어떻게든 은폐하고자 난리를 치다가 불에 기름만 붓는 꼴로 끝났겠지만, 이번에는 왕자님이 개입했으니 괜찮을 듯했다.

사서장실에 도착했기에 나는 회상을 접고서 시타를 따라 안으로 들어갔다.

"메어리 양, 오르트아기나와의 대화를 무사히 마친 것 같군."

내가 들어가자, 왕자님이 안도한 표정으로 말했다.

실은 오르트아기나와 대화를 나누는 것은 왕자님과 씨족장이 의논하여 결정한 사항이었다. 뭐, 무슨 대화를 나눌지는 나에게 통째로 맡겼지만. 차라리 무슨 대화를 할지도 정해줬으면 좋았을 것을. 그래도 좋은 정보를 입수했으니 썩 만족스러운 대화였다.

"미안하군. 사람들의 긴장을 풀기 위해 그대를 이용한 꼴이 되어서."

씨족장님이 송구스럽다는 듯 말했다.

우리가 아직도 카이로메이어에 있는 이유는, 단순히 조사뿐만 아니라 씨족장의 의도이기도 했다.

이번 사건이 토마스 사제, 더 나아가 성교국의 음모였다고 해도, 느닷없이 출현한 용이 카이로메이어의 창시자였고, 고대의 영광은 그가 내려준 은혜였다는 설명을 '그렇군요. 그럼 앞으로 그와 함께 지내겠습니다' 하고 받아들일 사람은 많지 않을 거다.

그들은 불안을 품고서 부흥 작업을 벌이고 있다. 그래서 이번 사건을 해결한 우리가 이곳에 머무는 것으로, 사건이 일어나도 대응할 수 있다는 안심을 줘야 했다.

씨족장은 우리를 내세워서 사람들을 진정시키고 차차 설득할 것이다. 이후는 씨족장의 수완에 달린 일이다.

하지만 얻는 것도 없이 언제까지고 이곳에 있을 수는 없으므로 왕자님은 교섭을 통해, 향후 '알디아 왕국과의 교류'와 '나에 관한 정보의 은폐 또는 무마'를 조건으로 내걸었다.

이번에 용과 대화를 나눈 것도, 주변 사람들에게 안정감을 부여하기 위한 일종의 선전이었다.

오르트아기나도 우리의 계획에 이의를 제기할 생각은 없다면서 마음대로 하라고 했다.

지적 호기심을 자극하지 않으니 별로 흥미는 없겠지.

"메어리 님, 왕국으로 돌아갈 일정이 정해졌어요. 조사를 할 게 있다면 얼른."

"어? 그래도 돼?"

마기루카가 말하자 나는 씨족장을 쳐다봤고, 그는 고개를 끄덕였다.

"메어리 군 덕분에 도시 사람들이 의외로 냉정하게 우리의 말을 들어줬지. 게다가 오르트아기나 공이 협력해준 덕분에 과거 이야기와 너에 관한 이야기도 잘 얼버무렸어. 가장 우려했던 고대지상주의 리그레슈도 토마스의 입김이 닿았던 자들을 배제하고, 레이첼을 톱으로 세운 덕분에 잘 통제되고 있어. 앞으로 우린 너희들한테 협력을 아끼지 않겠어. 그만큼 고마워하고 있고, 오히려 부족할 지경이야."

고대부터 이어져 내려온 지식의 보고인 카이로메이어가 알디아 왕국과 협력 관계를 맺는다는 건 좋은 일이다. 지금까지는 문전박대를 당하든가, 연줄을 통하여 방문하는 길밖에 없었으니까.

나는 오르트아기나와 대화를 나누면서 얻은 정보와 내 리포트 테마를 마기루카에게 전하기로 했다.

"……그래서 난 백은의 기사에 관해 조사할 생각인데, 어떨까?"

"좋다고 생각해요. 예상하지 못한 주제라 솔직히 놀라긴 했지만, 역시나 메어리 님은 개인적인 연구보다도 만인이 관심을 가질 만한 테마를 궁리했군요. 아레이오스가 아닌 사람들도 한 번쯤 읽고 싶어 할 테마랍니다."

"그렇군. 여전히 메어리 양은 편견을 깨고, 후세를 위해 선택지를 넓혀나갈 작정이구나. 게다가 사람들의 흥미를 잘 이끌어내."

"어? 아, 그, 그런 거창한 의미는 없어요. 굉장히 개인적인 일이니까……."

어째선지 두 사람이 영문을 알 수 없는 칭찬을 던지자 낯간지러운 기분과 함께 '이거, 위험하지 않나?' 하는 일말의 불안감을 품으면서, 나는 테마를 따라 다음 행동에 나서기로 했다.

"그럼 서두르는 게 좋겠어. 여기에 체류하는 기간도 짧아졌으니 최대한 조사를 해야겠어. 시타, 그치?"

그리고 나는 여전히 속공으로 남에게 의지하기 스킬을 발동했다.

"그러네요. 으~음, 근데 백은의 기사라~. 영웅담이라면 이 탑에도 여러 가지가 있긴 하지만, 그 이외의 정보는……."

내가 말을 걸자 놀라기는커녕 기다렸다는 듯 힘차게 대답을 해주긴 했지만, 시타는 으~음, 하고 고민에 빠졌다.

"맞아. 남들보다 잘 아는 사람은 없을까?"

"그렇다면 사피나 씨한테 여쭤보는 게 어떨까요?"

나도 시타처럼 덩달아서 으~음, 하고 팔짱을 낀 채 고민하고 있으니 마기루카가 조언했다.

"확실히 사피나는 나보다 자세히 알 것 같아. 왠지 동경하는 것 같고."

"그렇다면 언니도 한때 그랬던 적이 있었던 것 같아요. 뭐, 백은의 기사가 아니라 영웅 쪽에만 관심이 있었지만."

마기루카가 조언하자 나와 시타는 동시에 손뼉을 짝, 치고서 찬성했다.

"아가씨, 사피나 님과 레이첼 님은 자하 님과 함께 검술 훈련을 하고 계세요."

우리가 나눈 대화를 듣고서 내가 다음에 무슨 말을 할지 예상했는지 튜테가 넌지시 두 사람의 위치를 알려줬다. 역시 튜테. 날 너무 잘 알아, 하고 감격하면서 나는 세 사람이 어쩌다가 검술 훈련을 하게 됐을지 상상하다가 한숨을 내쉬었다.

"자하가 또 억지를 부렸겠지. 하지만 마침 잘 됐어. 어서 가자, 가자."

전도다난했던 테마 찾기에 비로소 광명이 비쳤다. 갑자기 의욕이 샘솟은 나는 방을 힘차게 나갔다.

"메어리 님, 그쪽이 아냐, 이쪽이야."

그리고 나는 약속이라도 한 것처럼 미아 스킬을 발동했다.

(이래서야 정말로 괜찮을까……?)

04 레이첼의 마음

대서고탑 안에서 메어리가 오르트아기나와 중요한(?) 대화를 나누는 동안에 레이첼은 자하 일행과 대련을 하기 위해 훈련장에 있었다.

사서장 보좌이자 호위를 맡은 레이첼이 오르트아기나에 관한 대화를 나누는 자리에서 빠져 이런 데에 있으니 그녀답지 않다고 조금 의아하겠지만, 그녀 나름대로 피치 못할 사정이 있었다.

일찍이 시타가 사서장으로서 역할을 다하지 못했을 적에 레이첼은 주변 사람들에게서 한 걸음 거리를 띄우고 있었다. 굳이 말하자면 주변을 신뢰하지 못해서였다.

시타를 지킬 수 있는 사람은 오직 자신뿐이라는 성급한 착각에 빠져 스스로를 다그치며 혼자서 그녀를 위해 헌신해왔다고…… 생각했다.

시타를 각성시키기 위해 오명을 뒤집어쓸 각오로 비밀조직에 잠입하여 나름 높은 지위에 올라 카이로메이어의 비밀을 찾기도 했다.

그렇게 혼자서 분투하던 레이첼은 그 사건에서 토마스 사제에게 보기 좋게 이용당했다. 결국에는 시타의 신뢰를 잃어버릴 뻔했고, 메어리 일행을 방해하는 추태를 보이고 말았다.

나 따윈…… 그렇게 자포자기하려고 했을 때, 자신을 구하기 위해서 다치면서까지 몸부림을 쳤던 마기루카 일행, 특히 자하의 모습을 가까이에서 바라봤다. 그가 합성수로부터 자신을 떼어내기 위해 움켜쥐었던 그 손의 감촉을 잊지 못했다.

굳세고, 그리고 따뜻했던 그 감촉을…….

그 이후로 그가 조금, 그래, 아주 조금 신경이 쓰인다는 점은 부정할 수 없다.

그러나 그뿐이다.

그는『인간』이고 나는『엘프』.

그 벽을 넘을 수 없고, 괜히 어울렸다가 민폐를 또 끼치는 것만은 피하고 싶었다. 레이첼은 실패만 거듭하다가 조금 신중, 아니, 겁이 생기고 말았다.

그러나 그렇게 위축된 레이첼의 손을 잡고서 이끌어준 사람 역시 자하였다. 그는 별 생각 없이 억지로 대련을 청했을 테지만, 레이첼이 모두의 곁으로 돌아갈 수 있는 계기를 제공한 건 사실이었다.

몸을 움직이고, 대련을 통해 모두에게 도움을 줬다고 생각하니 혼자서 뭐든지 감당했던 과거에 비해서 지금이 더 편안하고 기분 좋았다.

그런 감정을 일깨워준 사람 역시 자신을 살려줬던, 더 나아가 카이로메이어를 구해줬던 모두, 특히 메어리 덕분이었다.

『어머, 그 지긋지긋한 도마뱀 자식이랑 대화가 끝났나?』

무언가를 깨달은 뿌리채소, 즉 맨드레이크 아종이 셰리의 어깨

위에서 출입구 쪽을 쳐다봤다. 그 사건에서 그녀는 이유는 잘 모르겠지만 튜테에게 맛있게 조리되었다고 셰리에게서 들었다. 그런데 여차저차해서 예비 몸이 도착했다고 한다.

"지긋지긋한 도마뱀 자식이라니 너…… 뿌리채소가 드래곤님한테 대들면 못써~. 덥석 먹힐 거야."

『왜 내가 비굴하게 굴어야 하는 거야. 난 정령수님이야, 정령수. 그딴 도마뱀 자식보다 못하지 않아.』

"하지만 지금 당신은 그냥 말할 줄 아는 뿌리채소잖아."

『끄으으응…….』

셰리의 어깨 위에서 발끈한 정령수에게 메어리가 겁도 없이 지적하자 레이첼은 '역시나 성녀님' 하고 영문을 알 수 없는 존경을 품었다.

"셰리 씨?"

"으~음…… 이상해. 내가 예상했던 바에서 점점 멀어져 가는데."

복잡한 표정으로 서 있는 셰리와 메어리가 나누는 대화가 궁금해져서 그쪽에 귀를 기울이던 레이첼은 이러고 있을 때가 아니라 눈앞에서 벌어지고 있는 대련에 집중해야 한다며 다시 시선을 앞으로 돌렸다.

그런데 그 순간, 그것이 날아들어 레이첼은 황급히 피했다. 아니, 굳이 말하자면 던진 당사자는 맞출 생각이 없었는지, 아니면 아직 익숙해지지 않았는지, 어쨌든 그것에 맞으면 상당히 아프다는 걸 레이첼은 몸소 체험했기에 무심코 안도의 한숨을 내쉬었다.

그렇다. 날아든 것은 자하의 방패였다.

그것은 마치 비행접시처럼 상대방을 향해 날아가다가 호를 말끔하게 그리며 되돌아갔다.

"저건, 사실상 방패가 아니라 투척 무기네."

메어리가 솔직한 감상을 말하자 셰리가 털썩 주저앉았다. 제작자로서 자신의 의도와는 전혀 딴판으로 쓰이고 있어서 충격을 받았나?

"계기는 분명 메어리 짱이 제공했던 것 같은데…….."

"아, 하지만 독창적이라고 해야 할까, 그 예를 찾아볼 수가 없다고 해야 할까, 으음, 으음."

메어리 일행의 대화를 들어보니 저 방패를 엉뚱하게 사용하는 법을 제안한 사람이 메어리인 듯했다. 레이첼은 또다시 '역시 성녀님' 하고 영문을 알 수 없는 존경을 품었다.

"……뭐, 상관없나. 재밌으니까 그냥 넘어가자!"

방금까지는 꿍한 분위기였는데, 셰리는 후련한 표정을 지으며 평상시로 되돌아갔다. 감정을 빨리 전환하는 부분은 보고 배워야 하나? 하고 레이첼은 감탄했다.

메어리가 있는 바깥쪽이 신경이 쓰여서 이따금 그쪽을 의식하는 건 자하도 마찬가지였는지 대련은 자연스럽게 중단됐다.

자하가 방패를 쳐다보면서 복잡한 얼굴로 사람들이 있는 쪽으로 다가가자, 레이첼도 따랐다.

"으~음, 방패를 던진다는 발상이 없었던지라, 능숙하게 쓰질 못하겠네."

"저도 메어리 님께서 발도술을 가르쳐주셨을 때 그런 비슷한 느낌이 들어서 고전했어요."

"역시 메어리 님의 발상은 늘 엉뚱하네. 따라갈 수 있도록 분발해야겠어."

"그래요, 분발하죠."

"사피나 씨의 검술도 메어리 님이? 저분은 무술에도 정통하군요."

자하가 느낌을 말하자 사피나가 동조했다. 그리고 레이첼이 거듭 존경심을 품고서 메어리를 쳐다봤더니 어째선지 그녀는 초조하다고 해야 하나, 미묘한 표정을 짓고 있었다.

"나, 난 아무것도 하지 않았어요. 전부 내 제안을 멋지게 승화시킨 모두의 힘이에요. 아, 그리고 그런 말을 너무 퍼뜨리지 말아요."

그렇게 겸손(?)을 잊지 않는 메어리를 보고서 레이첼은 거듭…… 이하동문.

한바탕 감탄한 후에 레이첼은 마음에 걸리는 게 하나 생겨서 우선 그걸 해소하기로 했다.

"자하 씨. 방패를 익숙지 않은 방식으로 다루다 보니 손에 상처가 났네요. 어서 치료해야겠어요."

"어라, 들켰나? 근데 이 정도는 괜찮아."

"안 돼요. 제대로 치료해야죠!"

자하는 평소처럼 마이페이스였다. 그러나 레이첼은 굉장히 엄하게 그의 팔을 잡고서 치료할 수 있는 곳으로 데려가고자 잡아당겼다.

"자, 자자, 잠깐, 아파. 그 팔은 다친 팔이야."

"앗, 미안……. 그래도 역시 치료해야겠어요."

자하가 아파하자 레이첼은 손을 황급히 뗐다. 그러고는 시타 앞에서 그러하듯 자신의 나쁜 버릇, 과도한 걱정이라고 해야 할까? 쓸데없는 오지랖이라고 해야 할까? 어쨌든 그런 태도를 반성하며 귀를 축 늘어뜨린 채 자하의 부상을 계속 쳐다봤다.

　"아, 알겠어. 치료받을게."

　"정말로? 그, 그럼 제가 할게요."

　걱정하던 레이첼의 얼굴이 화악, 환해지더니 근처에 있는 응급도구를 가지러 달려갔다.

　"오호오호. 이거, 이거 진귀한 장면이네."

　메어리 옆에 있던 시타가 히죽거리면서 중얼거렸다. 그러나 지금 레이첼은 그걸 신경 쓸 때가 아니었다.

　"무슨 뜻?"

　"타인한테 늘 냉정하고 침착했던 언니가 표정을 저토록 바꾸다니 특이해. 혹시 자하 씨한테……."

　"푸훗, 무, 무무무, 무슨 소릴 하는 거야? 시타도 참. 이, 이이이, 이상한 상상 좀 하지 말아줘!"

　신경을 쓰지 않으려고 했지만, 역시나 간과할 수 없는 내용이라서 레이첼은 황급히 시타에게 항의했다.

　그러나 어째선지 레이첼은 몹시 부끄러워하며 말을 잘 잇지 못하고 우물거렸다.

　또한 주변 사람들이 귀엽다는 듯 쳐다보자 더더욱 창피해진 레이첼은 귀까지 새빨갛게 물들였다.

　"그, 그그그, 그보다도 메어리 님 일행은, 으음, 저기, 오르트아기나 님과 대화를 마쳤군요. 어땠습니까?"

　레이첼은 억지로 화제를 돌리려고 시도했다. 다른 사람들도 역시나 더 파고드는 건 잔인하다고 여겼는지 순순히 응해줬다. 레이첼은 휴우, 하고 가슴을 쓸어내린 뒤 자하를 치료하는 데 전념했다. 치료하면서 메어리의 이야기를 들었다. 그녀는 리포트를 위해 백은의 기사에 관해 사피나에게 질문했다.

　"……백은의 기사님 말인가요? 메어리 님의 말씀대로 영웅담은 유명하지만, 그 후에 어떻게 됐는지 적힌 책이나 전승은 듣지 못했네요. 애당초 백은의 기사님은 알디아 왕국의 영웅기사라 불렸지만, 정작 왕국에 소속된 기사는 아니었다고 해요. 그래서 기록도 적습니다. 그 풍채를 보고서 사람들이 기사라고 불렀을 뿐이래요."

　"그랬구나. 그럼 어디서 왔는지도 모르는 건가?"

　"그렇죠. 어느 얘기를 봐도 위기가 닥친 지역에 영웅이 홀연히 출현한 것처럼 기록되어 있습니다."

　사피나와 메어리의 대화를 들으면서 백은의 기사라면 자신도 뭔가 힘을 보탤 수 있을지도 모르겠다며 지식 서랍을 열어봤다. 그러나 두 사람이 나눈 대화 이상의 정보는 없었다. 이럴 줄 알았다면 더 자세히 조사할 걸 그랬다며 레이첼은 속으로 안타까워했다.

　"백은의 기사님한테 동료가 없었나? 내가 아는 범위에서 그런 사람은 없었던 것 같은데."

　사피나의 이야기를 듣고서 메어리가 난감해하며 으~음, 하고 끙끙거리고 있으니, 시타가 대화에 끼어들었다.

"동료가 아니라도 좋으니, 그와 만났던 사람이 있다면~."

시타의 의견은 장명종이기에 떠올릴 수 있는 발상이었다. 그런데 그 덕분에 마기루카가 무언가를 깨달은 듯했다.

"그렇군요. 그 부분은 직접 뵌 적도 있는 데오도라 님한테 물어보는 편이 좋을지도 모르겠군요."

"앗, 그래. 만났던 사람이 있었지? 깜빡했어."

마기루카가 제안하자 메어리는 손뼉을 짝, 쳤다. 문제가 해결되자 레이첼은 도움을 줬던 시타에게 고마움을 표했다. 그러고는 자신이 힘이 되어주지 못했다며 시선을 축 내리고서 침울해했으나 이내 고개를 젓고서 기운을 냈다.

"응? 레이첼 씨, 왜 그래? 안절부절못하고."

"어? 딱히 아무것도."

너무 수상쩍게 굴었는지 치료를 받던 자하가 지적했다. 무심코 고개를 들었더니 가까이에 그의 얼굴이 있었다. 정말로 깜짝 놀랄 만큼 가까이에 있어서 레이첼은 놀라움을 넘어 아연실색했다.

돌발 사태였고, 또한 마음에 여유가 없었던지라 레이첼은 심장이 세차게 뛰는 것을 억누르지 못하고 굳어버렸다. 더욱이 자하가 거리낌 없이 레이첼을 계속 쳐다봐서 심장에 더욱 나빴다.

뭐라도 말해야 할 것 같았지만 말이 나오지 않았다. 겨우 시선을 돌리는 데 성공한 레이첼은 주변 사람들이 흐뭇하게 지켜보는 걸 눈치채고는 너무 창피해서 여기서 도망치고 싶었지만, 어서 자하를 치료해야 했다. 심호흡한 뒤 무심하게 작업을 진행했다.

05 왕도에 돌아왔습니다

　우리는 카이로메이어를 떠나 무사히 왕도로 돌아왔다.

　도중에 정령수의 영역을 들렀다. 그런데 그녀는 이번에 이용했던 원격 조작 전법이 매우 마음에 들었는지, 인간 사회에 숨어들어도 의심을 사지 않고, 혼자서도 불편하지 않은 방법을 찾고 싶단다.

　그래서 의외로 일단 그곳에서 헤어졌다. 되도록 사람에게 민폐를 끼치지 않는 방법이면 좋겠다.

　또한 도중에 집락에서 셰리 씨와도 헤어졌다. 짧은 듯 길었던 우리의 여행은 이렇게 끝을 맞이했다.

　"우와~. 여, 여기가 왕도…… 카르샤나령하고는 전혀 달라. 그리고 엄청 넓어! 어! 저 건축 양식은…….."

　"시타, 두리번거리지 마. 그러다가 일행을 놓치겠어."

　그리고 지금 우리와 함께 걷고 있는 두 다크 엘프는 신기해하며 주변을 둘러보았다.

　대서고탑의 사서장인 시타와 그 보좌인 레이첼 씨는 우리와 함께 왕국을 방문했다.

　카이로메이어를 떠날 때, 오르트아기나가 미래를 고려하여 우호국인 왕국을 견학하러 가는 게 어떻겠느냐고 제안했다.

뭐, 본인이 가는 것도 생각해 봤다는데, 그랬다가는 소란이 벌어지겠지. 시타를 보내기로 한 선택은 현명했다.

그래서 시타가 우리와 함께 가기로 했는데, 혼자는 좀 그래서 호위로서 레이첼 씨도 동행하게 됐다.

그런데…….

『레이첼이여. 아이의 호기심을 억누르는 건 옳지 않다. 모처럼 여행에 나섰으니 마음껏 돌아다니도록 놔두는 게 어떠한가?』

시타가 허리에 찬 혁대에 고정된 채 매달려 있는 한 권의 책에서 목소리가 들렸다.

그 책의 이름은 『오르트아기나서(書)』.

시타와 오르트아기나를 이어주는 매직 아이템이다.

"그러다가 다른 사람들한테 민폐를 끼쳤다는 걸 잊었습니까? 시타의 응석을 어린애처럼 받아주지 마세요. 아니, 당신이 시타의 흥미를 유도하고 있군요. 그만두시죠?"

『모처럼 시타가 흥미를 보이고 있는데 그냥 지나치면 아깝지. 교양도 쌓을 수 있고.』

"그저 당신이 흥미가 있기 때문이잖습니까."

『윽.』

(뭐지? 자식의 교육 방침에 이견이 있는 부모를 보는 기분인데. 착각이겠지?)

한 사람과 한 책의 사이에 끼어있는(?) 당사자인 시타는 무슨 상황인지 모르겠다며 고개를 갸웃거렸다.

『그, 그렇지 않다. 지적 호기심이 아주 살짝 자극받았을 뿐이다.

아주 살짝 말이야.』

그걸 두고서 흥미진진이라고 표현하지 않나. 하지만 섣불리 딴
죽을 걸었다가는 수습이 안 될 것 같으니 관두자.

그보다도 개인적으로는 오르트아기나가 책을 통하여 동행하고
있다는 사실에 왠지 자꾸만 데자뷔가 느껴졌다.

그러고 보니 오르트아기나는 정령수가 맨드레이크 아종을 조
종하는 광경을 보았지……

"그렇군. 그런 편법도 가능한가? 그렇다면 아슬아슬하게 영역
침범에 걸리지는 않을 것 같군. 이거야 원, 누가 그런 약은꾀를
일러줬지?"

그렇게 중얼거리고서 나를 쳐다보기에 무심코 시선을 외면하
고서 도망쳤던 기억이 떠올랐다.

요컨대 오르트아기나는 정령수와 비슷한 방법으로 밖으로 나
왔다고 할 수 있겠지.

(이러다가 무슨 일이라도 벌어진다면 호, 호호호, 혹시 내 책
임……은 아니겠지?)

아니야, 지나친 생각이야.

그 엉뚱한 정령수나 트러블 메이커 셰리 씨와 달리 오르트아기
나와 레이첼 씨는 아주 상식적이다. 문제 행동을 벌일 만한 사람
들은 아니다.

가만, 오르트아기나가 상식적이라고 할 수 있나? 뭐, 그는 자
력으로는 움직일 수 없으니, 별문제는 없을 거다. 아마도……

문제를 일으킬 사람은 그 오르트아기나를 데리고 다니는 시타

겠지.

카이로메이어 안에서는 사리분별을 할 줄 아는 아이인 줄 알았는데, 밖에 나와 보니 완전히 지적 호기심의 덩어리로 변했다.

어느새 사라지거나, 잘 따라오다가 멀찍이 떨어지기 일쑤였다.

그 원인은 역사적 건축물과 비문, 신기한 동식물 때문이었다. 외부 세계에 별로 관심이 없는 우리는 알아차리지도 못할 자그마한 것, 의심스러운 것을 발견할 때마다 훌쩍 가버리니 참.

뭐, 책으로만 봤던 걸 눈으로 직접 봤으니 무심코 이끌려서 일행과 헤어질 수도 있겠지. 그러나 뒤에 있던 사람이 홀연히 사라지면 깜짝 놀라니까 하지 않았으면 좋겠다.

더욱이 동행자인 오르트아기나도 공범이었다. 그녀의 호기심 의논 상대가 되어주는 탓에 사태를 부추기고 있다. 뭐, 정확히는 의논 상대라기보다 그녀의 생각에 조언을 해주고서 지켜보는 상태이지만.

유일하게 믿을 사람인 레이첼 씨도 카이로메이어에서 사건을 겪은 이후로 깨달은 바가 있었는지 시타를 온종일 감시하지 않았다. 지금은 다른 것에(의미심장) 자꾸 신경이 쓰이는지 시타를 자주 놓치곤 했다.

(크으…… 정령수랑 헤어져 이제는 휘둘리지 않겠구나 안도했는데, 예상치 못한 복병이…… 그래도 정령수와 달리 분별력은 있어서 다행이야.)

뭐, 그렇게 우여곡절을 겪고서 우리는 왕도에 도착했다.

"메어리 님은 이제부터 어쩔 거야? 일전에 언급했던 데오도라 씨라는 사람한테 물어보러 갈 거야?"

자식은 부모의 마음을 모른다고 해야 할까? 다투는 두 사람에게서 도망치듯 시타가 나에게 화제를 던졌다.

"으, 응. 뭐, 개인적인 일이라서 시간을 봐서 살짝 다녀올까 해."

느닷없이 날아온 질문에 굳이 말할 필요가 없는 것까지 다 털어놓은 솔직한 나.

"와아, 나도 갈래! 메어리 님의 행동……이 아니라 백은의 기사에 관해 나도 흥미가 있어."

시타가 호기심 때문에 나와 동행하겠다고 말했다. 말을 정정하기 전 부분이 마음에 몹시 걸리는데?

"저기, 저도 따라가도 될까요?"

내가 살짝 불안을 품고서 말수가 줄어들자, 사피나가 물었다.

"그러면 저도 같이 가겠어요."

사피나는 백은의 기사를 동경하니 흥미가 있다는 걸 알겠는데, 마기루카까지 따라가겠단다.

그러고 보니 마기루카도 은근히 백은의 기사를 좋아하는 구석이 있었지…….

"그러면 저는 그 틈에 여관을 찾아둘게요. 시타, 부디 메어리 님을 방해하지 않도록. 멋대로 굴면 안 돼요."

"아, 알고 있어."

혼자서 가려고 했는데, 결국 우르르 데오도라 씨에게 몰려가는 꼴이 되었다. 그나마 레이첼 씨는 따로 움직일 생각인 것 같다.

"그럼 난 레이첼 씨랑 동행할게. 내빈을 은밀히 모시는 방이 있는 여관이 몇 곳 있어. 그곳으로 안내해 줄게."

"그건 감사하지만, 괜찮을까요? 정식 방문도 아닌데."

"문제없어. 오히려 이런 때를 위해 마련된 곳이야."

"그럼 나도 레이첼 씨를 따라가야겠다."

"후엥. 다, 다다다, 당신도, 말인가요?"

레이첼 씨는 왕자님과 대화를 나눌 때는 평소처럼 야무진 표정이었다. 그런데 옆에서 느닷없이 자하가 동행하겠다고 말하자 노골적으로 당황했다.

"그래. 아무리 왕도라고 해도 왕자님을 혼자 내버려 둘 수는 없으니까."

"어, 앗, 그, 그렇군요……. 전하를 위해서죠."

자하가 갸웃거리자, 레이첼 씨는 자신의 표정을 숨기듯 고개를 숙였다.

"뭐, 가장 큰 이유는 레이첼 씨를 지키고 싶어서야. 여기서는 길도 잘 모르잖아?"

자하가 시원스럽게 웃으면서 덧붙이자, 레이첼 씨가 고개를 들고서 그를 바라봤다.

"아…… 저기, 응…… 고마워요."

그리고 레이첼 씨는 고개를 또 숙였다. 평소에 늠름하고 씩씩하게 행동하는 그녀답지 않게 목소리가 기어들어갔다.

뭐, 어차피 자하는 단순히 요인인 레이첼 씨를 호위하는 게 기사답다고 생각해서 그렇게 말했을 거다.

그래도 레이첼 씨가 보여주는 갭이 몹시 귀여워서 절로 미소가

지어졌다. 아, 이러면 안 되는 건가?

어쨌든 우리는 두 패로 나뉘어 움직이기로 했다.

"엇, 메어리 짱, 오랜만이야. 오늘은 무슨 일이니? 또 기발한 무기를 생각해 왔나?"

공방에 도착했더니 잠시 뒤에 데오도라 씨가 웃으며 우리를 맞이했다.

"기발한 무기라니요! 전 그런 적……."

나는 항의하려고 했지만, 전설의 검(웃음)이나 갑옷, 사피나의 칼 등등 평범한 무기와 동떨어진 것들만 부탁했던지라 할 말을 잃었다.

"그게 아니고, 오늘은 뭐 좀 물어보려고 왔어요."

"오호? 새삼스럽게 뭐니?"

나는 데오도라 씨에게 카이로메이어에서 알게 된 백은의 기사에 관한 이야기를 들려줬다. 그리고 여러모로 조사하고 싶은 게 있다고 그녀에게 말했다.

"으음. 백은의 기사의 동향이라……. 나도 예전에 들려준 것 말고는 더 해줄 말이 없는데. 남들 모두가 알 법한 영웅담밖에는……."

예상은 했지만 역시나 유력한 정보는 얻을 수 없을 듯했다.

"저기, 외부인이지만 끼어들어도 될까?"

내가 거의 체념하자 옆에서 시타가 끼어들었다.

데오도라 씨에게 간략하게 시타가 누군지 설명하자 그녀가 놀라워했다. 뭐, 지금껏 카이로메이어의 엘프가 왕국을 방문했던 적이 없으니, 그럴 법도 한가?

"오호~. 그 대서고탑 사서장이랑 친구가 됐다니 역시나 메어리 짱이군."

"아니, 저만 그런 게 아니잖아요."

"아가씨, 얘기가 엇나가고 있어요."

여전히 내가 재빠르게 물고 늘어지자, 뒤에서 튜테가 속삭였다.

에구, 이러면 안 되지. 나는 입을 다물고서 시타에게 양보하듯 손을 내밀었다.

"참고차 묻겠는데, 데오도라 씨는 백은의 기사님의 얼굴을 보신 적이 있나요?"

"얼굴? 아니, 나도 얼굴은 몰라. 만났을 때는 갑옷 차림이었거든."

"그렇구나……."

시타는 석연치 않다는 표정을 지었다. 그리도 백은의 기사의 얼굴이 궁금했나?

"백은의 기사의 얼굴이라……. 이야기에는 외모에 관한 묘사는 없었던 것 같은데, 그리도 궁금해?"

"으~음…… 수많은 문헌, 전승, 전언 등등 작은 것부터 큰 것까지 여러 이야기를 읽거나 들었는데 말이야. 실은 백은의 기사님을 지칭할 때 매우 소수이긴 하지만 『그녀』라고 표현한 데도 있어. 실수인지 오해인지, 어쨌든 마음에 걸려. 데오도라 씨가 보기에는 어땠어요?"

"으음, 성별은 딱히 생각해 본 적 없는데. 다만, 당시에는 남성이라는 소문이었고, 당사자도 말수가 적긴 했지만, 갑옷 너머로 들린 목소리는 젊은 남성에 가까웠던 것 같아."

원래는 조사하러 온 내가 그런 의문점을 생각했어야 했는데, 전혀 떠올리지 못했다. 시타가 질문하는 것을 듣고서 '오호~ 그렇구나' 하고 주변 사람들과 함께 감탄했다.

(백은의 기사 이야기는 나도 제법 많이 읽었었는데, 성별에 관한 내용은 없었어. 역시 대서고탑. 수많은 자료를 읽어본 시타는 뭐가 다르구나. 든든해~.)

"으~음, 그렇구나……. 앗, 메어리 님; 멋대로 얘길 진행해서 미안해. 아까 언급했던 내용은 넘겨줬던 서적을 읽어보면 알 수 있을 테니 한 번 읽어봐."

"앗, 응…… 그 대량의 책 말이지……."

시타가 말하자 나는 카이로메이어를 떠날 때 넘겨받았던 대량의 서적들을 떠올렸다.

그것들을 스노우에게 들려서 먼저 집으로 돌려보냈다. 지금은 소중히 보관되어 있겠지.

"혹시 백은의 기사님의 동행인이랑 헷갈렸던 건 아닐까요?"

내가 '나중에 읽어야지~' 하고 기대하면서도 한편으로는 '언제 그걸 다 읽지?' 하고 질색하느라 멍하니 있으니, 마기루카가 끼어들었다.

"동행인? 으~음. 내 기억으로는 줄곧 혼자 다녔던 거 같은데."

데오도라 씨는 눈을 감고 팔짱을 끼고는 고개를 들면서 신음했다.

"애당초 그는 왕국을 섬기던 기사가 아니었으니, 다들 그의 심기를 거스르지 않으려고 캐묻기를 자제했었어. 나도 그렇게 하라고 지시를 받았었고."

"그렇군요. 확실히, 백은의 기사님은 왕가의 명령이 아니라, 우연히 들른 현지 주민의 부탁으로 움직이는 사례가 대부분이었죠."

"저기…… 그럼 현지 분들한테 물어보는 건 어때요? 지방 주민들한테까지 캐묻지 말라고 주의할 수는 없었을 테니……."

데오도라 씨와 마기루카의 대화를 듣고서 사피나까지 가세했다. 누구보다 대화에 가장 많이 나서야 하는 나는 도리어 뒤처지는 신세가 됐다.

"그, 그렇구나~. 백은의 기사와 인연이 있는 마을이라면……."

"곧 『월견초 축제』를 앞둔 에네루스 마을은 어떨까요? 앗, 그러고 보니 예전 축제 때 메어리 님이 백은의 기사처럼——."

내가 억지로 대화에 참여하려고 하자 마기루카가 느닷없이 카운터를 날리며 나와 눈을 마주쳤다. 나는 다급하게 손을 고속으로 저었다.

나의 비밀과 생각을 아는 마기루카는 그 몸짓을 보고서 순식간에 속내를 눈치챘는지 손으로 입을 막고서 아뿔싸, 난처한 표정을 지었다.

"오호~ 월견초 축제가 얼마 남았구나. 타이밍이 무척 좋네. 운명이 느껴져. 가요, 가. 메어리 님이 말했던 그 전사도 궁금하고."

"이, 이이이, 이미 5년이나 지난 얘기이니 그런 사사, 사사사, 사람은 없지 않을까?"

5년 전에 뱉었던 거짓말이 지금에 와서 발목을 잡을 줄은, 그 당시의 나는 알 턱이 없었겠지.

"그, 그렇군요. 그럴 가능성이 크니 굳이 찾으러 갈 필요는 없지 않을까 싶은데."

나는 어떻게든 거짓말에서 다른 화제로 돌리기 위해 부정했다. 그리고 원인을 제공했던 마기루카도 힘을 보탰다.

"뭐, 그도 그런가? 근데 에네루스 마을에 가보는 건 괜찮을지도. 개인적으로 흥미가 솟아."

(시타도 참! 이런 상황에서 지적 호기심을 폭발시킬 필요는 없는데……!)

그러나 내버려 둬도 혼자 가버릴 테니, 차라리 옆에서 간섭하는 편이 낫다. 지금껏 겪어왔던 경험을 통하여 그 진리를 저절로 깨우친 자신이 서글펐다.

이런 까닭으로, 다음 목적지가 정해졌다.

위를 쓰리게 하는 이벤트로 가득했던 그 월견초 축제에 다시 방문하다니.

(걱정돼. 촌장님, 또 쓰러지지 않겠지……?)

06 뉘우치자

"기다리고 있었습니다. 전하, 그리고 메어리 님."

에네루스 마을에 도착하자, 예상 밖으로 촌장님이 우리를 차분하게 맞이했다.

"후훗, 메어리 님의 연락을 받고서 또 전하를 비롯한 일행분과 함께 오시리라 예상했던지라."

놀란 내 얼굴을 보고서 속내를 눈치챘는지 촌장님이 웃으며 대답했다. 그러나 우리의 뒤에 있는 시타와 레이첼 씨를 보고서 눈을 크게 뜨며 놀라워했다.

"아, 아니 이럴 수가! 엘프 분이……! 이, 이이이, 이건 예상치 못했는데…….”

"앗, 이쪽은 카이로메이어 대서고탑에서 사서장을 맡고 있는 시타와 보좌를 맡은 레이첼 씨입니다."

촌장님의 반응을 보고서 내가 시타와 레이첼 씨를 소개하자 두 사람이 가볍게 인사했다.

"카, 카카카, 카이로 메이어라면, 온갖 지혜가 모여 있는 위대한 도시가 아닙니까……! 게다가 그곳의 사서장이라니……!”

소개를 받은 촌장님은 바들바들 떨면서 중얼거린 뒤 거품을 물고서 그대로 쓰러졌다.

(으음…… 이런 데서 예기치 못한 복병이. 미안해요, 촌장님. 근데 다른 사람의 반응을 보니 새삼스레 시타와 레이첼 씨가 굉장한 사람이라는 걸 알겠어. 어라? 내 주변에 존재감이 큰 사람들밖에 없어서 감각이 마비됐나? 나, 괜찮을까?)

마을 사람들이 황급히 쓰러진 촌장님을 옮기는 모습을 보고 데자뷔를 느끼면서 나는 속으로 넙죽 엎드렸다.

일단 나는 전에 왔을 때처럼 모두를 레가리야가(家) 별장으로 안내했다.

(이상하다? 지금 패턴이 예전 축제 때랑 비슷한데? 설마 이후에 벌어질 전개도……. 아니, 아니, 그런 생각을 품으면 플래그가 서잖아. 마음을 비우자, 비워…….)

"그냥 궁금해서 묻는 건데, 튜테, 그 두 사람을 어떻게 봤어?"

별장에 도착하여 모두를 방으로 안내하고서 잠시 휴식을 취한 뒤, 이제부터 어떻게 할지 마기루카와 의논을 하러 가던 도중, 왠지 분주한 마기루카와 레이첼 씨를 보고서 불길함을 감지한 내가 내뱉은 말이 방금 그것이었다.

"아가씨, 지금 트러블이——."

"그, 그렇구나! 이제 곧 축제라서 둘 다 너무 설레어서 안절부절못하는 거구나?"

"아가씨, 그 두 분이 그런 분이라고 생각하세요?"

현실도피하고 싶어서 내 의견을 밝혔더니 튜테가 단호하게 현실을 들이밀었다. 나는 다음에 할 말을 찾지 못했다.

굳이 설명하지 않아도 두 사람이 서두르고 있다는 건 보면 안다. 지난번 사례로 미루어 보아 아마도 자하가 없어진 게 아닐까?

축제가 가까워져 마을 사람들이 모두 바쁘니 민폐를 끼치지 않도록 멋대로 행동하지 말라고 주의했는데도 무시할 만한 사람은 그 아이뿐이겠지.

"왜 그래? 자하가 또 없어졌어?"

"아니, 난 옛날 같은 실패를 반복하지 않아."

내가 한숨을 내쉬면서 두 사람에게 물어봤더니, 떨어진 곳에서 당사자가 대답했다.

"어라, 미안. 영락없이 누굴 찾는가 싶어서."

자하가 여기에 있으니 그 가능성은 사라졌다. 그리고 보니 수상한 인물이 하나 더 있음을 나는 불현듯 깨달았다.

"앗, 혹시, 시타가……."

내가 생각을 말하자 마기루카와 레이첼 씨가 미안해하듯 고개를 끄덕였다.

(이 녀석, 어떻게 해서든 옛날을 재현하고 싶은 것 같네.)

"아무래도 월견초를 보러 숲에 들어간 것 같아. 엘프를 봤다는 사람이 있어."

내가 끄으응, 신음하고 있으니, 자하가 왔던 방향에서 왕자님이 나타나 예상했던 정보를 주었다.

"죄송합니다. 산만한 아이이긴 하지만, 이렇게 홀로 움직일 아이가 아닌데…… 아마도 그 아이를 부추긴 사람이 있겠죠……."

(사람이 아니라 용이라고 말해야 하지 않을까?)

레이첼 씨가 당혹스러운 얼굴로 에둘러서 말하자, 나는 속으로 딴죽을 걸어봤다.

"다들 모였으니 학자님을 데리러 가볼까? 지금의 우리라면 자이언트 스네이크가 나타나도 어떻게든 대적할 수 있겠지."

옛날과 패턴이 비슷하다고 생각한 사람은 나뿐만이 아닌 듯했다. 자하는 그때 고전을 겪었던 몬스터의 이름을 언급하고는 별장 밖을 가리켰다. 조금 기대하는 눈치 같은데……?

그리고 그런 자하의 모습을 늠름하다는 듯 바라보고 있는 레이첼 씨에게 당신의 생각과 상당히 달라요, 하고 쓸데없는 지적을 할 뻔했지만 꾹 참았다.

한 번 가본 적이 있어서 우리는 헤매지 않고 월견초가 있는 장소에 도착했다. 아니나 다를까, 책을 한 손에 들고서 주변을 두리번거리고 있는 다크 엘프를 발견했다.

『오호……. 이거 흥미롭군.』

"오르트아기나 님, 살짝 보기만 하기로 약속했잖아요. 이만 돌아가죠. 멋대로 행동하지 말라고 했잖아요. 더구나 메어리 님이 조사할 일을 우리가 앞지르면 안 돼요!"

『잠깐만, 이제부터가 중요하단 말이다. 여기에 왜 이게 있는지, 그대도 흥미가 있지 않나?』

"그, 그야, 뭐, 그렇지만."

속닥거리고 있는 두 사람에게서 잡범 같은 냄새가 풀풀 풍겼다. 저들이 그 위대한 카이로메이어의 당주와 사서장인가, 하고 생각하니 왠지 눈물이 날 것 같았다.

"꼼짝 마, 둘 다. 레가리야령에서 행패를 부리는 건 영주의 딸인 내가 용납할 수 없어!"

"메, 메어리 님!"

『흐, 슬슬 올 것 같더니만. 오자마자 미안하다만, 잠깐 의논할 게 있다.』

악당을 응징하고자 내가 멋진 대사를 읊으며 등장했더니 시타가 좋은 반응을 보여줬다. 그러나 모든 악의 근원은 귓등으로도 안 듣고서 이야기를 진행했다.

"뭐야, 사죄라면 일단 들어는 줄게."

『아니, 그런 게 아니다. 이 군락지를 조금 파헤쳐 볼 생각 없나?』

"……그 입을 두 번 다시 열지 못하도록 책을 쫙쫙 찢어줄까?"

이 불한당이 자못 간단하다는 듯 터무니없는 걸 요구하자 나는 웃으며 대답했다.

오르트아기나서는 금단의 마도서라서 일반인의 힘으로는 훼손할 수 없다.

그 사실을 아는 모두는 내가 반쯤 농담처럼 말했다고 생각하고 쓴웃음을 지었다. 그러나 오르트아기나와 마기루카, 튜테는 내가 하려면 할 수 있다는 걸 알기에 진심으로 난감해했다.

그러한 상황에서 나는 으름장을 놓기 위해 두 손을 앞으로 내민 채 빠득빠득 풀면서 그녀가 갖고 있는 책을 향해서 슬금슬금

다가갔다.

『자, 잠깐, 얘기를 들어라! 새로운 발견, 탐구를 위해서는 희생은 따르기 마련이다! 무언가를 아까워한다면 탐구는 진행될 수 없다!』

"그럴싸한 논리지만, 탐구를 위해서라면 뭐든지 해도 되는 건 아냐. 우선 그 생각부터 고치자."

『쳇, 의외로 이성적이군. 머리가 조금만 더 나빴다면 다루기 쉬웠을 것을…….』

"좋아, 결정했어. 두 동강 형을 내린다."

『자자자, 잠깐! 이 몸이 마음이 급했다! 설명할 테니 얘기를 들어다오!』

"말해봐."

『그, 그대들은 이 월견초와 백은의 기사 사이에 어떤 관계가 있다고 했지? 그런데 애당초 왜 이곳에 월견초가 피어 있는지, 생각해 본 적 있나?』

예상치 못한 질문에 나는 고개를 갸웃거리며 모두를 쳐다봤다. 이런 곳에 이런 꽃이 피어 있어서 놀랍긴 했지만, 왜 이곳에 피어 있는지는 지적하기 전까지는 생각하지 못했다.

"환경에 적응했기 때문이 아닐까?"

『흠, 그렇지. 그럼 월견초가 피어나기에 적합한 환경은 무엇일까?』

왠지 선생님과 문답을 주고받는 것 같은 기분을 느끼면서 나는 나보다 지식이 있는 마기루카를 보고서 견해를 청해봤다.

"마초(魔草)는 기후와 기온, 비옥한 토양, 풍부한 마력, 그리고 다른 식물의 간섭이 없는 등 여러 조건이 맞물려야만 비로소 재배할 수 있습니다. 고위 마초는 특히 민감하죠."

『흠흠, 공부를 제법 했군. 그 마초 중에서도 월견초는 특히나 민감한 종이다. 뭐니 뭐니 해도 그 맹랑한 꼬맹이, 가 아니라 정령수가 만든 것이니까.』

원래는 이 대목에서 '오오~' 하고 그 장대함에 감탄해야 했지만, 오르트아기나가 말했던 대로 그 맹랑한 꼬맹이, 아니, 정령수가 어떤 존재인지 잘 알고 있기에 격이 확 떨어지는 느낌이었다. 이거 나만 그렇게 느낀 거 아니지?

"이 월견초를 정령수님이 만드셨습니까?"

"응. 엄청나게 마력을 빨아들이는 주제에 5년에 한 번밖에 피지 않는, 의미를 알 수 없는 식물을 만들 사람이 또 누가 있겠어."

마기루카가 놀라자 자못 당연하다는 듯 시타가 대답했다.

유소년 때부터 품었던 월견초의 환상적(?) 로맨틱한 이미지가 왠지 흐려지는 기분이었다. 더 이상 듣지 않는 것이 정신에 이롭지 않을까? 하고 나의 제6감이 알려왔다.

『참고로 왜 5년에 한 번만 피냐면, 본인이 말하기를 그게 더 재미있——.』

"아아아아아아, 듣고 싶지 않아. 듣고 싶지 않아아아아아!"

월견초 축제를 앞두고서 그 신비로움을 기대하고 있을 우리 영지의 마을 사람들을과 방문객을 위해 나는 더는 알아서는 안 된다고 생각했다. 두 귀를 틀어막고서 억지로 이야기를 차단했다.

"워, 월견초의 내력을 거슬러 올라가면 그런 원점이⋯⋯."

월견초에 적잖이 흥미가 있었던 마기루카도 나와 마찬가지로 마음속에 있던 낭만이 파괴됐는지, 현실을 받아들이지 못하고 전율했다.

"으음, 저기, 여, 여러 가설이 있으니, 이거는 가능성 중 하나로서⋯⋯."

『가설은 무슨. 본인이 말한──.』

"오르트아기나 님, 얘기 좀 진행하죠."

우리가 너무 큰 충격을 받은 것 같아서 걱정됐는지 시타가 무마하려고 했으나, 그 말을 곧바로 부정하려는 눈치 없는 용.

"그래서, 오르트아기나 공은 그런 내막까지 다 아는데, 월견초가 핀 자리를 군이 파헤치면서까지 뭘 조사하려는 거지?"

나와 마기루카가 녹아웃 상태에 빠졌기에 왕자님이 대신 참전했다.

『흠, 이 몸이 알고 싶은 건 월견초 자체가 아니라, 왜 이 자리에 피어 있느냐는 거다.』

"처음에 고대의 숲에서 서식하고 있던 꽃이 이리로 왔다면, 누군가가 가져와서 심은 게 아닐는지?"

『물론, 그럴 수도 있겠지. 하지만 월견초가 다른 곳에 심는다고 해서 그렇게 쉽게 꽃을 피우는 식물인가? 이 주변에는 월견초가 군락을 이룰 만큼 방대한 마력이 없어. 즉 땅속, 이 아래에 월견초를 꽃 피우게 할 만큼 방대한 마력의 원천이 묻혀 있을 가능성이 있다.』

"그래서 저 아래를 파게 해달라고……."

생각할 거리가 많긴 했지만, 왠지 납득했는지 왕자님이 내 쪽을 쳐다봤다.

"안 돼! 이제 곧 월견초 축제인데 그런 짓을 하면 어쩌자는 거야?"

부활한 나는 시타가 갖고 있는 책을 향해서 팔을 교차하며 이의를 제기했다.

『희생 없이는 새로운 길을 만들 수 없다. 변화를 두려워 말고 뚫고 나아가는 것이야말로 탐구자의 책무 아니겠는가!』

"그러니까~ 탐구를 위해서라면 뭐든지 해도 된다는 그 사고방식부터 지금 당장 고쳐어어어!"

아무리 대화를 나눠도 역시나 나와 그의 의견은 평행선이었다.

가뜩이나 지난번 월견초 축제 때 소동을 일으켜서 민폐를 끼쳤는데, 이번에도 이상한 소란을 일으켰다가 축제를 망쳐서 마을 사람들에게, 그리고 영주의 딸로서 부모님께 민폐를 끼칠 수는 없다.

"얼마 없던 월견초를 옮겨 심어가면서 여러 시행착오를 겪은 끝에 이렇게 흐드러지게 가꿔낸 마을 사람들을 위해서라도……."

『잠깐, 원래 꽃밭이 여기에 있던 게 아니란 말이냐?』

내가 결의를 중얼거리자 오르트아기나가 용케 주워듣고서 질문했다.

"어, 앗, 응. 촌장님이 그렇게 말했는데?"

백은의 기사의 후일담을 조사하다가 어떤 연관이 있지 않을까 싶어서 방문한 이 마을에서 왠지 묘한 전개가 벌어질 것 같았다. 지금껏 겪어왔던 경험으로 미루어 그런 예감이 들었다.

07 왠지 이야기가……

"예, 메어리 님의 말씀대로, 처음에 월견초를 발견했던 장소는 여기가 아니었다고 들었습니다."

튜테와 사피나가 이렇게 되리라 미리 짐작하고서 촌장님을 부르러 갔는지 잠시 뒤 그가 나타나 사정을 설명했다.

일단 책이 시끄럽게 보채서 꽃밭을 파헤쳐도 되는지 물어봤다. 물론 곧바로 거부당했고, 그 의사를 꺾을 마음은 나에게 없었다.

『그래서 그 장소는 어디지? 어서 안내해라.』

오르트아기나가 꽃밭을 파헤치자는 건이 거부돼서 언짢아할 줄 알았는데, 그건 아무렇든 상관없다는 듯 말했다.

(탐구는 어디에다 팔아먹었어, 탐구는……. 뭐, 태도 전환이 빨라서 잘 되긴 했지만.)

촌장님이 당혹스러워하며 이쪽을 쳐다봤다.

(알아, 알아. 잘난 척하며 떠들어대는 이 책은 뭐냐고 생각했겠지. 하지만 저 너머에 지욕룡이라 불리는 위대한 태고 용이 있다고 말했다가는 또 졸도할 것 같아서 입을 못 열겠어.)

"이, 일단 안내를 부탁해도 될까요?"

촌장님도 일일이 따지기를 포기했는지, 의아해하는 표정을 거두고는 선두에 서서 우리를 안내했다. 유소년 시절에 들어갔던 지점보다 더 깊이 나아가다가 도중에 이끼가 무성하고, 거의 다 무너진 목조 주택과 맞닥뜨렸다.

"이······."

"이건······ 상당히 낡았군요. 여기에 누가 살았을까요?"

마기루카가 먼저 무언가를 말하려다가 관뒀다. 그래서 나와 겹치지 않고 대화가 진행됐다.

"글쎄요~? 꽤 오래된 건물이라서 마을 사람들도 여기에 누가 살았는지는 모릅니다. 월견초를 우연히 발견했을 때 함께 찾은 건물이지요."

"그러고 보니 월견초 축제가 가까워지면 백은의 기사가 나타난다는 오래된 소문이 있었지. 메어리 양도 전에 목격했다고 하지 않았나? 어쩌면 그 소문과 어떤 관련이······."

"어어, 어, 앗, 으으음~ 그건 말이죠······."

촌장님의 대답을 듣고서 내가 "오호~ 그랬구나" 하고 다 무너진 집을 멍하니 보고 있었더니 왕자님이 또 치명적인 과거를 들췄다. 뭐라고 말해야 할지 난감해서 말문이 막히고 식은땀이 흘렀다.

마기루카를 쳐다봤더니 이렇게 전개되리라 짐작하고서 집을 굳이 언급하지 않았음을 알 수 있었다. 내가 언급해버린 바람에 뭐라고 대답해야 좋을지 미간에 손을 대고서 고민하는 중이었다.

『저런 허름한 집 따윈 아무래도 상관없다. 얼른 안내해.』

"그, 그러네. 해도 저물 테니 어서 가죠."

오르트아기나가 나를 지켜주려고 화제를 바꿨을 리는 없겠지만,

나는 그에 동조하며 선두에 서서 그곳을 벗어났다.

"아가씨, 위치를 아세요?"

"앗, 하하하, 안내 좀 해주세요."

뒤에서 따라오던 튜테가 지적하자 나는 방향을 돌려 상황을 지켜보던 촌장님에게 부탁했다.

우리는 숲속으로 더 들어갔다. 그리고 촌장님이 "저깁니다" 하고 가리키자 비로소 알아챘다.

그곳에는 초목에 가려져 있는 바위(?)가 하나 있었다. 그리고 그 주변에 다가붙듯 드문드문 월견초 꽃봉오리가 보였다. 마을 근처에서 피는 월견초와는 달리 숫자가 적어서 다른 풀과 꽃에 묻혀 있었다.

"……무덤?"

나는 처음에 저것을 무덤이라고 생각했다. 모두가 어떻게 생각하는지 시선을 돌려봤더니 고개를 갸웃거리거나, 내 의견에 동감하며 고개를 끄덕이는 사람도 있었다.

"저희도 그리 생각해서 굳이 건드리지는 않았습니다만, 꽃이 아주 아름다운지라 한 송이를 캐서 마을에도 심어보려고 시도한 사람이 있었는데……."

"일이 잘 풀리지 않았고, 여러 시행착오 끝에 오늘에 이르렀다는 말이군요."

내가 말하자 촌장님이 조금 송구스럽다는 듯 고개를 끄덕였다. 뭐, 저것이 정말로 무덤이고 누군가가 헌화하고자 심은 꽃을 캐낸 것이라면 꺼림칙하기도 하겠지. 대놓고 밝힐 만한 이야기는 아닌가…….

『아니, 저건 무덤이 아니다.』

자, 그럼 이만 돌아갈까, 하고 발걸음을 돌리려고 했을 때, 오르트아기나서에서 놀랄 만한 말이 튀어나왔다.

"마, 맞아. 저건 우리 탑에서도 자주 보던 거야."

뒤이어 시타도 동의했다. 더욱이 대서고탑에도 있다고 하기에 나는 기억을 캐내고서 '뭐였더라?' 하고 찾아봤다.

초목에 뒤덮여서 세세한 부분이 잘 보이지 않아서 기억이 떠오르지 않았다. 그런데 자하가 앞으로 나서더니 비석으로 추정되는 것에 붙어 있는 잎과 덩굴을 잡아 뜯기 시작했다.

"이건! 형태가 조금 다르지만, 탑의 서고를 잠그는 단말 장치랑 비슷하네요."

레이첼 씨가 자하를 돕고자 다가가더니 그 정체를 알아챘다.

"탑의 단말 장치?"

레이첼 씨의 의견을 듣고서 나는 의아해하며 시타를, 아니, 그녀가 갖고 있는 책을 봤다.

탑에 적용된 기술 대부분은 오르트아기나가 제작했다.

그것이 왜 여기에 있지? 더욱이 지금껏 나눴던 대화를 돌이켜보니, 그는 이것의 존재를 몰랐던 것 같다.

"성교국 인간들이 합성수 장치를 빼낸 것처럼 누군가가 잠금 단말기도 가져갔던 걸까요?"

『아니, 그건 탑과 일체화되어 있어서 가져가더라도 사용할 수 없고, 설령 억지로 끄집어내더라도 망가져서 잡동사니가 될 뿐이다. 그런데 이 녀석은 아직도 작동하고 있군.』

사피나가 고찰하자 오르트아기나가 부정하고서 새로운 사실을 덧붙였다.

"그래서 결론이 뭐냐는 거냐니까?"

나는 이야기를 따라가지 못하고 말투가 이상해졌다.

"누군가가 모방하여 만들었다……는 말인가?"

"왕국 안에 그게 가능한 기술자가 있다고요?"

"아니. 월견초가 여기에 있는 걸 보면, 아마도 고대의 숲 출신자가 여기 와서 새로 만들었다고 보는 편이 타당하겠지."

이야기를 이해하지 못하는 나를 대신하여 왕자님과 마기루카의 추측을 내놓은 덕에 살았습니다.

"참고로 오르트아기나가 여기에 제작했는데 까먹었을 가능성은?"

"태곳적부터 살아왔으니 다소 늙어서 잊어버렸을 가능성이 아예 없지는 않지만, 그래도 그가 여기에 왔을 리는 없겠죠. 고대의 숲을 제외한 다른 세력이 용납하지 않았을 테니까……."

자하가 말하자 레이첼이 그를 두둔하며 대답했다. 자하에게는 배려했지만, 그녀들의 통치자인 오르트아기나에게는 가차 없는 발언이었다.

『…….』

당사자가 어떻게 반응했을지 시타가 갖고 있는 책을 봤더니 아무런 반응이 없었다.

(설마 정곡을 찌른 건 아니겠지?)

"오르트아기나 님?"

내 시선을 감지하고서 시타도 궁금해졌는지 책에 말을 걸었다.

『음? 아아, 미안하군. 잠시 생각에 빠졌다.』

"당신, 설마 정말로 자기가 만들고서 까먹은 건 아니겠지?"

『무례하기는. 그렇게 늙어빠지지는 않았다. 이런 걸 만든 기억도 없고, 레이첼의 말대로 이 몸은 여기에 올 수 없다.』

"그러면 이건 누가 만든 건데?"

『그, 그건~.』

내가 딴죽을 걸자 희한하게도 오르트아기나가 시원치 않게 말했다.

"오르트아기나가 만든 게 아니라면 누가 만들었는지 짐작 가는 사람은 없을까요? 이런 걸 만들 수 있는 분은 별로 없을 것 같습니다만."

『으~음, 짐작 가는 바는……..』

사피나의 의견에도 역시나 용은 시원치 않게 반응했다.

카이로메이어의 마공기술은 잃어버린 초고대 문명 수준이었다. 그것을 쉽사리 재현할 수 있는 기술자는 현대에도 없겠지. 오직 그만이 만들 수 있기에 카이로메이어의 문명이 쭉 쇠퇴하기만 했던 것 아닌가.

그런데 그가 말을 흐리는 것으로 보아 꼭 그렇지도 않은 듯했다. 적어도 저 용 말고도 기술을 보유한 자가 또 있는 것 같은데, 말하기 껄끄러운 이유라도 있나?

"누가 만들었는지는 제쳐두고, 이게 그 대서고탑에 있는 기기랑 동일하다면 시타 씨가 열 수 있지 않을까?"

왕자님이 분위기를 읽었는지 화제를 바꿨다.

"그럴 줄 알았는데, 아무래도 저는 권한이 없는 것 같네요."

시타가 비석 같은 물체에 다가가 목에 걸고 있던 열쇠를 꺼내 살며시 댔지만, 아무 반응도 없었다.

『확인하고 싶은 게 있다. 시타여, 그대를 이용해도 되겠는가?』

"오르트아기나 님."

오르트아기나의 말을 듣고서 당황한 사람은 요청받은 시타가 아니라 레이첼 씨였다.

그러나 큰소리로 항의하려고 하는 그녀를 손으로 제지한 사람은 시타였다.

시타를 이용한다는 게 무슨 의미인지 순간 이해하지 못했다. 그런데 두 사람의 태도를 보고서 나는 떠올랐다.

(그러고 보니 대서고탑 사건을 겪었을 때, 열쇠와 책을 통하여 오르트아기나가 시타를 조종했던 것 같은 장면이 있었지.)

나는 그때 기계적으로 변했던 시타와 그 후에 반동을 겪고서 쓰러졌던 그녀를 떠올렸다. 그래서 레이첼 씨가 반대하려고 했겠지.

"괜찮아, 언니. 그때는 내 안에 들어온 정체 모를 존재한테 저항한 바람에 부담으로 작용했을 뿐이야. 하지만 지금은 그게 뭔지 알았으니까……."

레이첼 씨를 설득하고자 시타는 웃으면서 대답한 뒤 다시금 책을 쳐다보며 꼬옥 끌어안았다.

『그럼 강제로 시스템에 들어가도록 하지.』

그 말과 함께 오르트아기나서가 저절로 펼쳐지더니 시타가 목에 걸고 있던 열쇠가 두둥실 떠올랐다.

"관리자 권한을 발동합니다."

시타의 눈동자에서 빛이 사라지더니 억양 없는 목소리가 들렸다. 그러나 예전처럼 몸에 어떤 거부 반응은 일어나지 않았기에 일단 안심하고서 지켜보기로 했다.

시타와 비석 같은 물체 사이에 여러 마법진이 떠올랐다가 사라지기를 반복했다. 시타의 입에서는 말인지 그저 소리인지 알 수 없는 음성이 나왔다.

그런 행위가 한동안 지속되더니 비석 같은 물체에 변화가 생겼다. 형태가 조금 바뀌더니 열쇠 구멍 같은 게 출현했다.

"프로세스 종료. 해제합니다."

시타의 그 말과 함께 열쇠 형태가 바뀌더니, 그녀가 그것을 비석 같은 물체에 꽂았다.

그러자 땅이 살짝 진동하고서 비석 같은 물체의 뒤쪽 땅이 열렸다.

"지하로 이어지는 계단일까?"

"역사적 발견일지도 몰라요, 메어리 님! 시타 씨 일행이 없었다면 알아차리지도, 열지도 못했을 텐데!"

"그, 그그그, 그렇게 거창한 일은 아니라고…… 생각하는데. 근데 이거 백은의 기사랑 어떤 관련이 있을까? 열지 않는 편이 나았을지도."

일련의 광경을 보면서 사피나와 마기루카는 경악과 기대감에 젖어서 나에게 말을 걸었다. 그러나 나는 이 엄청난 발견을 얼버무리기 시작했다.

"그건 조사하면 알 수 있겠지. 막상 아무것도 없을 수도 있으니 편하게 생각하자, 편하게."

왕자님이 격려라고 해야 할까, 당연한 대답을 해줘서, 나는 머리가 덜렁거리는 인형처럼 그저 고개만 끄덕였다.

진동이 멎자마자 끈이 끊어진 것처럼 허공에 부유하던 책이 뚝 떨어졌다. 그리고 시타가 비틀거리며 쓰러질 뻔했다.

"시타!"

걱정하며 옆에서 지켜보던 레이첼 씨가 부축했다.

"……."

"시타?"

"……니, 케……."

시타의 눈동자에 빛이 되돌아오더니 그녀의 입에서 그런 말이 흘러나왔다.

방금까지 의미를 알 수 없는 말이라고 해야 하나, 음성만 들었기 때문인지 알아들을 수 있는 단어가 들리자, 귀에 진하게 남았다.

(니케라고 들렸는데, 여기랑 무슨 관련이 있는 걸까? 아니면 우연히 그렇게 들렸을 뿐일까?)

"……으음…… 어, 언니."

잠시 뒤 시타가 제정신을 되찾았다.

시타는 카이로메이어 때만큼 소모되지는 않았지만, 그래도 여전히 걱정스러웠다. 그녀를 여기서 쉬게 하고 우리끼리 내려가야 하는지 고민했다.

(음~ 근데 시타도 안에 뭐가 있는지 보고 싶을 텐데.)

그래서 나는 지금도 힘없이 땅바닥에 떨어져 있는 책으로 다가가 위험물을 다루듯 조심스럽게 집어 들었다.

(역시 무슨 일이 벌어질지 모르잖아. 내게는 영향이 없더라도 주변 사람들한테 무슨 일이 벌어진다면 큰일이야.)

"오르트아기나, 시타는 괜찮아?"

『……니……야……소』

"어라? 여보세요~. 이상하네, 전파가 나쁜가?"

오르트아기나가 떠듬떠듬 말해서 이해할 수가 없었다. 나는 책을 흔들거나 하늘을 향해 들어 올려봤다.

"메어리 님, 뭘 하고 계시나요?"

"뭘 하냐니? 전파 상태가……(크흠)……가 아니라 무슨 말을 하는 건지 잘 모르겠네, 이거."

사피나가 질문하자 책을 이리저리 돌려보던 나는 또 위험한 발언을 내뱉을 뻔했다. 뒤에 있던 튜테가 헛기침하며 궤도를 수정해줬다.

"시타 씨랑 가까이 있어야만 들리는 거 아닐까요?"

내가 하려는 말을 이해했는지 마기루카가 대응했다.

결례이긴 하지만 책을 살며시 시타 곁으로 가져갔다.

"오르트아기나?"

『앗, 아아, 뭐야?』

(엇, 이어졌다, 이어졌어. 왠지 시타를 전파탑처럼 이용하는 것 같아 마음이 괴롭지만⋯⋯.)

"시타는 괜찮아? 일단 마을로 돌아가 그녀를 쉬게 하는 게 좋을까?"

『아니, 그럴 필요는 없다. 아직 익숙하지 않아서 지쳤을 뿐이니, 금세 회복된다. 저게 신경이 쓰인다면 그대들은 먼저 조사하러 가도 된다.』

그 말을 듣고서 나는 '그럼 다녀올게~' 하고 말할 만큼 박정하지 않으므로 어떻게 할지 모두를 쳐다봤다.

"뭣하면 내가 안은 채로 데려갈까?"

이 대목에서 힘이 센 자하가 든든하다고 해야 하나, 미묘한 제안을 했다.

"아니, 괜찮아. 그런 건 언니한테 해줘."

"무, 무무무, 무슨 말을 하는 거니이이이!"

아직도 괴로워하는 듯하지만, 부축하던 레이첼 씨에게 윙크하면서 시타가 의미심장한 발언을 하자, 레이첼 씨가 동요했다.

(응, 귀여워, 귀여워.)

"응?? 레이첼 씨를? 왜?"

그리고 자하가 둔감 주인공처럼 시타의 진의를 헤아리지 못한 채 고개를 갸웃거렸다.

"시타는 괜찮은 것 같네."

"그렇군. 하지만 촌장은 여기에 남으면 만약의 사태가 벌어졌을 때 위험하니 마을로 돌려가는 게 좋을 것 같아. 앞으로 저 안에서 무슨 일이 벌어질지 모르니까."

왕자님이 말하자 촌장님은 수긍하고서 발걸음을 돌렸다.

"그럼 내려가볼까?"

촌장님을 보내고서 심호흡을 한 뒤 나는 열린 지하 계단을 봤다.

(으~음, 왠지 스케일이 점점 커지는 것 같은 기분이 드는데 착각일까? 응, 착각이겠죠, 신님?)

08 ❦ 실례할게요

지하로 이어지는 계단은 생각보다 깊었다. 우리는 한동안 신중히 아래로 내려갔다.

얼마나 나아갔을까? 어두운 풍경이 바뀌지 않아서 감각이 마비되기 시작했다.

그러다가 드디어 우리 눈앞에 새로운 풍경이 펼쳐졌다. 그 광경을 보고서 발걸음을 멈춘 우리는 말문이 막혔다.

"이건…… 숲?"

그래, 지하에는 작은 숲이 존재했다.

깊이 내려온 만큼 천장이 높은지 저 위가 아득해서 끝이 보이지 않았다.

그 이질적인 광경에 당황한 우리보다도 두 엘프는 더 놀랐다.

"어떻게 된 거야……. 여긴 고대의 숲과…… 비슷한데?"

"그러게. 식생이 매우 흡사해. 근데 왜 이런 곳을……."

『과연. 이 땅에 마력 순환을 인공적으로 만들었나. 이런 재주가 가능한 존재는……「니케」, 그대인가…….』

아마도 눈앞에 펼쳐진 숲은 고대의 숲과 흡사한 듯했다. 오르트아기나의 중얼거림은 뒤로 갈수록 작아져서 잘 들리지 않았지만, 귀에 익은 단어가 있었다.

그러나 지금은 눈앞에 펼쳐진 현상이 너무 충격적이라서 불확정 요소는 일단 무시하기로 했다.

식물에 관한 전문 지식은 없지만, 듣고 보니 확실히 지상의 숲과 다른 것 같기도 했다. 뭐, 평범한 사람은 누가 설명하지 않으면 알아차릴 수 없는 수준이지만…….

일단 엘프들끼리만 흥분하지 말고, 우리도 알 수 있도록 설명했으면 좋겠는데.

"월견초만 봐도 알 수 있듯, 고대의 숲에 서식하는 식물이 이곳에 군생하는 건 어렵지 않나요?"

내가 대화에 어떻게 낄지 고민하고 있으니, 마기루카가 과감하게 참여했다.

『흠, 좋은 질문이다. 그걸 설명하려면, 우선 이 땅이 키워내는 모든 것들과 마력에 관한 이치부터 알려줘야겠군. 자, 시타여, 설명하거라.』

"후엥, 제가요? 어, 아, 어어~으음, 그게~."

갑자기 선생님처럼 굴기에 오르트아기나가 설명할 줄 알았는데, 갑자기 자신에게 떠넘겨서 시타가 이상한 목소리를 냈다. 뒤이어서 어떻게 설명해야 좋을지 고민하듯 팔짱을 낀 채 신음했다.

"마기루카 씨의 말대로 보통은 불가능하지만, 특수한 방법을 써서 실현한 것 같아요."

"특수한 방법이라니요?"

"요정입니다."

보다 못한 레이첼 씨가 오르트아기나의 지시를 무시하고서 우리에게 결론부터 말해줬다.

『아니, 아니지! 그런 설명으로 어떻게 이해시킨단 말이냐.』

"그렇구나, 이해했어."

『거 봐라. 설명이 부족해서 이해를, 해버렸는가~아아아아.』

나와 레이첼 씨 씨의 대화를 듣고서 오르트아기나가 우스꽝스럽게 반응했다.

『이봐, 고작 그것만 듣고 이해가 가나? 우선은 세계의 이치부터 설명하고서 요정의 이치를 설명해야지.』

"아니, 요정이 했다면서?"

개인적으로는 난해한 강의를 들어본들 이해할 수 없어서 도중에 백기를 들었을 것 같다.

나에게 요정은 상식 밖의 존재다. 방식은 이해할 수 없어도 요정이 재주를 부렸다고 설명하면 납득할 수 있을 만큼은 체험했기에, 이 결론에 토를 달 생각은 전혀 없었다.

『끄으으응, 아니, 잠깐만. 신수를 거느리고 있는 그대라면 이해할 수 있는가……. 과연, 과연.』

오르트아기나가 저 혼자서 납득했다. 아무래도 내가 세계의 이치를 이미 알고 있다고 생각하는 모양이다. 이거 지금 수정해야나중에 탈이 나지 않을 것 같은데.

"잠깐."

"메어리 님, 그보다도 주변을 주의하는 게 좋겠어."

내가 그의 인식을 수정하려고 하자 주변을 살펴보던 자하가 경계하면서 대화에 끼어들었다.

"어, 무슨 소리야?"

"초목에 가려져서 곧바로 알아차리지 못했는데…… 몬스터의 뼈가 있습니다."

사피나 역시 주변을 의식하면서 뒤이어 말했다.

그 말을 듣고서 비로소 눈치챘다. 두 사람이 쳐다보고 있는 지점에 뼈로 추정되는 무언가가 묻혀 있었다.

더욱이 어디선가 본 형태였다.

"메어리 님, 혹시 이건 자이언트 스네이크가 아닌지……."

"우리와 맞닥뜨렸던 자이언트 스네이크와 무슨 관계가 있나?"

나와 마찬가지로 마기루카와 왕자님도 눈치를 챈 듯했다.

"그럼 그 녀석들이 여기서 나왔나?"

"근데 뼈가 흩어진 형태를 보아하니 누가 쓰러뜨린 느낌입니다. 영역 다툼에 밀려서 여기서 쫓겨났다고 하기에는 아무도 없고, 여기가 서식지 같다는 느낌도 안 듭니다."

뒤이어 자하가 의견을 밝히자, 나는 동의했다. 그러나 고대의 숲에서 여러 몬스터를 봐왔던 사피나의 생각을 듣고서 결론을 보류했다.

다시금 확인하니, 이 지하 공간은 자이언트 스네이크 같은 거대한 몬스터가 여러 마리 서식하기에는 조금 비좁은 듯했다. 둥지 같은 곳도 보이지 않았다.

그렇다면 사피나의 말처럼 여기에 그들을 쓰러뜨린 누군가가 있다는 뜻이 되는데…….

"다들, 이리로 좀 와봐!"

내가 불온한 생각을 하고 있으니, 스스럼없이 어느새 안쪽으로 나아간 시타가 약간 흥분하며 외쳤다.

(이런, 저 아이가 또 호기심에 홀렸네.)

나는 탄식을 한 번 내뱉고서 시타 곁으로 걸어갔다. 그러자 숲속, 아마도 넓이로 보아 지하의 중심으로 추정되는 지점에 반경 3m짜리 동그란 샘이 있었다

주변의 자연물과 달리 명백히 인공 조형된 흔적이 있었다.

그리고 우리는 시타가 가리키는 수면을 보고서 거듭 놀랐다.

"전신 갑옷이…… 잠겨 있어."

"메어리 님, 하나만 있는 게 아니에요."

나와 함께 놀랐던 마기루카가 지적한 대로 갑옷은 여러 개가 존재했다.

숫자를 단언할 수 없는 이유는 이 샘의 수심이 생각보다 깊고 어둡고, 어째선지 빛이 들지 않기 때문이었다.

"이 역시 억측인데, 숲에서 백은의 기사처럼 갑옷을 두른 사람을 봤다는, 옛날부터 들려오는 소문과 무슨 관련이 있을까?"

"레이포스 님의 말씀이 맞을지도 모르겠어요. 물속에서 하나 꺼내볼까요?"

이상한 광경이 연거푸 이어지자, 내 안에서 지적 호기심이 날뛰기 시작했다. 부주의하게도 나는 다리를 물속으로 집어넣고 말았다.

"조심해! 이건 평범한 물이 아니야!"

"어?"

71

시타가 지적한 대로 물속에 넣으려고 했던 다리가 잠기지 않고 수면에 떴다. 명백히 평범한 물이 아니었다. 또한 파문이 중앙으로 퍼지더니 중심부에서 물줄기 두 개가 솟구쳤다.

(아아아, 나름 조심하려고 애썼는데, 저지르고 말았어어어어!)

이 대목에서 어설픈 행동이 튀어나오고 말았다. 나는 마음속으로 절규했다.

솟구친 두 물줄기는 물리 법칙을 무시하고서 구부러지더니 양 끝이 맞부딪치며 하나의 아치를 만들었다. 그리고 소용돌이를 치면서 응고되어 갔다.

"무, 무무무, 무슨 일이 벌어진 거야?"

"아마도 시큐리티가 작동한 것 같아요."

"시, 시큐리티? 왜?"

"그야, 우린 불법 침입자이니까."

"어? 시타가 문을 열어서 입구로 들어왔잖아?"

"응, 억지로 말이야♪"

내가 초조해하며 묻자, 시타가 "에헷♪" 하고 귀엽게 혀를 내밀고서 익살을 떨었다. 언젠가 이렇게 될 운명이었을까? 사고를 친 지 얼마 안 된지라 비난할 수가 없었다.

"메어리 님, 조심하세요! 저 아치, 안쪽이 이상해요."

마기루카의 말대로 응고된 물기둥 아치 맞은편이 울렁거렸다. 뭔가 투명한 막으로 구성된 느낌이었다.

SF풍으로 말하자면 공간이 일그러져 보인다고 해야 할까?

"이것도 요정이 재주를 부렸네. 나 참, 요정은 여기서 뭘 했던 거지?"

"요정은 어디까지나 시스템의 일환이야. 이 시설은 요정을 이용하여 누군가가 만든 거야. 고대 카이로메이어의 기술과 요정의 마도구화. 이런 건 오르트아기나 님도 시도하지 않았어."

『그야 뭐, 요정은 음흉해서 믿을 수가 없으니까. 그 맹랑한 정령수의 부하라고. 이용하고 싶지도, 얽히고 싶지도 않다.』

"잠깐, 그러면 뭐야? 여길 만든 게 엘프라는 거야?"

시타와 오르트아기나의 대화를 듣고서 나는 옛날에 겪었던 「요정의 장난」이라는 현상을 떠올린 뒤 이 결론에 이르렀다. 왜냐면 요정을 이용하여 마도구를 제작하는 종족은 내가 아는 한 하나밖에 없으니까. 백은의 기사를 쫓다가 엘프가 튀어나오다니. 나는 엉뚱한 곳에 와버린 게 아닌가 싶어서 걱정됐다.

이 추측이 옳다면 백은의 기사로 추정되는 목격 정보도, 월견초도, 몬스터도 전부 이 시설과 관련이 있는 것 같다. 그러나 이 시설이 백은의 기사와 관련이 있다는 명확한 물적 증거는 발견되지 않았다.

내가 이런저런 생각을 하고 있으니, 사태가 변화하기 시작했다. 혹시나 했지만, 평범한 공간이었던 아치 안에서 무언가가 꿀렁, 하고 출현하기 시작했다.

카이로메이어에서 없어졌던 대서고탑의 꼭대기가 이공간에서 출현한 것을 봤으니, 이것도 원리는 비슷하지 않을까? 어쨌든 눈앞에 있는 시설을 보니 기술력이 오르트아기나에 필적할 만하다는 건 분명한 듯했다.

"다들 조심해. 뭔가 튀어나왔어!"

나는 뒤에 있는 모두에게 말했다. 내가 제일 먼저 다가갔기에 제일 먼저 맞설 수 있다는 게 그나마 다행일까.

물체가 서서히 출현했다. 그 녀석은 몸길이가 3m를 웃도는 거인이었다.

아니, 보통 생물과는 달랐다.

그 몸은 광석 같은 재질로 이루어져 있었다. 의미를 해석할 수 없는 문자가 온몸에 새겨져 있었다.

더욱이 그 문자들은 빛나고 있었다. 그 문자의 빛이 표면을 비추고서 무지개색으로 반사됐다.

겉모습은 사람이 야윈 것처럼 호리호리했지만, 목은 머리 두 개만큼 길었다. 몸통도 사람보다 길어서 느낌이 기이했다. 얼굴이 이목구비도 없이 평평해서 몹시 징그러웠다.

또한 제 몸과 크기가 비슷한 대검을 들고 있었다. 나는 바짝 경계했다.

"저 빛은 혹시 미스릴광(鑛)? 미스릴 거상에 여러 마법을 부여한 것 같네. 굉장해, 미스릴광을 저런 식으로 가공할 수 있다니 대단한 기술이야."

한눈에 보고서 저것이 무엇인지 간파한 시타의 지식과 관찰안에 감복했다. 그런데 이런 상황에 너무 기뻐하지 말아줄래?

"혹시 여길 구축한 존재가 저거야?"

나는 일단 신바람을 내는 시타에게 확인해봤다.

"아마도 여기 파수꾼일 거야."

그녀가 힘차게 대답하자 나는 한숨만 나왔다.

(흐으~응, 이상해애애애! 조사하면 할수록 이건 아닌 것 같은 느낌이 점점 커지고 있어. 하아~ 마음이 꺾일 것 같아…….)

✵ 09 ✵ 나와 거상

건조물에 에워싸인 지하에 펼쳐진 숲속, 기이한 느낌에 박차를 가하듯 출현한 거상 한 기.

시타가 이 거상을 시큐리티라 불렀으니, 침입자를 응징하기 위한 존재이겠지.

그것은 주변에 널려 있는 몬스터의 뼈와 샘에 잠겨 있는 갑옷들이 증명하고 있었다.

대화로 풀 가능성이 없을까 생각했지만, 우리는 불법 침입자에다가 저 얼굴 없는 거상과 대화하는 건 불가능할 듯했다.

"시타 씨, 저것도 요정과 관련이 있다면 엘프의 말은 통하지 않을까?"

"전하의 요청을 들어드리고 싶지만, 상대는 대화할 마음이 없는 것 같아요. 게다가 대화를 나누려면 나름대로 준비가 필요해요."

안타깝게도 서로 대화를 나누어 이해하는 전법은 불가능한 듯했다.

"아가씨, 이걸!"

내가 각오를 굳히고서 전투태세를 취하자 뒤에서 튜테가 검을 건네러 왔다.

"고마워, 튜——."

뒤를 돌아 튜테에게서 검을 받으려는 순간, 내 시야 앞에, 튜테의 배후에 느닷없이, 라고 표현할 수 있을 만한 속도로 그 거상이 출현했다.

그 밋밋한 거상의 얼굴을 본 순간, 온몸에서 소름이 돋았다.

나는 반사적으로 다가온 튜테를 붙잡아 내 쪽으로 끌어당겼다. 힘이 너무 들어갔는지 튜테가 비명을 짧게 지르고서 들고 있던 검을 떨어뜨렸다. 그러나 그딴 건 아무렇든 상관없다. 튜테를 베려고 거상이 휘두른 검을 대신 온몸으로 받아내려고 했다.

"풍인열파(風刀裂破)!"

그런데 나와 거의 동시에 누군가가 옆에서 거상을 견제했다.

사피나의 공격이었다.

그녀 역시 나처럼 거상의 속도에 반응한 모양이다.

그러나 거상은 미스릴광으로 되어 있어서인지 그녀가 가한, 바람 마법을 부여한 참격이 적중했는데도 피해 없이 잠시 주춤거리기만 했다.

아주 짧은 틈이었지만 나에게는 충분했다. 사피나에게 고마워하면서 튜테를 안으며 뒤로 펄쩍 물러섰다.

그 광경을 보고서, 아니, 눈이 없어서 단정할 수는 없지만, 거상이 무언가 생각하듯 동작이 멎었다.

왜 처음에 튜테를 노렸을까? 그녀가 가장 먼저 움직였기 때문에? 가장 약해서 확실히 죽일 수 있을 것 같아서? 판단하기가 어려웠지만, 그보다도 내 마음속에 어떤 감정이 가득해졌다.

(이 녀석이 튜테를 죽이려고 했어!)

누가 역린을 건드리면 용이 광분하듯 나의 역린은 튜테다. 그걸 건드린 상대를 보고서 나는 냉정을 유지할 수 없었다.

나는 튜테를 풀어주고서 떨어진 검을 주운 뒤 힘이 쭉 빠진 거상과 맞서려고 했다.

그런데 그 순간, 녀석의 모습이 사라졌다.

예비 동작도, 중심 이동도 없었다. 인체 구조와 중력을 완전히 무시하고 움직였다.

더욱이 그 속도는 평범한 사람을 훨씬 초월했다.

다시 모습을 드러낸 거상이 튜테의 근처에서 검을 휘두르려고 시도했다.

"튜테한테 다가가지 마아아아아!"

나를 무시하고서 집요하게 튜테를 노리는 거상을 보고 발끈했다. 나는 소리를 지르면서 검을 휘둘렀다.

대검과 내 검이 맞부딪쳤다. 커다란 소리와 함께 대검이 튕기더니 거상의 자세가 무너졌다.

그러나 녀석은 자세 따윈 신경 쓰지도 않고, 검을 쥐지 않은 손을 뻗었다.

자세가 다 무너졌는데도 힘이 들어간 주먹이 튜테를 엄습했다.

나도 자세 따윈 아랑곳하지 않고 튜테 앞으로 끼어들고는 두 팔을 교차하여 그 주먹을 몸으로 받아냈다.

"아가씨!"

나에게는 무효화 스킬이 있어서 이 정도는 별것도 아님을 알면서도 튜테가 비통한 비명을 질렀다.

거상은 내 행동에 놀랐는지 다음 행동으로 넘어가지 않고 한순간 굳어버렸다.

그 틈을 놓치지 않고 자하와 레이첼이 좌우에서 베어버렸다.

그러나 그 공격은 허공을 갈랐고, 거상은 어느새 거리를 띄운 채 서 있었다.

"아가씨!"

튜테가 걱정하며 나에게 다가왔다.

"괜찮아. 별거 아냐."

그 말을 듣고 사피나 및 동료들이 안도하는 모습이 보였다. 거상이 자세가 다 무너진 상태에서 공격했기에 큰 위력이 없었다고 여겼겠지.

그러나 튜테 같은 일반인은 중상을 입을 만한 위력이었다. 뭐니 뭐니 해도 미스릴광으로 만들어진 주먹이니까.

그걸 알기 때문인지 무효화 스킬 때문에 상처 하나 입지 않은 내 모습을 보고도 튜테는 여전히 불안해했다.

거상이 자신을 명백히 표적으로 삼았고, 내가 방패가 되어 지켜줬다는 사실에 미안해하는 듯했다.

난 괜찮다. 어떤 공격을 맞아도 괜찮고, 패배할 일이 없다.

그런데 나를 무시하고서 힘없는 소중한 사람을 집요하게 공격했다. 나는 자신이 이리도 무력하다는 사실을 통감했다.

일찍이 오르트아기나가 했던 말이 머릿속에 스쳤다.

──그들은 놀랄 만큼 연약하고…… 사랑스러웠다……──

『……어떻게?』

내가 오르트아기나의 말을 떠올리고 있으니 갑자기 그가 맥락없이 말을 내뱉었다.

그 말은 우리가 아니라 거상에게 내뱉은 것 같았다.

"오르트아기나 님?"

시타도 놀랐는지 모두의 앞에 황급히 책을 꺼냈다.

『메어리의 행동이 그리도 이상했나?』

오르트아기나는 거상과 대화를 나누는 듯했다. 용이라서, 아니, 오르트아기나라서 그런지 그는 저 요정과 대화를 나눌 수 있는 듯했다.

그 증거로 거상은 방금부터 움직이지 않았다. 아까는 다짜고짜 덮쳤으면서.

『……메어리여, 대답해 줘라.』

"어? 뭘?"

느닷없이 대답하라고 한들 뭐가 뭔지 전혀 모르겠다. 평범한 사람도 알아먹을 수 있도록 조금만 더 설명했으면 좋겠는데…….

『자기 목숨을 걸고서 타인을 지켜낸 의미를…….』

내가 설명해달라고 요구했더니, 지욕룡이 터무니없이 어려운 질문을 던졌다. 나는 무슨 상황인지 파악하지 못한 채 멍해졌다.

"지, 지키고 싶었으니까?"

그래서 내 입에서 아주 단순한 대답이 튀어나왔다. 더욱이 한심하게도 의문형이었다.

그래서였는지 잠시 정적이 주변을 휩쌌다.

(어, 어라? 잘못 대답했나? '너, 뭔 소리를 하는 거야?' 하고 어이없어하는 분위기 같지 않아?)

그러나 그 이상의 대답은 떠오르지 않았다. 나는 첨언하거나 정정하지도 못한 채 내심 조마조마해하며 그저 상황을 조용히 지켜볼 수밖에 없었다.

그 순간, 거상이 검을 힘차게 땅에 꽂았다.

(아아아아, 이거 격노한 거지? 이렇게 나오는 걸 보니 격노한 거 맞지?)

상대의 기세에 압도되어 나는 무심코 엉덩이를 뺐다.

거상은 꽂은 검에서 손을 떼고서 두 손을 서서히 들어 올렸다.

이번에는 무슨 의미인지 전혀 짐작도 되지 않았다. 우리는 더더욱 긴장하며 상대의 동향을 주시했다.

"……."

"……저기 튜테. 저거 어떻게 생각해?"

이윽고 거상은 동작을 멈췄다. 나는 이해하지 못하고 뒤에 있던 튜테에게 물어봤다.

"……제 눈에는 항복하고서 두 손을 들어 올린 것처럼 보입니다만."

"그, 그렇겠지? 그렇게 보이는 거지?"

튜테가 말한 대로 거상은 검을 놓고서 두 손을 어깨보다 높이 들어 올린 채 정지했다.

나는 확인하고자 모두를 둘러봤다. 나와 눈을 마주친 사람들은 동감이라며 고개를 끄덕였다.

『상대는 이제 위해를 가할 생각이 없는 것 같다.』

"진짜로? 그렇게 말해놓고서 또 튜테를 노리지는 않겠지?"

오르트아기나가 말했는데도 의심을 풀지 못했다. 나는 튜테를 지키듯 꼬옥 끌어안았다.

전투를 왜 중지한 건지는 모르겠지만, 어쨌든 튜테가 더는 위험에 노출되지 않는다면 더할 나위가 없다.

그러나 그의 말을 순순히 받아들이지 못한 나는 튜테를 근처에 있는 사피나와 마기루카에게 맡겼다. 그러고는 항복 포즈를 취한 채 가만히 서 있는 거상에게 슬금슬금 다가갔다.

그리고 검 끝으로 조심스럽게 툭툭 건드려봤는데 거상은 아무 저항도 하지 않고 그저 우두커니 서 있기만 했다.

『거봐라, 바보 같은 짓 그만하고 앞으로 가자. 그 녀석의 마음이 변하기 전에.』

내 행동을 보고서 오르트아기나가 어이없어하며 시타에게 어서 가자고 재촉했다.

나는 그럼에도 불안한 마음을 해소할 수 없어서 거상에게서 얼른 떨어져 튜테의 곁으로 돌아갔다. 그녀의 손을 잡고서 함께 걸어 나갔다.

불현듯 어떤 시선이 느껴져서 그쪽을 돌아봤더니 거상이 나와 튜테를 보고 있는 것 같은 느낌이 들었다.

나는 황급히 튜테의 손을 잡아당겨 가장 먼저 게이트를 지났다.

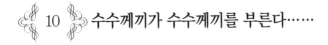

10 수수께끼가 수수께끼를 부른다……

게이트를 넘자, 우리를 맞이한 것은 아까와는 전혀 다른 풍경이었다.

아까는 지하에 숲이 펼쳐진 이질적인 광경이었고, 지금은 인공적으로 만들어진 연구시설 같았다. 전과 다른 의미로 압권이었다.

더욱이 눈에 보이는 모든 것이 낯이 익었다. 이곳이 카이로메이어와 어떤 관계가 있음을 보여줬다.

"여긴…… 아마도 아까 그 지하와 조금 떨어진 곳인가? 출입구를 통로가 아닌 저런 몬스터로 연결해서 완전히 격리하다니, 굉장히 철저하네."

"시타 씨, 여기서 무슨 연구를 했던 걸까요? 제가 보기에는 합성수 연구시설과 흡사한 것 같습니다만……."

"글쎄……. 기술적으로는 유사하지만, 왠지 다른 것 같은데…… 잠깐, 아주 잠깐만 기동시켜 봐도 될까?"

"그, 글쎄요. 잠깐, 아주 잠깐이라면…… 무, 문제가 안 될 만큼만."

호기심이 왕성한 2인조가 왠지 치킨 레이스 같은 짓을 벌일 것만 같아서 무서웠다. 나는 저들이 정말로 사고를 칠 것 같으면 만류하려고 대비했다.

　그보다도 호기심 불끈불끈조의 필두인 어느 용이 조용하다는 게 마음에 걸렸다.

　"오르트아기나, 뭔가 할 말 없어?"

　그래서 나는 불온하게 여기며 직설적으로 물어봤다.

　『……이런, 이런. 모든 걸 다 꿰뚫어봤나? 언제부터 눈치챘나?』

　"어? 무슨 소리야?"

　(난 그냥 넌 왜 떠들썩거리지 않느냐고 딴죽을 걸어봤을 뿐인데, 이 흐름 왠지 익숙한데…….)

　『흥, 시치미를 떼다니. 재미없지만 하는 수 없지.』

　나는 데자뷔를 느끼면서 오르트아기나가 뜻밖의 대답을 하자 정말로 어리둥절했다. 어떻게 반응해야 좋을지 난처했다.

　『아마도 이건 「니케」의 소행이겠지.』

　그리고 오르트아기나의 말을 듣고서 모두 고개를 갸웃거렸다.

　(아니, 아니, 아니, 너, 잠깐만. 얘기가 너무 비약했잖아? 뭔 소리야?)

　"오르트아기나 님, 니케라면 혹시…….."

　우리가 다 알고 있는 것처럼 오르트아기나가 뜬금없이 핵심을 찌르자, 시타마저 당혹스러워했다. 그러나 그녀는 우리와는 다른 이유로 놀란 듯했다.

　『음, 시타는 이 몸의 기억을 들여다봤으니 잘 알겠지. 그 녀석이야말로 카이로메이어의 초대 족장이자 일찍이 이 몸과 부족을 이어줬던 장본인이다. 이 몸이 인정했던 몇 안 되는 최고의 마공기사였지.』

그리고 지욕롱님이 갑자기 엉뚱한 이야기를 해대자 도저히 사고가 쫓아갈 수가 없었다. 나는 일단 어떻게 해야 저 대화에 낄 수 있을지 궁리했다.

(니케라는 단어를 어디선가 들은 적이 있는 것 같은데…….)

"앗, 입구를 열었을 때……."

"그, 그렇군요. 예전에 피피 씨가 마공기술에는 제작자의 버릇이 배어 있어서 누가 만들었는지 알 수 있다고 말씀하셨는데, 문을 열 때 간섭해서 눈치챈 거군요."

『오호, 마기루카라고 했던가? 이해가 꽤 빠르군. 역시 성녀의 동료라는 건가? 뭐, 그만한 수준은 되어야만 그녀를 따를 수 있겠지.』

(잠깐. '그녀'는 대체 누굴 지칭하는 걸까? 날 따돌리고서 자기들끼리 종잡을 수 없는 얘기들을 나누고 있는데…….)

간신히 이야기를 이해한 마기루카에게 감탄했다. 그리고 어째선지 별생각도 없이 불쑥 그 말을 내뱉었을 뿐인데 모두의 시선이 나에게 쏠린 듯했다. 뭐, 착각이겠지. 착각…….

"얘기를 들어보니 꽤 중요한 포지션에 있었던 사람인 것 같은데, 왜 그 니케라는 엘프는 카이로메이어가 아니라 에네루스 숲에?"

『글쎄…… 카이로메이어를 떠난 후 그 녀석이 뭘 했는지는 모른다. 어쩌다가 이곳에 흘러들었는지도 모르겠군.』

"떠났다니?"

『음, 방향성이 달랐던 거지. 그 녀석이 원하는 영역을 우리는 찬동하지 못했다……. 그저 그뿐이다.』

왕자님과 오르트아기나가 대화를 이어갔다. 그리고 시타의 표정이 점점 어두워졌다. 그녀는 오르트아기나와 이어져서 그의 기억을 들여다봤다고 한다. 그렇다면 그 기억 속에서 니케가 무엇을 추구했는지 봤겠지.

시타의 표정을 보니 그것이 그다지 바람직한 것이 아님을 왠지 헤아릴 수 있었다.

시타의 생각이 궁금했지만, 너무 깊이 캐내지 않는 편이 좋을 듯했다. 그와 동시에 백은의 기사를 조사하러 왔는데 이야기가 점점 멀어지는 것 같아서 불안해졌다.

"도대체 여기랑 백은의 기사랑 무슨 접점이 있을까? 시타, 어떻게 생각해?"

"으, 으~응? 글쎄? 조사해볼게."

일단 다른 화제는 없는 것 같아서 나는 시타를 따라 이 시설을 탐색하기로 했다.

전체적으로 한산했고, 생활감이 거의 없는 방이 몇 군데 있었다. 놀랍게도 이 장소는 상당히 오래전에 만들어졌을 텐데도 풍화됐거나 열화된 곳을 찾아볼 수 없었다.

"이토록 풍화된 데가 없으니, 여기서 뭘 했는지 자료나 힌트가 남아 있을 것 같네."

"맞는 말이야……. 요정이 관여했을지도 모르겠어. 우리에게는 잘된 일이지만, 자칫 잘못 건드렸다가 무슨 일이라도 벌어지면 큰일이야."

마기루카와 시타, 호기심 불끈불끈조가 방을 탐색하면서 '어? 그거 혹시 개그를 친 거야?' 하고 딴죽을 걸고 싶은 무시무시한 발언을 했다.

다들 그렇게 생각했는지 두 사람을 예의주시하면서 저마다 탐색을 개시했다.

나는 어느 방에서 그 풍경을 보고는 가슴이 두근거리고 심장이 꽉 옥죄이는 느낌을 받았다.

재질과 형태 모두 다른데도, 그 광경은 나의 「과거」 기억을 자극했다.

그래, 이곳은 「병실」과 비슷했다.

오래전의 자신과 이곳을 겹쳐보니 애달픈 감정이 흘러넘쳤다.

"아가씨, 왜 그러세요?"

나의 자그마한 변화를 놓치지 않고 튜테가 걱정스레 말을 걸어 줬다. 그 덕분에 나는 평정심을 되찾았다.

"아무것도 아냐. 그보다도 결국 여기서 뭘 했던 걸까?"

"그게 궁금하긴 한데, 대부분 말끔하게 처분되어서 추측하는 게 고작이야."

『녀석은 그런 부분이 철저했지. 뭐, 자료를 발견해도 우리밖에 해석할 사람은 없겠지만…….』

"그게 뭐야? 자랑?"

『훗…… 녀석의 발상은 마치 이 세계에서 벗어난 듯했지. 그래서 나는 흥미를 품고서 받아들였다.』

내가 짓궂게 말하자 오르트아기나는 부정하지 않고 왠지 정겨워하는 목소리로 말했다.

(이 세계에서 벗어난 발상?)

"그나저나 시타는 뭐 하고 있어?"

오르트아기나의 말이 마음에 걸리긴 했지만, 내 시야 안에서 방을 꼼꼼하게 살펴보고 있는 시타의 행동이 더 궁금해져서 물음을 던졌다.

"메어리 님이 유독 관심을 보인 방이니 뭔가가 있을 것 같아서 세심하게 살펴보고 있는데?"

"아니, 왜 뜬금없다는 표정을 짓는 거야?"

"참고로 메어리 님이 보기에 어디가 가장 수상해?"

"시타, 내 말 듣고 있니?"

우리의 대화는 심하게 어긋났다. 나는 반쯤 체념하고서 한숨을 내뱉으며 한창 탐색 중인 시타를 바라봤다.

뭐, 나는 경험한 적이 없어서 잘 모르지만, 왠지 이 광경은 청소년이 나오는 애니나 만화에서 친구가 자신의 방을 물색하는 패턴과 비슷한 듯했다.

그래, 물색이라고 하면…….

"침대 아래나……."

나는 옛 기억을 떠올리며 키득, 웃으며 혼잣말을 흘렸다.

"그렇구나, 침대 말이지…… 여긴가?"

내가 작은 목소리로 중얼거렸는데도 엘프 시타는 재빠르게 포착하여 엎드린 채 침대처럼 생긴 대좌 아래를 들여다보기 시작했다.

"우~ 어두워서 잘 안 보여."

"자, 잠깐, 시타? 소녀로서 그런 자세는 좀 그렇지 않니?"

열심히 들여다보는 건 딱히 잘못이 아니지만, 저 포즈가 위험하다.

네 발로 엎드린 채로 바지…… 즉 엉덩이를 흔들거리는 모습을 보니 여자인 나조차도 두근거리잖아?

"……메어리 님, 뭔가가 있어. 으엇!"

"앗, 얘, 자하 씨. 왜 이 타이밍에 온 거야? 이 라노벨 주인공은 진짜!"

나는 시타의 칠칠치 못한 모습을 남성들이 보지 못하도록 황급히 몸으로 가렸다. 내 행동을 보고서 자하 옆에 있던 레이첼 씨도 부랴부랴 그의 시선을 가리려고 했다.

응, 옆에 있는 왕자님은 봐도 되느냐는 딴죽은 접어줬으면 좋겠다. 그런 거야, 소녀의 마음은…… 아마도.

"앗, 뭔가 있는 것 같아."

"시타, 지금 당신은 그거 말고 더 신경 써야 하는 게 있는 것 같은데?"

"으~음, 잘 보이진 않지만 뭔가 있는 것 같아……."

"남의 얘기 좀 들어…… 어? 뭔가 있어?"

호기심에 푹 빠져서 시타가 분별없이 행동하자 나는 당황하며 어떻게든 진정시키려고 했다. 그런데 무슨 진전이 있는 것 같아 나도 무심코 반응했다.

"맞아, 오르트아기나 님, 어때? 뭔가 보여요?"

무슨 생각인지 시타는 오르트아기나서를 꺼내 그대로 틈새에 집어넣었다.

『이봐아아아, 이 몸을 틈새에 넣지 마라! 그보다도 이 몸을 너무 함부로 다루는 거 아니냐?』

위대한 지욕룡님께서 뭐가 아쉬워서 틈새에 끼어있는 무언가를 확인하는 처지가 되어야 하냐고 분개하셨다. 이쯤에서 따끔하게 설교하려는 걸까?

『엇, 열화되긴 했지만, 무슨 책…… 같은 게 있군.』

(아니, 그냥 조사하기로 했냐아아아?)

딸바보라고 해야 하나? 결국에는 설교도 하지 않고 시타가 바라는 대로 오르트아기나가 순순히 이용당하자 무심코 나는 딴죽을 걸었다.

"내 손으로는 닿지 않네……."

"……."

"아가씨, 저 대좌는 무거우니 혼자서 옮기시면 안 돼요."

"앗…… 예……."

시타의 행동에 속이 타서 내가 강경 수단을 쓰려고 하자 뒤에서 튜테가 신신당부하여 발을 멈췄다. 우와, 위험했다, 위험했어.

"우리가 저 대좌를 옮겨 볼까요?"

그리고 희한하게도 분위기를 읽은 자하가 왕자님을 끌어들이며 제안했다.

『아니, 관둬라. 이 방에 있는 물건을 함부로 옮기거나 흠집을 입히거나 부쉈다가는 요정이 발끈할지도 모르니까. 섣불리 건드리지 않는 게 좋다.』

상대는 요정이다. 자칫 역린을 건드릴 수도 있으므로 오르트아기나의 제안을 받아들이는 게 무난할 듯했다. 아니, 정말로, 위험했다······. 내가 행동에 나섰다면 필시 사고를 쳤을 게 틀림없다.

자, 그럼 어떻게 할까? 다시 출발점으로 되돌아온 듯했다.

"역시 스스로를 믿고서 자기 손으로 거머쥐는 것 말고 활로는 없어!"

나는 주먹을 꽈악 쥐고서 멋지게 말해봤다.

"으~음, 그럼 이 안에서 팔다리가 가장 가늘고 긴 언니한테 부탁해볼까?"

"어? 내가?!"

"시타, 그렇게 말하면 내 마음이 상처받잖아······."

시타가 별다른 의도 없이 내뱉은 말이 예리한 나이프처럼 가슴에 푹 꽂힌 땅딸막한 사람이 하나 있었다. 아니, 누가 땅딸막하다는 거야?

내가 허무하게 혼자 딴죽을 걸고 있으니 레이첼 씨가 잠시 당황했다. 그러나 시타가 그녀를 억지로 침대로 데려갔다.

"잠깐, 어, 아니, 저기, 잠깐만."

"언니 왜 그래? 평소처럼 유능한 여자로서 파바박 해치워야지."

"앗, 그, 그래도!"

저 굳센 레이첼 씨가 왜 저렇게 난감해하는지 모르겠다. 나는 한동안 그녀의 행동을 지켜보다가 그녀가 몸을 숙인 순간, 아까 시타가 취했던 자세가 다시 떠올랐다.

레이첼 씨가 아까부터 이쪽을 힐끗힐끗 쳐다봤던 이유는 옆에 있는 남자가 신경 쓰였기 때문인 듯했다.

"그러고 보니 마기루카랑 사피나는 뭘 하고 있지? 자하 씨, 미안하지만 좀 보고 올래?"

"어, 갑자기 왜?"

"잠자코 보고 와."

"그렇군, 자하. 마기루카 양과 사피나 양도 걱정이야. 가서 보고 오자."

내가 갑자기 시키자, 자하는 의아해했지만, 왕자님이 분위기를 읽어준 덕분에 두 사람은 이곳을 떠났다.

(후우~ 이런. 하마터면 소녀의 마음에 상처가 날 뻔했어.)

문제가 제거되자 레이첼 씨는 신중하면서도 신속하게 물색하기 시작했다.

조금 고전했다. 잠시 시타처럼 칠칠치 못한 모습을 보여주면서 간신히 목적을 이뤘다. 레이첼 씨의 손에는 허름하고 얇은 책 한 권이 쥐어져 있었다.

"이건…… 상당히 열화됐네. 요정이 관리하는 장소라서 이렇게 남아 있는 것 같은데."

레이첼 씨가 들고 있는 책을 물끄러미 살펴보면서 감정하기 시작한 호기심 왕성한 사서와 지욕룡.

"보아하니 어떤 마도서는 아닌 것 같네."

『흠, 그냥 책인 모양이군. 위험하지는 않은 것 같다.』

시타는 나도 모르는 마법을 영창한 뒤 페이지를 신중히 넘기며

내용을 보려고 했다. 아마도 카이로메이어 사서답게 고서가 훼손되지 않도록 방지하는 마법을 구사한 듯했다. 그만큼 저 책이 낡았다는 뜻이겠지.

"자, 이건…… 무슨 문자일까? 본 적이 없네."

『음음…… 그렇군…….』

시타와 오르트아기나의 대화를 듣고서 나는 예전에 빅토리카 고대 유적에 있었던, 그녀의 아버지가 고안했다는 『블러드레인 문자』를 떠올렸다.

"뭐야, 뭐야? 또 독창성이 넘쳐흐르는 창작 문자라도 적혀 있…….

나도 농담하면서 가세하듯 책을 들여다봤다. 그리고 그 문자를 보고는 말꼬리가 끼어들어갔다.

나는 그 문자를 읽을 수 있었다.

—아가드—

그건 『일본어』였다…….

✦ 11 ✦ 그리운 문자

지금 나는 너무 놀란 나머지 머리가 정지되기 직전이었다.

그러나 생각하기를 포기할 만한 사안은 아니라서 이게 어찌 된 영문이냐고 속으로 거듭 자문했다.

주변에서 무슨 대화들을 나누는 듯한데, 내 귀, 아니 내 머릿속에는 들어오지 않았다.

"아가씨?"

넋을 완전히 놓은 내 표정을 보고서 튜테는 속내를 읽어내지 못했는지 의아해하며 들여다봤다.

그녀의 얼굴을 보고서 머리가 조금이나마 움직이기 시작했다.

(진정해, 메어리. 냉정히 생각하면 불가능한 이야기는 아니야. 신님은 이 세계에 온 사람이 나 하나뿐이라고 하지 않았어. 그래, 나보다 앞서 이곳에 전생했던 사람이 있어도 이상하진 않잖아.)

나는 자신을 타이르듯 여러 이유를 나열했다.

그랬더니 시간이 흐르면서 나는 냉정하게 판단할 수 있게 됐다.

그리고 다음 문제는 물론, 이 시설과 관련 있는 사람이 나처럼 일본에서 온 전생자일 가능성이었다.

키워드는 처음에 적혀 있던 「아가드」라는 단어였다.

단순히 생각하면 사람 이름일까?

아니면 어떤 매직 아이템의 명칭일까?

또는 내가 모르는 마법의 명칭일까?

혹은 장소일지도 모르겠다.

으~음, 생각을 해보니 끝이 없었다.

그렇다면 그 고서를 더 읽어보면 되겠지. 나는 그렇게 결론을 내리고 나서야 비로소 모두를 볼 수 있었다.

"시, 시타. 뭐 모르는 거라도 있어?"

"으음, 책의 재질과 열화된 상태를 보니 오래된 물건이라는 건 알겠는데, 정확한 연대는 자세히 조사해야 알 수 있겠네."

『이 몸은 이 암호라고 해야 하나, 문자 같은 게 궁금하군. 이 몸이 모르는 것이 있다니…… 실로 흥미롭다.』

호기심과 연구심이 자극되자 두 사람은 그 고서를 갖고 갈 생각으로 가득했다.

"내게도 보여줄래?"

"응, 자. 앗, 근데 일단 내 마법으로 잠시 보호 조치를 취하긴 했지만, 신중히 다루도록 해. 오래돼서 약하니까."

시타는 책을 내밀면서 파워가 넘쳐흐르는 나에게 무서운 요구를 했다.

책 내용이 너무 충격적이라서 잊었는데, 이 책은 세월이 오래돼서 세심히 주의하며 다뤄야 한다.

그렇게 생각하니 나는 겁이 많은지라 주저됐다. 그래도 읽고 싶다, 내용을 확인하고 싶다.

그럼 어떻게 할까? 이럴 때 나는 늘 이 선택을 한다.

"튜, 튜테⋯⋯."

"예, 맡겨주세요, 아가씨."

내가 부탁하려고 하자 튜테가 기다렸다는 듯 얼른 앞으로 나와 시타에게서 책을 받았다. 아주 든든하다.

튜테는 책을 들고서 둘이 읽을 수 있을 만한 곳으로 나를 유도했다. 그러고는 둘이 나란히 앉아 독서를 시작했다.

"사이가 좋네."

그 광경을 지켜보던 시타가 흐뭇한 얼굴로 감상을 밝히자 왠지 부끄러웠다.

튜테에게 페이지를 넘겨달라고 부탁하고서 나는 내용을 확인해 나갔다.

아가드.

오늘 그 사람이 준 나의 이름이다.

이것에 특별한 의미는 없다.

그저 번호로 부르는 게 싫다고 했다.

그래도 나는 기쁜 것 같다. 잘 모르겠지만.

일단 줬기에 기쁘게 받았다.

첫 번째 페이지에 담긴 문자량은 아주 적고 간략했다.

일기 같기도 했지만, 날짜가 없어서 뭐라 단정할 수 없었다.

(그 사람? 이름을 붙여줬다? 번호? 여기서 대체 무슨 일이⋯⋯.)

어쨌든 이곳에 두 사람이 있었던 건 분명한 듯했다. 그런데 이 문장만으로는 여기서 뭘 했는지는 알 수 없었다. 그러나 뭐라 형언할 수 없는 불안이 내 마음속에서 술렁였다.

"아가씨?"

전생의 지식에서 비롯된 무서운 생각이 머릿속을 스치자, 나는 말문이 막혔다. 튜테가 고서를 덮고서 걱정하며 말했다.

"음, 앗, 미안, 미안. 무심코 생각에 빠져버렸어."

"메어리 님, 어땠어? 혹시 그 문자를 읽을 수 있는 거야?"

내가 글을 다 읽었다고 판단하고서 시타가 참지 못하고 기대하는 눈으로 물어봤다.

"그, 글쎄? 익숙한 것 같기도 하고, 아닌 것 같기도 하고……."

미안하지만, 한동안은 진실을 덮어두도록 하겠다.

『오호~? 읽을 수 없다, 가 아니라 익숙하지 않다? 그럼 어디선가 봤다는 소리군.』

"으……."

거짓말에 서툰지라 무심코 허튼소리를 내뱉었나 보다. 오르트아기나가 내 속내를 캐내고자 끼어들었다.

"그, 그러는 오르트아기나도 이 시설을 니케 씨가 만들었다고 했잖아? 그 사람이 쓴 게 아닐까?"

『과연, 그 생각은 미처 못 했다. 이 몸은 분명 본 적이 없지만, 녀석과 관련이 있는 것 중에 저 문자가 있었던 것 같기도…….』

"으~음, 여기가 대서고탑이었다면 사람들을 총동원해서 여러모로 조사를 벌였을 텐데……."

『그럼 지금 한가한 자한테 지시를 내려두마. 뭔가 알아내면 보고하라고 하마.』

"앗, 그렇구나. 오르트아기나 님은 카이로메이어에 있었지. 깜빡했어."

『어허. 이 몸은 이 책이 아니다. 잊어서는 안 된다.』

시타의 말을 듣고서 그러고 보니 나도 저 말하는 책의 정체가 커다란 고룡이라는 사실을 잊을 뻔해서 쓴웃음을 지었다.

『그나저나 메어리여. 아까 그 문자 얘기 말이다만, 그대는 어디서…….』

큭, 얼버무리는 데 실패한 것 같아.

"메어리 님, 잠깐 좀 와봐!"

오르트아기나가 끈질기게 이야기를 되돌리려고 하자 안에서 자하가 나를 부르는 소리가 들렸다.

"자, 자하 씨가 부르네. 무, 무슨 일이지? 어서 가자, 가보자."

『쳇…… 뭐, 좋다.』

사실 고서를 조금 더 읽고 싶었지만, 지금은 이 재잘거리는 책, 즉 고룡의 추궁에서 도망치기 위해 자하 곁으로 가는 게 최선이겠지.

고서 쪽은 튜테가 시타에게 무슨 말을 듣고서 메모를 하고 있다. 아마도 취급 방법에 관해 의논하고 있겠지. 앞으로도 내가 읽고 싶어할 걸 예상하고 수중에 남겨두려는 생각인 듯했다.

정말로 나를 속속들이 잘 알고 있는, 아주 믿음직한 메이드다.

나는 허둥지둥 도망치듯 안으로 걸어갔다. 막다른 곳에 커다란 방이 있는데, 그 안에 모두가 있었다.

아마도 저 방에 무슨 문제가 있는 듯했다.

나는 불현듯 아까 일기처럼 적혀 있던 문장을 떠올렸다.

그 두 사람이 여기서 생활했던 흔적이면 좋겠다고 생각하면서 합류했더니, 내 눈앞에 뜨뜻미지근한 생각을 확 날려버리는 광경이 펼쳐져 있었다.

어른 하나가 여유롭게 들어갈 수 있을 만한, 원기둥형 커다란 배양기가 벽을 따라 원을 그리듯 쫙~ 깔려 있었다. 저 배양기는 매직 아이템인데도, 기이한 광경은 마치 어느 SF영화를 방불케 했다.

또한 그 가운데. 그곳에는 대좌 같은 무언가가 설치되어 있었다.

내 주관적인 생각인데, 역시 침대처럼 보였다. 전체적으로 수술실 같은 분위기가 풍겼다.

"……메어리 님, 어떻게 생각해요?"

"으~음, 각종 장치가 기능하는 광경을 보니 여기가 이 시설의 중추 아닐까? ……자세히 알고 싶으면 시타나 오르트아기나한테 물어보는 편이 좋을지도."

"『……..』"

"시타?"

두 사람에게 의견을 물어보려고 시타를 쳐다봤더니 어째선지 굳어 있었다. 그 표정은 봐서는 안 되는 것을 본 것처럼 경악과 공포로 가득했다.

"여긴 오르트아기나님의 기억에 있던 인체실험 풍경과 흡사해……."

『니케여, 그대는 그 이후에도 계속했던 것인가.』

시타가 떨리는 목소리로 말하자 오르트아기나는 벌레를 씹은 것 같은 목소리로 이어서 말했다.

그 말을 듣고서 비로소 알아챘다. 일찍이 오르트아기나가 벌였던 흉악한 행위를 도왔던 조력자가 있었다.

그리고 아까 내가 읽었던 고서 내용. 그 의문점에 한 가지 가능성이 생겼는지도 모르겠다.

아가드.

그는 이곳에 있었던 실험체였을지도 모른다.

(그럼 그 사람이란 니케를 가리키는 걸까? 번호로 부르는 게 싫어서 붙여줬다고 적혀 있었으니, 앞뒤는 맞는 것 같은데.)

니케라는 사람의 됨됨이를 모르기에 어디까지나 나의 억측에 불과했다. 그러나 어쨌든 이곳에서 카이로메이어의 악몽이 은밀히 이어져 왔다는 뜻일까?

"그 말인즉슨 엘프가 그러했듯 여기서 인체실험을 벌였다는 거야?"

『……아니…… 육체에 손을 대서 다시 만드는 단계는 이미 성공했다. 녀석은 나와 결별하면서까지 목표로 삼았던 신의 영역을 이곳에서 실험했는지도 모르겠다.』

"……사람을 다시 만드는 영역 너머라니……."

니케가 목표로 삼았던 신의 영역이 무엇인지 나는 모른다. 그러나 칭찬을 받을 만한 행위는 아니라고 내 안에 있는 경종이 울렸다.

애니와 만화 등 창작물에서 인용하자면, 현 상태에서 별개의 존재를 창조한다. 혹은 전혀 새로운 존재를 만든다. 그런 느낌일까?

『시타, 미안하구나. 이번에도 그대의 힘을 빌리겠다.』

"……응."

내가 섬뜩한 상상을 부풀리고 있으니, 옆에서 오르트아기나가 시타에게 양해를 구했다.

"오르트아기나 님! 아무리 거부 반응이 없다고 해도 이렇게 단기간에!"

중앙 대좌 근처에 있는 단말 장치 같은 통에 열쇠를 꽂고서 눈동자에서 빛이 스윽 사라져가는 시타를 보고서 레이첼이 외쳤다.

나는 잘 몰랐지만, 시타의 몸에 부담이 가는 행위겠지. 문을 열고서 얼마 지나지 않았으니, 그녀에게 얼마나 큰 부담이 될지 헤아릴 수 없었다.

『이 장치는 아직도 건재하다! 이런 게 다른 자들의 손에 넘어갈 가능성이 있다는 뜻이다. 녀석들은 시설을 완전히 부술 수 있었는데도 그러지 않았다. 언젠가 여길 찾아와 어떤 결과를 초래할지 관찰할 속셈이겠지! 이 몸과 녀석은 근본이 비슷해서 쉬이 상상할 수 있다.』

평소답지 않게 오르트아기나가 분노를 드러냈다. 그 말을 듣고서 나는 숨을 삼켰다.

"하, 하지만 이 시설을 파괴하는 행위를 요정이 용납하지 않을 거라고 했는데, 괜찮을까요?"

그러나 오르트아기나의 기백에 압도되지 않고 레이첼은 다른 이유를 대며 공격했다.

『외부에 손상을 가하면 녀석들도 눈치채겠지만, 내부에서 오작동을 일으키도록 유도하는 건 문제없다.』

그런 식으로 기능을 정지시킬 수 있는지 대단히 의문이었지만, 뭐, 오르트아기나가 그렇다고 하니 괜찮겠지. 나는 지식량과 판단력만은 그를 신뢰하고 있다.

이 시설이 얼마나 위험천만한지는 잘 와닿지 않았다. 그러나 성교국이나 다른 사람이 악용하는 건 피하고 싶으니, 개인적으로는 동감이었다. 더욱이 이곳은 레가리야령이다. 공작 영애로서 문제를 발견했으니 되도록 제거하고 싶다.

"시타 씨를 걱정하는 마음은 알겠지만, 오르트아기나 공의 판단을 난 지지하고 싶어. 왕국은 이 기술을 감당할 수가 없고, 윤리에 어긋나. 합성수 사건만 봐도 성교국은 카이로메이어의 기술력을 제법 탐내는 것 같으니, 부술 수 있다면 부숴두고 싶어."

"전하의 말씀도 지극히 타당하지만, 애당초 이 시설의 입구를 다시 봉쇄하면 그만 아닐까요?"

왕자님은 나와 의견이 같은 듯했다. 그러나 마기루카의 말도 일리가 있었다.

"그러네. 그래서 지금껏 아무도 침입하지 못…… 아니, 이미 침입자가 있었잖아."

나는 거상과 싸운 장소와 지금껏 나돌았던 소문을 떠올렸다.

『그렇다. 그 백은의 갑옷들과 몬스터는 외부에서 들어왔다. 조사하고 알았다만, 아마도 이 시설은 잠시 마력 공급이 불안정해져서 기능을 하지 않는 때가 있다.』

"……설마 월견초가 개화하는 시기?"

『음, 월견초가 개화하면 대량의 마력이 밖으로 방출된다. 이곳에 옮겨져 군락을 이룬 월견초는 이 시설에서 마력을 얻고 있다. 여긴 인공적으로 만들어진 마력의 중추. 월견초가 마력을 급격하게 빨아들이면서 기능이 잠시 마비되는 거다.』

"저기~. 저, 각오를 완료하고서 대기하고 있는데, 아직 멀었나요~?"

긴장감이 흐르는 와중에 시타가 홀로 얼빠진 목소리로 항의했다.

"저기, 엉뚱한 소리라면 미리 사과하겠는데, 그건 원래 시타의 힘이니, 스스로 할 수도 있지 않을까? 그럼 몸을 빌리는 부담을 겪을 필요도 없잖아?"

"후엥?"

나는 시타에게 소박한 물음을 던져봤다. 결코 오르트아기나의 허락을 일일이 구하는 게 귀찮아서 이러는 게 아니다. 진짜야.

"원래 이런 줄 알고서 생각해 본 적이 없는데. 하지만 틀린 말은 아닌 것 같아."

시타가 팔짱을 끼고서 으~음, 하고 끙끙대며 생각했다.

"그래서 어때, 오르트아기나?"

『으, 음…… 가능하다면 가능하겠지. 애당초 그녀의 안에 있는 능력을 이 몸이 억지로 이용했을 뿐이니.』

"그렇대. 시타, 한 번 시도해 보는 게 어때?"

"메어리 님, 말은 쉽지만 어떻게?"

"그건 오르트아기나가 알려주겠지, 그렇지?"

『그럴 바에는 이 몸이 조작하는 편이 빠르지 않나?』

"그러면 딸이 영원히 성장할 수 없어. 아버지로서 쓸쓸할지도 모르겠지만, 어엿하게 자립할 수 있도록 해줘야지."

『누, 누누누, 누가 아버지냐!』

나는 분위기를 누그러뜨리고자 오르트아기나를 놀리듯 말했다. 그러자 뜻밖에도 안절부절못하는 모습을 보여줘서 내심 흐뭇했다.

"아빠~ 알려줘, 알려줘~ ♪"

시타도 그에 편승하여 놀려댔다.

『우, 우우우, 웃기는 소리 하지 말고 진정해라, 시타. 어험……
그대의 능력이 어느 정도인지 한번 시험해 봐라.』

우리는 시타에게서 떨어져 두 사람의 행동을 지켜보기로 했다.

오르트아기나가 왠지 까다로운 조언을 해주고 있었다. 그러나 무슨 소리인지 전혀 알아들을 수 없어서 흘려듣고는 나 나름대로 뭔가 할 게 없을까 싶어서 주변을 둘러봤다.

그러고 보니 그 고서를 읽다 말았지. 이 틈에 읽어두는 것도 괜찮을 듯했다.

나는 곁에 대기하고 있는 튜테에게 고서를 꺼내달라고 한 뒤 그녀를 봤다. 맞은편에서 오르트아기나의 뜻을 알 수 없는 지도를 받으면서 우~우~ 하고 신음하며 악전고투하고 있는 시타의 목소리가 지금도 들렸다.

곧 우가아아아아, 하고 폭발하지 않을까 걱정될 만큼 절박한 분위기였다. 그러나 나는 한심스럽게도 마음속으로 '힘내' 하고 격려하는 것 말고는 해줄 게 없었다.

바로 그때 주변에서 무언가가 덜컥, 풀리는 소리가 울려 퍼졌다.

"어, 뭐, 뭐야?"

『오오오, 굉장하구나, 시타여! 처음치고는 잘했다. 뭐, 목적과는 전혀 달리 그저 기동시키기만 했지만 말이다. 허나 역시 나의 딸……이 아니라 백성이지 참.』

"이 딸바보가! 지금 칭찬할 상황이냐!"

"에헤헤헤, 그 정도는 아닌데~."

"그쪽도 지금 수줍어할 때냐! 사태가 복잡하게 꼬였을지도 모른다고!"

이 방에서 고고고고고, 하고 불온한 진동음이 일었다. 엉뚱한 발언을 일삼은 두 사람에게 나는 딴죽을 걸면서 주변을 예의주시했다.

진동이 멎자마자 우리가 서 있는 중앙 바닥이 원기둥형으로 솟아오르기 시작했다.

"다들 떨어져! 바닥이!"

나는 튜테를 데리고서 일단 중앙에서 멀어졌다. 주변을 보니 모두 저마다 거리를 취했다. 어떤 위험한 존재가 출현하더라도 튜테를 바로 지킬 수 있도록 나는 자세를 취했다.

그리고 잔뜩 긴장한 우리 눈앞에, 솟아난 바닥 아래에서 새로운 장치가 모습을 드러냈다.

그건 주변에 있는 원기둥형 배양기를 대형화한 듯한 복잡한 장치였다.

그러나 그보다도 내 시선은 그 내용물에 꽂혀버렸다.

"……사람이…… 잠들어 있어……."

지금까지 봤던 용기는 전부 텅텅 비어 있었는데, 그 용기에는 액체가 가득 채워져 있고, 한 소녀가 잠들어 있었다.

나이는 우리보다 어린 것 같고, 몸집은 작았다.

알몸이라는 것도 충격이었지만, 허리와 미저골 사이로 파충류 같은 꼬리가 뻗어 있었다. 머리에는 자그마한 뿔 두 개가 나있고, 귀는 엘프처럼 기다랗고, 시타처럼 하얀 머리와 갈색 피부를 지니고 있었다.

이 모든 게 무엇을 말하는지 바보 같은 나도 알아차릴 수 있을 정도였다. 너무나도 충격적인 광경이었다.

(맙소사. 여기서 니케는 사람을 합성하고 있었던 건가……!)

이것은 백은의 기사의 궤적을 쫓던 나에게 닥친, 엄청난 사건의 시작이었다.

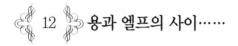

12 용과 엘프의 사이……

우리의 눈앞에 놀라운 광경이 펼쳐져 있었다.

아니, 지금껏 계속 놀라기만 한 것 같은데, 이것은 그 집대성 같은 느낌이었다.

오르트아기나와 시타의 대화를 들었던 모두가 눈앞에서 잠들어 있는 소녀가 「평범한 존재」가 아님을 알아채고서 어떻게 해야 좋을지 난감해했다.

연장자인 오르트아기나에게 어떻게 해야 좋을지 물어보는 편이 현명할 테지만, 정작 그 당사자가 가장 큰 충격을 받았는지 줄곧 말이 없었다.

『이리아…… 아니, 아니다. 그 아이는 이미…….』

"오르트아기나 님……."

『니케…… 네놈은, 네놈은 그 아이를 얼마나 이용해야만 직성이 풀리는 거냐……!』

경악하고 당혹스러워하는 오르트아기나서를 걱정스레 꼬옥 끌어안은 시타. 눈을 감고서 고개를 숙인 모습이 순간, 눈앞에서 자는 소녀와 겹쳤다.

그저 느낌일지도 모르겠지만, 나는 저 소녀가 왠지 시타와 닮은 것 같아서 다시 배양기를 봤다.

"레이첼 씨, 이리아가 누군지 알아?"

시타와 오르트아기나에게 차마 물어볼 수가 없어서 알고 있을 것 같은 레이첼 씨에게 몰래 물어봤다.

"초대 사서장의 이름인데……."

레이첼 씨는 내가 무엇을 확인하려는지 알아챘는지, 두 사람의 눈치를 살피며 나직이 대답했다.

"……니케의, 여동생이야."

우리의 대화가 들렸는지 시타가 불쑥 추가 정보를 알려줬다.

그 표정에는 허무가 배어 있는 듯 보였다. 아주 커다란 감정을 참고 있는 듯 보였다.

적어도 시타가 오르트아기나의 기억에서 무엇을 봤는지 가볍게 물어볼 만한 분위기가 아니라는 것만은 분명했다.

이리아.

시타의 선조이자 초대 사서장인 동시에 최초의 관리자.

그리고 오르트아기나가 처음으로 마음을 허락했던 여성. 니케의 여동생이라고 한다.

세 사람은 여러 가지를 알고 있는 듯했지만, 남에게 들려줄 만한 분위기는 아닌 듯했다. 본인이 먼저 말해줄 때까지 굳이 캐묻지 말자.

어쩐지 소녀의 얼굴이 시타와 닮았구나 싶었다. 정확히는 시타가 그녀와 닮은 거겠지.

그러나 저게 이리스 본인일 리는 없다. 저 소녀는 시타보다 더 어리게 보이니까.

그렇다면 저건 대체 누구인가?

내 머릿속에 가장 먼저 떠오른 건 호문쿨루스였다.

니케는 사람을 다시 만드는 데 성공했으니, 생명체의 구조를 이해하고서 세포부터 복제하는 방법을 떠올린 게 아닐까? 그리고 그걸 바탕으로 합성한 인조인간. 그 존재가 눈앞에 있는 소녀일지도 모르겠다.

생각하기만 해도 섬뜩한 이 소행에 나는 닭살이 돋아 팔을 문질렀다.

주변 사람들을 끌어들이지 않았기에 이 시설의 존재가 드러나지 않았고, 소문조차 나돌지 않았겠지.

거기까지 생각하고서 니케는 움직였을까? 아니면 단순히 이리아의 육체가 자신의 실험에 적합했던 걸까? 어쨌든 자기 여동생에게 할 만한 짓은 절대로 아니다.

나는 니케라는 엘프를 향해서 심상치 않은 혐오감을 품기 시작했다.

"내막은 깊이 캐묻지 않겠는데, 일단 시타 씨가 저지른 이 상황을 어떻게 할까요?"

"윽, 그, 그건……."

무거운 분위기 속에서 마기루카가 모두를 현실로 되돌리자, 시타가 거북해하며 주변을 둘러봤다.

"……못 봤다고 치고서 살며시 봉쇄하든가, 꺼내주든가 둘 중 하나지."

마기루카의 말뜻을 헤아리고서 나는 모두에게 두 가지를 제안했다. 다들 동의했는지 고개를 끄덕이며 나를 쳐다봤다.

『요정이 우릴 이 안으로 들인 이유는 실태를 전하고 싶다기보다 그녀를 맡기고 싶었는지도 모르겠군.』

"그렇다면 꺼내줘야 할까……? 시타, 가능해?"

"그게…… 이거 왠지 보관됐다기보다 봉인? 으음, 굳이 말하자면 틀어박힌 느낌이라서 외부 간섭을 거절하고 있어."

일이 술술 풀릴 줄 알았는데 이 대목에서 문제가 발생한 듯했다.

그럼 펀치 한 방으로 용기를 쾅 부수고서 꺼내는 다이나믹한 방식으로 갈까? 아니, 안 돼, 그건 안 돼. 그랬다가는 엄청난 패닉이 벌어져 문제가 커질 것 같았다. 주로 내가 무슨 사고를 칠 것 같았다.

그럼 어떡하면 좋을지 시타를 봤다. 어떻게든 시스템 속에 들어가고자 시도했지만, 번번이 실패하는 모습은 왠지 「패스워드를 입력해주세요」라는 단어와 악전고투를 벌이는 사람을 방불케 했다.

달리 생각해야만 하는 것들이 많았지만, 나는 현실도피를 하고자 소녀를 무심코 보면서 무얼 암호로 삼았을까 생각했다.

그리고 금세 떠올랐다.

"……아가드……."

나는 아까 봤던 단어를 불쑥 입에 담았다.

그러자 소녀의 눈꺼풀이 움찔거린 것처럼 보였다.

그리고 이내 푸쉬, 하는 큰소리를 내면서 배양기가 작동하기 시작했다.

"뭐, 뭐뭐뭐, 뭐야?"

"시타 씨가 작동시킨 게 아닌가요?"

"응? 난 아냐. 갑자기 작동하기 시작했어. 앗, 메어리 님이 뭐라고 중얼거렸는데."

마기루카가 지적하자 시타는 황급히 변명하면서 발칙하게도 나에게 책임을 떠넘기는 것 같은 발언을 했다. 마기루카가 나를 쳐다봤다.

"메어리 님……."

"나, 난 아냐! 난 아무것도 안 했어. 아, 아마도……."

아무것도 만지지 않았음을 증명하고자 만세 자세를 취하면서 나는 무고하다고 주장했다. 그러나 짐작 가는 바가 있는지라 강하게 부정하지 못해서 슬펐다.

이러는 동안에도 장치는 점점 해방 시퀀스를 진행해 나갔다. 용기에 들어 있던 액체가 빠져나갔다.

액체가 다 없어지자마자 용기가 슬라이드로 열렸다. 안에 있던 소녀가 바깥 공기를 쐬더니 그대로 쓰러졌다.

나와 시타는 사고를 친 팀으로서 황급히 그녀를 돕기 위해 달려갔다.

마기루카를 비롯한 여자들은 소녀가 알몸이므로 남성들 앞에 벽을 만들어줬다.

레이첼 씨는 주변에 변화가 없는지 확인하는 듯했다. 제발 더는 아무 일도 벌어지지 않기를 바랐다.

나로 말할 것 같으면 다가가긴 했지만, 막상 뭘 해야 좋을지 몰라서 소녀를 안은 채로 쩔쩔맸다.

결국 뒤에서 따라온 튜테에게 소녀의 몸을 닦아주고 옷을 입히는 일을 맡길 수밖에 없었다. 더욱이 내가 지시를 내린 게 아니라 튜테가 자발적으로 움직였다.

소녀는 딱히 저항하지 않았고, 눈꺼풀을 살짝 떴다.

눈동자 색깔은 예상했던 대로 시타와 레이첼 씨처럼 붉었다. 그러나 파충류처럼 검은자가 세로로 길쭉했다.

이런 때 뭐라고 말을 걸어야 좋을지 나는 봤던 애니 등을 떠올리며 고민했다. 그러나 영상은 떠올랐건만 정작 대사는 기억나질 않았다.

(큭, 내 기억은 중요한 순간에는 도움이 안 되네!)

그래서 나는 소녀를 지그시 쳐다보기만 했다.

"……아가드……."

내가 곤란해하자 소녀가 근처에 있는 나와 시타만 겨우 들릴 만한 목소리로 불쑥 중얼거렸다.

(역시 그 단어에 반응했구나. 혹시 이 소녀가 아가드일까……?)

"정신을 차렸네."

일단 생각을 관두고서 나는 눈앞에 있는 소녀에게 집중했다. 시타의 목소리를 듣고서 이리저리 헤매던 시선을 이쪽으로 돌렸다. 그러나 반응이 둔한 걸 보니 의식이 아직도 몽롱한가 보다.

그건 어쩔 수 없지. 대체 몇 년이나 잠들어 있었을지…….

"얘, 괜찮아?"

"……나……."

"나?"

시타의 부름에 반응했지만 역시나 흐리멍덩했다. 나는 마른침을 삼키며 소녀의 행동을 지켜봤다. 어떤 엄청난 발언을 하지 않을까? 혹시 갑자기 난동을 부리면 어쩌지?

"……나…… 누구? 여기…… 어디?"

긴장된 상황 속에서 자주 들었던 대사 중 하나를 설마 이 순간에 들을 줄은 몰랐기에 놀랐다.

(저, 정말로 그렇게 말하는 사람이 있구나……. 아니, 감동할 때가 아니잖아! 즉 그녀가 기억상실 상태란 소리?)

오랫동안 잠들면 여러 가지를 잊어버리는 케이스가 있는 모양인데, 시간이 지나면 기억을 되찾을까?

소녀의 상태를 다시금 확인했다.

외상은 없었고, 어떤 이상이 있는 것 같지는 않았다. 그러나 심하게 늘어져 있었다.

바로 직전까지 자고 있었다. 무리도 아니지.

"여긴, 으음, 뭐라고 해야 할까? 에네루스 마을 인근인데, 무슨 뜻인지 알려나?"

일단 여기가 어디냐고 물었기에 대답하려고 했다. 그러나 그녀가 현재 지리를 이해하고 있을지 매우 의문이었다.

"……배……."

"배?"

"배…… 배고파……."

"……."

우리가 상반신을 안아 일으키자, 소녀는 그렇게 말하고서 축

늘어졌다.

(아니, 보통 이런 상황에서 느닷없이 배가 고프다고 하나? 나랑 신체 구조가 다를지도. 앗, 혹시 마력을 원동력으로 삼는 스노우랑 같은 걸까? 그러고 보니 스노우도 의외로 먹보지.)

너무나도 뜬금없는 말을 듣고 내 생각은 탈선했다.

특별한 문제는 없는 것 같아서 나는 튜테에게 뒷일을 맡기기로 했다. 그녀는 가져온 내 여벌 옷을 소녀에게 입혀 나갔다.

"일단 마을로 돌아가려고 하는데 어떨까?"

상황이 정리되기를 기다렸다가 왕자님이 제안했다. 나도 이의는 없었고, 실제로 정보가 너무 많아서 슬슬 정리하고 싶었던 차였기에 아주 고마웠다.

내가 수긍하자 다른 사람들도 잇달아 고개를 끄덕였다. 다음 행동이 정해지자 각자 움직이기 시작했다.

"그럼 이 아이는 내가 옮길게."

아직도 의식이 몽롱한지, 아니면 또 잠들었는지 소녀는 스스로 일어설 기미가 없었다.

자하가 옮기고자 안아 올릴 준비를 했다.

설마 싶긴 하지만, 배가 고파서 움직일 기력이 없는 건 아니겠지?

자하가 소녀를 안아 올렸지만 아무런 이변도 일어나지 않았다. 나는 맥이 빠진 채로 왔던 길을 되짚었다.

그리고 그 지하 삼림으로 이어지는 게이트에 접근하자, 이변이 벌어졌다.

게이트가 작동하더니 무언가가 이리로 들어오는 것 같았다. 처음에는 아아, 그 거상이 '다 끝났어~?' 하고 묻듯 고개를 내민 건가 싶었다.

그런데 아니었다.

저 너머에서 나타난 존재는 일곱 색깔로 빛나는 거상이 아니라, 백은의 전신 갑옷 하나였다.

더욱이 그 손에는 거상의 머리가 들려 있었다.

(어?! 어?! 어떻게 된 거야?!)

13 백은의 갑옷

백은의 갑옷과 대치하자 우리들 사이에서 긴장감이 흘렀다.

적인지 아군인지 판단할 수 없는 상황인데다가, 기이한 분위기에 압도되어 무심코 경계했다.

상대도 우리를 알아챘는지 우리를 둘러봤다.

그리고 고개를 움직이다가 자하가 있는 쪽에서 뚝 멈췄다. 아니, 아마도 그가 안고 있는 소녀를 보고 있겠지.

『이번에는 운이 참 좋네. 평소였다면 문을 해제하는 데 애를 먹었을 테고, 이리로 오는 동안에 마도구들의 방해를 받은 끝에, 가장 지긋지긋한 요정한테 시달리면서 그 게이트의 잠금을 풀었어야 했을 텐데 말이야. 대부분 기능하지 않던 이유가 당신들 덕분이구나. 고마워.』

백은의 갑옷이 그렇게 말했다. 그런데 우리 같은 목소리가 아니라 굳이 말하자면 오르트아기나와 스노우처럼 마법으로 말하는 느낌이었다.

어쩌면 갑옷 내부에는 사람이 없을지도 모르겠다. 목소리 톤은 여성적이었지만, 실제로는 어떨지 알 수 없다.

한 가지 알아낸 점은 상대가 예전과 달리 우리 덕분에 고생하지 않고 여기까지 왔다는 것?

"지하 삼림에서 벌어졌던 그 참상은 혹시 당신의 소행인가?"

다짜고짜 베려고 들었던 요정의 거상과 달리 백은의 갑옷이 말을 걸자, 왕자님은 대화를 시도해 보려는 듯했다.

『맞아. 여러모로 소모가 극심해지고 실패를 거듭해서 머릿수로 누르려고 몬스터도 이용했어. 지난번에 침입하기 전에 두어 마리가 어디론가 가버렸지만.』

우리를 경계하지 않는지 백은의 갑옷이 자신의 정보를 술술 공개해 나갔다. 그 내용을 들으니 왠지 짐작 가는 바가 있었다.

(너 때문이었냐아아! 그때 자이언트 스네이크 사건은 너 때문이었어어어!)

『그런데 이번에는 수월하게 들어와버렸네? 어쩌지? 기합을 넣고서 대량으로 투입했는데 소용없게 됐어.』

상당히 우호적인 줄 알았던 백은의 갑옷이 엄청난 발언을 천연덕스럽게 내뱉었다.

그 몬스터들이 보이지 않는 것으로 보아 게이트 너머에 뒀든가, 아니면 숲에 방치했겠지. 어쨌든 간과할 수 없는 사태가 벌어진 건 확실한 듯했다.

"오르트아기나, 이게 어떻게 된 거야? 요정은 뭘 하고 있어?"

『흠, 소녀가 해방된 시점에 의욕이라고 해야 하나, 뭐라고 해야 하나, 어쨌든 요정은 모든 걸 놓아버린 모양이다. 여기도 단숨에 풍화되어 곧바로 지하 삼림에 삼켜지겠지.』

왜 심경이 바뀌었는지는 모르겠지만, 어쨌든 요정이 의욕을 잃어서 백은의 갑옷이 여기까지 올 수 있었던 걸까? 대단한 어부지리다.

『그보다도 저기, 당신들?』

아까부터 눈앞에서 살벌한 발언을 거리낌 없이 내뱉고 있는 인물에게서 기이한 분위기가 느껴졌다. 그래서 나는 말을 듣기만 했는데도 경계하지 않을 수 없었다. 모두 나와 똑같은지 긴장을 푼 사람은 하나도 없었다.

『그 아이를 내게 줘.』

예상했던 대로 백은의 갑옷은 자하가 안고 있는 소녀를 서서히 가리켰다.

"그녀를 어쩔 셈이지?"

우리를 대표하여 왕자님이 물었다.

『어? 그야 뻔하지 ♪』

지금까지는 억양을 싣지 않고 말했던 백은의 갑옷이 감정을 조금씩 담기 시작했다.

『몸과 마음 모두 괴롭히고 괴롭히고 괴롭히다가 질리면 그 몸을 차분히 실컷 산산조각 내어 영혼까지 죽여줄 거야 ♪』

그 말투에서는 황홀감이 느껴졌다. 내용도 그렇거니와 그 목소리를 듣고서 나는 등골이 오싹해졌다.

눈앞에 서 있는 백은의 갑옷은 내가 아는 그 백은의 기사와 동떨어져 있었다. 저게 동일인물이라고 절대로 인정하고 싶지 않았다.

"이 소녀의 정체는 우리도 잘 모른다. 그렇다고 해서 잔인한 발언을 서슴지 않은 그대한테 넘겨줄 수는 없다."

역시나 온후한 왕자님일지라도 불쾌감을 드러내며 거부할 수밖에 없었다. 당연하다고 여기고서 나는 긍정하듯 고개를 끄덕였다. 그러고는 상대와의 거리를 쟀다.

『아, 그래……? 그럼~ 몰살 코스도 괜찮겠네♪ 선물로 몬스터들을 풀어줄게♪』

백은의 갑옷이 거상의 머리를 손에서 놓자, 땅에서 묵직한 소리가 쾅, 울렸다.

나는 거상 때처럼 전투력이 없는 튜테를 맨 먼저 노릴 것 같아서 그녀에게 다가가 주변을 경계했다.

그 소리를 신호로 백은의 갑옷이 움직였다.

갑옷은 튜테가 아니라 소녀를 안고 있느라 두 손을 쓸 수 없는 자하를 노렸다.

속수무책인 자하부터 노리려는 걸까? 아니면 표적부터 확보하려는 심산일까? 어쨌든 다른 사람에 비해 비교적 빈틈이 많은 그를 노리려나 보다.

그런데 백은의 갑옷이 갖고 있는 검과 레이피어가 격렬하게 교차하는 소리가 울려 퍼졌다.

예상했던 대로 레이첼 씨가 자하를 도와주러 나섰다.

갑옷은 거상만큼은 빠르지 않았기에 누구나 대응할 수 있어서 다행이었다.

"용납할 수 없어!"

『어머머♪ 엘프가 사람을 지키려고 나서다니, 신기하네. 게다가 저 남자도 내 공격을 다소는 받아낼 각오로 그 아이를 감쌌고 말이야.』

"내게는 셰리 씨가 만든 든든한 방패가 있거든."

자하가 의기양양해하며 자신의 방패를 내보이자, 어째선지 레이첼 씨는 복잡한 표정을 지었다.

(마음은 알겠지만, 자하한테 악의는 없으니, 지금은 꾹 참아줬으면 좋겠어.)

『그럼 그 자랑하는 방패와 함께 두 동강을 내줄게♪』

"과연 그렇게 될까!"

소녀를 안고 있느라 자하의 움직임이 느린 듯 보였다. 그러나 실은 그는 백은의 갑옷을 사피나 쪽으로 유도하고 있었다.

"화염 마법 장전. 갑니다!"

발도 자세로 조용히 기다리는 사피나 앞에서 자하가 갑자기 속도를 올렸다. 백은의 갑옷은 부주의하게도 사피나의 간격에 들어가고 말았다.

"염도연참(炎刀連斬)!"

화염 연격이 백은의 갑옷을 엄습했다.

그러나 백은의 갑옷은 놀라거나 피하려고 하지 않았다. 그대로 공격을 정통으로 받았다.

결국 백은의 갑옷의 몸통이 상하로 베여 허공으로 날아갔다.

그 광경을 본 우리는 말문이 막혔다.

잘린 단면에서 근육으로 된 촉수라고 표현해야 좋을까? 어쨌든 살덩어리가 꾸불꾸불 튀어나왔다.

백은의 갑옷 안에 있던 내용물은, 즉 장착자는 사람이 아니었다.

아니, 저 모습은 내가 아는 지적 생물 중에 맞아떨어지는 게 하나도 없다.

나를 비롯하여 모두 황당해서 사고가 잠시 정지했다. 백은의 갑옷이 움직이는 모습을 바라보기만 했다.

『아~ 역시나 내용물이 이래서 조작하기가 쉽지 않네. 너무 싫다.』

백은의 기사인 비슷한 건가 했더니만, 리빙 아머 계열인가? 그렇다면 상대는 몬스터? 그나저나 개성이 상당히 넘친다.

바닥에 떨어진 갑옷 상반신과 우두커니 서 있는 하반신에서 촉수 같은 살덩어리가 한데 얽히더니 원래 모습으로 즈륵즈륵, 되돌아갔다.

보아하니 갑옷 안에 있는 핵을 파괴하지 않는 한 계속 움직이는 패턴인 것 같다. 그래서 요정은 그 샘 같은 곳에 빠뜨려서 봉인했던 걸지도.

더욱이 나는 저것과 비슷한 존재를 본 적이 있다.

저건 레리렉스 왕국에 등장했던 리버럴 머테리얼을 이용하여 전신에 근육 같은 걸 덕지덕지 달고 있던 초거대 마공병기와 비슷했다.

"음......."

이 대목에서 소녀가 눈꺼풀을 서서히 떴다.

이런 소동이 벌어졌는데 이제야 깨어나다니 대단하구나. 하지만 그만큼 소모됐다는 뜻이겠지.

『어머머, 이제야 깼어?』

살짝 뜬 눈으로 허공을 보던 소녀가 목소리가 들린 쪽을 반사적으로 보고는 눈을 번쩍 떴다.

"아……아…….."

소녀는 명백히 백은의 갑옷을 두려워했다.

떨리는 모습이 심상치 않았다. 이를 딱딱 맞부딪칠 정도였다.

『데리러 왔어. 잠꾸러기♪』

저 기뻐하는 말투와 말만 들었다면 별생각이 들지 않았겠지만, 지금껏 갑옷의 언동을 봐왔던 나는 오싹할 따름이었다.

"싫어어어어어어어어어!"

소녀가 내지른 날카로운 비명이 지하에 울렸다.

지금껏 잠을 자면서 소모됐다고는 믿기지 않을 만큼 몸부림을 치다가 자하의 팔에서 뚝 떨어졌다. 그런데도 멈추지 않고 땅바닥을 기며 여기서 도망치려고 했다.

『반응 좋네. 두근두근해♪』

"사, 살려줘, 살려줘, 아가드으으으!"

소녀가 필사적으로 땅을 기면서 비통하게 외쳤다.

『감히 네가 그 이름을 입에 담다니이이이이!』

지금껏 무슨 일이 있어도 긍정적인 감정을 드러내던 백은의 갑옷이 갑자기 격앙했다.

백은의 갑옷이 아까와는 비교조차 안 될 만큼 빠르게 움직였다. 오직 나만이 반응할 수 있었다.

나는 웅크린 소녀와 백은의 갑옷 사이로 끼어들었다. 갑옷이

든 검과 내 검이 맞부딪치는 소리가 울리자, 모두 이쪽을 주목했다.

『어머, 너, 그 무기는…….』

백은의 갑옷은 내 움직임이 아니라 들고 있는 전설의 검(웃음)에 주목했다.

잠깐 본 걸로 내 검이 어떤 재질인지 파악했나? 그렇다면 당시에 백색광의 특성을 알아챘던 백은의 기사와…… 아니, 지나친 생각이다.

눈앞에 있는 갑옷은 그 백은의 기사가 아니다. 나는 믿고 싶지 않아서 고개를 흔들었다.

어쨌든 그토록 격앙했으면서도 내가 개입하자마자 냉정을 되찾는 모습을 보니 여간내기는 아닌 듯했다. 뭐, 저 속에 사람이 들어 있지는 않지만…….

반면에 소녀는 몹시 겁에 질려서 아직도 정상적으로 판단하지 못했다.

튜테가 그런 소녀를 부드럽게 안았다.

저런다고 진정될 리는 없겠지만, 갑작스러운 행동을 저지할 수는 있겠지.

심지어 지금 문제는 이 갑옷뿐만이 아니다.

나는 처음에 백은의 갑옷이 입에 담았던 말이 몹시 신경 쓰였다.

선물로 몬스터들을 풀어주겠다고…….

즉 저 갑옷이 데려온 몬스터들이 게이트 밖 지하 삼림, 아니면 이 시설 밖에 대기하고 있었을 터. 그 몬스터들을 자유롭게 풀어놓았다.

그럼 어떻게 될까?

그야 뻔하잖아. 인근에 있는 에네루스 마을이 위험해지겠지.

개인적으로는 백은의 갑옷 따윈 내버려 두고서 그 몬스터들을 대처하러 가고 싶었다.

나는 현 위치를 확인했다. 불행인지 다행인지 백은의 갑옷은 게이트에서 멀어져 나와 둘이 고립되어 있었다. 왕자님과 동료들은 게이트를 지날 수 있는 거리에 있었다.

"마기루카, 레이포스 님을 모시고 밖으로 나가! 자하 씨랑 사피나도 따라가!"

"앗, 왜?"

"알겠습니다."

내가 느닷없이 지시하자 자하가 이의를 제기하려고 했다. 그러나 사피나가 곧바로 움직여서 말을 더는 잇지 못했다.

"우리더러 바깥을 맡으라는 뜻이군. 하지만 메어리 양 혼자서 괜찮겠나?"

현 상황과 내 말뜻을 이해한 왕자님도 곧바로 행동에 나섰다. 그러나 지극히 당연한 물음을 던졌다.

"메어리 님이라면 괜찮을 거예요. 여차하면 이 게이트를 닫아서 백은의 갑옷과 함께 가두겠어요. 시타 씨, 괜찮겠죠?"

"푸엥, 아, 응."

본인만 소외돼서 조금 지르퉁하던 시타가 느닷없이 불리자 이상한 목소리로 대답했다.

얼핏 그 말은 백은의 갑옷을 막기 위한 보험처럼 들렸다. 그러나 실은 내가 무슨 사고를 쳐서 엄청난 일이 벌어지지 않도록 막기 위한 보험이라고 해도 과언은 아니었다.

(역시 마기루카, 제법이야.)

"그럼 나도 남겠어."

"언니도 따라가. 몬스터가 얼마나 많을지 알 수 없으니, 숫자가 많을수록 좋을 거야."

"하, 하지만."

"난 괜찮으니까."

"시타……."

『뭐, 이 몸도 보고 있을 테니 안심해라. 여차할 때는 시타만은 어떻게든 지키마. 나머지는 모르겠다만.』

엘프들끼리 다투는 듯했다. 그러다가 오르트아기나가 태연하게 우리를 버릴 수도 있다는 발언을 했지만, 못 들은 척하자.

결국 모두가 게이트를 빠져나갔다. 백은의 갑옷은 별 흥미가 없다는 듯 그 광경을 지켜봤다.

갑옷의 목적은 어디까지나 소녀다. 그 나머지는 여흥에 불과하겠지. 그래서 우리 일행이 도망치든 말든 별 관심이 없는 거다. 그렇다면 몬스터를 우리에게 떠밀지 말고 데리고 돌아갔으면 좋겠지만, 이제는 밖으로 나간 마기루카 및 일행에게 기대할 수밖에 없다.

지금 이곳에는 나와 튜테, 소녀와 시타만 남았다. 뭐, 오르트아기나서도 남았다고 볼 수 있겠지만, 전력으로서는 기대할 수 없다. 나에게 모르는 게 생겼을 때 조언을 해주는 식으로 활약하기를 기대하자.

『흐응~. 너 혼자서 날 상대하려는 거야?』

튜테와 소녀가 전력이 아닌 건 척 보면 알 수 있지만, 시타조차 전력으로 치지 않는다니, 상당히 실력에 자신이 있는 모양이다. 심지어 당사자도 나에게 힘내라고 응원만 할 뿐 가세할 생각은 없는 듯했다.

"어, 으음…… 내가 혼자 상대하는 데 무슨 불만이라도?"

『아니, 요만큼도. 너…… 보통내기가 아닌 것 같으니까.』

눈동자는 없는 갑옷의 눈 부분이 나를 품평하듯 움직였다. 나를 해석하는 것 같아서 소름이 돋았다.

"무, 무무무, 무슨 소리를 하는 거거거거거 걸까? 나, 나나나, 난 평범해!"

"아가씨, 너무 동요하셨어요."

상대가 느닷없이 심리전을 걸자 나는 엄청나게 동요했다. 튜테가 늘 그렇듯 귓속말로 지적을 해줘서 냉정을 조금 되찾을 수 있었다. 평소에도 걸핏하면 동요했던 덕분이겠지.

『……너, 정신과 육체의 밸런스가 이상한데? 그만한 힘을 갖고 있으면서 동요하다니…….』

내 모습을 보면서 백은의 갑옷이 아픈 데를 찔렀다. 그보다도 무언가로 나를 분석하고 있는 것 같다는 생각을 지울 수가 없었다. 나는 본능적으로 저 갑옷과 오래 대치해서는 안 될 것 같다고 느꼈다.

나의 비밀이 폭로될 것 같다는…… 예감이 자꾸만 들었거든.

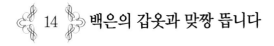

14 🎵 백은의 갑옷과 맞짱 뜹니다

먼저 움직인 사람은 나였다.

이 상황을 얼른 끝내고서 일행들과 합류하고 싶어서였다.

아까처럼 사피나의 공격을 피하지 않았던 얄보기 플레이를 한 번만 더 해준다면 내가 핵과 함께 두 동강을 내주겠다.

상대의 스피드가 빠르다는 걸 잘 알기에 나도 전력을 다하여 상대의 품속으로 단숨에 거리를 좁혔다.

그리고 검을 옆으로 번뜩, 휘둘렀다.

이로써 시파니가 그랬듯 두 동강……을 냈다고 생각했는데, 갑옷은 종이 한 장 차이로 뒤로 물러나 피했다.

역시나 간단하게 끝나지는 않을 모양이다.

뭐, 그럴 줄 알고서 뒤이어 나는 손을 홱 돌려서 비스듬하게 내리쳤다.

그러나 그 공격도 예측했는지 백은의 갑옷은 아슬아슬하게 피했다.

(이상해. 이런 말을 하려니 민망하긴 하지만, 치트 덕분에 지금껏 그 어떤 상대도 내 공격을 거의 피하지 못했는데. 내가 방심한 것도 아니고.)

나는 대치하고 있는 백은의 갑옷을 보며 위화감이 들었다. 혹시

나보다 더 빨리 움직일 수 있는 게……. 아니, 그럴 리는 없겠지. 신님 덕분에 신체만은 최강일 테니까.

나는 상대를 쳐다보면서 다시금 움직이려고 했다. 불현듯 튜테 일행이 걱정하는 표정이 시야 구석에 비쳐서 무의식적으로 발을 멈췄다.

그러자 백은의 갑옷이 내가 베려고 했던 지점에서 아주 약간 움직이는 모습이 보였다. 내 눈에는 그렇게 보였다.

(내 움직임을 미리 읽었어?)

정확하지는 않지만, 나는 본능적으로 그렇게 생각했다.

내가 굳어 있으니, 상대도 무언가 알아챘는지 방어에서 공격으로 전환했다.

단숨에 거리를 좁히고서 공중에서 회전하며 베려고 했다.

내가 그 공격에 대응하지 못할 리가 없었다. 오히려 요정이 들어 있던 거상이 더 빨랐다.

나는 옆으로 이동하여 공격을 피한 뒤 반격하려고 했다. 그 순간, 저 갑옷 속에 사람이 들어 있지 않다는 사실이 불현 듯 떠올랐다.

아니나 다를까, 백은의 갑옷은 인간을 초월한 자세로 온몸을 팽이처럼 회전시켜 공격했다.

검과 검이 맞부딪치는 소리가 울리더니 백은의 갑옷이 멈췄다.

상대는 기세를 꽤 실어서 공격했다. 상대가 생각하기에 나는 두 동강이 났어야 했다.

백 보 양보하여 검이 매우 단단해서 막아냈을지라도 충격으로 날아가야 했다.

그러나 나는 무난하게 버텨냈다.

역시나 백은의 갑옷도 예상하지 못했는지, 놀라워하며 황급히 거리를 벌렸다.

그리고 우리는 서로 먼저 나서기가 마땅치 않아서 한동안 노려봐야만 했다.

『얘, 나랑 네가 싸울 이유가 있어? 넌 그 애랑 관계가 없잖아?』

전투를 재개할 줄 알았더니만, 백은의 갑옷이 내가 싫어하는 문답을 벌이기 시작했다. 혹시 나와 싸우는 게 상책이 아니라고 판단했나?

"그렇지. 관계없어. 근데 당신이 그녀를 어떻게 할지 들으니 도저히 간과할 수가 없더라고? 그래서 난 멋대로 이 아이를 지키기로 결심했어. 그뿐이야."

『그게 뭐야? 그냥 자기만족? 혹시 저 아이가 널 속이고서 이용하고 있을 뿐인지도 모르잖아. 너, 그 아이가 누군지도 모르지?』

"그런 건 상관없어. 내 마음을 믿고서 나아갈 뿐이야."

아니나 다를까, 상대의 주장에 논리적으로 받아칠 수가 없어서 감정론으로 승부를 보려는 나. 내 선택이 틀렸을지라도 후회는 없다. 왜냐면 지키고 싶다는 마음은 진짜이니까.

"자신의 마음을 믿고서……."

"왜 그래요?"

"……어디선가 들어본 적이 있는 말……."

근처에서 튜테와 소녀의 대화가 들려왔다. 역시 기억이 없는 게 아니라 잊어버렸을 뿐인 듯했다. 이렇듯 어떤 계기가 생길 때마다 기억을 떠올리지 않을까?

한편 백은의 갑옷은 여전히 나와 직접 대결을 벌이기를 피하려는 듯 보였다. 야생의 감 때문인지, 아니면 어떤 요인으로 내 힘을 깨달았는지는 모르겠다. 어쨌든 미지수가 너무 많아서 기분이 나쁘다.

『아~ 진짜. 얼른 그 아이를 내게 줘. 그러면 몬스터들도 잠자코 있도록 해줄게. 밖으로 보낸 친구들이 걱정되지 않아?』

바라 마지않은 소리였지만, 소녀를 넘겨주지 않고도 그렇게 해줬으면 좋겠다.

『훗, 궤변이군. 지하 삼림에 쓰러져 있던 몬스터 사체에 망가진 마도구가 있었다. 그걸 장착시켜 몬스터를 조종하고 있겠지. 그걸 이 안에 들어오기 전에 풀어서 자유롭게 만들어줬는데, 이제 와 어떻게 제어하겠다는 말인가?』

오르트아기나가 얼른 활약했다. 그러나 그건 그것대로 문제였다. 그게 사실이면, 우리와 만나기 전에 이미 몬스터들을 풀어놨다는 뜻이잖아?

다시 말해 갑옷은 우리와 대화를 할 생각 따윈 없었다는 말이다.

『쳇, 책 주제에 쓸데없는 소리를…….』

『이 몸을 책으로 취급하지 마라! 이 몸은 바로 지욕룡 오르트아기나다!』

『풋, 그 하잘것없는 재잘거리는 책이 지욕룡이라니, 웃기시네. 언제 그 지경으로 추락하셨나?』

『누가 추락했다는 거냐! 이 몸은 이 책에 봉인되어 있지 않다! 이 모습은 저 메어리가 착안한 약은꾀를 이용하여 여러 굴레를 회피한 결과일 뿐이야.』

"아니, 내 이름을 팔면서 약은꾀라고 말하지 않았으면 좋겠는데. 그 정도 방법은 누구나 떠올릴 수 있잖아? 그치?"

오르트아기나에게 토론을 맡길 작정이었는데, 유탄이 날아들었기에 무심코 대화에 끼어들었다. 더욱이 그것도 모자라서 마지막에 적에게 동의를 구하고 말았다. 나는 대체 뭘 하는 거야…….

『하…… 과연.「내 정체」도 꿰뚫어 본 것 같네. 어벙하게 보이는 건 전부 연기란 건가.』

『훗, 얕보지 마라. 저 녀석은 이 몸을 속이고서 승리를 거머쥔 인간이다.』

백은의 갑옷이 무례한 발언을 하기에 따끔하게 한마디 해주려고 했는데, 이 상황을 이상하게 해석하기 시작했다.

그보다도 왜 오르트아기나가 득의양양해하는지 모르겠는데.

"결국 넌 대체 뭐야?"

화제를 돌리기 위해 나는 근본적인 의문을 던졌다.

(아니, 좀 더 일찍 물어봤어야 했는데, 여러 일들이 한꺼번에 닥쳐서 깜빡했어.)

『뭐냐니? 으~음, 그러게~. 뭘까?』

"아니, 내게 다시 물어본들 할 말이 없는데?"

『앗, 주변 사람들이「백은의 기사」라고 불렀던 때도 있었던 것 같네.』

(엥?)

선선히 말해서 하마터면 흘려버릴 뻔했다. 그 익숙한 단어를 듣고서 나는 놀라움을 감출 수 없었다.

"자, 잠깐만. 방금 뭐라고 했어? 백은의 기사라고 했던 것 같은데……."

잘 못 들었을지도 모르기에 나는 떨리는 목소리로 확인했다.

『맞아. 그렇게 불렸던 것 같아.』

(이럴 수가…… 아니, 아냐. 내가 아는 백은의 기사는 남성이지 이런 여성적인 사람이…… 잠깐, 시타가 여성이 뭐 어쨌다는 소리를 했던 것 같은데…… 아니, 그 이전에 갑옷 속 내용물이 사람이 아니잖아…….)

그저 화제를 돌리고자 물음을 던졌을 뿐인데 엄청난 진실이 밝혀졌다. 내 머리는 처리 능력을 훌쩍 초월하여 끊어지기 직전이었다.

"이럴 수가…… 백은의 기사가…….."

『잠깐, 메어리. 그렇게 판단하기에는 아직 이르다. 애당초 하얀 갑옷을 입고 있으면 누구든 백은의 기사라 불릴 수 있다. 네가 쫓는 자와 동일인물이라고 단정할 수는 없다. 또한 저 녀석은 '했던 것 같다'고 모호한 표현을 썼다.』

경악에서 헤어나지 못하는 나를 향해서 오르트아기나가 빠르게 반박했다. 나는 그 말을 반쯤 이해하지 못했지만, 그 기세에 휩쓸려 고개를 작게 끄덕였다.

『게다가 백은의 기사는 레리렉스 마왕과 성교국의 성전을 홀로 타파했다. 그런 실력이라면 그 고작 거상을 이기지 못할 리가 없지. 저 녀석은 이름을 훔친 가짜다.』

여러 이야기를 해줘서 고맙긴 하지만, 말이 너무 빠르니 조금만 천천히 말해달라고 부탁하는 건 지나친 욕심일까?

뭐, 여하튼 설마 오르트아기나가 정말로 조언자로서 활약해서 놀라면서도 감사했다.

그 덕분에 나도 조금은 이 상황을 냉정하게 흡수할 수 있는 여유가 생겼다.

『그야 뭐, 엄밀히 말해서 당신들의 눈앞에 있는 존재는 내가 아니라 가짜이니까.』

““앗!””

백은의 갑옷이 더 기묘한 사실을 고백하자 튜테와 시타가 놀랐다. 나는 오르트아기나가 했던 말을 소화하느라 반응이 늦었다.

『어머, 역시나 저 은발 소녀만 알아차린 모양이네. 으~음, 이거 성가실지도…….』

(또, 또 이상하게 해석하네. 나도 이제야 놀라려고 생각하던 차였는데.)

분위기에 늦게 편승한 나는 쓴웃음밖에 나오지 않았다. 그런데 그게 오히려 상대의 발언이 맞는다고 인정한 꼴이었다. 반응을 뒤늦게 했을 뿐인데 오해를 사다니 이거 참.

나는 상황을 이해하려고 필사적으로 머리를 굴렸지만, 저쪽은 그럴 시간을 주고 싶지 않은 모양이었다.

『귀찮은 상대와 맞닥뜨렸네. 여기서 처리해야 후환이 없겠어.』

그렇게 중얼거리더니 지금껏 분위기가 느슨했던 백은의 갑옷이 돌연 찌릿찌릿한 아우라를 뿜어내기 시작했다.

그 기적 때문에 나도 느슨해질 뻔했던 긴장의 끈을 다시 조였다.

『온다, 메어리. 알고 있겠지만, 녀석의 머리에 마력이 집중되어 있다. 그대가 저 녀석이 전력을 다하도록 유도한 덕분에 핵을 파악했다.』

『쳇, 그게 노림수였나? 역시나 성가셔.』

(아니, 난 모르는 이야기인데. 그랬어?)

둘이 한창 분위기가 좋을 때 찬물을 끼얹는 것 같지만, 나는 내심 놀라워하면서 정정하고 싶었다. 그러나 곧 전투가 재개되려는 순간이라서 그럴 여유는 없었다.

그래도 오르트아기나의 조언이 도움이 됐다. 나는 표적의 머리를 보면서 검을 칼집에 넣고는 몸을 숙였다.

"저건, 사피나 씨의……!"

"예. 사피나 님에게 기술을 전수하신 것이 바로 아가씨입니다."

『흐음? 그 기술, 네가 가르쳐준 거야? 근데 한 번 봤던 기술은…….』

시타가 놀라자, 튜테가 자랑스럽게 말해줬다. 그런데 그 말을 듣고서 백은의 갑옷이 의미심장한 말을 했다.

(확실히 내가 알려주긴 했지만, 그 경지까지 승화시킨 건 사피나잖아. 이제는 그녀가 고안한 기술이라고 하면 안 될까?!)

딴죽을 걸고 싶었지만, 그럴 만한 여유는 없었다. 나는 발도 자세를 무너뜨리지 않았다.

상대는 움직임이 빠르지만, 내가 따라잡지 못할 수준은 아니다. 이 기술이라면 상대가 먼저 움직이더라도 대처할 수 있다. 더욱이 저 갑옷의 내용물이 내가 상상하는 리버럴 머테리얼이라면 계속 재생할 터. 단칼에 머리를 두 동강 내야 한다. 갑옷째로…….

저 갑옷의 강도가 나의 전설의 검(웃음)보다 단단하지 않기를 바랄 뿐이다. 그렇지 않으면 주먹으로 머리를 분쇄하는, 조금 소녀답지 않은 선택을 해야만 한다.

애초에 내가 사피나만큼 발도술을 구사할 수 있을까?

이 순간에 두부 멘탈을 지닌 나에게 긴장감이 엄습했다.

『너의 그 기술은 제자리에서 움직이지 않은 채 적의 공격에 대응하는 기법이지? 그래서 이렇게 할 거야. 파이어 볼!』

달려들어서 벨 줄 알았는데, 설마 백은의 갑옷이 멀리서 마법을 구사하고 달려들었다.

화염구를 미끼로 헛치게 하고, 그 틈에 공격하려는 거다.

(어, 어어어, 어쩌지, 어떡해, 메어리!)

머리를 노려야 한다는 것만으로도 긴장했는데, 과제가 추가되자 살짝 패닉에 빠졌다.

그 결과, 나는 어리석은 짓을 저질렀다.

파아아아앙!

『어어?』

나는 그 자세 그대로 꼼짝도 하지 않고 화염구를 정통으로 맞앗다.

그러자 화염구가 마치 아무 일도 없었다는 듯 흩어졌다.

(이런 결과를 내놓은 스스로가 한심스러워! 하지만 고마워요, 신니이이이이임!)

나는 주먹질보다 더 꼴불견스러운 전법으로, 달려든 백은의 갑옷에게 일격을 가했다.

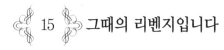# 15 그때의 리벤지입니다

  메어리에게 백은의 갑옷을 맡기고서 마기루카는 모두와 함께 게이트를 지났다.
  지하 삼림에 몬스터들이 숨어 있으리라 예상했는데, 어디에도 보이지 않았다. 갑옷이 거짓말을 했나 싶어서 주변을 확인했다.
  "몬스터의 기척은 없네. 사피나, 어때?"
  "땅바닥에 뭔가 스친 흔적이 남아 있어요……. 수많은 몬스터가 있었던 건 분명해요. 몽땅 출구로 갔는지도 모르겠습니다."
  자하와 사피나가 가장 앞에서 주변을 살폈고, 그 뒤를 왕자와 마기루카가 따랐다. 그리고 레이첼이 후미를 맡았다. 이들은 이런 포진으로 경계하면서 급히 전진했다.
  "서두르지 않으면 에네루스 마을이 위험해."
  몬스터가 없어서 안도하기는커녕 더욱 초조해하는 모두의 심정을 왕자가 대변했다. 출구로 향하는 모두의 발걸음이 빨라졌다.
  특히 왕자와 자하, 마기루카는 이 마을에 관한 씁쓸한 기억이 있다. 멋대로 행동하다가 자이언트 스네이크에게 습격을 당하는 추태를 보였다. 호위를 맡았던 크라우스 경에게 민폐를 끼쳤다.
  지금은 그때와는 다르다. 마기루카는 자이언트 스네이크를 무찌를 자신이 있었다.

그 자신감을 품고서 마기루카 일행은 서둘러 지하에서 지상으로 나갔다.

"아닛!"

"……예상했던 것보다 더 많네요."

맨 먼저 바깥으로 나갔던 자하와 사피나가 경계 태세를 취하면서 뒤따르는 나머지 일행에게 상황을 전했다.

그에 호응하여 마기루카 일행도 경계하면서 지상으로 나갔다.

그리고 주변에 우글거리는 몬스터 떼를 보고 경악했다.

마기루카는 자이언트 스네이크가 아무리 많아도 네 마리쯤 있으리라 짐작했다. 그런데 눈앞에 펼쳐진 광경을 보고 자신이 어설프게 판단했다고 통감했다.

자이언트 스네이크를 비롯하여 크고 작은 몬스터들. 숫자는 지난번과는 비교조차 되지 않았다.

"지금 눈에 보이는 것만 헤아려도 자이언트 스네이크와 포레스트 보아, 그 이외에도 무언가가 숨어 있는 것 같네요."

고대의 숲에서 훈련했던 성과인지 곧바로 사피나가 몬스터의 상황을 확인했다.

이토록 많은 몬스터가 한 곳으로 이동했다면 마을 사람들도 눈치채고서 경계 태세를 취했겠지. 그 사건 이후로 월견초 축제가 가까워지면 경비병 숫자를 늘린다는 것이 그나마 다행이었다. 그렇다고 해서 아주 안심할 수는 없지만…….

그나저나 몬스터가 여기 모여 있는 건 부자연스러웠다. 이미 마을 쪽으로 갔거나, 혹은 뿔뿔이 흩어졌어야 했다. 마기루카는 의문을 품었다.

시설 안에서 몬스터와 한 번도 마주치지 않았던 점을 생각하면, 아마도 몬스터들은 예상보다 더 일찍 해방됐을 것이다.

일행을 습격하고자 잠복하고 있었다면…… 지금은 습격하기에 딱 좋은 순간이다.

그런데 몬스터들은 다른 곳으로 가지도, 마기루카 일행을 보고 있지 않았다. 아예 눈치채지 못했다.

"저걸 보세요."

사피나가 가리킨 쪽으로 마기루카는 시선을 돌렸다. 몬스터들이 노려보는 곳에 하얗게 반짝이는 존재가 있었다.

순간 메어리인가 싶었지만, 그녀는 지하에 있으니 아니라고 마기루카는 고개를 가로저었다.

"……스노우인가?"

"예, 스노우 님이 몬스터들을 위협하여 제자리에 붙들어뒀어요."

자하가 지적하자 마기루카도 하얗게 반짝이는 존재가 하얀 표범임을 인식했다.

또한 몬스터 몇 마리와 대치하고 있는 설표 주변에는 몬스터들의 시체가 널브러져 있었다. 아무래도 전투가 이미 시작된 모양이다.

"그렇군, 메어리 양이 스노우 공이 이따가 온다고 했는데, 혹시 보험이었던 건가?"

"역시 메어리 님이에요!"

뒤이어 왕자와 사피나가 감탄했다.

아마 당사자인 메어리와 스노우에게 물어보면 아니라고 대답했을 것이다. 단순히 게으름뱅이인 스노우가 귀찮다며 나중에 따라가겠다며 잠을 탐했던 게 원인이었으니까.

그 사실이 부끄러워서 메어리는 얼버무리며 먼저 떠났을 뿐이었다.

두 사람 입장에서는 다른 사람들이 기가 막혔으면 막혔지, 감탄하는 결과가 되리라고는 예상할 수 없는 일이었다.

메어리 일행의 마력을 쫓아 이곳에 온 스노우는 의도치 않게 엄청난 숫자의 마물들과 맞닥뜨린 꼴이었다. 「이게 뭐야? 이게 뭐냐고오오오?! 메어리, 너, 또 무슨 사고를 쳤지이이이!」하고 상황 파악도 못 한 채 일단 위협하여 상대를 묶어두다가 그럼에도 덤벼든 녀석을 죽이고 있었다.

"잘 모르겠지만, 메어리 님과 스노우가 판을 깔아줬으니, 우리는 여기 있는 몬스터들을 몽땅 쓰러뜨리면 되겠네."

상황을 오해한 자하가 웃음을 흘리며 검을 뽑았다.

옛날에는 자이언트 스네이크 한 마리조차 감당하지 못하고 도망쳐야 했지만, 지금은 그때보다 훨씬 많은 몬스터와 맞선다. 믿음직한 자하를 보면서 마기루카는 자신들이 성장했음을 실감하고서 흥분했다.

당시에는 두 사람 모두 무력하게 메어리와 크라우스 경에게 뒷일을 맡겨야 했다.

"거기, 방심하지 마요."

"알고 있어."

그러나 여전히 여유롭게 쓰러뜨릴 상대는 아니므로, 마기루카는 신중히 대응해야 한다고 자하에게 주의를 줬다.

마기루카는 전투에 나서면 스노우도 가세할 것으로 내다봤다. 스노우와는 의사소통할 수 없지만, 그녀가 눈치껏 잘할 거라고, 지금껏 겪어왔던 경험으로 그렇게 짐작했다.

"숫자가 숫자이니 혼자서 행동하는 건 피해야 해요."

"레이첼 씨의 말이 맞아요. 전하를 중심으로 두 조로 나누겠습니다. 사피나 씨는 마법과 연계하는 데 익숙하니 저와. 레이첼 씨는 자하를 지원하세요. 전하께서는 상황을 읽고서 두 조 중 하나를 지원해주세요."

"좋아, 가자, 레이첼 씨."

"아, 예."

무난한 편성이라고 해도, 레이첼 씨를 자하와 같은 팀으로 묶어도 괜찮을지 마기루카는 걱정했다. 그러나 레이첼 씨는 잠시 당황했을 뿐, 전투를 앞두고 있는지라 금세 평정심을 되찾았다. 뭐, 조금 소녀스럽게 대답한 건 애교로 받아들이자.

"좋았어어어어, 프로보크!"

전투가 시작되자 자하는 평소처럼 타깃의 시선을 끌었다.

그 목소리를 들었는지 스노우가 위협을 해제했다. 몬스터들은 스노우가 아닌 자하를 의식하기 시작했다. 또한 스노우는 마기루카 일행의 포진을 보고서 그녀의 의도를 이해했는지 자하조 인근에 있는 몬스터들은 그들에게 맡기고서 가까이에 있는 몬스터만 맡겠다는 태도를 보였다.

보아하니 마기루카 일행에게로 스네이크 두 마리와 보아 두 마리가 접근했다. 나머지는 스노우가 맡겠지.

상황을 확인하고서 마기루카는, 비록 대화는 성립하지 않지만 의사소통이 가능할 만큼 사이가 오래됐구나, 하고 감개무량해했다.

"자하 씨, 뭘 하는 건가요? 당신은 이 몬스터들을 전부 대적할 작정인가요?"

"그럴 생각은 없지만, 이 중에서 방어가 가장 단단한 사람이 나거든. 내가 최대한 유인하여 붙들어 두면 다들 알아서 쓰러뜨릴 거야. 그렇지?"

레이첼 씨가 걱정하는 걸 아는지 모르는지 자하가 웃음을 내보였다. 자기 몸으로 적의 집중 공격을 받아내겠다는 각오와 주변을 신뢰하기에 지을 수 있는 웃음이었다.

레이첼이 순간 어이없어하는 모습을 보고서 마기루카는 정말로 괜찮을지 걱정이 들었다.

그때 자하의 도발에 넘어간 보아 한 마리가 그를 향해 콧김을 씩씩 내뿜으며 돌진했다.

"좋았어. 으랴아아아아!"

그 모습을 보고서 자하는 방패를 들고서 응전하려고 했다.

한편 레이첼은 그가 회피하여 적이 발을 멈추면 엄호하듯 옆에서 찌르기를 가하고자 했다. 운이 좋으면 급소를 맞출 수도 있을 거다.

그런데 자하는 피하지 않고 그대로 보아의 돌진을 방패로 막아내려고 했다.

"위, 위험해!"

레이첼은 황급히 옆에서 자하의 팔을 붙잡고서 자기 쪽으로 끌어당겼다. 그러고는 그대로 뒤로 물러났다. 곧이어 보아가 그가 있던 지점을 엄청난 속도로 통과했다.

"대체 무슨 생각이죠?"

"아니, 적이 돌진하길래 막으려고 했지."

"당신의 몸으로 보아의 돌진을 막아내는 건 무리예요!"

"그런 것 같네. 실수했어. 난 한 번 해보지 않으면 잘 모르는 성격이라서. 덕분에 살았어. 땡큐, 레이첼 씨."

"아뇨, 천만에웃!"

왠지 그럴 것 같았지만, 자하는 머리로 생각하기보다는 몸으로 익히는 타입인 듯했다. 그 위험천만한 행동을 보고서 레이첼은 자신이 지켜야겠다고 생각했다. 갈 곳을 잃었던 보호욕구를 다시 불러냈다.

자하가 가까이에서 솔직하고 꾸밈없는 웃음을 짓자, 레이첼은 뺨이 화끈거렸다. 그러나 레이첼이 황급히 대꾸하려는 순간, 그만 목소리가 뒤집어졌다.

다른 보아가 돌진하자 자하가 레이첼의 허리에 팔을 두르고서 이동했기 때문이었다. 공주님 안기 같은 로맨틱한 자세가 아니라 옆구리에 짐을 끼운 것 같은, 로맨틱함은 눈곱만큼도 없는 자세였지만…….

이런 일로 일일이 가슴이 두근거릴 만한 나이가 아닌데도, 자하가 거침없이 남성의 모습을 보여주자 레이첼은 콩닥거림을 멈출 수가 없었다.

"왠지 저쪽만 분위기가 다른 것 같은데요…….."

"뭐, 서로 돕고 도우니 보기 좋잖아?"

두 사람의 행동을 지켜보던 마기루카가 석연치 않다는 표정으로 중얼거리자, 근처에 있던 왕자가 잘 타일렀다. 참고로 남녀 문제에 약간 어두운 사피나는 두 사람의 대화를 듣고도 고개만 갸웃거렸다.

마기루카는 마음을 다잡고서 대치하고 있는 자이언트 스네이크를 봤다.

옛날에는 저 몬스터가 무섭기만 했다. 그러나 지금은 성장했고, 곁에는 든든한 동료들이 있다. 그 감정이 공포를 지워버렸다.

"전하께서는 전황에 맞춰서 적절히 지원을."

"알겠어."

"자, 사피나 씨, 저걸 쓰러뜨려요."

"예! 나인 블레이드로 갈까요?"

"사피나 씨…… 마음은 알겠지만 그건 우리도 죽을 각오로 써야 하는 기술이에요. 상황을 조금만 더 보도록 하죠."

"아, 예, 그렇죠."

왕자가 거리를 띄웠다. 그리고 사피나가 상대의 역량도 모르면서 다짜고짜 전력으로 부딪치려고 하자 마기루카는 곧바로 지적했다.

더욱이 그 기술은 성공 확률이 매우 낮을뿐더러, 위험하기 짝이 없다. 아무리 메어리가 치료할 수 있다고는 해도 가볍게 여겨서는 안 된다고 마기루카는 생각했다.

사피나도 그 사실을 알고 있을 텐데, 그럼에도 성장을 촉진하기 위해 스스로를 극한까지 몰아붙이려는 걸까? 둘 다 메어리를 조금이라도 더 많이 돕고 싶은 건 매한가지다. 그러나 초조함은 금물이다.

응? 혹시 사피나는 나와 연계하더라도 연격 기술이 가능한지 시험해 보려는 걸까……? 마기루카는 문득 그렇게 생각했다. 그녀는 잠재력이 높기에 그 생각을 차마 부정할 수가 없어서 몸이 떨렸다.

"사, 사피나 씨, 이만한 상대한테는 그렇게 큰 기술을 쓸 필요가 없다는 걸 보여주도록 하죠."

"예!"

자이언트 스네이크가 상대라면……. 지극히 무례한 발언이지만, 뭐, 말이 통하지 않으니 격앙하지는 않겠지. 저쪽도 마기루카와 사피나를 먹잇감으로만 여기고 있을 테니까.

"갑니다!"

상대가 어떻게 나올지 살펴보기 위해 사피나는 발도 자세를 취한 채로 뛰어들었다.

"프리즈 애로우!"

마기루카는 견제하기 위해 거대 뱀을 향해 얼음 화살을 날렸다.

사피나가 달려오자, 거대 뱀은 아가리를 쩍 벌린 채 꾸불꾸불 전진했다. 그런데 마법이 날아올 줄은 예상하지 못했는지 얼음 화살을 코에 정통으로 맞고서 기세가 꺾였다.

"고대의 숲의 몬스터와는 하늘과 땅 차이네요."

사피나는 그 추태를 곁눈으로 보면서 부여 마법을 발동했다.

"풍인열파!"

동작을 멈춘 거대 뱀을 향해 참격이 날아갔다. 그런 공격을 본 적이 없는 거대 뱀은 속수무책으로 목이 잘려나갔다.

너무나도 어이없는 최후에 마기루카는 입을 헤 벌렸다.

자이언트 스네이크가 이런 몬스터였나? 아니, 사피나가 너무 강한 게 아닐까? 하고 마기루카는 생각했다.

메어리의 힘에 주목했는데, 사피나 역시 상상 이상으로 성장했 는지도 모르겠다.

물론 성장할 계기를 줬던 사람 역시 메어리이긴 하지만…….

"마기루카 양, 조심해. 나무 위에서 무언가가 오는 것 같아."

한 걸음 물러선 지점에서 전체를 주시하던 왕자가 주의를 주자 마기루카는 주변에 있는 나무들을 올려다봤다.

무언가가 나무와 나무 사이를 잽싸게 넘나들었다.

크기는 자신들의 절반 정도였다. 그런 몬스터가 주변 나무들을 재빠르게 계속 건너다니고 있었다. 세 마리 정도가 눈에 띄었다.

나무 위에 있는지라 사피나도 섣불리 움직일 수 없었다. 마기 루카 근처에서 발도 자세를 유지한 채 경계했다.

"프리즈 애로우."

상대의 행동을 먼저 읽고서 견제할 겸 얼음 화살을 날려봤더니 그에 놀란 한 마리가 나무 위에서 발이 미끄러져 떨어졌다.

"……원숭이?"

방금 보여줬던 움직임에서 왠지 그런 느낌이 들긴 했지만, 다시금 정지한 상태에서 확인해보니 크고 날카롭게 발달한 송곳니와 발톱, 기다랗고 굵은 팔과 꼬리를 지닌 원숭이 몬스터였다.

고작 얼음 화살이 날아들었다고 혼란에 빠져 나무에서 떨어진 모습을 보니 전투 능력이 그리 높지는 않은 듯했다. 아마도 저 날랜 몸을 이용하여 정찰이나 교란을 시키려고 데려왔겠지.

"조심하세요. 저 녀석들은 장난을 좋아해요."

자이언트 스네이크 앞에서 냉정했던 사피나가 원숭이 몬스터를 보고서 경계했다.

"무슨 뜻이에요?"

사피나가 경계할 만한 상대는 아닌 듯해서 마기루카가 고개를 갸웃거리자, 원숭이 몬스터가 트리키한 몸놀림으로 그녀의 배후에 출현했다.

그 기동력을 얕잡아봤던 마기루카가 숨을 삼키고서 행동에 나서려는 순간, 자신의 근처에서 무언가가 휘리릭, 말려 올라가는 소리가 들렸다.

"어?"

배후에 있던 몬스터는 만세 포즈를 취하고 있었다. 어떤 공격을 한 것처럼 보이, 보이는데, 왠지 하늘에 떠다니는 천 조각이 눈에 거슬⋯⋯.

"윽～～～!"

그 순간 마기루카는 이해했다.

몬스터가 뒤에서 자기 치마를 싹둑 잘라냈다는 사실을.

가속 마법이라도 건 것처럼 엉덩이를 감추기 위해 찢긴 치마를 재빨리 끌어 내렸더니 원숭이 몬스터가 캬캬, 하고 음흉하고 웃었다.

공격이 빗나갔던 게 아니었다. 일부러 치마만 노렸구나, 하고 마기루카는 저 저열한 표정을 보고서 알아챘다.

물론 뒤로 물러났던 왕자도, 맞은편에서 경계하고 있던 자하 일행도, 똑똑히 봤겠지.

남성들이 마기루카에게서 애써 시선을 돌리고 있는 게 가장 큰 증거였다.

"프, 프리즈 애로우!"

창피했고, 또한 경계하지 않은 자신에게 화가 나서 분풀이하듯 원숭이에게 얼음 화살을 날렸다.

원숭이는 그 공격으로 생을 마감했지만, 왠지 만족스러운 표정이었다. 마기루카는 왠지 부아가 치밀었지만 풀 길이 없었다.

"사피나 씨, 쓸어버려요!"

"아, 예⋯⋯."

살짝 울먹이며 귀까지 새빨개진 마기루카를 보고서 사피나는 어찌할 바를 몰랐다. 더는 아무 말도 하지 않고 순순히 그녀의 뜻을 따랐다.

그러나 교활한 원숭이들은 나무 위에서 움직이지 않고 마기루카 일행의 머리 위에서 상황을 늘 엿봤다.

어떻게 할지 고민하던 사피나에게 무언가가 투척됐다.

돌멩이나 나무 열매겠지. 사피나는 대처하고자 그것을 베려고 했다.

"안 됩니다, 사피나 씨! 피해요!"

마기루카가 비명처럼 외치자, 사피나는 반사적으로 펄쩍 물러났다.

그리고 그녀는 그게 무엇인지 이해하고서 순간 사고가 정지했다.

그것은 대변이었다.

사피나는 그것을 베려고 했던 걸 떠올리고 공포를 느꼈다.

"피아아아아아앗!"

괴이하고 날카로운 소리를 지르면서 발도 자세를 풀지 않고 고속으로 스스슥, 마기루카 곁으로 물러났다.

그 광경을 본 원숭이 몬스터들의 저속한 웃음이 숲에 울려 퍼졌다.

"마, 마, 마기, 마기루카 씨."

"아무 데도 안 물었죠? 확실히 피했겠죠?"

마기루카가 걱정스레 쳐다보자, 사피나는 무시무시한 체험을 겪은 듯 울먹이며 고개만 여러 번 끄덕였다.

뭐, 만약에 맞았거나 스쳤다면……. 생각하기만 해도 공포스러울 따름이니 어쩔 수 없겠지.

"쓸어버리겠어요오오오!"

전투 상황에서 비교적 냉정한 사피나가 특이하게도 감정을 드러내며 상대를 봤다.

"액셀 부스트."

가속 마법을 영창한 사피나가 원숭이 몬스터들이 있는 커다란 나무를 향해 달려 나갔다.

나무 위에서 한가롭게 구경하고 있는 원숭이 몬스터들은 괘념치 않고 계속 낄낄거리기만 했다.

그러나 이내 그 웃음은 사라졌다.

사피나가 커다란 나무를 고속으로 뛰어오르기 시작했다.

사피나가 카이로메이어 대교에서도 보여줬던 곡예를 다시 선보이자, 원숭이 몬스터뿐만 아니라 마기루카까지 놀란 나머지 입을 헤~ 벌렸다.

"찾아냈습니다."

나무 위로 오른 사피나의 모습은 역광이 져서 어두웠다. 그 비취색 눈동자만이 번쩍이는 광경은 원숭이 몬스터들에게 공포를 심어주기에 충분했다.

너무 당황하여 줄기에서 미끄러져 떨어진 몬스터, 사피나에게 베여 고깃덩어리가 되어 떨어지는 몬스터, 다른 나무로 넘어간 몬스터, 눈짐작을 잘못하여 다른 나무로 넘어가지 못하고 추락한 몬스터, 어쨌든 대혼란에 빠졌다.

"놓치지 않겠어요!"

어지간히도 그 공격이 싫었는지, 상냥한 사피나가 평소답지 않게 도망친 자들을 봐주지 않고 계속 추격했다. 말 그대로 쓸어버리려고 했다.

그 심정을 잘 알기에 마기루카는 사피나를 말리지 않았다. 추락한 몬스터들을 묵묵히 마법으로 끝장낼 뿐이었다.

"무, 무서워~."

그 광경을 보고서 자하가 솔직히 말하자 왕자와 레이첼은 그저
쓴웃음만 지었다.

 16 마을로 귀환

전혀 원치 않았던 전투가 벌어지고 말았지만, 어쨌든 나는 백은의 갑옷을 타도했다.

그때 백은의 갑옷이 저주처럼 남겼던 말이 아직도 귓가에 남아 있었다.

『이제 여기에 숨을 수는 없어. 후훗, 아하핫, 밖으로 도망치더라도 반드시 붙잡아서 이번에야말로 갈기갈기 찢어줄게. 나의 소중한 걸 빼앗은 널 절대로 용서 못 해!』

제삼자인 나조차도 덜덜 떨 만큼 깊은 증오가 느껴졌다. 소녀와 백은의 갑옷 사이에 무슨 일이 있었는지 모르겠지만, 적어도 온건한 사연은 아니겠지.

불현듯 나는 베어버린 머리를 봤다. 그곳에는 낯익은 부서진 수정이 굴러다녔다.

"역시, 리버럴 머테리얼이었어. 백은의 기사는 성교국과 어떤 관계가 있나?"

『성교국이 아니라 그 아이템과 관련이 있다고 생각해야 할지도 모르겠다.』

"무슨 뜻?"

『리버럴 머테리얼을 만든 녀석과…… 관련이 있다는 뜻이지.

그 기술은 성교국…… 아니, 인간은 만들 수 없는 거니까.』

오르트아기나가 의미심장하게 말했다. 그러고 보니 그 아이템을 만든 자가 누구인지 깊이 생각한 적이 없다는 걸 깨달았다. 오래전부터 존재했고, 우리나라에서는 금기로 지정됐기에 깊이 알려고 하지 않았던 것도 있지만…….

그보다도 오르트아기나의 발언 중에 마음에 걸리는 점이 하나 있었다.

"오르트아기나. 당신, 그걸 만든 사람을 알고 있지?"

『…….』

"혹시, 니케?"

시타가 우리의 대화에 끼어들었다. 묵비권을 행사하려고 했던 오르트아기나는 시타가 폭로하자 깊이 탄식하고서 체념한 듯 털어놓고 시작했다.

『그렇다. 리버럴 머테리얼은 녀석의 신을 소환하는 연구에서 나온 실패작이다. 녀석은 그걸 폐기하지 않고 몰래 세상에 퍼뜨렸고, 그게 성교국에 흘러 들어갔지. 어떻게 될지 관찰하고 싶었던 거다.』

오르트아기나가 지식을 감추기에 과거와 관련이 있는 줄 알았다. 그런데 이 대목에서 또 니케가 등장해서 나는 놀라움을 감출 수 없었다.

더욱이 그 위험한 아이템을 만들었던 목적이 「신을 소환」하기 위해서였다니 어안이 벙벙했다. 또한 그게 실패작이라니, 뭐라고 해야 좋을는지.

지금껏 여러 천재를 봐왔지만, 니케는 다른 사람들과 어딘가 다른 듯했다.

위험하다고 해야 할까? 표현을 잘 못하겠지만, 어쨌든 얽히지 않는 편이 낫다고 마음 한구석에서 경종이 울리는 듯했다. 뭐, 전부 상상이다. 막상 만나봤더니 의외로 좋은 사람일지도 모른다.

"이 시설도 니케와 관련이 있으니 여길 은밀히 찾았던 저 백은의 갑옷도 관련이 없지는 않겠네. 그러니 저 아이템을 갖고 있더라도 이상하지 않지."

그렇다면……. 내 시선은 자연스럽게 소녀로 향했다.

(저 아이도 니케랑 어떤 관계가 있을까? 그리고 『백은의 갑옷』과도…… 그러고 보니 아가드는 결국 누구일까?)

여기서 생각한들 머릿속이 정리될 것 같지 않았다. 나에게는 마기루카 일행과 합류하여 풀려난 몬스터들을 처리해야만 하는 미션이 남아 있음을 떠올렸다.

"저기, 괜찮아? 걸을 수 있겠어?"

튜테가 옷을 입히고 머리를 정돈하는 동안에도 소녀는 의외로 얌전했다. 백은의 갑옷과 마주했을 때는 그토록 흐트러졌으면서, 지금은 그런 기색을 찾아볼 수 없었다.

내가 물어보자, 소녀는 고개를 끄덕였다. 날 보고 약간 겁을 먹은 것도 같았다. 어쩔 수 없겠지만, 조금 충격이었다.

(뭐, 저 백은의 갑옷과 싸우는 걸 두 눈으로 봤으니 별 수 없나.)

"음~ 당신을 뭐라고 부르면 좋을까? 괜찮으면 이 언니한테 알려주지 않을래?"

어쩌면 아까 그 전투가 충격 요법처럼 작용하여 기억을 되찾았을지도 모르겠다고 기대하면서 물어봤다.

(백 년 넘게 잠들었을지도 모를 아이한테 언니라고 말하려니 기분이 이상하긴 하지만.)

"몰라……."

긴 귀와 파충류 같은 꼬리를 축 늘어뜨린 채 고개를 숙인 소녀가 기대하지 않은 대답을 했다. 작은 동물 같으면서도 자신감이 없는 모습이 옛날의 사피나와 닮았다. 귀여워라.

나는 이런 귀여운 존재를 보면 다짜고짜 꼬옥~ 끌어안고 싶은 충동에 휩싸인다. 그러나 억누르고서 쿨하게 대응했다. 응, 거짓말이다. 실제로는 포옹하려고 했는데, 튜테가 "그건 아직 이릅니다" 하고 손으로 살며시 제지했다. 왠지 마음이……. 큭, 역시 튜테, 날 너무 잘 알아.

"어험……. 궁금해서 묻는 건데 아가드는 누구야? 그 책에, 그게 아니라 당신이 말했는데."

소녀가 말하기 전에 나는 그 고서를 통해 이름을 알고 있었기에 무심코 언급하려다가 궤도를 수정했다. 후우~ 위험했다, 위험했어. 여기에는 눈치 빠른, 재잘거리는 책이 있으니까.

"아가드…… 흐릿해서 잘 기억나지 않지만, 왠지…… 소중한…… 으으, 역시 잘 모르겠어."

"왜? 흐릿하게라도 기억하고 있다는 건 그만큼 소중했다는 게 아닐까?"

"그런가……. 근데 그 사람을 생각하면 가슴이 꼬옥 옥죄이듯 괴로워…… 그래서, 몰라…….”

목소리는 작고, 말을 더듬거리기는 했지만, 소녀는 내 질문에 최대한 대답했다. 그녀는 우리를 크게 경계하지 않는 듯했다. 갸륵하다고 해야 하나, 그런 행동이 귀여워…… 예, 자중하겠습니다.

튜테가 내 속내를 꿰뚫어 본 것처럼 쳐다보길래 나는 충동을 꾹 억눌렀다.

『메어리여, 그 책을.』

“푸엣, 따, 따따따, 딱히, 난 그 책을 보고서 물어본 게 아닌데!”

『왜 그러나? 그 책을 저 소녀한테 보여주면 어쩌면 읽을 수 있지 않을까 생각했을 뿐이다만?』

“앗, 아아~ 그, 그러네. 응, 맞아, 맞아. 나도 그리 생각하던 차였어. 아하하하, 마음이 잘 맞네, 오르트아기나~.”

『그게 뭐냐? 또 무슨 꿍꿍이가 있군.』

“뭐? 꿍꿍이는 무슨. 요만큼도 없어.”

『……흐~응, 뭐, 지금은 그렇다고 해두지.』

내가 당황하여 싹싹하게 웃자, 오르트아기나가 의혹을 품었다. 나는 정말이라고 역설했다. 그러나 저 재잘거리는 책은 끝내 납득하지 못하고 일을 진행했다. 어째서지? 정말로 아무 생각도 안 했는데…….

내가 석연치 않은 표정으로 고개를 갸웃거리고 있으니, 튜테가 그 고서를 가져와 소녀에게 보여줬다.

“이거, 당신은 읽을 수 있나요?”

“……읽을 수 있을지도.”

소녀는 고서를 물끄러미 쳐다보며 대답했다. 그 대답을 듣고서 나는 속으로 주먹을 불끈 쥐었다.

(좋았어. 이로써 내가 무슨 사고를 치더라도 그녀를 핑계로 대서 어떻게든 얼버무릴 수 있겠어어어어어!)

"우오오오오, 읽을 수 있어? 어디까지 읽을 수 있어? 전부, 그렇지? 전부 맞지?"

『꼬맹이, 이 문자는 어디서 발상했지? 어디서 배웠나? 자, 말해라, 얼른 말해.』

내가 하잘것없는 이유로 기뻐하든 말든, 오르트아기나와 시타는 곧바로 고서를 보면서 그 내용을 물어보려고 했다.

너무나도 살벌해서 소녀는 비명을 히익, 지르고는 튜테에게 매달렸다.

"그보다도 지금은 여길 빠져나가 다른 분들과 합류해야 하지 않을까요?"

튜테가 소녀를 지키고자 감싸 안으면서 지극히 옳은 의견을 밝혔다. 개인적으로는 그 의견에 찬성이지만, 튜테가 소녀를 지키는 광경을 보니 질투가 조금 솟아났다.

(아니지! 마음이 좁아, 메어리 레가리야! 상대는 아이라고. 너 그렇게 봐줘야지. 하하, 하…… 애가 맞나?)

아무렇든 상관없는 의문이 떠오르자, 나도 생각하는 걸 관두고서 지금 해야 하는 일을 우선하기로 했다.

"자, 밖으로 나갈까…… 으음……."

소녀에게 말을 걸려고 했더니 이름을 잘 몰라서 조금 불편하다는 생각이 들어서 말문이 막혔다. 소녀는 뭔가 마음에 걸리는지 다시 고서를 보다가 내가 말을 잇지 못하자 이쪽을 쳐다봤다. 그 눈동자에는 아까 전보다 의지가 깃들어 있다고 해야 할까, 어떤 힘이 깃들어 있는 듯했다.

"노아……."

"어?"

"내 이름……인 것 같아."

고서를 훌훌 넘기면서 소녀, 아니, 노아가 그렇게 말했다.

"그래, 노아구나. 좋은 이름이야. 그리고 고서를 조금만 더 소중히 다뤄주면 이 언니가 기쁠 것 같은데~."

저 고서 안에 이름을 떠올릴 만한 어떤 계기라도 있었나? 뭐, 그건 잘 되긴 했지만, 그녀가 책장을 함부로 넘기자, 시타가 당장에라도 거품을 물 것 같았다. 나는 노아를 부드럽게 타일렀다.

"미, 미안해요……."

내 말을 듣고서 노아는 의기소침해져 고서를 소중하게 끌어안았다. 그 행동이 어찌나 귀여운지 나는 참지 못하고 무심코 자연스럽게 그녀의 머리를 쓰다듬었다.

나의 갑작스러운 행동에 경계심을 키우지 않고 그저 놀라서 어리둥절해하는 노아를 보고서 나는 정신을 되찾고는 머리에서 손을 뗐다. 튜테가 미리 제지하지 않았던 이유는 그 정도는 괜찮다고 판단해서일까? 그렇게 반응하니 조금 민망했다.

"자, 자자, 어서 가자, 노아."

그래서 나는 아무 일도 없었다는 듯 노아에게 손을 내밀었다.

그녀는 망설이면서 쭈뼛쭈뼛 내 손을 쥐었다.

"무슨 일이야? 마기루카는 왜 엉거주춤하고 있어? 이번 전투를 겪으면서 뭔가 새로운 것에 눈을 떴어?"

모두와 합류하고서 내 입에서 가장 먼저 그 말이 나왔다.

"그, 그럴 리가 없잖아요! 이상한 말 좀 하지 말아주세요!"

마기루카가 엉덩이를 감추면서 뺨을 붉히며 항의했다.

(파렴치하기 짝이 없는 적이라도 있었나? 하하하, 그런 몬스터가 있을 리가 없잖아.)

나는 자기 생각에 실소하면서 다시금 숲을 둘러봤다.

상당히 많은 몬스터의 시체가 여기저기에 널브러져 있었다. 동료들의 이야기를 들어보니 몬스터들을 이곳에 최대한 붙들었다고 한다. 예상치 못한 복병이 있을 수 있으니 단언할 수는 없지만. 뭐, 이렇게까지 했는데도 나타나지 않는 걸 보면 복병은 준비하지 않은 모양이지만.

『나 참, 너 때문에 나까지 고생했잖아~.』

"내 탓이 아냐. 그래도 뭐, 열심히 싸워준 것 같네. 고마워."

내가 가슴을 쓸어내리고 있으니 아마도 최고 공로자일 스노우가 투덜거리며 다가왔다.

몸집이 큰 스노우를 보고서 노아는 겁을 먹고는 내 뒤에 숨고 말았다. 그런데 흥미는 있는 모양인지 나를 벽으로 삼아 스노우를 몰래 엿보고 있는 모습이 왠지 귀여웠다.

그때 스노우의 등에서 자그마한 물체가 얼굴을 드러냈다.

리리였다.

그녀는 스노우의 등에서 경쾌하게 뿅, 뛰어내리더니 망설이지 않고 내 곁으로, 아니, 굳이 따지자면 노아 곁으로 달려왔다.

스노우와 달리 리리는 고양이만 해서 리리도 크게 겁을 먹지 않았다. 그 귀여운 모습을 보고서 눈빛을 반짝였을 정도였다.

그런데 노아가 다가가도 되는지 허락을 구하듯 나를 쳐다보기에 나는 미소를 지으면서 등을 살짝 밀어줬다.

노아가 머뭇거리며 손을 내밀자, 리리가 냄새를 킁킁, 맡았다.

(으음, 귀여운 동물과 귀여운 소녀가 나란히 있으니 절로 흐뭇해지네.)

이러면 안 되지. 자연스럽게 입꼬리가 올라가자, 나는 두 손으로 뺨을 문대어 풀었다.

리리가 손가락에 머리를 대고서 비비기 시작하자 노아도 경계심이 풀렸는지 살며시 쓰다듬기 시작했다. 그러고 보니 그녀의 웃음을 처음 보는 듯했다. 나는 흐뭇한 기분으로 두 사람을 바라봤다.

리리는 상대의 선악에 민감하다.

아무리 가면을 썼더라도 그 본질을 예민하게 맡아낼 수 있다고 스노우가 말했다. 그런 그녀가 노아의 손길을 받아들였으니 안심해도 되겠지.

참고로 리리 선생님은 오르트아기나에게 다가가지도 멀어지도 않았다. 신용해도 될지 모호하다는 평가인 모양이다.

"일단 주변을 경계하면서 마을로 돌아갈까?"

왕자님이 말하자 모두 마을을 향하여 걷기 시작했다.

"자, 가자, 노아."

나는 한창 리리를 마구 쓰다듬고 있는 노아에게 말을 걸고서 손을 내밀었다. 그녀는 헐레벌떡 타다닷, 달려와 내 손을 쥐었다. 리리도 그 옆을 따라왔다.

(아아아아아아앗, 귀여워어어어어! 전생 때도 없었는데 여동생은 이런 느낌일까아아!)

나는 겉으로는 부드럽게 웃으며 언니인 척 굴었지만, 속으로는 그 귀여움에 쩔쩔매는 징그러운 언니였다.

"노아 쨩, 마을로 돌아가거든 언니랑 함께 이 책을 읽어보자."

"시타, 얼핏 상냥하게 보이지만, 표정에서 욕망에 새어 나오고 있어요. 무서워라, 무서워."

노아가 고서를 읽을 수 있음을 알게 된 후로 시타가 아까부터 걸핏하면 자신의 탐구를 돕도록 권유했다. 그런 그녀의 열정이라고 해야 하나? 어쨌든 그런 감정이 표정에서 아른거려서 나는 노아를 뒤쫓아 온 그녀를 밀어냈다.

그런 시타를 보고서 레이첼 씨는 민망해하며 그녀의 목덜미를 움켜쥐고는 노아에게서 떼어냈다.

뿌리치고자 바둥거리며 항의하는 시타를 보고서 우리 모두가 웃으면서 나아가던 중에 노아만이 발걸음을 멈췄다. 그녀의 손을 쥐고 있던 나도 덩달아서 멈췄다.

"왜 그래?"

붉게 빛나는 그 눈동자가 한 점을 지그시 쳐다봤다.

나는 그 시선이 향하는 곳을 살펴봤다. 여기로 오는 도중에 지나쳤던, 옛 모습을 잃어버린 폐가가 보였다.

"노아?"

"……나…… 여기, 알아……."

아마도 노아는 저 폐가를 언급한 거겠지.

즉 그녀는 저곳에 살았던 걸까?

그렇다면 왜 저런 시설에 잠들어 있었지?

영락없이 저 시설에서 태어나 밖에 나가지도 못한 채 잠든 줄 알았다. 그러나 백은의 갑옷과 노아의 말을 들어보니 한때나마 시설 밖에서 둘이 함께 살았던 게 아닐까?

"아가드……."

노아가 기어들어가는 목소리로 중얼거렸다. 가슴을 꼬옥 움켜쥔 모습을 보니 밝은 느낌은 들지 않았다.

아가드……. 그것은 백은의 갑옷과 노아를 이어주는 키워드인 듯했다.

어쩌면 내가 찾고 있는 백은의 기사의 비밀로 이어질지도 모르겠다.

나는 불현듯 이 여행의 계기가 됐던 백은의 기사가 했던 말을 떠올렸다.

커다란 힘의 봉인.

그는 대체 뭘 했던 걸까?

이제부터 그걸 조사해야겠다고 나는 결의를 새롭게 다지고서 마을로 돌아갔다.

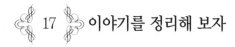

17 이야기를 정리해 보자

마을로 돌아온 나는 곧바로 촌장님에게 겪었던 사건의 전말을 들려줬다.

자질구레한 내용은 굳이 밝히지 않고, 그곳에 얼씬하지 않도록 당부했다.

시타 덕분에 그 문을 단단히 잠가뒀고, 애당초 그곳은 카이로 메이어의 기술에 정통한 사람만이 조작할 수 있을 만큼 복잡하다고 하니 이 마을 사람들은 조작할 수 없겠지.

그 후에 향후 일정을 의논했다. 역시나 촌장님은 월견초 축제를 개최한다고 했다. 마기루카 일행이 쓰러뜨렸던 몬스터 시체는 최대한 회수한 뒤 소재를 축제에 활용하고 싶다고 했다. 응, 전에도 그랬지만 참 당차구나.

대화를 일단 마치고서 저마다 방으로 돌아갔다. 나는 튜테와 노아가 기다리는 방으로 향했다.

왕자님 및 일행들과 의논해 봤는데, 레가리야령에서 벌어진 일이라서 나에게 판단을 맡기겠단다. 그래서 내가 노아를 맡기로 했다.

"근데 시타는 왜 여기 있어?"

예상은 했지만 설마 쉬지도 않고 찾아올 줄이야. 참 터프하다.

무서우리만치 탐구에 미쳤다. 자중했으면 좋겠다.

"아니, 딱히 고서에 관한 얘기를 나누러 온 것만은 아니고, 저기, 으음."

"아무도 고서 얘기는 꺼내지도 않았어. 당신도 관계가 아예 없지는 않으니 걱정돼서 보러 와준 거지?"

시타가 매우 안절부절못하자 나는 한숨을 내쉬며 옹호했다. 그러자 그녀는 고개를 고속으로 끄덕이고는 웃음으로 얼버무리려고 했다.

다시금 보니 시타와 노아는 아주 닮았다.

종족이 똑같기도 하고, 아마 혈통적인 부분도 영향을 미친 듯했다.

그래서 시타도 노아가 남 같지 않아서 걱정되겠지.

"그래서 화제를 바꾸겠는데, 앞으로 어떻게 될까? 구체적으로 말하자면 고서는?"

전언 철회…….

역시나 지적탐구자의 본성을 억누르지 못한 듯했다.

노아를 보니 그녀는 리리와 사이좋게 자는 듯했다.

"노아는 상태가 어때? 설마…….."

나는 노아를 보살피는 튜테에게 물어봤다. 설마 시타가 무리를 시킨 바람에 쓰러진 건 아니겠지.

"아가씨께서 걱정하실 만한 일은 벌어지지 않았어요."

내 질문의 의도를 파악했는지 튜테가 황급히 대답했다. 시타는 어째선지 고개를 또다시 고속으로 끄덕이며 자신의 결백을 어필했다.

(어라? 혹시 나, 압박감을 세게 줬나? 그럴 의도는 없었는데.)

"긴장하긴 했지만, 상당히 진정됐습니다. 리리 님이 곁에서 줄곧 상대하신 덕분일지도 모르겠어요. 아까도 음식을 잘 먹었고요."

"아~ 맞아. 먹성이 와일드하다고 해야 할까, 뭐라고 해야 할까……."

두 사람의 반응을 보니 노아가 음식을 어떻게 먹었는지 대강 짐작이 됐다. 뭐, 울적해하기보다는 기운이 왕성한 게 더 낫다고 받아들이기로 했다.

"그래서 어디까지 조사했어?"

"푸엥?"

"얼버무리지 마. 선을 지키긴 했겠지만, 여러 가지를 최대한 물어봤을 거 아냐?"

"아~ 아니~ 그게~."

내가 실눈을 짓고서 시타를 쳐다봤더니 그녀는 겸연쩍은지 시선을 이리저리 헤매며 머리를 긁적였다.

『아가드라는 소년이 그 고서를 썼다는 건 알아냈다.』

보다 못한 오르트아기나가 대신 토설했다. 그 고서는 나도 읽었기에 딱히 새롭지는 않았다.

"흐~응, 그래."

『……오호, 놀라질 않는군. 혹시 내용을 이미 알고 있었나?』

(큭, 눈치 빠른 재잘거리는 책은 질색이야.)

"어, 뭐, 노아한테……."

너무 떠들면 들통날 것 같고, 시치미를 떼는 것도 귀찮아서 짐짓 의미가 있어 보이는 말을 툭 던지고서 끊었다. 훗, 나도 유능한 여자야.

『이런, 빈틈이 없군. 그렇다면 이미 알고 있겠지만, 그 아가드가 아마도 백은의 기사다.』

"에에에에에에에에엥!"

오르트아기나가 몰랐던 정보를 선뜻 털어놓자, 나는 무심코 큰소리를 질렀다. 노아가 실눈을 뜨고서 일어나려고 했다.

그 모습을 보고서 나는 입을 황급히 막았다.

튜테가 노아를 달래면서 다시 재우려고 했으나, 이제 괜찮다며 윗몸을 일으켰다.

깨워서 미안하긴 하지만, 이미 벌어진 일이니 어쩔 수 없다. 나는 체념하고서 입에서 손을 뗀 뒤 이야기를 그대로 진행하기로 했다.

그때 문을 두드리는 소리가 들렸다.

"메어리 님, 왜 그러나요? 큰소리가 들렸는데."

튜테가 부랴부랴 문을 열자, 마기루카와 사피나가 걱정스레 서 있었다.

내가 그렇게 큰소리를 냈나? 그리고 두 사람이 조금 빠르게 반응한 것 같은데? 뭐, 자질구레한 건 신경 쓰지 말자.

"아니, 이 재잘거리는 책이 터무니없는 말을 해서."

내가 아까 들었던 이야기를 들려줬더니 두 사람 모두 나와 똑같이 반응했다. 그다음에는 그 소리를 듣고 놀란 왕자님과 자하까지 집결했다.

결국 모두가 방에 다 모였다. 자연스럽게 휴식을 끝내고서 이야기를 정리하는 분위기로 흘러갔다. 저마다 의자에 앉아 아는 것을 이야기하기 시작했다.

"그래서 다시 묻겠는데, 애당초 그 아가드라는 소년은 누구인가요?"

『흠, 고서에는 여기서 태어났다고 적혀 있는 걸 보면 꼬맹이와 마찬가지가 아닐까 싶다.』

"즉 만들어진 존재라는 뜻인가요?"

마기루카가 질문하자 오르트아기나는 대답을 침묵으로 대신했다. 어쩌면 책 너머에서 고개를 끄덕이지 않았을까? 그렇게 생각하니 왠지 귀여웠다.

"오르트아기나 공의 얘기를 들어보니 노아도 그렇지만, 그 아가드라는 소년은 무얼 위해 탄생했을까?"

"자식을 갖고 싶어서가 아닐까요?"

왕자님이 질문하자 자하가 당연하다는 듯 대답했다. 그러나 머릿속에 그려진 니케상(像)을 고려하니 와닿지 않았다.

『니케가 그런 로맨틱한 발상을 했을 리가 없지. 그 힌트는 저 고서, 아가드의 수기라고 해야 하나, 어쨌든 그 속에 있다.』

오르트아기나가 말을 마치기를 기다렸다가 시타가 그 고서, 아가드의 수기를 테이블에 올려두고서 책장을 천천히 넘겼다. 그러자 자신의 차례임을 알아챈 노아가 침대에서 내려와 테이블 앞으로 터벅터벅 다가왔다. 나는 무리하고 있지 않은지 걱정하며 그녀에게 다가갔다. 그리고 펼쳐진 페이지가 눈에 들어왔다.

크고 새하얀 갑옷.
나는 이 갑옷을 기동시키기 위해 태어난 듯하다.

시타가 가리킨 대목을 노아가 떠듬떠듬 읽어나갔다.
『여기에 적혀 있는 크고 새하얀 갑옷. 그게 그대들이 말하는 백은의 기사의 갑옷이겠지.』
"이봐, 갑옷을 입기 위해 태어났다는 거야?"
자하의 그 말과 문장 사이에서 위화감이 느껴졌다.
"잠깐. 아가드가 입었다고 적혀 있지는 않아. 기동시키기 위해, 라고 적혀 있어."
『좋은 부분을 지적했군. 이 몸도 그 대목이 마음에 걸렸다. 꼬맹이여, 계속 읽어라.』
오르트아기나가 말하자 노아는 계속 읽어나갔다.

이 세계에 몇 안 되는, 신이 만든 영혼이 있는 무기.
소울 머테리얼.
그분은 그렇게 읽었다.

"신이 만든 영혼이 깃든 무기. 그 전설의 소울 머테리얼이 혹시 백은의 기사의 갑옷인가?"

"굉장해, 정말로 존재했네. 난 동화 이야기인 줄 알았다고."

"만약에 백은의 기사의 갑옷이 신의 갑옷이라면 옛날에 왕국이 그보다 더 뛰어난 무기를 제작하려다가 실패했던 얘기도 수긍이 되네요."

"그런 터무니없는 무기를 접하고서 당시 대장장이들은 몸이 달아올랐겠죠. 데오도라 씨한테 들려주면 어떤 표정을 지을는지."

그 이야기를 듣고서 '그야 못 참지' 하고 호쾌하게 웃을 데오도라 씨의 얼굴을 떠올리고서 우리는 쓴웃음을 지었다.

"윽."

"노아?"

그런데 노아가 고통스러워했다. 두통이 심한지 손으로 관자놀이를 누르고 있었다.

"……소울 머테리얼……."

잊어버린 기억을 접해서 괴로워하는 듯했다. 나는 이 이야기를 내일 다시 하자고 제안했다. 모두 노아의 상태를 보고서 찬성했다. 이야기를 일단 끊고서 방에서 나가기 시작했다.

(백은의 기사의 갑옷은 신이 만든 갑옷이다? 게다가 영혼이 깃든 무기, 소울 머테리얼이라니…….)

나는 저번에 싸웠던 백은의 갑옷을 떠올렸다.

살덩어리를 채워둔 갑옷뿐인 존재. 그녀의 존재가 원래 그런 부류라면 어째서 본체가 그 시설에 도달하지 못한 거지?

(……커다란 힘의 봉인…….)

왠지 핵심에 조금 다가간 듯했다. 나는 침대에 누워 있는 노아의 머리를 부드럽게 쓰다듬으며 잠에 드는 모습을 지켜본 뒤 방을 나갔다.

(그러고 보니 내일부터 월견초 축제네. 결국 일대 파란을 일으키고 말았네, 난…….)

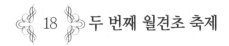

월견초 축제를 준비하느라 마을은 아침부터 북적거렸다.

나는 영주의 딸로서 일단 시찰이라는 명목으로 견학하러 나왔다.

노아도 나와 손을 잡고서 따라왔다. 그 옆에는 리리, 뒤에는 튜테가 있었다.

"메어리 님, 이번에도 축제를 위해 힘을 써주시고, 또 몬스터 소재까지 제공해주셔서 감사해요~."

주변을 둘러보면서 고개를 응응, 끄덕이고 있으니 꼬치구이를 굽고 있던 통통한 아줌마가 웃으며 말을 걸었다.

"아뇨, 제가 제공한 게 아니라 그저 휘말렸다고 해야 할까요? 굳이 공치사하자면 이 아이 덕분이죠."

'이번에도'라는 표현에 불안해하며 굳이 할 필요가 없는 말까지 하면서 나는 노아를 소개했다.

"어머~ 그런가요? 아가씨도 고마워~."

아줌마가 말을 걸자, 눈을 마주치지 않고 노아는 내 뒤로 사삭, 숨었다. 그러나 왠지 흥미진진한지 아줌마를 몰래 보고 있었다.

"어머머, 귀엽구나. 응? 뭐야? 이게 궁금해?"

노아의 시선을 알아채고서 아줌마가 들고 있던 꼬치구이를 내보였다. 노아는 그걸 뚫어져라 쳐다봤다. 꼬치구이를 따라서 머리가 움직였다. 참 알기 쉬운 아이네.

(응, 어디선가 본 적이 있는 고기네. 그리움마저 느껴져~.)

나는 그 꼬치구이의 원재료가 뭔지 알고서 쓴웃음을 지었다. 지난번에 마기루카 및 동료들과 먹었던 추억에 잠겼다.

"아주머님, 세 개 주실래요?"

내가 부탁하자 아줌마가 웃으면서 응했다. 튜테가 꼬치구이를 받고서 대금을 치렀다.

그때 아줌마의 자식으로 보이는 애가 나타났다. 그 아이는 친절을 베풀려는지 꼬치구이를 들고서 다가왔다.

처음에는 노아의 겉모습을 보고서 어리둥절해했지만, 곁에 내가 있는 걸 보고서 '뭐, 메어리 님이니 그런 사람을 데리고 다녀도 이상할 게 없지' 하고 납득한 표정을 지었다. 이렇게 평범한 일로 받아들이다니 약간 의외였다. 뭐, 왕자님과 신수뿐만 아니라 엘프까지 데려왔다. 여러 존재들을 데려와서 다들 내성이 생긴 건가? 정말로 당찬 사람들이야.

그런데 노아는 긴장했는지 한 발자국도 움직이지 않았다.

나는 가벼운 마음으로 그녀의 등을 밀면서 아이에게서 꼬치구이를 받으라고 재촉했다.

"……싫어……."

"노아?"

상상과 상당히 다른 반응이라서 나는 노아를 쳐다봤다.

그 표정은 백은의 갑옷과 맞닥뜨렸을 때 보여줬던 공포와 비슷했다. 그 눈동자는 눈앞에 있는 아이가 아니라 먼발치를 쳐다보듯 왠지 아련했다.

"노아, 왜 그래?"

"싫어…… 싫어…… 왜 그런 표정을 짓는 거야…… 난 괴물이
아냐…… 돌을 던지지 말아줘……."

지금 상황이 무언가와 겹쳤는지 노아의 단편적 기억이 되살아
났나 보다. 그러나 그녀가 벌벌 떨면서 중얼거리는 말은 몹시 흉
흉했다. 그녀의 외모로 보건대 다른 종족과 교류한 적이 없는 사
람에게 시달렸을 가능성이 있는 듯했다.

나는 아이에게서 꼬치구이를 받은 뒤 별일 아니라며 돌려보냈
다. 아줌마도 노아의 이변을 알아챘는지 걱정스레 쳐다봤다. 나
는 초조해하며 외부에서 자극을 주면 제정신이 돌아올지도 모르
겠다 싶어서 노아에게 꼬치구이를 쥐여줬다.

"아냐…… 난 단지, 아가드가 혼자서 만나니까 놀래주려고……."

노아는 꼬치구이를 쥐었지만, 의식은 저편에서 돌아오지 않았
다. 아줌마와 아이가 뚫어져라 쳐다봤다.

아마도 아가드는 마을 주민 중 누군가와 물자와 관련하여 몰래
교류했던 모양이다. 그러나 마을에서 그런 이야기를 듣지 못했
다. 그 사람이 주변에 전혀 말하지 않았던가, 혹은 마을 사람이
아니라 행상이었을지도 모르겠다. 여하튼 노아는 아가드 이외의
사람과 처음 만나고서 거부를 당했나 보다.

"나, 잘 몰라서, 뭔지, 몰라서, 그래서, 그래서……."

허공을 쳐다보고 있는 노아의 파충류 같은 동공이 꾸욱 가늘어졌
다. 호흡이 가빠졌다. 그녀를 휘감고 있는 아우라라고 해야 할까,

마력이라고 해야 할까, 그런 게 배어 나와 왠지 불온한 느낌이 들었다. 리리도 그걸 감지했는지 경계 태세를 취했다.

노아는 역시나 그 시설 밖에서 머물렀던 적이 있었다. 그런데 어째서 그런 곳에 잠들어 있었을까? 어째서 백은의 갑옷은 그토록 증오를 쏟아냈을까? 궁금한 게 아주 많았지만, 지금은 초조해하지 말고 지켜보자.

나는 노아가 더는 말하지 않도록 꼬옥 끌어안고는 등을 어루만지며 진정시켰다.

"괜찮아. 내가 있으니까 걱정할 거 하나 없어."

"……언니……."

내가 안아주자, 노아는 이제야 현실 세계로 되돌아왔다. 불온한 느낌이 사라져갔다.

참고로 오늘 아침에 노아가 나를 언니라고 불러서 놀랐다.

나를 언니로 여기고 있다는 사실이 조금 멋쩍긴 했지만, 개인적으로 내가 스스로를 「언니」라고 곧잘 표현했기에 언니라고 부르는 듯했다.

그래서 굳이 따지자면 자매라기보다는 근처에 사는 언니 같은 뉘앙스가 풍긴다.

아침에는 기쁘면서도 서글픈, 그런 복잡한 심정을 품었다. 그러나 뭐, 지금은 그런 현실을 받아들이자고 마음을 고쳐먹었다.

"노아, 왜 그러니?"

나는 언니로서 최대한 부드럽게 노아에게 말했다.

"옷, 더러워지는데?"

그 말을 듣고서 나는 노아의 손에 소스가 듬뿍 발린 꼬치구이가 쥐어져 있음을 깨달았다.

"괜찮아. 자, 어서 가자."

그러나 언니의 권위를 지키기 위해 최대한 웃으면서 냉정하게 그녀에게서 서서히 떨어졌다.

"튜테."

"예, 돌아가자마자 갈아입을 옷을 바로 준비할게요."

튜테가 뒤에서 내 옆으로 스슥, 다가오자, 나는 노아에게 들리지 않도록 나직이 호소했다. 그러자 다 말하지 않았는데도 그녀가 대답했다.

(아아, 언니가 되려면 멀었구나, 난……)

나는 일단 별장으로 돌아가 튜테의 도움을 받아 옷을 파파밧, 갈아입었다. 그러고는 리리와 놀면서 기다리고 있을 노아의 곁으로 종종걸음으로, 그러나 우아하고 여유로운 태도를 유지하면서 돌아갔다.

"미안, 노아. 조금 볼일이 있어서 기다리게 했네. 우와~ 영주의 딸은 참 힘들어~."

나는 그렇게 어색하게 웃으면서 서글픈 허세를 부렸다. 그 모습을 보고서 튜테가 모든 것을 포용하듯 부드럽게 웃었다. 저 미소가 참 부럽다.

그러나 둘이 기다리고 있어야 할 장소에 아무도 없었다.

왠지 과보호 같긴 하지만 걱정이 돼서 나는 주변을 둘러봤다. 그리고 현관 앞에서 아하하~암, 하고 하품하는 글러먹은 표범을 발견했다.

"스노우, 노아랑 리리는?"

『후아아~ 저쪽 정원에서 모두와 함께 무슨 해체 쇼를 보고 있어.』

왜 정원에서? 라고 딴죽을 걸고 싶은 마음을 억누르고서 나는 스노우에게 감사를 표한 뒤 정원으로 걸어갔다.

그곳에 가보니 노아가 리리를 안고서 정원을 멍하니 보고 있었다.

정원에 뭔가 커다란 몬스터 시체가 굴러다니는 기이한 광경에 항의를 하고 싶었지만, 축제를 위해 별장을 이용해도 좋다고 허가했던 것을 떠올리고서 말을 삼켰다.

"근데 여긴 의외로 단단하니 칼날로 이렇게~."

"오오오~ 굉장해. 역시 엘프 님이야."

"아니, 그건 엘프랑은 관련이 없을 텐데…… 아니, 관련이 있나?"

레이첼 씨가 강습하자 마을 사람은 감탄했고, 자하는 딴죽을 걸었다. 그리고 사피나는 공부가 된다고 감탄하면서 그 광경을 바라봤다.

"우리는 고대의 숲에서 사냥하니까, 시간 덕분이라고 해야 할까요, 경험이 많을 뿐이에요."

"오호~ 엘프 님도 사냥한 고기를 먹는구나. 영락없이 나무 열매 같은 걸 먹는 줄 알았어."

"아~ 나도 그런 줄 알았어. 처음에 봤을 때 깜짝 놀랐지. 레이첼 씨가 고기를 덥석 베어 물었을 때는……."

"자, 자자잠깐, 무슨 말을 하는 건가요! 말에 가시가 있잖아요!"

마을 사람과 자하의 감상평을 듣고서 레이첼 씨가 얼굴을 붉히며 자하를 가볍게 때렸다. 그 광경을 보면서 마을 사람들은 흐뭇해했다.

(진짜 죄송합니다. 마을을 대표해서 이따가 사과할게요. 자하는…… 뭐, 내버려 둘까.)

나는 너무 솔직하게 말한 마을 사람들을 대신하여 마음속으로 사과하면서 그 광경을 보고 있던 노아에게 다가갔다.

"노아, 여기에 있었구나."

"앗, 미, 미안해요……. 멋대로 움직여서."

내가 말을 걸자, 노아는 깜짝 놀라고는 이쪽을 보며 침울해했다. 내가 기다리라고 했는데 멋대로 정원으로 가버려서 사과한 거겠지.

"후훗, 걱정은 했지만, 화는 안 났어."

커다란 인형처럼 리리를 꼭 안은 채 고개를 숙인 노아를 안심시키고자 나는 머리를 부드럽게 쓰다듬었다.

"여기저기, 흐뭇한 광경뿐이군요."

"에구, 마기루카. 있었어?"

"어머, 있으면 안 되나요?"

마기루카가 한숨을 내쉬며 다가오자, 나는 화들짝 놀라며 무심코 결례를 범했다. 그리고 마기루카가 불만스럽게 뺨을 부풀리자, 왕자님이 달래줬다.

결국 모두가 모였고…… 아니, 문제아 한 사람과 책 한 권이 없음을 나는 알아챘다. 노아와 함께 마을을 돌아다녔을 때는 모습

181

을 보지 못했다. 혹시 마을 밖으로 나간 게 아닐까?

"시타랑 책은 어디 갔어? 설마 또 말썽을?"

"후아~ 난 줄곧 방에 있었어. 잠깐 바깥 공기를 쐬러 나왔는데 무슨 일 있어?"

별장 쪽에서 예상치 못한 목소리가 들렸다. 그쪽을 보니 시타가 창문 밖으로 고개를 내민 채 졸린 눈으로 정원을 보고 있었다.

"앗, 미안. 또 멋대로 마을 밖으로 나간 줄 알았어."

"홋, 역시 메어리 님. 한숨 돌린 뒤에 월견초 군락지에도 갈 생각이었는데, 들켰네."

"아니, 뭐가 역시야. 당신의 습성을 생각하면 누구나 알아맞힐 수 있어."

"그보다도 시타 씨, 상당히 졸려 보이는군요. 혹시 잘 주무시지 못했나요?"

"과거를 밝혀내는 탐구! 그 수수께끼를 푸는 두근거림을 맛볼 수 있다면 하룻밤이나 이틀 밤이나 사흘 밤이나 나흘 밤쯤 새우는 건 힘들지 않아!"

마기루카가 지적하자 시타가 꿈을 꾸는 소녀처럼 눈빛을 반짝였다.

(그녀가 왠지 텐션이 높다고 생각했더니만, 밤을 새웠구나.)

갑작스러운 소동을 겪은 뒤 변변히 쉬지도 않고 노아에게서 정보를 얻어낸 뒤 방금까지 아가드의 수기와 눈싸움을 벌였겠지.

역시나 학자구나, 하고 반쯤 어이없어하면서도 무리할까봐 걱정됐다.

"너무 열 올리지 마. 쓰러지면 레이첼 씨가 졸도할 테니까."

『홋, 밤을 고작 한두 번 새우고서 쓰러질 만한 연약한 자는 카이로메이어에는 없다. 이러는 동안에도 대서고탑 학자들을 총동원하여 아가드와 소울 머테리얼에 관해 조사를 벌이고 있다!』

"잠깐, 학자들을 총동원하다니, 대체 몇 명을 끌어들인 거야?"

시타가 어째선지 의기양양해하며 재잘거리는 책을 우리에게 내보였다. 나는 무심코 땅바닥에 패대기를 쳐주고 싶은 충동을 억눌렀다.

『음, 헤아리질 않았군. 자리에 있는 모두한테 조사시켰다.』

"당신...... 사람을 너무 함부로 다루는 거 아냐?"

『그럴 리가. 백은의 성녀가 바란다고 말했더니 다들 기쁘게 일하더군. 캇캇캇.』

"날 구실로 삼으면 어떡해~!"

재잘거리는 책이 태연하게 나를 이용했다고 말하면서 발칙하게 웃자, 나는 참지 못하고 춉을 먹였다.

책을 때려봤자 아무런 의미도 없는데 말이지.

"그나저나 오르트아기나 님, 뭔가 알아냈어요?"

『흠, 소울 머테리얼은 여러 전승과 전설이 있어서 조사하기 쉬울 줄 알았다만, 검이나 지팡이는 여럿 존재했는데 갑옷은 눈에 띄는 서적이 없었다. 또한 메어리 일행이 사는 왕국에 그러한 전승이 없는 것도 난점 중 하나지.』

오르트아기나의 지적은 타당했다. 백은의 기사가 신화급 갑옷이라면 왕국 내에 갑옷의 발상지나 그와 관련한 이야기가 어딘가에 남아 있을 법도 한데, 나는 들어본 적이 없었다. 박식한 왕자님이나 마기루카조차 들어본 적이 없단다. 오르트아기나와 학자들이 그 사실을 감안하고서 조사했는데도 찾아내지 못했다면 왕궁에 그러한 이야기는 없다는 뜻이다.

"그럼 누군가가 외부에서 백은의 갑옷을 이리로 들여왔다는 건가?"

"좋은 착안점이네요, 전하. 수기에 따르면 그 갑옷은 연구, 실험을 위해 반입됐다고 적혀 있었으니 아마도 그럴 거예요. 다만 문장이 너무 간결해서 아직은 억측에 불과하지만."

『십중팔구 니케가 들여왔겠지. 어디서 가져왔는지는 모르겠지만, 무단으로 말이다. 그래서 골치 아픈 일을 피하려고 멀리 떨어진 이 땅에 남몰래 연구소를 만들었는지도 모른다.』

"니케 공은 어째서 갑옷을 연구했을까? 그것도 그가 목표로 하는 도달점의 일부였을까?"

『음, 소울 머테리얼은 신의 조화다. 그 수수께끼를 푼다면 신의 영역에 한 걸음 다가갈 수 있으리라 판단했을지도 모르지. 다만 갑옷을 통해 무얼 알아내려고 했는지, 어째서 갑옷을 움직이게 했는지는 잘 모르겠군. 아가드의 수기를 전부 해독하면 목적 정도는 알아낼 수 있을지도 모른다만, 자세한 내막까지 적혀 있지는 않을 거다.』

오르트아기나의 말이 맞다. 그 수기는 어디까지나 아가드 본인이 보고 들은 것을 쓴 것이다. 니케가 작성한 게 아니므로, 그가 어지간히도 수다쟁이가 아닌 한 내막을 알 수는 없겠지. 더욱이 지금껏 들은 바에 따르면 니케는 그런 개방적인 엘프는 아닌 듯하다.

『그래서 꼬마를 이용하여 전부 해독하고 싶다만.』

오르트아기나가 말하자 나는 노아를 보호하듯 감쌌다.

"안 돼. 단 하룻밤이라도 새우게 하지 않을 거야. 내가 눈을 시퍼렇게 뜨고 있는 한, 응? 아니, 지금은 눈동자 색깔이 금색인데?"

그 표현에 위화감이 느껴져서 결국 나는 멋지게 내뱉지 못하고 고개를 갸웃거렸다. 참 꼴사나운 언니다.

『그대는 대체 무슨 소리를 하는 게야?』

"어쨌든! 내가 있는 이상 노아를 부려먹을 수는 없어!"

『후우~ 이런, 이런. 알겠다, 알겠다. 이래서 과보호는 안 된다니까.』

"그 말, 고스란히 되돌려주겠어요, 아버님."

『윽…….』

내가 도끼눈을 뜨고서 되받아치자 찔리는 데가 있는지 오르트아기나는 말문이 막혔다.

『자, 자아~ 다른 얘기를 하자. 그다음에는 저 문자가 마음에 걸리는군. 이 몸은 저 문자가 신과 관련이 있다고 본다.』

오르트아기나가 다른 화제를 꺼내자, 나는 흠칫 놀랐다.

저 문자는 이세계인 일본의 문자다. 그 문자를 쓸 줄 아는 일본인을 이리로 데려온 존재가 바로 신님이니, 완전히 틀린 추측도 아니었다.

"신성 문자. 모두한테 그 노선으로 조사를 해달라고 부탁했는데,

맞아떨어지는 문자가 좀처럼 나오질 않네. 정말로 이번 건은 학자를 울리는구만."

시타가 두 손 두 발을 다 들었다는 듯 어깨를 들먹였다.

일본어가 신성 문자, 즉 신의 문자라니. 왠지 민망해서 더더욱 읽을 수 있다고 말할 수가 없잖아.

(위험해, 위험해. 시타랑 오르트아기나 덕분에 엄청난 사고를 치지 않고 넘어가서 다행이야.)

『뭐, 신성 문자라면 저 아가씨가 읽더라도 납득이 가는군.』

(큭, 저 재잘거리는 책은 꼭 날 그쪽에 얽으려고 든다니까. 뭐, 일부 진실이 섞여 있다는 게 무섭긴 하지만.)

나는 오르트아기나의 혼잣말을 애써 무시하고서 이야기를 진행시켰다.

"그, 그나저나 아가드는 그 문자를 누구한테서 배웠을까?"

"아가드의 수기를 해독한 바에 따르면 니케나 영혼이 깃든 백은의 갑옷 둘 중에 하나인 것 같은데."

『아니, 시타여. 그렇다면 니케가 아니라 백은의 갑옷이 가르쳐 줬을 거다.』

"굉장히 자신만만하네. 근거는 있어? 오랫동안 알고 지내서 성격을 잘 아는 거야?"

『무슨~. 간단한 얘기다. 그 녀석은 뭔가를 가르치는 데는 서투르니까. 이 몸도 그 녀석이 말하는 걸 이해하느라 고생깨나 했다. 어쨌든 그 녀석은 설명을 너무 못해.』

오르트아기나의 입에서 옛 동료와 얽힌 귀한 추억담이 나올 줄 알았는데, 꽤 야박한 이야기가 나왔다. 나는 메마른 웃음밖에 나오지 않았다.

"니케보다는 신이 만든 갑옷이 신성 문자를 다뤘다고 보는 편이 더 와닿긴 하네."

시타가 손뼉을 짝, 치고서 수긍했다. 그런데 언제부터 일본어가 신성 문자가 된 거지? 결론을 내리기에는 너무 이르지 않나? 학자라면 더 신중하게 판단해야지. 나는 일본어를 아는 입장에서 앞으로 어떤 사고를 치지 않을지 내심 식은땀을 흘리며 상황을 지켜봤다.

(괜히 궤도를 틀려고 시도했다가는 들통날 거 아냐. 난 지켜볼 수밖에 없어.)

그렇게 마음속으로 변명을 해봤다.

『만약에 아가드가 갑옷한테서 문자를 익혔다면 저 소녀는 누구한테서 배웠지?』

"어, 나? 나, 난…… 으음…… 몰라…… 누가 알려줬겠지."

자기 이야기가 느닷없이 나오자, 노아는 당황하여 기억을 열심히 더듬어봤다. 그러나 또렷한 기억은 없는 듯했다.

"노아, 기억을 억지로 끄집어낼 필요는 없어."

"……응, 미안해요."

"사과도 할 필요 없어."

"응, 미안해요."

(으음, 노아한테 왠지 사과하는 버릇이 있는 것 같네. 그녀가 그렇게 된 이유가 따로 있을까~?)

나는 이미 익숙한지라 당혹해하지 않았다. 침울해하는 노아를 안심시키고자 머리를 쓰다듬어줬다.

"그러고 보니 시타 씨. 방금 월견초를 보러 갈 거라고 말씀하셨는데, 연구를 위해서인가요? 아니면 이번 사건과 관련한 단서를 캐내기 위해서인가요?"

우리를 보고서 마기루카가 이 화제는 그만 접자는 듯 이야기를 전환했다. 반쯤 개인적인 흥미도 섞여 있는 듯했지만, 뭐, 사소한 문제다. 나는 순수하게 고마웠다. 일본어에 관한 이야기가 계속 이어졌다면 무심코 실언을 내뱉을 수 있었기에 탐탁지 않았던 터였다. 특히 재잘거리는 책 앞에서는…….

"음~ 굳이 말하자면 후자겠지?"

"엇, 무슨 뜻이죠? 무슨 문제라도?"

나는 시타의 발언을 듣고서 레가리야 영주의 딸로서 간과할 수 없어서 다가갔다.

"아니~ 기우라면 다행이겠지만, 마음에 조금 걸리는 부분이 있어서. 어, 뭐, 조사해야 알 수 있지만~."

"무척이나 애를 태우네. 뭐야, 궁금하잖아. 어서 말해."

"어~ 그렇다면야. 월견초, 어쩌면 시들지도."

"어?"

시타가 선뜻 중대한 발언을 내뱉자, 나는 돌처럼 굳어버렸다.

(어, 어라? 나, 또 사고를 치고 말았나?)

19 ❧ 두 번째 월견초 축제 2

지금 우리는 월견초 군락지에 있었다.

얼핏 보니 전과 변함이 없었다. 월견초가 시드는 최악의 사태는 피한 듯했다.

"진짜~ 시타가 무서운 소리를 해서 깜짝 놀랐는데 괜찮은 것 같네."

"음~ 이건 이미 어쩔 방도가 없겠는데."

"어?!"

내가 가슴을 쓸어내리고 있으니 복잡한 표정으로 꽃을 살펴보던 시타가 무자비한 발언을 내뱉었다.

"혹시 이 아래에 있는 그 연구시설과 관련이 있는 건가?"

내가 다시 석화 마법(정신적으로)을 맞고서 굳어버리자, 대신에 왕자님이 시타에게 질문했다. 그녀는 수긍하고서 대답했다.

왕자님의 말을 듣고서 나는 비로소 시타가 무엇을 우려하는지 깨달았다.

"그렇구나. 월견초는 아래에 있는 마력을 흡수하여 군락지를 이뤘다고 했지? 혹시 그 마력이 없어지면 시든다는 거야?"

"바로 그거야. 이번에는 아마도 꽃이 피겠지만, 언젠가는 마력이 부족해서 시들 거야. 애당초 여긴 꽃을 피우기가 어려운 환경이었으니까."

"아, 아아아, 안 돼, 그건. 워, 월견초는 이 마을의 수입원 중 하나인데에에에에!"

나는 몸이 바짝 말라버릴 것 같은 기세로 식은땀을 뻘뻘 흘리면서 어떻게든 말을 이어갔다.

(위험해, 위험해, 위험해, 위위위위위위…… 현 세기 최대의 사고를 쳤잖아! 어쩌지, 어쩜 좋아아아아!)

"내가, 눈을 뜬 바람에…….'"

"그건 아냐, 노아. 네가 신경 쓸 일이 아니야."

당황한 내 모습과 대화를 듣고서 노아는 눈치챈 듯 중얼거렸다. 그 모습을 보고서 나는 부랴부랴 부정했다.

노아는 어린데도 자신과 관련 있는 일에 민감하게 반응한다. 이 문제를 해결할 수 있는 실마리를 어떻게든 찾아내야만 하건만, 나는 무지해서 아무것도 떠오르지 않는 게 현실이었다.

"어쩌면 좋아. 알려줘, 오르트에몽!"

나는 이미 체면을 죄다 던지고서 재잘거리는 책에게 조언을 청했다.

『오르트에…… 혹시 이 몸을 말하는 건가? 메어리, 진정해라. 대책은 있다.』

"여, 역시 오르트에몽. 든든해!"

『그러니까 이 몸을 이상한 명칭으로 부르지 마라.』

"그보다도 어떡해. 알려줘, 플리즈."

『하아…… 뭐, 좋다. 가장 간단한 해결책은 저 소녀를 그 장소에 되돌——.』

"각하아아아아아!"

기대와 달리 재잘거리는 책이 터무니없는 소리를 일삼자, 나는 더는 말하지 못하도록 험악하게 외쳤다.

"다른 방법으로!"

『흠, 지하의 마력은 요정과 관련이 있으니, 그 맹랑한 나무한테 고개를 숙이는 수밖에.』

"그 맹랑한 나무라니, 혹시……."

『그래, 정령수다.』

오르트아기나가 한숨을 성대히 내쉬자, 나는 무릎을 털썩 꿇었다.

어르고 달래고 부추겨서 정령수와 겨우 헤어졌건만 운명이란 왜 이리도 잔혹한가. 내 발로 그녀를 만나러 가야만 하다니…….

(분명 그것만으로 끝나지 않을 거야. 쓸데없는 말썽까지 벌어 질 것 같아.)

"저기, 레이첼 씨. 월견초가 시들 때까지 얼마나 걸릴까?"

내가 땅을 내려다보며 향후 전개를 시뮬레이션하며 전율하고 있으니, 자하가 옆에 있는 레이첼 씨에게 슬쩍 물어봤다.

(왠지 저 둘의 위치가 저렇게 굳은 것 같네…….)

"으~음, 전 마초(魔草)에 정통하지 않지만 글쎄요~. 백 년쯤 뒤에는 완벽하게 시들 거예요."

""""어?""""

레이첼 씨가 대답하자 우리의 목소리가 말끔하게 겹쳤다.

"그렇지~. 백 년은 순식간이니 지금 대책을 마련해야 해."

어이없어하는 우리를 아랑곳하지 않고, 시타가 복잡한 표정으로 고개를 연신 끄덕였다.

"……"

"엘프와 우리의 시간 감각이 다르기 때문일까요? 메어리 님, 이 건을 어떻게 할까요?"

"어떻게 하냐니…… 어쩌지 마기루카?"

"제게 물어본들…… 여긴 메어리 님 가문의 영지인데요."

"일단 오르트아기나 덕분에 해결법의 실마리는 붙잡았지만…… 정령수라~."

기껏 일어섰건만 이내 다시 쓰러질 것 같아서 나는 다리에 힘을 바짝 줬다.

"이, 일단 이 건은 집으로 가지고 돌아가기로……."

그리고 내가 쥐어짠 대답은 참으로 한심스러웠다.

『캇캇캇, 정말로 질리질 않는군, 그대는. 뭐, 급한 일은 아니더라도 대책을 검토하는 편이 좋을…… 엇!』

오르트아기나가 말을 끊자, 나는 무슨 일인가 싶어서 시타가 들고 있는 책을 봤다.

『피었군.』

그 말과 함께 빛나는 꽃잎 하나가 내 눈앞에 흩날렸다.

5년 전에도 봤던 광경.

그래도 역시나 감탄이 절로 나올 만한 절경이었다.

(백 년 후라고 해도 문제를 미루는 건 옳지 않지. 으~음, 노아

의 비밀도 풀어야 하고, 백은의 갑옷이 또 올지도 모르고, 백은의 기사와 월견초 문제까지, 아아아아아앗!)

나는 산적한 문제들을 떠올리며 무엇부터 손을 대야 좋을지 몰라서 머리가 폭발할 것 같았다.

(좋았어, 일단은 마음을 가라앉히기 위해 모두와 함께 눈앞에 펼쳐진 아름다운 광경을 한동안 만끽하도록 하자. 결코 현실도피가 아닙니다……. 응, 아마도.)

그래서 지금 나는 사고를 정지시키고서 눈앞의 광경을 둘러봤다.

"그로부터 벌써 5년이 지났구나……."

시간의 흐름은 느린 것 같으면서도 빠르다.

"그래, 벌써 5년이라…… 난 그 맹세를 향해서 제대로 걸어가고 있는 걸까……."

내가 과거의 추억에 젖어 있으니, 옆에서 왕자님이 먼발치를 보면서 공감했다. 그런데 뒤로 갈수록 혼잣말처럼 들렸다.

그 맹세란 여기서 모두에게 했던 말이겠지.

모두가 웃을 수 있는 왕국.

조금 막연하긴 하지만, 당시에는 왕자님답구나, 하고 생각했다.

(그러고 보니 그 후에 어떻게 됐는지 기억이 잘 나질 않네, 분명…….)

나는 그 후에 나눴던 대화를 떠올렸다. 그리고 왕자님의 발언을 착각하여 도주했던 불경스러우면서도 소녀틱한 내 모습을 떠올리며 웃음을 흘렸다.

"메어리 양?"

"앗, 아뇨. 아무것도 아닙니다. 레이포스 님은 똑바로 걷고 계세요. 그 마음을 잊지 않으셨습니다."

내 행동을 보고 의아해하며 왕자님이 말을 걸었다. 당황한 나머지 딱히 나에게 물어본 게 아닌데도 그의 자문자답에 해답했다.

(바, 바보오오오오! 왜 잘난 듯이 말한 거야! 쓸데없는 소리 하지 말라고오오오!)

나는 마음속으로 어리석은 자기 뺨을 때렸다.

설마 대답할 줄은 생각지도 못했는지 왕자님이 눈을 깜빡거렸다. 그러고는 평소처럼 온화한 표정을 되찾았다.

"그렇구나. 후훗, 그대는 정말로 날 올바르게 이끌어줘……."

왕자님이 왠지 후련한 표정으로 말했다. 반면에 나는 식은땀을 뻘뻘 흘리면서 왕자님의 말을 제대로 듣지 못한 채 어색하게 웃기만 했다.

(5년이 지났는데도 여전히 불경한 나……! 아아, 하나도 성장하질 않았어, 난…….)

일단 달리 화젯거리가 없을까 싶어서 주변을 둘러보니 비로소 노아의 상태가 조금 이상하다는 걸 깨달았다.

눈을 크게 뜨고서 월견초가 자아내는 아름다운 광경을 바라보고 있는 듯했다. 그런데 실은 현실이 아닌 다른 걸 보고 있는 느낌이었다.

"노아?"

"나…… 이 광경, 본 적 있어……."

노아는 시설 바깥에 있을 때 월견초 축제를 본 적이 있을까? 아니면 다른 월견초 군락을 봤던 걸까? 어쨌든 그녀는 잊었던 광경을 떠올린 듯했다.

"어디서?"

"……제, 오, 라르……."

그렇게 말하고서 노아는 두통이 도졌는지 머리를 누르며 그대로 휘청거렸다. 내가 황급히 부축하자 그녀는 정신을 잃은 듯했다.

"노아는 괜찮아?"

"예, 의식을 잃었지만 문제없을 거예요."

"그래? 하지만 걱정이 되니 별장으로 돌아가자."

우리를 보고서 왕자님이 걱정스레 말했다. 우리는 아무 말도 하지 않고 발걸음을 돌렸다. 자하가 노아를 안고서 그대로 별장으로 옮기던 중에 나는 그녀가 했던 말을 되뇌었다.

"……제오라르……?"

들어본 적이 없는 새로운 단어에 나는 고개를 갸웃거렸다.

"메어리 님! 그거 노아가 말했어?"

내 혼잣말을 듣자마자 시타가 반응했다. 그냥 중얼거렸을 뿐인데 그녀가 호들갑을 떨어서 나는 무심코 질색했다. 무시무시하네, 탐구에 홀린 아이는.

"어, 어어. 그게 뭔지 알아?"

"으음, 동화에 나오는 장소라는 것 정도는?"

"장소?"

"어, 제오라르. 신화 세계에 존재한다는 천공의 섬이야."

시타는 그렇게 말하고서 어깨를 으쓱이더니, 앞서가고 있는 일행들과 합류했다.

(천공의 섬 제오라르. 혹시 백은의 기사랑 어떤 관계가 있을까…….)

요즘에 걸핏하면 노아와 백은의 기사를 연결 지으려는 경향이 있다. 그럴 리가 없나? 나는 쓴웃음을 지었다.

(하핫, 설마, 설마 아니겠지. 그럴 리가 없어. 설마 다음 목적지가 신화에 등장하는 천공의 섬이라니…… 아닌 거 맞죠, 신니이이이임?!)

그저 이 흐름을 인정하고 싶지 않은, 그저 현실 도피에 불과하다는 사실이 몹시도 서글펐다.

『그럼 다음 목적지는 제오라르인 것 같군♪』

이튿날.

다 함께 아침 식사하던 중에 눈치가 없는 재잘거리는 책이 설렌 기분으로 떠들어대자, 나는 무심코 테이블에 엎어질 뻔했다.

"제오라르가 뭔가요?"

"신화에 나오는 천공의 섬 제오라르. 하지만 아무도 그 실체를 밝혀내지 못했지! 정말로 존재하는지조차 의심스러워요!"

마기루카가 소박한 질문을 던지자, 어째선지 시타가 흥분하며 대답했다.

(잠깐…… 이 텐션은.)

"시타…… 당신, 또 안 잤지?"

"역사를 밝혀내는 탐구! 그 수수께끼를 푸는 두근거림을 맛볼 수 있다면 하룻밤이나 이틀 밤이나 사흘 밤이나 나흘 밤쯤 새우는 건 힘들지 않아!"

본인이 내뱉은 말은 꼭 지킨다고 해야 할까? 정말로 나흘 밤을 새우는 것을 불사하지 않을 것 같은 시타가 걱정됐다. 나는 이 대목에서 만류할 사람에게 부탁하기로 했다.

"레이첼 씨, 저런 말을 서슴지 않네요. 쉬게 하는 편이 좋지 않을까요?"

"그렇군요. 시타, 닷새까지만 밤을 새우도록 해. 그 이상은 용납할 수 없어."

레이첼 씨가 언니답게 시타를 부드럽게 나무랐다. 그런데 왠지 석연치 않았다. 내가 이상한 걸까? 으~음, 인종 차이라고 해두자.

"그래서 결국 그 제오라르에 관해 아무것도 모른다는 소리?"

"어제부터 대서고탑에서 일하는 학자들이 조사하고 있는데, 자세한 내용이 적힌 서적은 찾아내지 못했어. 하물며 소울 머테리얼이랑 관련된 묘사도 없었고."

나를 위해서 대서고탑 학자들까지 조사를 해주고 있어서 굉장히 황송했다. 그러나 잠은 제발 제때 잤으면 좋겠다.

시타는 이번 사건과 백은의 갑옷과의 관련성도 마음에 걸리는지 그것도 조사하고 있는 듯했다. 그러나 결과적으로 얻어낸 게 하나도 없는 듯했다.

『아니, 꼭 그렇다고는 할 수 없다.』

"오르트아기나 님, 뭔가 알아냈어?"

『흠, 어느 저서에 음유시인이 제오라르에 관해 노래했다고 적혀 있는데, 갑옷도 언급했다는군. 한 구절뿐이다만.』

"오호~ 음유시인이라~."

이세계에서 흔하게 볼 수 있는 존재다. 한 번이라도 좋으니 술집 같은 곳에서 노래를 부르는 방랑하는 음유시인을 만나보길 꿈꿔왔기에, 속으로는 그만하고 잠이나 자라고 생각하면서도 이야기를 듣기로 했다.

"즉 그 음유시인이랑 만나면 제오라르에 관해 알아낼 수 있을까?"

"하지만 메어리 님. 그 얘기가 어느 시대에 적힌 건지는 알 수가 없습니다. 어쩌면 아주 오래돼서 그 음유시인이 죽었을지도."

"앗, 그런가."

"게다가 음유시인을 찾으려면 고생깨나 해야 할 것 같군. 유명하면 좋겠는데……."

"앗, 그런가?"

마기루카와 왕자님이 지적하자 나는 '앗, 그런가?' 봇으로 전락했다.

『뭐, 그건 괜찮겠지. 왜냐면 그 음유시인은 마족이니까. 게다가 옛날에 이름깨나 날렸던 자였다는군.』

"앗, 그런가……가 아니라 정말이야, 오르트아기나? 만약에 그렇다면 그게 누구야, 누구냐고?"

『영구의 가희, 벨토치카다.』

오르트아기나가 거창하게 말했다. 그런데 나는 잘 몰라서 와닿지 않았다.

원래는 오오, 그 사람이구나, 하고 흥분해야 하는 장면일 텐데, 지식이 부족해서 통탄스럽다.

"영구의 가희…… 어디서 들어본 적이……."

다들 의아해하는 와중에 유일하게 왕자님이 복잡한 표정을 지었다. 왕족이니 유명한 음유시인을 알고 있을까?

"헉, 혹시 레리렉스……?!"

『흠, 역시 왕자. 알아챘나?』

왕자님이 무언가를 알아채고서 오르트아기나와 둘이서만 흥분했다. 왠지 소외당한 것 같아서 속이 편치 않았다.

"레이포스 님은 그 가희와 만나신 적이 있습니까?"

"아니, 만나지는 않았지만, 어머님께 들은 적은 있어."

"왕비님께?"

뭐, 그분은 에밀리아를 비롯하여 마족과 알고 지내는 것 같으니 마족 음유시인을 알고 있을 만도 하겠지.

"혹시 왕비님께 여쭈면 그 가희의 특징 정도는 알 수 있을까요……."

"아니, 특징은커녕 본인과 만날 수 있을 거야."

내가 향후 방침을 고민하고 있으니, 왕자님이 뜻밖의 발언을 했다. 그런데 어째선지 당혹스러운 표정을 지어서 의아했다.

"무슨 뜻인가요?"

"벨토치카와 레리렉스 왕국이라는 단어를 듣고서 뭔가 떠오르는 게 없어?"

왕자님이 뜸을 들이자, 나는 고개를 갸웃거리며 생각했다. 그러고 보니 어디선가 들은 적이 있는 듯했다.

"메어리 님, 벨토치카 님은 에밀리아 공주의 어머님입니다."

조금만 더 고민하면 나올 것도 같았다. 뭔가가 목구멍에 걸린 것 같은 기분을 느끼며 애를 태우고 있으니, 마기루카가 정답을 말해줬다. 아주 고마워~.

"오호~ 그렇구나. 아아, 그러고 보니 엘리자베스 님이랑 만났을 때 그 이름이…… 그럼 에밀리아한테 부탁해서, 음, 잠깐만. 그럼 그 가희가 왕비님이라는 뜻이야아아아아아?!"

조용한 아침 식사 자리에 내 목소리가 되울렸다.

(왠지 이야기가 점점 커지는 기분인데 내 착각일까? 아니, 제발 착각이었으면 좋겠다아아아아아!)

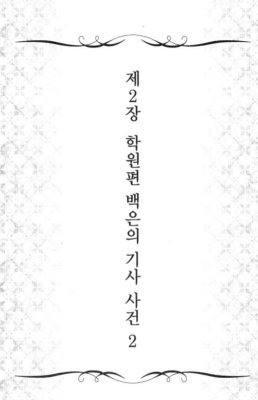

제2장 학원편 백은의 기사 사건 2

01 본녀, 등장!

월견초 축제는 겉으로는 문제없이 끝났다.

그러나 미래를 생각한다면 무슨 수를 써야만 했다.

나는 집으로 돌아가 우선 부모님께 노아를 소개했다.

하나도 숨기지 않고, 내가 아는 노아의 출신과 현재 처지를 들려주자 두 분은 전혀 의심하지 않고 노아를 맡아도 좋다고 승낙하셨다.

"맡았다고는 해도 딸이 하나 늘어났다고 생각하니 참으로 기쁘구나."

아버님이 말씀하셨다.

"앞으로 어떻게 될지 모르겠지만 메어리, 지금은 네가 언니로서 언니답게 처신하면서 여동생을 지켜주렴."

어머님이 말씀하셨다.

노아는 상상했던 대로 처음에는 낯을 한껏 가리면서 거리감을 좀처럼 파악하지 못했다. 앞으로는 여러모로 개입하면서 우호 관계를 쌓을 수 있도록 챙겨줘야겠다.

『후훗.』

"뭐야, 스노우. 무슨 재미난 일이라도 있어?"

『으으응, 딱히~. 그냥 메어리가 열심히 언니인 척 굴고 있는 모습을 보고서 리리도 자극을 받았는지 노아를 신경 쓰고 있어. 언니한테 멀어지기 시작해서 조금 슬프네.』

정원에서 노아와 리리가 놀고 있는 모습을 바라보면서 스노우가 다정하게 말하며 실눈을 지었다.

"아직이야! 아직 더 할 수 있어어어!"

"적당히 하고 그만 자도록 해!"

그때 이 공간에 흐르는 흐뭇한 분위기를 깨는, 광분에 찬 외침과 그걸 꾸짖는 큰 목소리가 저택 어느 방에서 들려왔다.

굳이 말할 것도 없이 시타와 레이첼 씨였다.

두 사람은 그대로 왕도에서 신세를 질 줄 알았더니, 노아와 아가드의 수기 등 조사할 거리로 가득한 우리 집에서 빈객으로 머물기로 했다.

왕자님은 영구의 가희 벨토치카 님과의 알현을 주선하기 위해 여러모로 힘써주고 계신다.

(으~음, 레이포스 님한테 다 떠넘겨도 될까? 왠지 의욕이 넘치셔서 차마 거절하지 못했는데~.)

"앗, 있다, 있어. 메어리 님."

내가 머릿속으로 지금껏 겪었던 일들을 정리하고 있으니 기진맥진해진 레이첼 씨가 정원으로 나왔다.

"시타, 잠들었어요?"

"예, 침대에 눕더니만 기절한 것처럼…… 늘 그렇죠."

"그렇군요. 그래서 제게 무슨 용건인가요?"

"아아, 그렇죠. 오르트아기나 님께서 정령수 님께 정령을 보낸 결과를 보고하려고요."

레이첼 씨의 말을 듣고서 다른 방면에서 이 문제를 해결하기 위해 움직인 카이로메이어 사람들에게도 고마움을 보냈다.

월견초 건은 이미 부모님께 보고를 해뒀다.

그리고 나는 아버지께 그 문제를 나에게 맡겨줄 수 없겠느냐고 부탁했다.

처음에 말을 꺼냈을 때는 아버지는 응석 모드를 발동하여 굳이 그럴 필요가 없다고 말씀하셨다. 그러나 나의 진심을 이해하고서 표정을 바꿨다.

"그렇군. 차기 당주로서 해보거라."

그렇게 나에게 이 건을 맡겨주셨다.

차기 당주.

그 무게감에 잠시 꽁무니를 빼고 싶어졌지만, 노아를 위해, 나의 장래를 위해, 나를 키워준 부모님과 영민들을 위해, 무엇보다 지금껏 함께 해줬던 튜테를 위해 실망시키면 안 된다고 생각하니 힘이 샘솟았다.

"그래서 정령수는 뭐라고?"

"마음에 든 가짜 몸이 아직 완성되지 않았으니 보류해두라고 했습니다."

"그걸 기다릴 바에야 우리가 가는 편이 낫지 않나?"

"여기로 오지 말라고 하더군요. 아마도 메어리 님이 사는 왕국으로 나갈 좋은 구실이 생겨서 자기 발로 이리로 오고 싶어하는 듯합니다."

레이첼 씨의 보고와 감상을 듣고서 나는 절망이 현신한 듯 무릎을 털썩 꿇었다.

"이 자식~. 왕국 내에서 멋대로 난동을 부리지 못하도록 막을 작정이었는데. 쓸데없이 약은꾀를 부리다니~."

가뜩이나 월견초 사건 때문에 위가 쓰리건만. 아니, 실제로는 아프지 않지만, 더 이상 고민거리를 늘리지 않았으면 한다.

"아, 아가씨. 저기, 왕도에서 전하께서 보내신 사자가 오셨어요."

내가 전전긍긍하고 있으니, 튜테가 조금 당혹스러워하며 나에게 보고하러 왔다.

"그, 그래. 벨토치카 님과 관련하여 무슨 진전이 있나 보네. 가볼까."

나는 자세를 고치고는 방금까지 낙담과 고뇌에 절어 있던 얼굴에 웃음을 되살렸다.

그리고 응접실로 향했다.

응접실 문 앞에서 심호흡을 한 번 하고서 상태를 확인했다.

(좋아, 기합을 넣고서 가는 거야, 메어리.)

기합은 충분. 나는 튜테가 열어준 문을 통해 응접실에 들어갔다.

"오래 기다리셨……."

"오호, 히홋햐호호오."

내 말을 덮어버리듯 무언가를 입에 잔뜩 넣고서 우물거리는 목소리가 맞이했다.

그 목소리, 그 모습을 보고서 나는 쓰러지지 않도록 옆에 있는 문에 기댔다.

"에, 에밀리아…… 어째서 당신이 여기에……."

그래, 눈앞에는 머리에 커다란 뿔 두 개가 있고, 오렌지색 머리를 휘날리면서 앞에 나온 쿠키를 허겁지겁 먹고 있는 레리렉스 왕국의 희군(姬君)이 있었다.

"호아니, 히햐하토히우호우."

"먹든 말하든 둘 중 하나만 해."

"호우햐, 햐하."

에밀리아가 다람쥐처럼 뺨을 빵빵하게 부풀린 채 말하려고 하자 나는 기막혀하며 주의를 줬다. 그러자 그녀는 무슨 생각인지 먹는 데 전념하기 시작했다.

"지금은 먹을 게 아니라 말을 해야지!"

너무나도 파렴치해서 나는 신분도 잊고서 무심코 딴죽을 걸었다.

"우물우물…… 하아~ 우와~ 여전해서 기쁘다, 메어리."

(아앗, 신님. 위를 쓰리게 할 것 같은 캐릭터가 또 늘어났는데, 이거 시련인가요?)

레리렉스 왕국의 왕비님과 관련이 있으니 말괄량이 에밀리아가 나타나지 않을까 각오는 하긴 했지만, 설마 이렇게 일찍 올 줄은 예상하지 못했다.

"우선 엘리자베스 님께서 오실 줄 알았는데, 설마 에밀리아가 오다니."

"훗훗훗, 본녀는 당하고는 못 산다. 그 백모가 매번 일 핑계를 대면서 방해만 일삼아 그대들과 만날 수가 없었느니라. 언젠가 빠져나가려고 계획을 세웠는데, 재밌을 것 같은 얘기가 들리더구나. 후훗, 와버렸다, 에헷♪"

에밀리아가 고개를 기울인 채 혀를 내밀며 자신의 익살스러운 면을 어필했다.

"잠깐만. 그 말은 즉 무단으로……."

내가 공포에 벌벌 떨고 있으니 문제아가 다시 에헷, 하고 웃었다.

"뭐, 농담은 그쯤 해두고."

"농담이었냐아아아아!"

이미 눈앞에 있는 마족이 공주임을 잊고서 나는 딴죽을 걸었다.

에밀리아는 정식 절차를 밟아서 왔는데도 나를 놀래기 위해 일부러 그렇게 말한 듯했다.

(아니, 정말로, 일부러 그런 거 맞죠, 공주님?)

"큭큭큭, 들었다. 메어리여, 어머님께 용무가 있는 것 같더구나."

나를 놀리는 게 그리도 재밌는지 에밀리아가 내 반응을 한바탕 즐기고서 본론을 꺼냈다.

"어, 어어, 뭐…… 백은의 기사를 조사하다가 뭐, 저기, 여러 일들이 생겨서."

화제가 느닷없이 바뀐 바람에 나는 미처 기분을 전환하지 못하고 우물거렸다.

"제오라르라고 했던가? 그 전설의 섬이 백은의 기사와 관련이 있었다니."

"아니, 관련이 있다고 확정된 건 아냐. 그걸 조사하려고 난 제오라르에 관해 알고 싶어. 뭐, 나머지 절반은 노아의 기억을 되찾기 위해서이지만."

"노아? 아아, 그 이상한 갑옷이 노렸다는 소녀? 그 아이도 백은의 기사와 무슨 관련이 있는가?"

그 이야기까지 전해져서 놀랐다. 뭐, 노아의 존재를 숨길 필요는 없으니 아무 문제는 없다. 이야기가 빨라서 잘됐다.

"글쎄? 현재 그것도 포함해서 조사하는 중이야."

"흠, 그럼 가볼까!"

"엥?"

대화를 이쯤에서 접자는 듯 에밀리아가 소파에서 벌떡 일어섰다. 나는 그 모습을 멍하니 쳐다봤다.

"자, 채비해라! 레리렉스 왕국으로 출발한다."

"아니, 아니, 아니, 잠깐만. 당신, 무슨 소리를 하는 거야?"

이미 황당함을 넘어서 의미를 알 수 없는 에밀리아의 언동에 나는 눈을 감고서 고개를 숙였다. 미간에 손가락을 댄 뒤 나머지 손을 앞으로 내밀며 기다리라는 포즈를 취했다.

"어마마마께 물어볼 게 있다고 했지?"

"그렇긴 하지만, 왜 그리 서두르는 거지?"

"왜긴 간단한 얘기이지 않느냐. 정식 루트로는 어마마마와 대놓고 대화를 나눌 수가 없기 때문이니라."

에밀리아가 또 변덕을 부린 줄 알았는데 뒤숭숭한 말이 튀어나와서 나는 놀랐다.

"무, 무슨 뜻이야?"

"뭐야, 몰랐느냐?"

"뭘?"

에밀리아가 의외라는 표정을 짓자, 나는 의아해했다.

"어마마마께서는 아주 오래전부터 성 깊은 곳에 유폐되어 있느니라."

"엥, 어, 어어어, 어째서?"

에밀리아가 엄청난 발언을 하자 나는 무심코 말을 우물거리면서도 겨우 되물었다.

"훗…… 일찍이, 마왕과 백은의 기사가 전투를 벌였지."

"으, 응."

에밀리아의 입장에서는 그다지 언급하고 싶지 않은 화제라서 나는 어떻게 대답해야 좋을지 몰라서 최소한으로만 대답했다.

"……그 전투를 유도한 사람이 바로 어마마마이기 때문이니라."

에밀리아의 말을 듣고서 나는 입을 헤 벌리며 망연자실했다.

다시 말해 그건 레리렉스 왕국을 향한 반역 아닌가?

그걸 왕비가 저질렀다는 말인가?

유폐는커녕 자칫 사형당할 수도 있는 일이지만, 마왕은 백은의 기사에게 패배했기에 편을 들었던 왕비는 정권을 획득했을 터. 아니, 유폐됐다고 했으니 그게 아닌가? 으~응, 어떻게 된 거야?

얼토당토않은 이야기를 들은 것도 모자라서 뭐가 어떻게 된 건지 전혀 알 수가 없어서 나는 혼란스럽기만 했다.

"그, 그런 얘길 내게 해도 돼?"

"음, 딱히. 왕국 모두가 다 알고 있느니라."

"그, 그렇구나."

"어쨌든 본녀와 함께 가지 않는 한, 여러 이유로 어마마마와 대화를 나눌 수는 없다. 메어리, 그래도 되겠는가?"

에밀리아가 진지한 얼굴로 다그치자, 나는 판단력이 흔들렸다. 어쩌면 이 이야기를 듣자마자 에밀리아는 나를 위해 급히 와줬는지도 모르겠다. 친구의 호의를 무시할 수는 없다.

"으, 응, 알겠어. 준비할게."

나는 결심하고서 에밀리아의 제안에 동의했다.

그 말을 듣고서 에밀리아가 순간 히죽거린 듯 보였지만, 한순간이었느니 착각인지도 모르겠다.

그리하여 나는 에밀리아를 따라서, 마기루카를 비롯한 친구들이 없는 상태에서 레리렉스 왕국으로 가게 됐다.

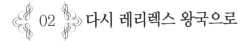

나는 지금 에밀리아의 범선에 타고 있었다.

익숙한 함선이기 때문인지 배 밑바닥 아래에 있을 존재가 무척이나 신경이 쓰였다.

제발 또 이상한 걸 끌어오지 않기를 절실히 바랐다. 아니, 진짜로 절실하게.

뭐, 그건 제쳐두고 이번 목적지는 레리렉스 왕국이다.

설마 또 그 암흑대륙에 가게 될 줄은 그 당시에는 상상도 못했다.

더욱이 이번에는 마기루카를 비롯한 친구들도 없다.

나는 지금 혼자다.

"우와~ 이게 바다구나. 이야기로만 들었는데 우리 주변에 있는 호수보다 커♪"

"시타, 위험하니까 몸을 내밀지 마. 앗, 야, 노아도 따라하지 마."

(혼자라는 표현은 어폐가 있겠네. 정확히 말하자면 튜테랑 노아, 시타랑 레이첼 씨, 스노우랑 리리, 그리고 덤으로 재잘거리는 책 한 권도 함께 하고 있지.)

갑판 위에서 홀로 불안한 미래를 생각하고 있었는데, 주변에서 왁자지껄 떠들어대는 아이들 때문에 긴장감이 싹 사라졌다.

나는 모두를 한 번 둘러보고서 심호흡하고는 마음을 다잡았다.

"이번 미션은 제오라르에 관해 물어보는 것. 샛길로 새거나, 이상한 일에 휘말리지 않도록 조심해야지. 튜테, 그렇지?"

"아가씨, 휘말리지 않도록 유념하시는 건 좋지만, 그 전에 아가씨 혼자서 왕비님과 대화를 나누실 텐데 괜찮으시겠어요?"

"그 말은 하지 말아줘, 튜테. 생각만 해도 스트레스에 짓눌릴 것 같으니까……."

나는 머리를 싸쥐며 번민했다.

지금까지 이런 일은 왕자님이나 마기루카에게 전적으로 맡겨왔기에 엄청 긴장됐다.

"이럴 줄 알았다면 마기루카만이라도 데려올걸."

"아가씨."

"아, 알고 있어. 스스로 결정한 일인걸."

내가 약한 소리를 내뱉으려고 하자 튜테가 나무라듯 말했다.

홀로 가기로 결정한 시점에 이것만은 각오해야 했다. 더욱이 언제까지고 친구들에게 의지하기만 해서는 안 되겠지.

"헉, 시타나 레이첼 씨를 끌어들이면."

"……아가씨."

내가 구질구질하게 굴자 튜테가 한숨을 내쉬며 또 주의를 줬다.

"노, 농담이야, 농담. 하하하……."

튜테가 더 이상 낙담하지 않도록 나는 웃으며 얼버무렸다. 그러나 근성이 없는 나는 속으로는 다 함께 간다면 무섭지 않다는 논리를 끝내 버리지 못했다.

『오, 뭐냐? 내키지 않거든 이 몸이 알현을 대신 맡아줄까? 고작 이국의 왕비를 알현하는 것쯤이야 이 몸한테는 간단하지.』

"아니, 당신이 나서면 일이 커질 것 같으니 그냥 방관자로 있어."

배려하려는 건지, 아니면 사리사욕 때문인지 오르트아기나가 제안했다. 그러나 그것이야말로 걱정거리를 늘리는 꼴인지라 정중히 거절했다.

"메어리여. 순조롭다면 내일 중에 항구 도시에 도착할 거다. 뭐, 아무 일도 없다면 그렇다는 얘기지."

내가 걱정하든 말든 아랑곳하지 않고, 에밀리아가 또 흉흉한 말을 내뱉었다.

"플래그 세우지 마. 또 무슨 일이 벌어지면 어쩌려고."

"뭐, 지난번에도 그랬지만 무슨 일이 벌어지더라도 메어리와 본녀가 어떻게든 처리할 수 있을 테니 괜찮겠지."

"······."

에밀리아가 대놓고 플래그를 세우자, 나는 할 말이 없어졌다. 왜냐면 덩달아서 나까지 플래그를 세울 것 같으니까.

그나저나 여기로 오기 전에는 다급하게 결단을 내렸는데, 배를 타고서 상황이 진정된 뒤에 생각해 보니 에밀리아의 행동에서 위화감이 풀풀 풍겼다.

애당초 엘리자베스 님과 접촉하는 걸 피했다는 것 자체가 대단히 수상쩍었다. 더욱이 벨토치카 님의 발언에 제한이 걸릴지도 모른다는 것도 솔직히 잘 와닿지 않았다. 내가 물어볼 내용 중에 국가적으로 민감한 내용이라도 담겨 있나? 유폐되어 있다고 하니 낙관적으로 생각할 수는 없지만, 굳이 살금살금 움직여야 할 필요가 있나?

"에밀리아…… 당신, 다른 꿍꿍이를 품고 있는 건 아니겠지~?"

"무, 무무무, 무슨 소리를 하는 거냐? 본녀는, 따, 따따따, 딱히 꿍꿍이가, 어어어, 없느니라."

그녀가 대단히 알기 쉽게 동요하자 나는 탄식했다.

에밀리아가 우리에게 위해를 가할 만한 짓을 꾸몄을 리는 없겠지. 그러니 지금은 그녀의 말대로 따르도록 하자.

그러나 이런 상황이 익숙한 나머지 이것이 우려했던 샛길로 빠지거나, 말썽에 휘말리는 전개임을 미처 알아차리지 못했다.

마기루카가 있었다면 분명 곧바로 이 사실을 지적했을 텐데, 안타깝게도 지금 그녀는 여기에 없다.

이튿날.

놀랍게도 레리렉스 왕국으로 향하는 여행은 순조로웠다. 우리는 예정대로 항구 도시에 도착한 뒤 병사들에게 둘러싸였다.

(WHY? 어째서?)

"저기, 메어리 님. 우리 이 나라에서 무슨 짓을 저질렀던가?"

시타가 내 뒤에서 병사들을 바라보며 고개를 갸웃거렸다.

"에밀리아, 당신, 무슨 짓을 저지른 거야? 지금이라면 아직 늦지 않았으니 자수해!"

"범죄자처럼 취급하지 마라! 본녀는 늘 청렴결백한 귀여운 공주이니라!"

청렴결백한 사람은 스스로 그런 말을 하지 않는다고 생각했지만, 뭐, 다들 도끼눈으로 그녀를 쳐다보고 있어서 굳이 지적하지는 않았다.

"뭐, 뭐어, 그보다도…… 스피아, 승복을 못 하는구나! 승부는 본녀가 이겼으니 체념해라!"

에밀리아가 에워싸고 있는 병사들에게 외치자, 고양이 귀 메이드 한 명이 그들을 밀어 헤치며 나타났다.

에밀리아의 전속 메이드인 스피아 씨였다.

"큭, 설마 정말로 공주님이 데려왔을 줄이야……."

"큭큭큭, 약속했던 대로 본녀를 따르도록 해라. 얼른 왕도로 가서 준비를 해주실까?"

스피아 씨는 어째서? 하고 묻는 얼굴로 나를 한 번 쳐다본 뒤 에밀리아의 요구에 끄으응, 하고 주먹을 쥐더니만 한숨을 하아~, 하고 크게 내쉬었다. 아마도 스피아 씨는 엘리자베스 님과 에밀리아, 어느 쪽을 편들지 내기를 했던 듯했다.

뭐, 엘리자베스 님이 그런 내기를 할 리가 없으니, 에밀리아가 했겠지. 그런데 아무래도 에밀리아가 이긴 듯했다.

(혹시 이것 때문에 서둘렀던 건 아니지?)

내가 의심하는 눈초리로 쳐다보자, 그녀는 속내를 짐작했는지 시선을 쓰윽~ 돌렸다.

"……메어리 님한테 나름 생각이 있으셨겠죠. 엘리자베스 님보다는 공주님 쪽이 다루기가 더 쉬울 테니까. 큭, 그것만은 피하고 싶었는데 이 말괄량이 공주는……."

내가 에밀리아를 보며 어이없어하고 있으니 스피아 씨가 속내를 그냥 흘려냈다. 그런데 마치 나를 속이 시키면 사람처럼 묘사한 것 같은데 그냥 착각일까?

"메어리 님이라고?"

"여, 역시, 저분은?"

"백은의 성녀님?!"

스피아 씨가 중얼거리는 말을 듣고서 주변 사람들이 웅성거리기 시작했다.

나는 대단히 마뜩잖은 별칭을 듣고서 식은땀을 흘리기 시작했다.

"역시 맞아. 저 은발, 저 눈동자! 백은의 성녀님이다!"

그 목소리를 시작으로 오오오오오오, 하고 환호성이 항구에 울려 퍼졌다.

우리를 막으러 왔던 병사들이 이번에는 밀려드는 항구 주민들을 막기 시작했다. 이미 큰 소동으로 번질 정도였다.

그 열량에 압도되어 나는 헛웃음밖에 나오지 않았다.

"에이이이이이잇, 다들 물러나라아아아아! 지금 이런 데서 발목이 붙잡혀서는 안 되느니라아아! 스피아, 일부러 이러는 것이더냐!"

"그렇지 않습니다. 그만, 무심코! 자자, 메어리 님 일행들은 이쪽으로!"

유명인을 보려고 온 도시에서 몰려든 일반 대중과 병사들이 서로 밀쳐대는 와중에 우리는 스피아 씨가 안내하는 대로 이동했다.

"백은의 성녀? 어, 언니, 유명인이구나."

"그, 그렇지는 않을걸? 레이포스 님과 마기루카, 사피나와 자하 씨도 유명하니까."

어안이 벙벙해져 상황을 보고 있던 노아가 깜짝 놀란 얼굴로 나를 쳐다봤다. 나는 곧바로 정정했다.

"또또~ 겸손을~. 백은의 성녀님은 카이로메이어에서도……."

"와아아아아, 지금 무슨 소리를 하는 걸까? 얘도 참. 자자, 노아 어서 가자. 에밀리아가 기다리겠어."

시타가 자랑스럽게 말하려고 하자 입을 틀어막은 뒤 나는 노아의 등을 밀면서 그곳을 얼른 떠났다.

"좋았어, 스피아! 여길 맡기겠다. 우린 먼저 가겠느니라."

"하아? 잠깐, 공주님. 당연히 안 되죠. 더 이상 단독으로 움직이시면……… 꺄아아아아아아아!"

마차가 보이기 시작하자 에밀리아는 스피아 씨를 붙잡고서 큰 소동이 벌어진 곳으로 던져버렸다.

그러나 수인(獸人)이자 고양이과답게 멋들어지게 착지하고서 이내 군중들 속에 파묻혔다. 과연 괜찮을까?

"좋았어, 방해꾼이 없어진 이 틈에 왕도로 간다! 다들 마차에 탑승해라아아아!"

여러 참상을 목격하고서 정말로 이래도 되나, 하고 걱정됐다. 그러나 곰곰이 생각해 보니 지난번 여행이 평온하고 평화로웠느냐고 묻는다면 단연코 NO라고 대답할 수밖에 없을 만큼 혼란스러웠다. 뭐, 에밀리아와 얽히면 이렇게 되나 보다. 나는 결국 체념했다.

"왕도라~. 지난번에는 가보지 못해서 조금 기대가 되네."

"메어리여, 관광하는 기분을 방해해서 미안하다만, 이번에는 야음을 틈타 행동할 테니 느긋하게 관광할 수는 없을 게다."

"에밀리아. 당신, 정말로 아무 짓도 안 저지른 거지?"

"의, 의심이 깊구나. 본녀는 아무 짓도 하지 않았느니라…… 아직은……."

내가 지적하자 에밀리아가 허둥지둥 대답했다. 그런데 마지막 부분은 작게 말해서 잘 들리지 않았다.

뭐, 이런저런 사정으로 벌어진 조금 큰 소동을 뚫고서 우리는 왕도로 향했다.

항구 도시를 빠져나와 해가 질 즈음에 우리는 왕도에 도착했다.

"후우, 여기까지 왔으니 괜찮겠지. 오늘은 이 여관에서 하룻밤 묵고서 내일 왕성에 숨어들, 아니, 들어갈 예정이니라."

"잠깐. 방금 불온한 단어를 말하지 않았어?"

"자, 잘 못 들었겠지."

내가 의심의 눈길을 보내자, 에밀리아는 시치미를 떼듯 소리도 안 나는 휘파람을 불었다.

"저기~ 여기서 경계하지 않아도 될까? 상대가 그 빙혈의 마녀 님이니 만약을 위해 경계망을 펼쳐둬야 하지 않을까?"

"큭큭큭, 본녀가 어째서 백모님이 시키는 대로 고분고분 따르며 정치를 했을 것 같으냐? 본녀가 손을 써서 이 일대는 본녀가 장악했다고 해도 과언이 아니니라."

시타가 의문을 드러내자, 에밀리아는 사악하게 웃으며 의기양양해했다.

역시 에밀리아, 웬만해서는 굴복하지 않는 아이답다. 아니, 순순히 감탄해도 될는지 불안하긴 하지만, 뭐, 저쪽 가족 문제이니 외부인은 끼어들지 말자.

시타와 노아가 순순히 오~, 하고 감탄하며 박수를 했다. 에밀리아가 건방을 떨지도 모르니 두 사람을 만류하자.

『나 원 참…… 모처럼 마법 왕국에 왔건만 마음껏 느긋하게 조사도 못 하는 꼴이라니. 지금이라도 늦지 않았다. 근처에 유적이 있다면 조사하지 않겠는가? 밤은 기니 별문제는 없겠지.』

"그렇군요, 좋은 생각이에요."

"뭘 납득하고 있어? 이래서 탐구심에 홀린 부녀는……."

여기까지 오는 동안에도 걸핏하면 저걸 보고 싶다, 이걸 보고 싶다면서 이탈하려고 했던 시타와 그 원흉인 책을 달래느라 고생했다. 오르트아기나가 자못 나이스 아이디어라는 투로 내뱉은 말에 시타가 찬성하자 나는 한숨을 내쉬었다.

"레이첼 씨도 뭐라고 말 좀 해주세요. 저 둘은 또 밤을 지새울 거예요."

"그렇군요. 시타, 하룻밤을 새워봤자 할 수 있는 조사는 뻔해. 제대로 조사하고 싶다면 적어도 일주일은 마련하고서 해야지."

이 대목에서 우리의 아군인 레이첼 씨가 따끔하게 혼내주길 바랐건만, 그녀 역시 저쪽 사람임을 깨닫고서 나는 어깨를 축 늘어뜨렸다. 뭐, 기대했던 발언과는 약간 다르긴 했지만, 저쪽도 납득하고서 탐구심을 접어줬으니 그냥 넘어갈까?

"좋았어, 그럼 오늘 밤은 다 함께 여행 이야기를 즐겁게 나누면서 지새우지 않겠느냐!"

"결국 밤을 새워서 뭘 어쩌자는 거야."

겨우 일단락을 맺었건만 에밀리아가 눈치도 없이 철야 코스를 제안하자 나는 곧바로 딴죽을 걸었다.

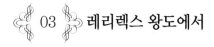# 03 레리렉스 왕도에서

레리렉스 왕국의 왕도.

그곳은 남국도(南國島) 중앙 부근, 화산과 가까운 지대에 세워져 있다.

산악부를 이용하여 지은 왕성은 아래에 조성된 시가지 때문에 더더욱 두드러졌다.

밤이 되자 마도구로 불을 밝힌 왕성은 장엄하면서도 환상적이었다. 지금 여관 창문에서 봐도 압권이었다. 처음에 봤을 때는 모테마파크의 심볼처럼 생겼구나 싶었다. 그러나 그런 말을 입에 담았다가는 재잘거리는 책이 꼬치꼬치 캐물을 것 같아서 꾹 참았다. 장하다.

뭐, 그런 말이 나오려고 하면 먼저 튜테가 헛기침을 해줄 테지만. 그나저나 마왕이 사는 성인데 무시무시하지 않다니. 내가 품고 있던 암흑대륙 이미지를 통째로 뒤집은 나라다.

"언니, 왜 그래?"

내가 저 멀리 있는 마왕성을 감상하고 있으니, 노아가 졸릴 텐데도 침대 위에서 윗몸을 일으킨 채로 물었다.

"잠깐 바깥을 보고 있었어."

내일 왕비님과 만난다고 생각하니 긴장돼서 잠이 오질 않았다.

그러나 언니로서 차마 말할 수 없었기에 별일 아닌 듯 허세를 부렸다.

"노아는 왜 그래? 잠이 안 와?"

나는 방을 둘러본 뒤 모두가 깨지 않도록 바짝 다가가 나직이 물어봤다. 그러자 그녀가 고개를 살짝 끄덕였다.

"꿈을 꿨어. 여기 꿈⋯⋯."

"여기라니? 레리렉스를 말하는 거니?"

"응⋯⋯ 근데 왠지 다른 느낌이 들어. 오늘 봤던 분위기랑 달랐어. 활기가 없다고 해야 할까⋯⋯ 게다가⋯⋯."

노아가 무슨 말을 하려다가 말을 삼켰다.

"꿈인데도 무척이나 현실적이었어?"

꿈이니 괘념치 말라고 달래주려고 했더니 시타가 침대에서 몸을 일으켜 대화에 끼어들었다.

"으, 응⋯⋯ 그런지도⋯⋯."

"그럼 잃어버린 기억과 어떤 관련이 있을지도 모르겠네. 나도 오르트아기나 님과 영혼이 이어졌을 때 그의 기억을 마치 꿈처럼 느꼈거든."

잃어버린 기억이 꿈에 나온다. 나도 전생 때 그런 이야기를 어디선가 들어본 적이 있어서 무조건 부정할 수는 없었다. 그러나 그렇다면 노아가 레리렉스 왕국의 기억이 있다는 뜻이다. 그 점이 마음에 걸렸다. 그녀는 에네루스뿐만 아니라 이 먼 나라에도 왔던 적이 있을까? 아니면 그저 꿈과 기억이 뒤섞였을 뿐일까? 노아에 관한 수수께끼가 더더욱 깊어졌다.

뭐, 그건 제쳐두고, 지금 가장 신경 쓰이는 것은 시타의 손에 쥐어져 있는 아가드의 수기였다.

"저기, 시타가 깨어 있는 이유는 혹시 방금까지 그걸 읽고 있었기 때문?"

"맞아♪ 노아 짱이 번역해준 전문을 조금만 읽으려고 했는데, 의외로 끝이 나질 않아서 그대로 계속 읽을까 해서."

"그래서 은밀히 철야 코스에 들어가려고 했던 거구나……."

공부를 열심히 하는 건 좋지만, 지켜야 할 선이 있어서 걱정됐다. 그러나 시타에게서 모조리 몰수했다가는 기절할 것 같아서 그것도 걱정이 되긴 하지만.

"근데 말이야~. 여러 번 읽어봤는데 아가드의 수기에는 노아에 관한 내용이 적혀 있지 않아."

"어, 그래? 그럼 아가드의 수기에는 뭐가 적혀 있어?"

스스로 읽어보면 알 수 있겠지만, 뻔뻔스럽게도 나는 무심코 남에게 결과를 말해달라고 했다.

"갑옷과의 만남, 가벼운 대화? 가장 흥미로웠던 점은 이 문자가 갑옷이 가장 쉽게 읽을 수 있는 문자였대. 자기 손으로는 이제 그 문자를 쓸 수가 없어서 뭐라도 남기고 싶은 마음에 가르쳤다고 하더라. 역시나 이 문자는 신성 문자일지도 몰라."

"오, 오호~ 그렇구나~."

"참고로 수기를 그런 데에 숨겼던 이유는 갑옷이 『남자는 소중한 책을 으레 침대 밑에 숨겨야 하는 법이야』 하고 말해서래. 으~음, 신의 갑옷의 생각을 전혀 모르겠네. 뭐, 아가드도 그런 심정을 적어났어. 갑옷이 말하는 이야기가 무슨 뜻인지 통 알 수가 없어서 여러 번 읽어도 잘 와닿지 않더라고."

"오, 오호~ 그렇구나~."

갑옷과의 대화. 아마도 일본어를 가르쳤던 것으로 보아 일본에 관한 화제였을지도 모르겠다. 그렇다면 아가드와 시타가 이해하지 못할 만도 하겠지.

그러나 그건 노아와는 관계가 없는 것 같았고, 내가 일본에 관한 화제를 언급하기라도 하면 여러모로 문제가 생길 것 같아서 깊이 캐묻지는 않았다.

"아가드는 소울 머테리얼에 관해 자세히 물어보지는 않은 것 같은데, 그 갑옷에는 여러 제약이 있었던 것 같아. 그걸 클리어하기 위해서 니케는 아가드를 만든 것 같아. 그리고 갑옷을 장착할수 있게 된 후로는 니케가 시키는 대로 행동했대. 마지막에 니케는 무언가에 낙담하고서 어느 날 갑자기 두 사람을 내버려 둔 채홀로 어딘가로 사라졌대. 나 참, 무슨 결말이 이래?"

시타가 어깨를 과장되게 들먹였다. 신의 갑옷에 부여된 제약이란 신수와 대화를 나누기 위한 제약과 비슷한가? 둘 다 신과 관련이 있으니 아마도 비슷하겠지. 그런데 시타가 들려준 결말을 들어보니 니케라는 엘프는 쉽게 끓어올랐다가 쉽게 식어버리는 타입일까?

(대체 무엇에 낙담했을까……. 뭐, 천재의 생각을 평범한 사람인 내가 어떻게 알겠어…….)

"현재 알아낸 건 아가드가 그 후에 밖으로 나가 그 백은의 기사로서 추앙받게 됐고, 그 갑옷은 영혼을 지닌 신의 갑옷이라는 것?"

"으음. 아가드와 갑옷의 관계는 알아냈다고 쳐도, 노아가 어떻게 연루되어 있는지…… 그 부분은 전혀……."

시타가 의미심장한 말을 하면서 노아를 힐끗 쳐다봤다. 그녀는 졸린 얼굴로 꾸벅꾸벅 졸고 있었다. 그런 노아를 보고서 우리는 서로 마주보며 쓴웃음을 지었다.

"자자, 이 얘기는 여기까지. 그만 자자."

"그래야겠네. 아아, 수기가!"

"이건 내일 아침까지 몰수야. 시타도 푹 자도록 해."

노아를 눕힌 뒤 나는 시타에게 다가가 다짜고짜 수기를 몰수했다. 시타가 불만이 가득한 표정을 지었지만, 오늘 밤만 참으라고 했더니 순순히 침대에 누웠다.

(아가드와 갑옷, 그리고 노아. 세 사람의 관계에 감춰진 비밀을 풀면 백은의 기사의 궤적으로 이어질 것 같은데…… 으음, 이걸 정말 풀어도 되나……?)

나는 아가드의 수기를 보면서 지금껏 밝혀진 갑옷과 노아의 관계를 떠올리며 조금 불안해했다.

이튿날. 우리는 여관 식당에서 아침을 먹고서 향후 계획을 의논했다.

"그래서 지금부터 유적으로 간다."

왜 그런 결론이 나온 건지 전혀 모르겠지만, 에밀리아가 그렇게 말하자 시타가 어린애처럼 기뻐했다.

"어라? 왕도는 관광할 수 없다고 하지 않았어?"

"음, 그럴 여유는 없다. 메어리. 그래서 유적에 간다."

"에밀리아. 조금 더 알기 쉽게 설명해 줄 수 없을까?"

이 공주님은 설명이 부족하다고 해야 할까, 왜 기세만 믿고서 일을 추진하려는 걸까? 훗, 지난번에는 잘 몰라서 나도 휩쓸릴 뻔 했지만, 이번에 나는 한층 달라졌어. 뭐니 뭐니 해도 언니이니까 똑부러지게 처신해야지.

"왕성에서 유폐의 탑으로 가려면 경비병을 뚫어야 하므로, 뒷 문을 통해 몰래 들어갈 거다."

"뒷문? 성에 흔히 있는 탈출용 비밀 통로 같은 건가?"

"그래, 그거."

"그렇구나, 납득."

"저기~ 공주 전하. 그거 왕가 사람만이 이용하는 비밀 통로 아 닌가요?"

언니답게 이유를 확실히 물어보고서 스스로 장하다며 의기양 양해하고 있으니 레이첼 씨가 근본적인 문제를 찔렀다. 나는 화 들짝 놀랐다. 역시 진짜 언니, 짝퉁 언니인 나와 달리 착안점이 다르다. 아니, 뭐, 언니인지 아닌지와는 관련이 없을 테지만…….

"음, 그렇다만? 무슨 문제라도?"

"그런 데에 외부인인 우리가 들어가도 될까요?"

"으~음, 바람직하지는 않다만, 뭐, 상관없겠지."

"어느 쪽이야!"

레이첼 씨가 아주 당연한 물음을 던지자, 에밀리아는 선선히 대답했다. 그러나 답으로서 아주 부족했기에 나는 반사적으로 끼어들었다.

"자~ 자~ 흔히 이렇게들 말하지 않나? 들키지만 않으면 세이프이니라."

"그 말인즉슨 문제가 있기는 있다는 뜻 아닐까?"

"자, 자질구레한 건 신경 쓰지 마라! 시타를 봐라. 이미 준비를 마치고서 당장에라도 달려갈 것처럼 의욕이 넘치지 않느냐?"

내가 딴죽을 걸자 에밀리아는 식은땀을 흘리면서도 상황을 타개하기 위해 시타를 가리켰다.

지명된 시타는 이미 방으로 돌아가 짐을 가져왔다. 장비를 완전히 착용하고서 눈동자를 반짝거렸다.

"자, 여러분! 유적으로 가자! 로망, 이 아니라 왕비님이 기다리고 있어요!"

여기서 거부해도 어차피 에밀리아와 함께 유적에 가서 어떤 사고를 치는 미래가 쉽게 그려져서 너무 슬펐다.

뭐니 뭐니 해도 에밀리아와 시타와 오르트아기나가 한 세트이니까.

예상치 못한 복병에 나는 따라갈 수밖에 없게 된 신세를 한탄하며 하늘을 올려다봤다.

그러나 딴죽을 걸어줄 사람이 부재하기에 나는 더 큰 문제를 알아채지 못했다.

그래, 나까지 끼면 그 세트가 완벽히 완성된다는 사실을……

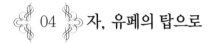 04 자, 유폐의 탑으로

"여기가 유적……? 관광명소 같은 느낌이 풍기는데? 그냥 느낌일 뿐인가?"

지금 우리는 왕도 인근에 있는 신전 같은 장소에 있었다.

분위기만 놓고 보면 다 함께 어느 나라의 역사 건축물을 견학하러 온 느낌이었다. 물론 우리 말고도 관광하러 온 사람들이 제법 많았다.

설마 지금부터 성에 잠입하려고 하는 녀석이 있으리라고는 상상할 수 없을 만큼 한가로운 풍경이었다.

그런데 안으로 들어가니 신전처럼 커다란 공간에 우뚝 서 있는, 팬티 한 장만 입은 채 사이드체스트 포즈를 호쾌하게 취한 거상이 보였다.

"……에밀리아, 당신의 아버님께서 훌륭한 왕이라는 건 알겠는데…….."

"아, 아니다. 이건 아바마마가 아니라 선대이니라!"

내가 진지하게 말하자 에밀리아가 황급히 항의했다. 그녀의 해명을 듣고서 그러고 보니 포즈만 보고서 얼굴은 보지 않았다고 반성했다. 다시금 보니 분명 얼굴 생김새가 달랐다.

"과연, 그렇구나. 여러 가지를 보고서 느낀 건데, 마왕이란 자기과시, 지배, 압정, 폭력에 강하게 매료되어 온 역사가 있는 것 같네."

아까부터 여기저기를 기웃거리며 역사 탐구를 벌이고 있던 시타가 합류했다. 그러고는 무언가를 깨달은 듯 대화에 가세했다.

"시타, 억측만으로 그런 소리를 해서는——."

"아니, 시타의 통찰이 옳다. 아바마마 역시 그것에 영향을 받으셨으니……."

자랑스럽게 말할 줄 알았더니만 에밀리아가 조금 침울한 표정으로 말했다. 나는 더는 파고들지 않는 게 좋을 것 같아서 계속해서 무언가를 말하려는 시타의 입을 손으로 막았다.

"그보다도 에밀리아. 그 숨겨진 통로는 어디에 있어?"

"음, 아아, 저기니라."

분위기가 조금 무거워져서 나는 화제를 돌렸다. 에밀리아는 그에 동조하며 아까 봤던 마초상을 가리켰다.

"왜 저런 데에?"

"글쎄? 기발함을 과시하고 싶었는지도."

"숨겨진 통로인데 기발함을 왜 과시하는 건데?"

"자질구레한 건 따지지 마! 자자, 다른 사람들이 없는 틈에 몰래 통로에 들어가자!"

애당초 이렇게 눈에 띄는 건조물에 몰래 들어갈 수 있는 입구가 있을까 굉장히 의문이 들었다. 그러나 내가 모르는 마법 문명을 지닌 왕국이니 어떤 마법적 장치가 존재하겠지.

일단 주변에 아무도 없는지 확인하면서 나는 에밀리아의 행동을 지켜보기로 했다.

"○#$%△×&."

모두가 지켜보는 앞에서 에밀리아는 조각상 발치로 다가갔다. 그러고는 조각상을 향해 이해할 수 없는 언어를 읊었다.

아마도 왕가 사람만이 아는, 문을 여는 주문이겠지.

에밀리아가 말을 마치자 정적이 되돌아왔다. 그리고 우리 눈앞에 있는 커다란 조각상은, 조각상은······.

아무런 변화도 없었다.

"······여보세요, 에밀리아 씨?"

"어라아아아아아? 분명 이거였을 텐데."

내가 어이없어하며 쳐다보자, 에밀리아가 초조해하며 고개를 갸웃거렸다.

다시금 그 소리를 냈지만, 역시나 아무 일도 벌어지지 않았다.

"으음, 이 말을 배운 후로 오늘까지 한 번도 쓴 적이 없느니라. 설마 잘 못 외웠을 줄이야, 캇캇캇."

"웃을 일이 아니잖아. 여기까지 왔는데, 이제 어쩔 셈이야."

"흠······ 시타여, 그대의 박식함으로 어떻게 안 되겠느냐?"

"공주 전하. 제가 그걸 해결하면 그건 그것대로 큰 문제가 아닐까 싶은데."

(그러네. 다른 나라에서 온 시타가 왕국의 비밀을 덜컥 풀어버린다면 큰 문제일 거야.)

"근데 시타가 평소처럼 단말기 모드로 전환하면 풀 수 있지 않을까?"

"단말기 모드라니…… 뭐, 난 카이로메이어의 마술 회로를 해석할 수 있을 뿐, 레리렉스 왕국은 무리야. 같은 마술일지라도 구조가 달라."

에밀리아의 방안이 의외로 먹힐 줄 알았는데, 현실은 그리 녹록지 않은 듯했다.

"저기, 에밀리아, 이제 방법이 없는데?"

"뭐, 잠깐만. 지금 열심히 떠올리는 중이니라."

내가 다시 째려보자, 에밀리아는 관자놀이를 누르면서 끙끙거렸다.

이러는 동안에 관광객들이 밀려든다면 더는 손을 쓸 방법이 없겠지. 이런 데서 시간을 낭비할 때가 아니었지만, 에밀리아가 좀처럼 떠올리지 못하는 듯했다.

망연자실하고 있으니, 노아가 내 곁에서 떨어져 조각상으로 다가갔다.

"노아?"

"○#$%△×&@."

내가 왜 그러나 싶어서 말을 걸었더니 노아의 입에서 에밀리아가 내뱉었던 것과 비슷한 소리가 나왔다.

그러더니 주변에 땅울림이 일고서 조각상에 변화가 생겼다.

그 거상의 대좌가 반 회전하면서 솟구치기 시작했다. 조각상 받침대가 밀려 올라간 듯했다. 반쯤 오오~, 하고 놀라면서도 에엥~? 하고 어처구니가 없었다.

자세히 보니 솟구친 대좌에는 지하로 이어지는 계단이 있었다.

"아니, 이게 무슨 비밀 통로야! 그냥 대놓고 눈에 띄잖아!"

"좋았어, 모두, 사람들이 모이기 전에 안으로 들어간다."

은밀하다는 게 무슨 뜻인지 에밀리아와 한 시간쯤 논쟁을 벌이고 싶었지만, 그녀가 계단으로 뛰기 시작해서 우리도 황급히 뒤를 따랐다.

그러던 중에 나는 대화를 나누고 싶은 또 다른 인물을 보고 있었다.

그래, 노아였다.

그녀는 어째서 여길 열 수 있는 비밀의 말을 알고 있었을까?

아마도 기억 일부를 되찾았고, 그 기억에서 끄집어냈겠지. 그런데 애당초 왜 그걸 알고 있었을까?

노아는 대체 누구지? 나는 그런 궁금증을 품은 채 계단을 내려갔다.

우스꽝스러운, 아니, 역사가 느껴지는 마왕상 받침대, 아니, 대좌를 통해 지하로 내려온 우리는 에밀리아를 따라서 은밀히 마왕성으로 향하고 있었다.

왕족이 도주하기 위해 만들어진 지하 통로답게 오래전부터 깔려 있던 수로까지 얽혀서 미로 같았다. 쉽사리 나아갈 수 없을 것 같았지만, 왕족인 에밀리아가 있으니 문제는 없겠지.

"으음~ 다음은~ 이~쪽 길이, 맞는 것 같기도 한~데?"

아니, 에밀리아의 언동을 보니 걱정이 샘솟는다만…….

그녀는 어째선지 자신감 없이 쭈뼛거리면서 나와 손을 잡고 있는 노아의 눈치를 힐끔힐끔 살폈다.

　노아가 아무 말도 하지 않으면 그대로 전진하고, 고개를 갸웃거리기라도 하면 방향을 트는 것처럼 보였다.

　약간 걱정이 되긴 했지만, 이곳에서는 에밀리아에게 의지할 수밖에 없으니 부디 그녀가 잘해주길 바랐다.

　"저기, 노아. 어떻게 여기를 알고 있는 거야?"

　지하 통로로 부랴부랴 내려오느라 미처 물어보지 못했다. 그러나 지금은 상황이 진정됐기에 나는 물어보기로 했다.

　"으음, 왔던 기억이 있어서……."

　역시나 노아는 이 비밀 통로를 알고 있는 듯했다. 레리렉스 왕국에 도착한 후로 기억들이 조금씩 떠오르는 모양인데, 이것도 그중 하나인 모양.

　기억이 되돌아와서 아주 기쁘지만, 이번처럼 조금 마음에 걸리는 점이 있었다.

　"어째서 왕족만 아는 사실을 알고 있을까?"

　노아의 기억을 캐묻는 것 같아서 내키지는 않았지만, 순수하게 궁금했다. 나는 심문하는 것처럼 받아들이지 않도록 부드러운 말투로 물어봤다.

　"……안내받았기 때문?"

　내가 질문하자 노아도 이상하게 여겼는지 고개를 갸웃거리며 자신의 기억을 캐내려고 했다.

　"그렇구나. 누가 안내했는지 알아?"

　"으~음, 저기…… 으~음…… 읔."

"앗, 억지로 떠올리지 않아도 돼. 미안해, 질문을 너무 많이 했나 봐."

내가 질문하자 열심히 대답하려고 했던 노아의 얼굴에 고통이 번졌다. 나는 억지로 끄집어내는 건 바람직하지 않다고 판단하고서 황급히 그녀를 제지했다. 나란히 걷고 있던 리리도 걱정스레 노아에게 다가붙었다. 그녀는 괜찮다면서 쓰다듬었다.

"음, 이게 뭐지? 이런 것도 있었는가?"

우리가 대화를 마쳤을 즈음에 에밀리아가 눈앞에 놓여 있는 물체를 수상쩍게 쳐다봤다.

에밀리아는 널찍해진 공간에 자리하고 있는 커다랗고 동그란 세 물체를 보고 있었다.

동그랗다고 했는데 매끈한 원을 이루는 구체는 아니었다. 투박한 것이 왠지 광석 같았다. 얼핏 보니 생물 같지 않았다. 크기도 우리보다 조금 큰 정도였다.

확실한 것은 저것이 천연물이 아니라 인공물이라는 사실뿐일까.

"이 지하 통로도 세월이 오래돼서 아는 사람은 다 아는 상태가 아닐까? 그래서 이것도 어떤 역사적 건조물 중 하나가 아닐까?"

호기심에 홀린 아이인 시타가 무방비하게 그 물체에 다가가더니 조사하듯 여기저기를 매만졌다.

『아니군. 그건 만들어진 지 얼마 안 됐다. 건조물이라기보다 굳이 말하자면 마도구에 가깝다.』

오르트아기나가 추측하자 에밀리아는 무언가 떠올랐는지 손뼉을 짝, 쳤다.

"오, 그러고 보니 백모님의 명령으로 기르츠가 제작했던 마공병기의 시작품과 비슷한 듯한데……."

바로 그때 동그란 물체 중심부가 슬라이드되더니 안에서 눈동자 같은 수정이 드러났다.

"""엥?"""

모두가 동시에 놀라는 와중에 물체들이 거미처럼 덜컥덜컥 변해나갔다.

"잠깐, 공주 전하! 그런 얘기는 빨리해야지!"

"이 바보! 부주의하게 여기저기를 매만졌던 그대의 잘못 아니더냐!"

"둘 다 싸우고 있을 때가 아냐!"

변형을 마친 마공병기가 징그럽게 사각사각, 움직이기 시작했다. 날카로운 발톱 같은 물체로 우리를 겨누고 있는 것으로 보아 장난감은 아닌 듯했다.

흔하게 볼 수 있는 패턴인, 침입자를 격퇴하는 경비 로봇 같았다.

"에밀리아, 당신도 명색이 왕족이니 저 물체의 주인으로서 정지하라고 명령할 수 없을까?"

"명색? 그 표현이 거슬리기는 하지만, 과연 일리는 있군."

내가 제안하자 에밀리아는 잠시 생각하고서 모두의 앞으로 나서 우뚝 섰다.

"에밀리아 레리렉스의 이름으로 명하노라! 전원 지금 당장 정지, 와꺄아아아아아아!"

에밀리아가 이름을 밝힌 순간, 마공병기가 일제히 그녀를 보고서 공격을 개시했다.

명백히 에밀리아를 표적으로 삼았는지 우리에게는 반응하지 않았다.

"으아아아악! 백모님, 이딴 걸 설치하다니!"

에밀리아가 홀로 마공병기들과 전투를 벌였다.

"목적은 똑같으니 누가 달성해도 딱히 상관없다고 지껄였으면서, 정작『본인』이 어마마마를 데려가려고 아주 작정을 하지 않았느야아아아아!"

"혹시 저건 공주 전하가 여길 침입하리라 예측하고서 엘리자베스 님께서 준비하신 게 아닐까요?"

"아, 아마도 그럴지도……."

내가 외부인처럼 멍하니 관전하고 있으니 레이첼 씨가 말했다.

방금 에밀리아가 내뱉은 발언이 맞는다면, 저걸 만들도록 지시한 사람은 엘리자베스 님이다.

곰곰이 생각하니 침입자를 격퇴하기 위해 이 통로에 시작품을 배치할 리는 없겠지. 저 병기는 오직 에밀리아에게만 반응하는 듯했다.

즉 엘리자베스 님은 에밀리아가 자신을 앞지르고자 우리를 여기에 데려오리라 읽고서 저 병기를 배치했다는 건데.

안내인인 에밀리아만 제압한다면 따라온 우리도 발목이 붙잡힐 테니 시간을 벌 수 있겠지. 그리고 어쩌면 포기하고 돌아갈 수도 있다.

여전히 무시무시한 분이구나, 하고 벌벌 떨었다. 그러나 엘리자베스 님도 노아의 존재를 예측하지는 못했다.

"노아, 미안하지만 여기서 어떻게 가면 되는지 알아?"

"으, 응…… 알 것 같기도. 하, 하지만 공주님은?"

"괜찮아. 에밀리아는 저거랑 놀고 있는 것뿐이니, 방해하지 말고 우리끼리 먼저 가자."

보아하니 에밀리아가 위험에 처한 것 같지는 않았다. 엘리자베스 님도 그녀를 막기 위해 위험한 걸 두지는 않았겠지. 어디까지나 발목을 붙잡으려는 의도일 테니 휘말리기 전에 떨어지는 게 박정하긴 하지만 상책이라고 판단했다.

"시타여! 그대의 지식으로 이 녀석들을 무력화해다오! 이 녀석들, 대(對)마법에 특화되어 있어서 골치가 아프구나!"

"이거어어어어어나아아아아아! 다른 나라의 최신 기술을 어떻게 알아아아! 난 사서이지 마공기사가 아니라고요오오오!"

"잠깐, 공주 전하! 시타를 끌어들이지 마세요!"

아니나 다를까, 에밀리아는 시타를 끌어들여 방패로 삼았다. 필연적으로 레이첼 씨도 참전하게 됐다.

이쪽에는 비전투원인 노아와 튜테가 있는지라 휘말려서는 안된다. 나는 마음속으로 힘내라고 응원하면서 그 자리에서 조용히 사사삭, 떠났다.

『정말로 내버려 둬도 괜찮을까~. 저 세 사람.』

"정 마음에 걸리면 너도 참전해. 털이 몽땅 깎여도 난 몰라."

『호호호, 저 세 사람이라면 괜찮겠지. 자자, 가자~ 어서 가자~.』

나의 박정한 행동을 보고서 스노우가 비난했다. 내가 되받아치자, 그녀는 휘말리고 싶지 않은지 곧바로 나와 합류했다. 동료가 있다는 건 참 좋다.

그러나 노아가 생각보다 모호하게 안내해서 고전할 것 같긴 했다.

아까도 노아가 말했지만, 안내를 받기만 했다는 말은 사실인 듯했다.

우리끼리만 가는 건 조금 어렵나 싶었던 차에 내 귀에 희미한 소리가 들렸다.

『메어리.』

"스노우도 들려?"

나와 스노우, 리리만 어느 방향을 응시하고 있었다.

노랫소리가 희미하게 들려왔다.

진짜로 부른다기보다 굳이 따지자면 콧노래 같았다.

그래도 소리가 작은데도 묘하게 잘 들리고, 마음에 스며드는 느낌이었다. 경계심보다 호기심이 자극되는 이유는 뭘까?

더욱이 누군가가 있는 걸 보면 어쩌면 출구인지도 모르겠다.

"가보자."

튜테와 노아가 고개를 끄덕이자, 나는 선두에 서서 콧노래에 이끌리듯 걸어갔다.

그리고 우리는 노랫소리가 들려오는 벽 인근에 도착했다. 그런데 문이 보이질 않아서 가만히 서 있었다.

어쩌면 어떤 스위치로 벽을 여는 건가 싶어서 주변을 살펴봤지만 그런 건 보이지 않았다.

(그러고 보니 이 통로에 올 때도 에밀리아는 스위치 같은 걸 켜지 않았지. 역시나 암호 같은 게 필요한가?)

그렇다면 에밀리아가 나서야 할 차례였지만, 지금 그녀는 바쁜 몸이라서 여기에 없었다.

그래서 노아에게 부탁했더니, 그녀는 이곳을 열었던 기억이 없는지 미안해하며 고개를 숙였다.

"미안해요, 언니."

"아니야, 괜념치 마. 넌 우릴 여기까지 데려왔잖아. 고마워, 노아."

고개를 떨군 노아를 안고서 다독거린 뒤 자칭 언니로서 멋진 모습을 보여줘야겠다 싶어서 다시금 주변을 주의 깊게 둘러봤다.

미리 변명하겠는데 나는 그럴 생각이 없었다. 노아에게 좋은 모습을 보여주고 싶어서 분발하긴 했지만, 힘을 그리 주지 않았다. 진짜라니까?

뭐, 내가 무엇을 했느냐면 만화에서 늘 등장하는, 반대편을 살피기 위해 벽을 두드리는 행위를 잠깐 따라했을 뿐이었다.

그랬더니 어떻게 됐느냐면…… 답은 간단하다. 쾅, 하고 커다란 소리를 내면서 벽 일부가 삐걱거렸다. 빠졌다는 표현도 맞는 것 같은데…….

『……메어리…… 아아아~ 저질렀네~.』

내가 사고를 쳤음을 깨닫고서 스노우가 기막혀하며 쳐다봤다.

"아, 아냐, 이건 불가항력이었어. 내가 의도한 게 아냐아아아아!"

내가 변명하자 반대쪽에서 목소리를 들었는지 아까 두드렸던 벽이 중력을 이겨내지 못하고 우르르르, 하고 아래로 슬라이드했다.

"훗, 나, 난 이걸 노렸던 거야."

얼버무리듯 말했더니 노아가 오오~ 하고 감탄했다. 스노우는 예예, 그러세요? 하고 어이없어하며 이쪽을 쳐다보는 게 아닌가. 참 무례한 표범이다.

"어머머, 이상한 소리가 들렸는데 망가졌나요? 오래됐으니 별 수 없겠죠."

열린 벽 너머에서 여자의 목소리가 들렸다. 방금까지 들렸던 콧노래와 흡사했다. 아마도 내가 사고를 친 소리를 듣고서 이 벽을 열었겠지.

어두운 지하 통로에 빛이 새어들자, 나는 순간 실눈을 뜨고서 맞은편을 봤다.

그러자 풍경이 점점 시야에 들어왔다.

그곳은 주방 같은 곳이었다. 우리가 망가뜨려서 어중간하게 열린 문을 사이에 두고서 앞치마를 착용한 아름다운 마족 여성이 있었다.

에밀리아처럼 뿔이 두 개 있고, 끝으로 갈수록 연분홍색에서 보라색으로 점점 짙어지는 긴 머리카락 역시 에밀리아처럼 곱슬거렸다.

"어머어머~. 귀여운 아이들이 왜 한자리에 모여 있을까? 미아니?"

놀랐는지 손뼉을 짝, 포갠 그 여성은 아주 느긋한 분위기로 우

리에게 말을 걸었다.

(아니, 왕족 전용 비밀 통로에 있으니 미아일 수는 없는데. 왠지 누굿누굿한 느낌이 드는 사람이네~.)

"예, 뭐, 미아라고 하면 미아일수도~?"

"어머, 그거 큰일이네. 부모님이 걱정하고 계실지도 모르겠어. 자자, 그런 데에 있지 말고 어서 들어오렴. 때마침 과자를 굽고 있던 차였어."

우리가 아이라서 그렇기도 했겠지만, 마족도 아닌 우리가 이런 데서 나오면 보통은 경계하기 마련인데, 눈앞에 있는 여성은 애초부터 경계하는 기색을 일절 드러내지 않고 무방비하게 우리에게 접근했다.

주방과 앞치마를 두른 여성, 더욱이 과자까지. 이 주방을 맡은 요리사일까?

우리가 멍하니 있는 사이에 식기를 시원스럽게 깔아가는 모습을 보니 익숙한 듯했다. 역시나 여기서 일하는 사람인 듯했다.

아마도 여긴 왕비님이 유폐된 탑 내부겠지. 그렇다면 경비가 삼엄할 테니 소란을 피웠다가는 난처해질 수가 있다.

"자자, 앉아요. 지금 구운 과자를 갖고 올게요."

목소리 톤이 아주 편안해서 듣고 있기만 해도 마음이 차분해지는 기분이었다. 그 여성 요리사가 권하는 대로 우리는 자리에 앉았다.

"저, 저기, 도와드리겠습니다."

분위기에 휩쓸렸던 튜테가 정신을 퍼뜩 차리고서 여성을 황급히 돕겠다고 나섰다.

"어머, 그럼 부탁 좀 할까? 거기 있는 접시를 갖고 와주렴."

그녀는 온화하게 웃으며 대답하고는 우아하게 손가락으로 가리키며 튜테에게 지시했다. 그 모습도 위화감이 느껴지지 않았다. 왠지 멋지다는 생각이 들 정도였다.

결국 상대의 페이스에 삼켜져 여기저기를 둘러보는 사이에 우리 앞에 맛있어 보이는 과자가 깔렸다.

그 여성은 우리 맞은편에 앉아 한숨을 돌린 뒤 튜테가 끓인 홍차를 한 모금 마셨다.

그 몸짓은 도저히 일개 요리사라고 할 수 없을 만큼 우아하고 그림 같았다. 마치 이리샤 왕비님을 방불케 했다.

"……그러고 보니 너희는 누구니? 저런 데서 나오다니, 무슨 목적이 있을까?"

우리가 주방에 온 지 시간이 상당히 지났을 즈음에 그녀가 문득 떠올랐다는 듯 그 질문을 던졌다. 나는 아주 마이페이스인 사람이구나, 하고 위기감을 잊고서 분위기에 녹아들었다.

그만큼 그녀가 빚어내는 아우라는 누긋누긋했다.

"으음, 저흰 여기에 유폐되셨다는 왕비님을 뵙고 싶어서 왔어요."

그래서 나도 분위기에 이끌려 전혀 경계하지 않고 털어놓기 시작했다.

"어머, 그러니? 이런 데까지 오느라 힘들었을 텐데."

"우와, 더 힘든 쪽은 지금도 쫓기고 있는 에밀리아 일행이 아닐까 싶은데~."

"어머, 에밀리아가 여기에? 혹시 그 아이가 너희를?"

"예, 뭐, 반쯤 억지로."

"어머머~ 그거 힘들었겠구나."

"예, 힘들었습니다.

온화하고 단란한 시간이 이어졌다. 주변 공기가 평온하게 흘렀다.

(음~ 뭐지? 뭔가 까먹은 것 같은데…… 마음에 뭔가가 묘하게 걸리는데. 뭐, 상관없나?)

맛있는 과자를 즐기면서 느긋하게 지냈다. 그런데 갑자기 내가 열었던 벽에서 큰 소리와 함께 무언가가 날아들었다.

"큭, 왜 여기가 열려 있는 거냐! 누구냐, 여길 부순 녀석이!"

"제게 물어본들 몰라요."

"그보다도 공주 전하. 이번에야말로 여기가 맞겠죠!"

뛰어든 사람은 두 엘프와 한 마족이었다. 여기저기를 뛰어다녔는지 숨을 헐떡거렸고 어수선했다. 이 누긋누긋한 공간과는 하늘과 땅 차이였다.

"어라, 에밀리아. 게다가 시타와 레이첼 씨까지. 무슨 일이야?"

분위기에 완전히 삼켜진 나는 차를 스르릅 마시면서 마이페이스로 물었다.

"뭐가 무슨 일이냐! 본녀를 놔두고서 먼저 가버리다니, 이 박정한 인간 같으니!"

주변 상황을 파악하기 전에 내가 말을 걸자, 에밀리아가 화를 내며 반응했다.

"그건 당신들이 발동시킨 거니까 자업자득인데."

"무슨 소릴…… 아니, 왜 우아하게 차를 마시고 있는 거냐, 네 놈들은!"

이제야 상황을 이해하고서 에밀리아가 더욱 발끈했다. 나도 왜 이렇게 됐는지 잘 모르기에 글쎄? 하고 생각했다.

"어머머, 에밀리아 쨩도 참. 너무 화내지 마렴. 귀여운 얼굴이 엉망이 되겠어."

그런데 누굿누굿 성인(星人), 아니, 이곳을 맡은 언니가 에밀리아를 다독였다.

(응, 다독였다고? 공주인 에밀리아를? 게다가 방금 에밀리아를 에밀리아 쨩이라고 불렀지?)

나는 위화감을 느끼다가 불현듯 떠오른 대답에 몸이 굳어버렸다.

(호, 호호호호호호, 혹시, 혹시이?!)

"그 무슨 말을 해도 본녀의 분노는…… 아니, '어마마마'께서 왜 여기에?"

에밀리아가 목소리가 난 쪽으로 고개를 돌린 뒤 그 사람을 확인하고는 아연실색하며 굳어버렸다.

물론 나도 그녀 못지않게 굳어버린 채 온몸에서 땀을 뻘뻘 흘렸다.

(설마, 설마, 이 누굿누굿한 언니가, 와, 와와와, 왕비니이이이이임?)

05 벨토치카 레리렉스

"정말로, 죄송합니다."

"아뇨, 아뇨, 괘념치 말아요. 메어리 짱의 나라와 달리 이쪽은 이렇게 느슨한 면이 있다는 걸 잘 알겠죠. 게다가 유폐됐는데 왕비가 이런 데서 과자를 굽고 있으리라 어떻게 상상할 수 있겠어요."

내가 인생 두 번째 넙죽절을 반복하려고 하자 앞치마가 잘 어울리는 마족 여성, 벨토치카 레리렉스 님이 의젓한 몸짓으로 만류했다.

"어, 어떻게 제 이름을……."

"후훗, 내 귀에도 백은의 성녀의 활약담은 들린답니다. 메어리 짱의 용모가 이야기와 일치했고, 저 존재는 신수죠? 그리고 에밀리아 짱과 기탄없이 대화를 나누는 모습을 보면 알 수 있죠. 뭐, 그밖에도 다른 이유가 있지만, 사소한 건 생략하죠."

이름을 밝히는 것조차 잊고 있던 나와는 대조적으로 벨토치카 님은 자못 당연하다는 듯 웃으면서 대답해주셨다.

정말로 그녀는 유폐되어 있다는 게 의심스러울 만큼 바깥 사정을 망라하고 있는 듯했다.

역시 엘리자베스 님이 한 수 위로 평가할 만하다.

의젓한 품행 속에 이따금 엘리자베스 님 같은 무시무시한 아우라가 느껴지는 듯했다.

"그래서 저분들은?"

그러나 천하의 벨토치카 님도 카이로메이어의 주민인 시타와 레이첼 씨까지는 파악하지 못했는지 고개를 갸웃거리며 물었다.

에밀리아가 소개하면서 서로가 인사를 나누는 중에 나는 노아를 쳐다봤다. 낯을 가리지 않고 평범하게 대했다.

에네루스 마을에서 무언가를 떠올린 이후로 노아는 초면인 사람 앞에서 낯을 가리며 내 뒤에 숨기 일쑤였다.

(노아는 벨토치카 님을 알고 있나? 여기에 올 수 있었던 것과 무슨 관계가 있을까?)

그런데 뜻밖에도 당사자인 벨토치카 님은 노아를 알지 못하는지 초면처럼 반응했다.

"노아 짱이구나, 처음 뵙겠어요. 어머머, 부끄러워하다니 귀여워라♪"

벨토치카 님이 포근하게 웃으며 대해주자 덩달아 노아도 경계심을 풀고는 우물쭈물 창피해하면서도 받아줬다. 그 모습을 보니 그녀의 됨됨이 때문에 낯가리기가 발동하지 않았을 가능성도 있는 것 같기도 하고, 아닌 것 같기도 하고.

모두 과자와 차를 즐기면서 이 시간을 잠시 만끽했다.

으음~, 참 온화한 공간이다. 정말로 여기가 유폐의 탑이 맞는지 의심스러울 정도였다.

"얘, 에밀리아. 여기 유폐의 탑 맞지?"

그래서 나는 옆에 있는 에밀리아에게 나직이 물어봤다.

"그렇다. 뭐, 어마마마가 앞에 계시니 유폐 같지 않다고 착각할 만도 하겠지."

"무슨 뜻이야?"

"어마마마는 유폐(자칭)당한 게 아니니까."

"으응?"

(이 대목에서 이 공주님은 무슨 황당한 말을 내뱉는 거야?)

에밀리아의 발언을 듣고서 나는 고개를 갸웃거리며 벨토치카 님을 봤다.

"진짜~. 에밀리아도 참. 자칭이라니. 난…… 모두를, 나라를 배신하고서 마왕을 패배로 이끌었던 장본인입니다. 동맹을 맺고서 레리렉스 왕국의 진군을 저지했던 국적(國賊)이에요. 그런 내가 처형도 당하지 않고 평범하게 살아간다면 백성들은 납득하지 않겠죠. 그런데 다들…… 형식적인 유폐형을 내릴 테니 참아달라고. 부 군과 언니 모두 가족한테 무릅니다……."

(부, 부 군이라고? 혹시 근육, 이 아니라 현 마왕인 부람 왕을 말하는 걸까?)

몹시 진지한 이야기를 하고 있는데도 굳이 무시해도 되는 부분이 마음에 걸렸다. 글러먹은 나는 딴죽을 걸고 싶어졌다.

"허나 어마마마. 시간이 흘러 백성들은 어마마마의 행동에 감사할지언정 미워하지 않는다고 누누이 말하지 않았는가. 그 힘이 있었기에 모든 압정에서 해방됐고, 알디아와 교역을 하여 풍요로움 삶을 되찾았으니까. 신하들도 아바마마보다 어마마마를 더 의지하고 있으니. 응, 뭐, 아바마마는 머리 쓰는 일을…… 그게 아니라 저기."

나의 소박한 질문이 건드려서는 안 되는 두 사람의 스위치를 누르고 말았나 보다. 말다툼 같은 것을 벌이기 시작하자 나는 어찌할 바를 몰랐다.

특히 에밀리아는 꾹꾹 눌렀던 감정이 폭발했는지 말을 정리하지 않고 마구 쏟아내는 듯 보였다.

그러고 보니 지난번에 시타가 이 나라의 과거에 관해 말했던 것이 떠올랐다.

다른 나라의 역사는 공부가 부족하긴 하지만, 어디에나 여러모로 어두운 과거가 있겠지.

이 대목에서는 깊이 파헤치지 말고 화제를 전환하는 게 상책인 듯했다.

"저기, 슬슬 저희의 용건을 말씀드려도 될까요?"

"앗, 그렇군요. 그래서 내게 무슨 용건이 있어서 이런 데에 온 건가요?"

내가 화제를 돌리자, 에밀리아는 아직 할 말이 남은 눈치였지만, 벨토치카 님은 그 이야기는 이제 끝이라며 내 말을 들어줬다.

"그건 말이죠. 백은의 기, 사……."

(끄으으으응. 결국 화제가 안 바뀌었잖아아아아.)

지금 가장 해서는 안 되는 단어가 입에서 나오자, 나는 속으로 쩔쩔맸다.

"백은의 기사 말인가요?"

"옙. 메어리 님은 백은의 기사님의 생애를 조사하고 있어요. 그래서 저희도 협력하다가 왕비님께서 정보를 알고 계신다고 듣고서 이렇게 찾아왔습니다."

내가 속으로 쩔쩔매고 있으니, 시타가 대신 눈동자를 반짝이며 설명해줬다.

"카이로메이어 분이 개인적으로 협력하다니 어머머, 메어리 짱은 굉장하군요."

"예, 백은의 성녀님은 우리의 대서고탑도 구해낸 영웅──."

"으아아아, 내 얘기는 됐으니, 본론으로 들어가자, 본론으로!"

화제가 이탈하여 그 무거운 분위기가 사라질 것 같았지만, 그 화제는 내가 창피하기도 하고, 부풀려질 것 같아서 그만두고 싶었다.

"백은의 기사 말인가요……. 그분과 만난 지 상당히 오래돼서 자세한 기억은 사라졌을지도."

"백은의 기사님과 어떻게 만나셨죠?"

나를 대신하여 시타가 쭉쭉 물어봤다. 든든하긴 했지만, 그녀는 눈치가 없는지라 나는 조마조마해하면서 대화를 들을 수밖에 없었다.

"옛날에 레리렉스 왕국은 알디아 왕국을 침략하려고 했습니다."

"어, 어마마마……."

알디아 왕국 출신인 내가 앞에 있는데도 그 말을 꺼내자 에밀리아는 당황해서 목소리를 높였다. 그러나 벨토치카 님은 다 안다는 듯 전혀 동요하지 않았다.

"그 과정에서 난 백은의 기사를 알게 됐고, 그의 힘을 빌려 은밀히 바다를 건넜습니다. 다행히도 난 영구의 가희로 불릴 만큼 그럭저럭 이름이 알려져 있어서 그걸 이용하여 그와 접촉했습니다. 왜냐면 마왕, 부람 레리렉스를 저지해주길 바랐으니까……."

이 대목에서 비로소 벨토치카 님의 얼굴이 어두워졌다.

그를 위하면서도 그를 배신한다……. 그 마음과 각오가 어떤 것인지 나는 잘 모르겠다. 그러나 친구를 위하면서도 친구를 배신한다. 그렇게 생각하니 가슴이 옥죄어서 더는 깊이 생각하고 싶지 않았다.

"그렇군요. 알겠습니다. 그럼 제오라르에 관해 아시는 게 없을까요?"

"제오라르? 그 천공의 섬 말입니까? 그러고 보니 백은의 기사도 그 땅으로 갔지요."

"백은의 기사가 대체 무슨 목적으로 그곳을 찾았죠?"

"그분은 자기 이야기를 별로 하지 않는 분이라서 자세히는…… 다만 그 섬이 최초의 섬이라는 것밖에……."

"최초의 섬……. 저, 저기, 벨토치카 님, 아가드라는 이름을 들어보신 적 없나요?"

시타에게만 맡겨둘 수 없었기에 나도 궁금한 점을 질문해봤다.

"아가드 말인가요? 흐름상 백은의 기사와 관련이 있군요. 그러고 보니 백은의 기사가 이따금씩 누군가와 속닥거렸지요. 그때 귀여운 목소리가 들려서 희한하게 여겼는데, 캐묻지 않길 바라는 눈치라서 흘려버렸습니다. 그 정도밖에 모르겠군요."

벨토치카 님이 들었던 목소리는 아마도 우리가 에네루스 마을에서 맞닥뜨렸던 그 백은의 갑옷과 똑같겠지.

그렇다면 당시 백은의 기사는 장착자인 아가드와 소울 머테리얼인 그녀로 구성되어 있었던 셈이다. 일부에서 백은의 기사가 여성이 아니냐는 혼란이 생길 만도 하겠다.

"그, 그보다도 메어리여. 그대는 제오라르에 가기 위해서 여기에 왔지 않는가? 그 얘기는 안 하나?"

에밀리아가 안절부절못하며 억지로 이야기를 돌렸다. 엘리자베스 님이 방해할 줄은 예상하지 못했던 터라 초조한 듯했다.

다만, 제오라르 이야기를 부추기는 걸 보면 관심이 있는 것 같은데, 정작 본인이 가고 싶은 건 또 아닌 듯했다. 대체 무엇을 꾸미고 있는 거지?

"제오라르에 가고 싶은 건가요? 난 백은의 기사와 함께 한 번 거기로 향한 적은 있었지만, 도중에 발길을 돌렸습니다. 섬에는 가본 적이 없는데 괜찮을까요?"

"예, 상관없습니다. 아시는 걸 알려주실 수 있을까요?"

"그런가요? 그럼 우선 지도부터 준비하고……."

"오오, 맞다, 어마마마 본인이 안내하면 되지 않겠는가~."

지도를 꺼내려고 일어선 벨토치카 님을 향해서 에밀리아가 손뼉을 짝, 치고는 왠지 연기하는 투로 말했다.

"어? 하지만 난 유폐된 신세라서 여기서 나갈 수가……."

에밀리아의 제안을 듣고서 벨토치카 님은 고개를 갸웃거리며 바로 부정했다.

"아니, 그래도, 저기, 말로 설명한들……."

체념할 줄 모르고 에밀리아가 계속 물고 늘어졌다. 그런데 왠지 말이 시원치가 않았다. 더욱이 아까부터 왜 자꾸 내 쪽으로 눈짓을 보내는 거지?

"게다가 저기, 메어리는 백은의 성녀로서 본녀를 위해 많은 공헌을 해준 자이니라. 그런 은인을 지도만 넘겨주고서 다녀오라고 내보내는 건 왕족으로서 좀 그렇지 않겠는가?"

"확실히 그렇군요. 그럼 에밀리아 짱이 안내해주겠어요?"

"아, 아니, 본녀는 이래봬도 미아 기질이라서, 자랑은 아니지만 지도를 읽을 줄 모른다."

"어라? 에밀리아, 그랬던, 우읍."

나도 몰랐던 커밍아웃. 아니, 그렇지 않은 것 같아서 내가 되물으려고 했더니 에밀리아가 손으로 내 입을 막았다.

"게다가 메어리는 본녀보다도 미아 기질이 더 심하다. 잘 아는 사람이 안내하지 않으면 어디로 갈지 알 수가 없느니. 메어리, 그렇지?"

눈은 입보다 더 많은 것을 말한다는 표현이 딱 이 상황을 가리키는 듯했다. 에밀리아는 자꾸 윙크하면서 나에게 호소했다.

(아하, 에밀리아는 그런 꿍꿍이였구나.)

아마도 에밀리아는 벨토치카 님을 밖으로 데려가고 싶은 모양이다.

시가지로 나와서 평화를 구가하는 사람들을 본다면 벨토치카 님의 생각도 바뀌지 않을까 싶어서 이러는 걸까? 아니면 단순히 어머니와 함께 외출을 하고 싶을 뿐일까?

어쨌든 계기가 필요하던 차에 나라는 존재가 나타난 건 행운이었겠지.

그래서 그렇게 물고 늘어지는지도 모르겠다.

혹시 엘리자베스 님과 에밀리아 모두 신속하게 행동했던 이유는, 서로의 속셈이 똑같기 때문이지 않을까? 뭐, 어쨌든 유능한 여자로서 그녀의 요구에 부응하는 게 마땅하겠지.

"응, 뭐, 자랑은 아닙니다만, 굉장히 길치에다가 미아 스킬의 레벨이 최대인지라."

나는 에헴, 하고 가슴을 펴고서 에밀리아의 이야기에 맞춰줬다. 그런데 말하고 나니 왠지 서글퍼져서 마음이 침울해졌다.

"그렇지! 백은의 성녀가 부탁했으니, 어마마마도 무시할 수는 없겠지. 자아, 방해꾼이 오기 전에 준비를 파바밧, 갖추고서 제오라르로 출발하자!"

이미 억지의 극치였다. 에밀리아는 기세를 몰아 일을 진행하고는 일어서서 당혹스러워하는 벨토치카 님의 손을 잡고서 방을 나가려고 했다.

평소와 달리 천진난만하게 웃는 에밀리아의 표정을 보니 정말로 기쁜가 보다. 나는 그녀를 응원하기 위해 벨토치카 님에게 재촉했다.

"벨토치카 님, 제오라르로 안내해주시길 부탁――."

『그건 곤란한데.』

내 말을 가로막듯 지금 가장 듣고 싶지 않은 목소리가 들려왔다.

나는 황급히 우리가 왔던 비밀 통로를 돌아봤다. 그곳에는 상상했던 대로 잠시 실례하겠습니다, 하고 포즈를 취하면서 안으로 들어온 백은의 전신 갑옷이 있었다.

(어째서 백은의 기사가 비밀 통로에서……?! 우릴 따라왔나? 아니, 그럼 들어오기 전에 방해했겠지? 혹시 애초부터 여길 알고 있었다?)

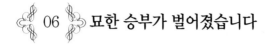

06 묘한 승부가 벌어졌습니다

내가 쓰러뜨렸던 백은의 갑옷과 모습이 똑같았다. 아마도 다른 여분 갑옷이겠지. 짧은 시간에 이렇게 다시 만난 걸 보면 저 갑옷은 하나가 아니라 여러 개가 있는 듯했다.

그렇다면 계속 쓰러뜨리더라도 얼마 지나지 않아 다시 훼방을 놓으러 나타나겠지. 그건 그것대로 성가시다.

"왜 당신이 여기에? 게다가 비밀 통로에서?"

『옛날에 마왕과 맞짱을 뜨기 위해 저기 있는 벨토치카가 안내했었거든. 뭐, 마지막 문은 여는 법을 몰라서 어떻게 할지 고민했는데, 어째선지 반파된 채 열려있어서 운이 좋았지.』

여전히 긴장감이 느껴지지 않는 태도로 백은의 갑옷이 내 질문에 대답했다.

(아하, 마왕과 백은의 기사의 전투에 그런 내막이 있었구나. 그렇다면 그녀가 비밀 통로에서 왜 나왔는지 수긍이 가네.)

나는 백은의 갑옷이 등장하여 놀란 노아를 감싸듯 다가가면서 문득 생각했다.

(그러고 보니 노아도 마지막 문은 여는 법을 알지 못했어…….우연일까?)

"이런 데까지 노아를 쫓아오다니 ,어지간히도 한가한 모양이네.

당신?"

『으~음, 굳이 말하자면 이번에는 벨토치카한테 용무가 있어서 왔다만.』

"어머 내게 말인가요? 마침 과자도 있으니 차나 들면서 얘기나 들려주세요."

우리의 사이에 감도는 긴장감을 전혀 무시하고서 벨토치카 님이 홀로 느긋하게 차를 준비하려고 했다. 백은의 갑옷을 비롯하여 우리는 뭐라 형언할 수 없는 표정으로 그녀를 쳐다봤다.

『그런 식으로 자신의 페이스에 끌어들이려는 건 여전하군. 아가드는 제대로 걸려들었지만 난 달라. 네 꿍꿍이에는 안 넘어가. 애당초 지금 난 내용물이 살덩어리라서 먹을 수가 없거든!』

(아니, 그런 승부에서 이겨서 뭐 하려고.)

백은의 갑옷이 한껏 득의양양해하자 나는 마음속으로 딴죽을 걸었다.

"어머머, 그거 안타깝군요. 잘 구워졌는데."

『그래? 그럼 이따가 싸서 돌아갈게.』

(뭐지……? 대화에 긴장감이…….)

아까 흘렀던 긴장감을 돌려달라고 부탁하고 싶을 만큼 두 사람의 대화는 한가로워서 왠지 석연치가 않았다.

"그래서 무슨 용건으로 여기에? 설마 당신도 제오라르에 가고 싶나요?"

『아냐. 오히려 그 반대야.』

"반대라고요? 제오라르에서 나가고 싶다?"

『내가 뭐 하러 그런 걸 너한테 부탁해? 난 이미 여기 있는데?』

"아뇨…… 그건 가짜 모습이니까……."

『……。』

방금까지 시시덕거렸던 두 사람의 분위기가 순간 바뀐 듯 느껴졌다. 나는 두 사람을 지켜봤다.

『노아가 눈을 뜬 이상, 제오라르의 존재가 알려졌으리라 짐작하긴 했지만, 설마 이렇게 빨리 여기에 도달할 줄은 예상하지 못했어. 메어리…… 역시 넌 위험해.』

백은의 갑옷은 명백히 화제를 돌리려는 듯 나를 언급했다. 더욱이 모르는 사이에 나의 위험도가 상승한 듯했다.

왜 맨날 날 들먹이는 걸까? 하고 머리를 싸쥐고 싶어졌다. 그러나 에네루스 숲에서 싸우다가 사고를 쳤던 전적이 있어서 나는 아무 말도 할 수가 없었다.

"아니, 근데 이번 총알 투어는 에밀리아가 모두를 앞지르고서 벨토치카 님이랑 밖으로 나가고 싶어서 꾸민 일이지, 나 때문이 아냐. 알겠어~?"

"무, 무무무, 무슨 소리를 하는 게냐, 메어리여. 그대가 전부 부탁하지 않았느냐. 본녀는, 저기…… 저기……."

나도 이야기를 돌리고 싶었기에 받았던 공을 그대로 에밀리아에게 패스했다. 그러자 에밀리아는 귀엽게도 예상치 못한 패스에 당황했다.

"으음, 즉 당신은 내게 제오라르로 안내하지 말라고 말하려고 왔습니까?"

『뭐, 그런 셈이지. 너도 여기에 틀어박혀, 아니, 유폐되어 있어야만 하잖아?』

"잠깐, 잠깐, 자아아암깐! 나중에 와놓고서 왜 쓸데없는 소리를 지껄이는 것이냐!"

백은의 갑옷이 태연하게, 여기까지 오기 위해 꽤 무모한 계획을 세웠던 에밀리아의 행동을 허사로 만드는 제안을 하자, 역시나 그녀는 참지 못하고 덤벼들 기세로 호통을 쳤다.

『뭐야? 불만이 있다면 실력을 행사해도 되는데?』

"이 자식이이이이익!"

백은의 갑옷이 에밀리아의 박력을 무시하고서 기름을 들이붓듯 도발했다. 갑옷과 싸워봤기에 나는 잘 알고 있다. 그 실력은 에밀리아 못지않겠지.

"그렇군요~. 이거 난감하네요~."

두 사람이 서로 불꽃을 튀기듯 노려보면서 일촉즉발의 긴장감을 유발하고 있는데도 마이페이스인 벨토치카 님은 난감해하며 차를 마셨다.

"맞아, 좋은 생각이 떠올랐습니다."

『좋은 생각이라니 뭐야? 넌 내 말을 따라야 신상에 이로울 거야.』

"네놈, 배짱 한번 좋구나. 지금 당장 두들겨 패서 그 수다스러운 입을 막아줄까?"

『홋, 부모한테 떨어지지 못하는 꼬맹이가 잘도 짖어대네.』

벨토치카 님의 누굿누굿 아우라에 분위기가 누그러질 것 같았는데, 저 둘은 또다시 서로 노려봤다.

"그럼 둘 다 귀엽게 부탁할 수 없을까? 마음에 와닿는 쪽의 부탁을 들어줄게요."

『뭐?』

예상치 못한 제안을 듣고서 에밀리아와 백은의 갑옷은 한목소리로 말했다. 그런데 그 덕분에 방금까지 살벌했던 긴장감이 흐트러지고 분위기가 가라앉았다.

(이게 벨토치카 님의 진면목인가? 엘리자베스 님과 종류가 다른, 비범한 사람일지도 모르겠네. 으~음, 적으로 돌리고 싶지 않아.)

"자자, 누가 먼저 해주겠어요? 개인적으로는 누가 먼저 하든 오케이예요."

『엇, 아니, 저기.』

"어, 어마마마! 그렇다면 본녀는 여기 있는 메어리의 부탁을 들어주기 위해 애쓰고 있는 거니 그녀도 참가시키면 안 될까?"

"잠깐, 무슨 소리야, 에밀리아!"

가엾게 여기며 쳐다보고 있었더니 설마 끌어들이다니. 나는 무심코 크게 외치며 제삼자의 지위를 되찾으려고 했으나──.

"예, 좋아요."

대단히 근사하게 웃으면서 즉답하자 거기서 풍기는 뭐라 형언할 수 없는 박력이라고 해야 할까, 분위기에 압도되어 말을 더는 잇지 못했다.

"홋홋홋, 둘이 협력하여 이 난국을 타개하도록 하자꾸나, 전우여."

"전우 같은 멋진 단어로 끌어들이면 못써. 하지만 내가 부탁한 거라서 꼭 틀린 주장이 아니라는 게 통탄스럽네."

"윽, 어쩔 셈이냐? 그대, 귀여움을 흩뿌리는 게 장기이지 않느냐?"

"내 인상을 터무니없이 조작하지 말래? 그런 게 장기라고 말한 적 없어."

"또또 그런다~. 약삭빠른 면모는 타의 추종을 불허하면서~."

"뭐야? 백은의 갑옷보다 먼저 나랑 싸워볼래?"

"그, 그보다도. 어떻게 부탁하지? 본녀는 그대한테서 배웠던 최대의 부탁 방법을 쓰려고 했다만."

나까지 적으로 돌렸다가는 큰일 날 것 같다고 판단했는지, 에밀리아가 그런 제안을 했다. 그러나 나에게서 배웠다는 말이 마음에 조금 걸렸다.

"그게 뭔데?"

"바로 넙죽절이다!"

"아니, 성의는 전할 수 있겠지만, 과연 그게 귀엽게 보일까?"

"귀여운 본녀가 한다면 당연히 귀엽겠지. 게다가 성의까지 전할 수 있으니 플러스이니라."

"……"

자신만만하게 스스로를 귀엽다고 단언하는 그 강한 정신에 나는 질색, 아니, 감복하고서 침묵했다.

"뭐냐, 불만인가? 그러면 그대는 어떻게 할 거냐?"

이 대목에서 다른 안을 제시하지 않으면 에밀리아는 정말로 넙죽절을 결행할 것 같았다. 그래서 아무튼 다른 방안을 어떻게든 쥐어짜야만 했다. 어머니에게 넙죽절을 하는 딸의 모습 따윈 보고 싶지 않거든.

그러나 이렇다 할 생각이 떠오르지 않아서 주변을 둘러보다가 시타와 눈을 마주쳤다. 그리고 나는 하늘의 계시를 얻었다.

"그래, 지금이야말로 학자의 지혜를 빌릴 때야. 시타, 그렇지?!"

"아니, 귀여움은 연구하지 않았고, 역사에도 적혀 있지 않으니 무리무리무리."

내가 제안하자 시타가 손을 고속으로 휘저으며 대답했다.

"당신의 지혜를 지금 쓰지 않으면 언제 쓰냐고."

"시타, 그렇다. 카이로메이어의 힘을 모두 동원하여 이 난제를 풀어라."

나와 동조하여 에밀리아까지 난제를 떠밀었다.

"너무 억지잖아~. 오르트아기나 님, 어쩌지?"

『아니이이, 이쪽에 떠넘기지 마라~.』

"이런, 거창하게 지룡룡이라는 별칭을 갖고 있으면서 지식이 그거밖에 안 되다니……."

"앗, 에밀리아 씨, 그건 금기어인데?"

에밀리아가 혼잣말하듯 중얼거리자, 나는 가슴이 철렁했다. 그러고는 시타가 꺼낸 책을 슬쩍 엿봤다.

책이라서 감정 같은 건 읽을 수 없지만, 왠지 공기가 딱딱해진 것처럼 보였다. 느낌 때문일까?

『오호~ 아주 못 하는 소리가 없구나. 레리렉스의 마녀 공주여.』

"아니, 됐다. 일개 책한테 기대한 본녀가 어리석었느니라."

에밀리아 본인은 딱히 도발하려는 의도 없이 솔직한 심정을 전했을 테지만, 애석하게도 에밀리아의 말투가 도발하는 것처럼 들렸다. 아, 서글픈 천성이여.

『홋, 후후홋, 좋지! 그렇다면 이 몸이 전력을 다해 귀여움이 뭔지 전수하도록 하마아아아아!』

(아아~ 위험한 사람의 위험한 부분을 건드린 모양이야. 이거 어쩐담?)

『좋다. 가자, 메어리!』

"왜 내가? 에밀리아가 해야지."

『아니, 이 중에서 귀여움을 분석하면 어린애인 노아가 제일이지만, 뭐, 이번에는 그대와 공주가 대상이니까. 하지만 상대의 피붙이를 이용하면 자칫 편을 들어줄 수 있으니 불공정하지. 그래서 정정당당하게 승부할 자는 그대밖에 없다.』

"아니, 피붙이 특권을 이용해도 되잖아?"

『아~니. 그런 걸로 이겨봤자 하나도 안 기쁘다!』

또 성가시게도 학자혼인지 뭔지에 불이 붙었는지 나는 백은의 갑옷과 묘한 승부를 겨뤄야만 할 것 같다.

『자, 당장 카이로메이어의 모든 학자를 집결시켜서 백은의 성녀가 어떻게 귀엽게 졸라야만 이길 수 있는지 의논을 시킬 테니 잠깐만 기다려라.』

"그런 엉뚱한 의제를 내걸고서 수많은 학자에게 토론시키지 마. 창피해! 다들 난감해할 거 아냐."

『아니, 다들 반응이 좋다만? '내가 그리는 성녀님은~', '아니, 아니, 이 바보야, 성녀님은 그런 짓을 하지 않아', '해석과 일치하지 않는데' 등등 아주 열띤 토론을 벌이고 있다.』

(이제 카이로메이어의 학자님들이 뭐 하는 사람인지 잘 모르겠어!)

오르트아기나의 말을 듣고서 나는 무릎을 털썩 꿇고는 아무 말도 잇지 못했다.

『좋았어, 의견이 어느 정도 모아졌으니 그걸 참고하여 이 몸이 진행하지. 우선 중요한 점이 세 가지가 있다. 몸짓, 표정, 대사다.』

"저기…… 평범하게 해도 되는데요?"

『주최자는 잠자코 기다리기나 해라!』

분위기가 너무나도 뜨거워져서 벨토치카 님까지 나에게 구원의 손길을 내밀려고 했다. 그런데 저 드래곤님은 멈추려고 하지 않았다.

『그럼 우선 포즈부터! 몸을 옆으로 35도 기울여라.』

"어, 이, 이렇게?"

『아냐아아, 4도나 더 기울였잖아! 아니, 이번에는 콤마 5도 덜 기울였어. 아니, 콤마 1도 더 기울였어. 아아, 안 돼, 안 돼. 어째서 이 간단한 것조차 못하는 건가.』

"그, 그거, 참, 죄송합니다."

너무나도 부조리한 요구에 나는 인내의 끈을 부여잡고서 버텨냈다.

『뭐, 좋다. 그다음에는 두 손을 가볍게 쥐고서 가슴 쪽으로 올린 뒤 옆구리를 조이며 가슴을 모으도록…… 아니, 이건 불가능한가…….』

"저기, 방금 내 가슴을 보고서 불가능하다고 말한 거야?!"

『음, 생각했던 것보다 너무 없구만.』

"천벌!"

『오홋!』

그토록 참았건만 인내의 끈이 뚝 끊어졌다. 지시를 내리기 쉽도록 눈앞에 내밀어진 책을 때려 떨어뜨렸다. 오르트아기나도 감각을 책과 공유하지 않는데도 이상한 소리를 내며 땅에 떨어졌다.

『후홋, 둘이 무슨 콩트 하는 거야? 못 봐주겠네. 내가 파바밧 끝내주겠어.』

우리의 행동을 잠자코 보고 있던 백은의 갑옷이 한숨을 내쉬며 앞으로 나섰다. 콩트라는 소리를 듣고서 따지려고 했으나 객관적으로 봤을 때 차마 아니라고 말할 수가 없었다. 이 역시 분했다.

그렇다면 어디 한 번 시범을 보여 봐. 전신 갑옷이 얼마나 귀엽게 부탁하는지 지켜볼 테니.

『벨토치카, 당신, 제오라르에 가는 걸 포기하세요! 거역한다면 용서치 않겠어.』

"""……."""

백은의 갑옷이 우뚝 선 채로 고압적으로 혼신의 일격을 가했다. 나를 포함하여 모두 이해하지 못한 채 얼어버렸다.

"어, 저기…… 그게 귀여운 부탁?"

『홋, 이건 츤데레야, 츤데레. 아아, 너무 고등해서 너희들은 모르나?』

"아니, 아무리 봐도 츤 100%인데? 데레는 어디 갔어, 데레는?"

백은의 갑옷이 의기양양하게 말하자 나는 즉각 딴죽을 걸었다.

『훗, 멍청하긴. 그건 모두가 없어지고 단둘이 있을 때 보여주는 거야.』

"앞으로 단둘이 되겠다는 거야? 어떻게?"

『그, 그건, 벨토치카만 구석으로 따로 불러서…….』

시추에이션을 조성하는 게 어려울 것 같다고 내가 지적하자 백은의 갑옷도 깨달았는지 말을 더듬었다.

"혹시 즉석 연기였어?"

『시, 시끄러워, 시끄러워! 애당초 이런 성가신 승부할 필요가 없다고!』

백은의 갑옷이 아이처럼 성을 내면서 발을 동동 구르다가 검을 뽑아 벨토치카 님에게 다가갔다.

우리가 황급히 벨토치카 님을 지키려고 나서자, 그녀가 손으로 제지했다. 그 의연한 태도는 아까 그 누긋누긋한 분위기에서는 상상할 수 없을 정도였다.

"상당히 감정적으로 변했군요. 옛날에는 그리도 냉정했으면서."

『시끄러워, 시끄러워! 그때는 아가드가 있었잖아! 그 시절의 난 내가 아니었어! 아는 척 지껄이지 마아아아!』

벨토치카 님이 옛 동료밖에 모르는 금기를 건드렸는지 백은의 갑옷이 살기를 부풀렸다.

노아를 죽이려고 했을 때의 기운과 비슷했다. 방금과는 딴판으로 변해버렸다. 점잖게 말하자면 정서불안정이라고 할 수 있을까?

『아아, 그러네, 간단한 일이야. 우리의 화원을 지키기 위해서라면 죽어도 상관없지 않겠어? 그치, 그렇지? 아가드.』

백은의 갑옷이 아무도 없는 하늘을 올려다보며 떠들어대기 시작했다.

시선을 되돌린 순간, 백은의 갑옷이 망설이지 않고 움직였다.

그건 찰나의 동작이었다.

아무도 반응할 수 없는 속도로 백은의 갑옷이 벨토치카 님과의 거리를 좁혔다.

나도 곧바로 벨토치카 님을 지키려고 움직이려고 했을 때, 백은의 갑옷이 옆에서 충격을 받았다.

『끅!』

벽을 부수는 소리와 백은의 갑옷이 부서진 벽 너머에 있는 다른 벽에 충돌하는 소리가 탑 안에 울려 퍼졌다.

"……백은이여. 장난을 치는 거라면 눈을 감아주겠도다. 허나 과인의 아내한테 해를 가하는 짓은 용서치 않는다."

부서진 벽 안에서 주먹을 불끈 쥔 인물 하나가 나왔다.

아연실색하며 쳐다보고 있는 우리 앞에서 그 인물은 근육을 훗, 하고 부풀린 뒤 머슬 포즈를 취했다.

"이 근육에 걸고서!"

그곳에 서 있는 자는 달랑 팬티만 입은 변태, 아니, 부람 레리렉스.

일찍이 백은의 기사에게 패배했던 마왕이었다.

07 옛 영웅 VS 마왕

"아, 아바마마. 왜 이 타이밍에 이곳에! 이 계획은 신속하면서
도 극비였거늘!"

"아하하핫, 에밀리아여. 과인한테는 아무것도 숨길 수가 없다.
이 근육은 모든 걸 꿰뚫어 본다!"

부람 왕이 놀란 에밀리아를 향해 오른팔을 내밀더니 상완이두
근을 불끈불끈 부풀렸다. 그 대화에서 데자뷔를 느끼는 사람은
나뿐만이 아니겠지. 지금 튜테밖에 없다는 게 아쉽다.

"저분이 부람 폐하이십니까……. 아까부터 벽 너머에서 숨을
죽이고 있는 사람이 누군가 싶어서 경계하고 있었습니다만."

내가 저 흐름으로 보아 엘리자베스 님까지 등장하지 않을까 싶
어서 주변을 경계했더니 근처에 있던 레이첼 씨가 안도한 표정으
로 놀라운 발언을 선뜻했다.

"아까부터?"

"죄송합니다. 실은 훨씬 전부터 계셨던 것 같은데, 전 모두가
귀엽게 부탁하기 대결에 몰두하고 있을 때, 메어리 님이 우연히
시선을 돌려 벽을 쳐다본 덕분에 알아챘습니다."

(아니, 아니, 정말로 창피해서 그랬을 뿐 별다른 뜻은 없었는
데요?)

레이첼 씨의 말을 듣고서 모두와는 다른 이유로 깜짝 놀라 굳어버린 나를 제외하고서 모두 일제히 부람 왕을 쳐다봤다.

"우오오! 무, 무무무, 무슨 말을 하는 거냐, 다크 엘프 아가씨여! 과, 과과과, 과인은 방금 왔다."

부람 왕이 엄청 동요하며 모두에게서 시선을 돌렸다. 자세히 보니 그가 나타났던 벽 너머 통로에 선물처럼 보이는 상자들이 여러 개 굴러다녔다.

"앗, 이것은, 저기, 백성들이 진상한 물건이다. 꼭 벨토치카 님께 드리라면서."

모두의 시선을 눈치채고서 부람 왕이 우리와 선물 상자를 번갈아 보면서 해명했다. 그런데 아무리 진상품이라고 해도 마왕이 직접 배달하는 건 조금 이상하지 않나?

"여, 여하튼! 상황은 잘 알겠다. 에밀리아여, 뒷일은 과인한테 맡기고서 벨토치카와 함께 가도록 해라! 천공의 섬 제오라르로."

"아, 아바마마, 하지만!"

한창 부녀가 분위기를 고조시키고 있는데, 내가 상대하는 게 최선이겠지. 그러나 이 대목에서 나서는 건 멋없는 짓이다. 개인적으로는 이대로 자연스럽게 벨토치카 님을 데리고 나갔으면 좋겠다.

다만 부람 왕이 백은의 기사에게 패배한 적이 있어서 걱정됐다. 과연 괜찮을까? 에밀리아도 그 과거가 마음에 걸려서 절호의 찬스인데도 망설이는 듯했다.

"염려마라, 에밀리아여. 과인은 이제 그 옛날의 어리석은 과인이 아니다! 그로부터 근육을 연마하여 강함뿐만 아니라 아름다움까지 겸비했다! 보아라, 이 근육미를!"

어디가 어떻게 대단해졌는지 나는 잘 모르겠지만, 부람 왕은 자신만만하게 사이드체스트 포즈를 취하고서 이를 씨익 드러냈다.

"……에밀리아, 어떠——."

"음, 그럼 걱정할 거 없다! 어마마마, 가십시다!"

방금까지 했던 걱정은 어디로 날려버렸는지 에밀리아는 태도를 확 바꿔 벨토치카 님의 손을 잡고 비밀 통로로 끌고 가려고 했다.

"하, 하지만."

"괜찮다. 과인의 이 근육을 믿어라!"

그래도 벨토치카 님이 망설이자, 부람 왕이 포즈를 바꾸며 어필했다. 그런데 역시나 나는 그 강함을 전혀 느낄 수 없었다.

『가도록 내버려 둘 수는 없지!』

이쪽을 향해서 머슬 포즈를 선보이느라 빈틈을 훤히 드러냈던 부람 왕을 향해서 백은의 갑옷이 검을 휘둘렀다.

"흠!"

내 앞에서 믿기지 않는 광경이 펼쳐졌다.

부람 왕이 백은의 갑옷의 공격을 피하지 않고 포즈를 그대로 유지한 채 받아냈다.

손으로 막아낸 것도 아니고 몸으로…… 그의 표현을 빌리자면 근육으로?

(검보다 단단한 근육이라니 대체…….)

"홋, 미적지근하군……. 그런 공격은 어린애 장난이나 마찬가지다, 백은이여어어어!"

부람 왕은 별거 아니라는 듯 코웃음을 치고서 백은의 갑옷의 명치에 주먹을 꽂아 넣었다. 갑옷은 또다시 아까 있던 벽으로 날아갔다.

"자아, 여긴 과인한테 맡기고 어서 가라!"

벨토치카 님의 걱정을 지우려는 듯 부람 왕이 자신만만하게 웃었다. 그러나 사망 플래그 같으니 그 대사는 굳이 하지 말지, 하고 딴죽을 걸고 싶었으나 나는 너무 황공해서 차마 하지 못했다.

찜찜하긴 했지만, 벨토치카 님이 이번에야말로 에밀리아의 손에 이끌려 비밀 통로로 이동하는 모습을 지켜본 뒤 나는 대치하고 있는 백은의 갑옷과 부람 왕을 다시금 봤다.

일찍이 나라의 명운을 걸고서 싸웠던 두 사람이 이런 부엌 구석에서 다시 싸우려고 하는데, 뭐, 어떻게 표현해야 좋을는지…….

어쨌든 지금은 그의 의기를 존중하자.

메어리 일행이 비밀 통로 나간 것을 지켜본 뒤 부람은 이제부터 상대해야 하는 백은의 기사 쪽으로 서서히 고개를 돌렸다.

"흠…… 한동안 못 본 사이에 상당히 바뀌었군, 백은이여. 옛날의 그대였다면 감정에 몸을 맡긴 채 그렇게 둔탁한 검을 휘두르지 않았을 터인데. 무슨 일이 있었나?"

『……시끄러워.』

"어째서 그런 유사품으로 움직이고 있지? 반쪽은 어쨌나?"

『시끄러워, 시끄러워! 우리 일은 신경 꺼!』

일찍이 백은의 갑옷 속에 두 존재가 있었다는 사실은 부람도 알고 있었다. 애당초 백은은 과묵했고, 대부분 남자 목소리로 말했다. 그런데 지금은 여자 목소리밖에 들리지 않아서 몹시 의아했다.

또한 오랜만에 만난 백은의 갑옷에서는 정신적인 미숙함이라고 해야 할까, 불안정함이 느껴졌다. 눈앞에 서 있는 자에게서 이질적인 느낌이 감돌았다.

일찍이 백은의 갑옷과의 전투는 부람에게 커다란 전기를 마련해줬다. 그만큼 지금도 선명하게 기억하고 있었다.

의지와 의지의 충돌.

힘이야말로 모든 것이자 만능이라고 믿었던 부람에게 정면으로 맞부딪쳤던, 굽히지 않는 의지의 힘.

그리고 그 힘에 패배했을 때, 배신한 줄 알았던 벨토치카가 제 몸을 던지면서까지 자신을 감싸며 목숨만을 살려달라고 애원하는 모습을 보고서, 불현듯 그녀에게 이용당했음을 다 알면서도 왜 자신의 앞길을 막았느냐고 백은에게 물어봤는데…….

당신을 소중히 여기는 사람을 위해.

그렇게 별거 아니라는 듯 말하고서 검을 집어넣은 백은의 모습은 마왕의 눈에도 눈부시게 비쳤다.

타인을 위해 휘두르는 힘에 마왕이 자신을 위해 휘두르는 힘이 패배했다는 사실이 맹신을 박살냈다.

그리고 벨토치카는 예전부터 진행했던 대로 인접국과 동맹을 체결했다.

이 모든 건 피폐해진 레리렉스의 미래를 위해…… 정도에서 계속 벗어났던 어리석은 왕을 위해…….

그 대가로 벨토치카는 나라와 사랑하는 사람을 배신했다는 죄의식을 품게 됐다.

그리고 시야가 좁았던 부람은 비로소 주변을 둘러보게 됐다. 그리고 지키는 것이 얼마나 기쁜지 실감했다.

솔직히 백은에게 고마웠다.

그래서 백은이 벨토치카를 방문했던 것을 묵인했는데, 설마 이런 일이 벌어질 줄이야. 부람도 놀라움을 감출 수 없었다.

"그 옛날, 그대는 힘으로 모든 걸 굴복시키려고 했던 과인을 고쳐줬건만, 지금은 과인이 힘으로 해결하려고 하는 그대를 만류하려고 하다니…… 얄궂군."

너무나도 변해버린 강적(敵)을 부람은 서글픈 눈으로 쳐다봤다.

"무엇이 그대를 그토록 바꿨…… 헉, 그런가……! 그다음에는 이걸 구제하려는 생각이구나, 그녀는……."

자신의 의문에 스스로 대답하듯, 부람의 머릿속에서 불현듯 이번 사건의 발단이 됐던 백은의 소녀의 얼굴이 떠올랐다.

부람은 여길 방문하기 전까지 메어리가 왜 갑작스레 방문했는지 의문을 품었다. 더욱이 지금껏 접점이 없었던 벨토치카에게 어떤 용무가 있다고 했다.

상세한 내용을 듣기도 전에 에밀리아와 누나인 엘리자베스가 재빠르게 움직였기에 내막을 잘 모르지만, 이번 건이 백은의 갑옷과 관련이 있다는 건 파악했다.

그리고 지금 눈앞에는 백은의 갑옷이 있다……. 메어리가 무엇을 이루려는지 절로 이해가 됐다.

더욱이 등 떠밀린 것 같은 느낌을 지울 수는 없지만, 부람의 입장에서는 해내기 어려웠던 벨토치카의 외출을 실현한 것도 행운이라 할 수 있겠지.

아니, 상황이 너무 잘 맞물렸다.

이곳을 찾았던 타이밍과 메어리 일행의 은밀한 방문이 일치한 건 그저 우연일까?

그러고 보니 다크 엘프 소녀가, 메어리가 자신의 존재를 알아차렸던 것 같다고 말했다. 그녀는 이 상황을 전부 내다보고서 백은의 갑옷을 도발하고 부람을 끌어들임으로써 지금 상황으로 유도했던 건가?

생각하면 할수록 등골이 오싹해졌다.

"그 성녀공은 어디까지 내다봤는가……."

부람은 홀로 납득한 듯 웃음을 보였다. 그러나 당사자인 메어리는 터무니없는 오해라고 항변하고 싶겠지. 뭐, 당사자가 지금 이곳에 없어서 그 오해를 바로잡을 수는 없지만…….

『성녀? 아아, 메어리 말이구나…… 그래, 그 아이는 위험해. 너희들이 아무리 강해지더라도 그건 테두리 안이야. 근데 그 아이는 다른 것 같아. 그 아이를 우리의 화원에 오게 할 수는 없어. 불길한 예감이 들어!』

부람의 혼잣말을 듣고서 백은의 갑옷이 과도하게 반응하며 험악하게 말했다. 그 반응이 부람의 생각을 확고하게 굳혀버렸다. 메어리의 입장에서는 최악의 효과였다.

『그래, 맞아, 너랑 놀고 있을 때가 아니었어! 쫓아가야 해.』

"가게 두지 않는다!"

냉정을 되찾았는지 백은의 갑옷이 본래 목적을 떠올렸다. 부람을 무시하고서 이곳을 떠나려고 했다. 그러나 마왕은 새삼스레 허용할 생각이 없었다.

마왕으로서 이용당한 것은 부아가 치밀긴 하지만, 그 대가로 사랑하는 아내를 밖으로 내보낼 수 있었으니, 부람으로서는 거절할 이유가 전혀 없었다.

지금은 그 계획에 편승하여 백은의 갑옷을 붙들면 되지 않는가. 뭐, 여기서 녀석을 파괴해도 상관없다는 심정으로 사망 플래그를 꽉 밟으면서 부람은 한걸음에 거리를 좁힌 뒤 백은의 갑옷을 향해 주먹을 휘둘렀다.

그러나 아무리 썩어도 영웅. 단단히 방어하면서 뒤로 펄쩍 물러나 위력을 흘려냈다.

『거치적거려! 노바 플레어!』

마왕의 눈앞에서 폭렬 마법이 작열하여 부엌과 주변 방을 통째로 날려버렸다.

평범한 사람이라면 폭발에 휘말려 산산조각이 났으리라. 설령 이겨냈더라도 폭렬 마법에 파괴된 낙석에 생매장되어 끝장이 났겠지.

평범한 사람이라면 말이다.

『저, 저 근육 괴물이······.』

눈앞에 펼쳐진 광경을 보고서 백은의 갑옷은 벌레라도 씹은 것 같은 목소리를 냈다.

그곳에는 마치 아무 일도 없었다는 듯 근육을 융기시키며 포즈를 취한 부람이 있었다.

"후하하하핫, 미적지근하다, 미적지근해! 이런 약아빠진 공격은 과인의 근육에 통하지 않는다는 걸 잊지는 않았겠지! 백은이여, 육탄전을 벌이면서 이 근육으로 허심탄회하게 대화를 나누지 않겠는가!"

『할 리가 없잖아, 이 변태야아아아! 버밀리온 노바!』

유폐의 탑이 뒤흔들리고 거대한 불기둥이 바깥을 향해 솟구쳤다.

옛 영웅과 마왕의 전투는 주변을 휩쓸면서 과열되어 갔다.

08 ✦ 저마다의 생각

이따금 왕도 안에서 땅울림이 일었다. 왕성에서 엄청난 화력으로 전투가 벌어지고 있음을 쉬이 상상할 수 있었다.

그러나 그 전투는 부람 왕에게 맡겼다. 나는 그의 근육, 아니, 힘을 믿고서 이곳을 떠나는 데 전념했다.

(마왕의 힘을 믿는다니, 어감이 조금…….)

자기 생각에 실소하면서 나는 옆을 달리고 있는 벨토치카 님을 봤다.

우리는 이미 지하 통로에서 밖으로 나와 왕도를 떠나기 위해 마차로 향하는 중이었다. 그러나 그녀는 아직도 떨떠름한 얼굴이었다.

"괜찮아요. 마왕님의 힘을 믿도록 하죠. 얘기를 들어보니 백은의 갑옷도 원래 백은의 기사가 아니라서 버전 다운일 테니."

뭘 어떻게 믿을 수 있느냐고 묻는다면 근육이라는 대답밖에 할 수 없는지라, 나는 속으로 조마조마해하며 벨토치카 님의 반응을 기다렸다.

"앗, 아뇨, 부 군, 폐하께서는 괜찮으리라 믿습니다. 그보다도 주변 백성들한테 피해가 미칠까 봐 걱정돼서……."

벨토치카 님은 그렇게 말하고서 주변을 둘러봤다.

왕성 근처에 있는 유폐의 탑 부근에서 불기둥과 폭발이 연달아 일었다. 탑 주변이 무너지는 광경이 보였다.

그곳에서 멀리 떨어진 성 바깥에까지 잔해와 마법의 여파가 미치는 것도 보였다.

자신보다도 국민들을 먼저 걱정하다니⋯⋯. 역시 왕비답다고 해야 할까, 아니, 이건 벨토치카 님이 지닌 천성이겠지.

그녀가 걱정하는 걸 아는지 모르는지 주변에 있는 마족들이 무슨 일이냐며 웅성거리며 모여들기 시작했다.

그들에게서 도망치듯 벨토치카 님은 모습을 숨겼다.

"무슨 일이야?"

"왕성에 무슨 일이 있나?"

"저거, 혹시 유폐의 탑이 무너진 거 아냐?"

"앗, 이거 야단났네! 왕비님은 무사하신가?"

주변에 있는 마족들이 나누는 대화에 벨토치카 님을 걱정하는 목소리가 섞여 있었다. 그걸 듣고서 본인은 놀란 표정을 지었다.

무심코 발걸음을 멈추어 사람들의 대화에 귀를 기울였다. 나도 덩달아 멈춰 서서 벨토치카 님과 주변 사람들을 번갈아 지켜봤다.

"설마 왕비님께 위해를 가하려는 발칙한 자가 나타났나?"

"그렇다면 큰일이다! 어서 도우러 가자고."

"당신이 가봤자 아무 도움이 안 돼요. 그렇다고 해서 가만히 지켜볼 수는 없네요. 저분은 우리의 희망이니까."

""""맞다, 맞아!""""

노부부로 보이는 마족이 흥분하여 말하자 주변에 있던 마족들도 들끓었다. 왕비님은 그 광경을 멍하니 쳐다봤다.

아마도 국민들이 자신을 그토록 위하는 줄은 생각하지 못했겠지.

더욱이 에밀리아와 엘리자베스 님, 부람 왕이 애를 태우면서 국민들의 진심을 아무리 설명한들 벨토치카 님은 죄의식을 덜어 주려는 가족의 거짓말로 치부했다.

그래서 밖으로 나가, 생생한 목소리를 들려주고 싶었다.

더욱이 왕비가 이곳에 있음을 모르는 사람들의 진실된 목소리를.

"자, 소동이 커지기 전에 가죠."

멍하니 있는 벨토치카 님의 손을 잡고서 나는 달려 나갔다.

앞으로 수많은 국민들의 목소리를 듣게 되겠지. 에밀리아나 시타에게서 들었던 옛 레리렉스 왕국에서 크게 발전한 도심도 보게 될 거다.

그때 어떤 생각을 품을지는 벨토치카 님의 문제다.

에밀리아가 이렇게 하고 싶어서 비밀리에 나를 재촉했던 거라면 뭐, 이 총알 투어를 용서해주기로 하자.

"자, 어마마마! 마차가 있는 이쪽으로!"

괜찮은 느낌으로 은밀히 전진하고 있던 우리를 향해서 에밀리아가 큰 소리로 외쳤다.

공주님의 목소리가 아무리 익숙하더라도 이토록 크게 외쳤으니 다들 "어?" 하고 이쪽으로 의식을 집중할 수밖에 없겠지. 아니,

어쩔 수 없는 일은 아닌가…….

"이 멍청아아아아아! 은밀히 행동해야지이이이!"

그리고 불에 기름을 붓듯 나도 외치고 말았다.

그랬더니 어떻게 됐을까? 답은 간단…….

"어? 고, 공주 전하?"

"저, 저 백은 머리 소녀, 게다가 저 신수는 혹시?"

"나 알고 있어. 저분은 백은의 성녀님이야!"

"" 앗.""

멋들어지게 한 목소리를 낸 우리에게 주목이 쏠리고 말았다.

『뭐, 내가 있는 이상 눈에 띌 수 밖에 없지~.』

내 존재가 간단히 들통난 이유는 전혀 숨을 생각이 없는 글러먹은 표범 때문이기도 했다.

게다가 이런 상황에서 벨토치카 님의 존재까지 노출됐다가는 엄청난 소동이 벌어지리라 우려하여 나는 곁에 있던 벨토치카 님의 손을 이끌며 스노우에게 달려갔다.

"스노우, 날아서 가자!"

나는 그대로 벨토치카 님에게 스노우의 등에 타라고 권한 뒤 나도 함께 탔다.

『이러면 눈에 띌 텐데, 괜찮을까?』

"괜찮아. 에밀리아, 이따가 합류하자. 튜테랑 시타, 레이첼 씨도 그녀를 따라가. 앗, 노아, 우햐아~아~아."

내가 말을 마치기도 전에 노아가 내 가슴에 뛰어들듯 스노우의 등에 올라탔다.

내가 깜짝 놀랐는데도 아랑곳하지 않고 스노우가 날아올랐다. 멋지게 떠나려고 했던 나의 의도와는 딴판으로 한심스러운 목소리가 울려 퍼졌다.

스노우가 말했던 대로 우리가 사람들의 눈길을 끈 바람에 에밀리아 일행은 주목을 피했다. 그런데 사람들이 내 뒤에 앉아 있는 마족이 왕비님이 아니냐고 숙덕거렸다. 이번에 유폐의 탑 붕괴 사건과 백은의 성녀 사이에 어떤 관계가 있다, 성녀가 왕비님을 구출하여 또다시 레리렉스 왕국을 위기에서 구해냈다는 말들이 터져 나왔다. 맞는 말인 것 같기도 하고 아닌 것 같기도 한 소문이 걷잡을 수 없이 퍼져나갔다는 걸 이때 나는 알지 못했다.

"진짜, 노아도 참. 느닷없이 올라타서 놀랐잖니."

"저 상황에서 보폭과 거리를 계산했더니, 마차보다는 스노우에 타는 편이 더 빠르다고 판단해서."

"그, 그렇구나."

내 품속에서, 안고 있는 리리의 턱을 쓰다듬으며 노아는 자기 생각을 밝혔다.

냉정한 분석과 적확한 판단이었다. 그때 허둥댔던 나로서는 부럽기 그지없었다.

"앳되게 생겼는데 상당히 냉정한 판단이군요."

나와는 다른 의미로 뒤에 있는 벨토치카 님이 감탄했다. 노아는 아이처럼 생겼는데도 이따금 어른의 뺨을 칠 만큼 냉정하게 판단하곤 한다. 본인은 우리에게 민폐를 끼치지 않으려는 의도일 테지만, 긴 여행 중에 그런 행동을 자주 보였다.

처음에는 마기루카나 왕자님 등 주변 사람들의 행동을 보고서 학습한 줄 알았다. 그런데 혹시 잃어버린 기억과 어떤 관계가 있을까? 레리렉스 왕국에 온 후로 노아의 기억이 회복될 조짐이 보이기 시작한 것 같기도 하고.

"그보다도 벨토치카 님은 나실 수 있으니, 스노우에 태울 필요는 없었을 것 같은데?"

내가 신기하게 노아를 보고 있으니, 그녀가 겸연쩍어하며 화제를 바꿨다.

"드, 듣고 보니 쓸데없는 짓을 했는지도."

"아뇨, 아뇨, 이론적으로는 그럴지도 모르겠습니다만, 혼자서 날았다면 되레 눈에 띄어서 국민들 사이에서 묘한 오해가 발생했을지도 모릅니다. 메어리와 신수 덕분에 주목을 다소 피할 수 있었고, 성녀와 신수가 이번 사건에 관여했다면서 국민들도 걱정을 덜 수 있겠죠. 그 돌발적인 상황에서 스스로 나서다니…… 역시 시누이께서 칭찬할 만하네요."

"그렇구나, 효율뿐만 아니라 주변 시선도 고려하여……."

두 사람이 나를 띄우는 중에 참 송구스럽지만, 나는 그런 의도로 행동한 게 아닌데도 왜 그렇게 굳어지는지 수수께끼였다. 여기서 부정해야 할까? 아니, 경험에 따르면 쓸데없이 부정했다가 불리한 방향으로 흘러갈 것 같은 기분이 들었다.

나는 이제 어떻게 할까? 하고 고민하면서 그대로 얼어버렸다.

"후훗, 왠지 정겹군요. 당신과 대화를 나누고 있으면 그 당시가 떠오릅니다."

"그 당시라고 하시면?"

"……백은의 기사와 여행했을 때요. 그리 오랫동안 여행을 했던 건 아니지만요."

"백은의 기사……."

"예, 주변보다는 효율을 냉정하게 분석하는 발언을 곧잘 했습니다. 그런 때는 대개 여성의 목소리로 말했지만요. 그리고 그 후에는 그 말을 나무라듯 남성의 목소리가 이어졌지만."

벨토치카 님이 후훗, 하고 웃음을 흘리며 옛 기억을 들려줬다.

"아가드……."

벨토치카 님의 이야기를 듣고서 노아가 무언가 떠올랐나 보다. 나는 뒤에 있는지라 표정을 잘 모르겠다. 혼잣말이 너무 작아서 그 심정을 헤아릴 수가 없었다.

아가드와 소울 머테리얼 갑옷. 둘이 백은의 기사를 구성했다는 사실은 지금껏 벌였던 조사를 통해 명확해졌다.

다만 지금 맞닥뜨린 저 백은의 갑옷이 왜 그렇게 냉정하게 구는지는 여전히 알 수가 없다.

굳이 말하자면 감정적으로 갈팡질팡하는 것 같은데, 나 혼자만의 생각일까?

(딴사람…… 아니, 지금까지의 언동으로 보아 전혀 다른 존재일 리는 없어. 으~음, 현재 확증이 하나도 없네. 이것도 제오라르에 가야만 알 수 있을까?)

"벨토치카 님, 백은의 기사, 으으응, 아가드에 관한 얘기도 더 들려줬으면……."

"아가드요? 예, 좋아요. 내가 아는 범위에서."

내가 사고의 바다에 떠다니고 있으니 공통 화제를 갖고 있는 두 사람이 즐겁게 대화를 나눴다.

(왠지 위치를 잘 못 잡은 것 같네. 지금이라도 늦지 않았으니 노아를 벨토치카 님께 패스할까? 아니, 아니, 저 느긋한 언니한테 현혹돼서는 안 돼. 바로 레리렉스 왕국의 왕비님이시니까.)

그 후에 우리는 항구 도시로 돌아가는 도중에 에밀리아 일행과 합류할 때까지 벨토치카 님의 추억담을 들었다. 두 사람은 아가드에 관해서 죽이 잘 맞는 듯했다. 그렇게 즐겁게 대화를 나누는 두 사람 사이에 끼인 채로 철저히 소외된 나는 이것도 리포트를 위해서, 라고 애써 스스로를 달래면서 이야기를 따라가는 척 고개만 끄덕이는 BOT으로 전락했다.

하얗고 아름다운 대리석으로 된 거대한 공간에 조각이 수려하게 새겨진 기둥들이 가지런히 늘어서 있었다.

신화 세계의 신전을 방불케 하는 그곳은 차가우면서도 매우 조용했다.

무서우리만치 고요했다.

아무것도 없는 공간 안에서 성을 내는 목소리가 울려 퍼졌다.

『이유가 뭐야! 왜 내가 지는 거지?! 저 녀석은 나한테 한 번 패배했는데!』

백은의 갑옷에서 들렸던 목소리의 주인이 격앙됐다. 조명은 오직 자연광밖에 없는 그 공간은 어둑해서 목소리의 주인은 잘 보이지 않았다.

『내 주먹이 옛날보다 가벼워졌다? 웃기네! 의미를 모르겠어!』

"하하, 그야 리버럴 머테리얼로 만든 살덩어리로 움직이니까요. 그자가 착용했을 때와 비교하면 가볍겠죠."

여자가 히스테릭하게 외치자 조금 떨어진 곳에서 깔보는 것 같은 남자의 목소리가 들렸다.

『웃기는 소리 하지 말라고 해! 네 연구에 어울려주고 있는 이유는 이런 결함품을 만들기 위해서가 아냐!』

"이런, 결함품이라니요? 뭐, 분명 저 마왕이 저토록 강해진 건 계산 착오였습니다. 평화에 푹 빠져서 실력이 녹슨 줄 알았습니다만……. 이거야 원. 우린 저런 일에 신경 쓸 여유가 없습니다만……."

『방금 뭐라고 했어?』

"아뇨, 아뇨, 그냥 제 얘깁니다. 그나저나 계산했던 것보다 일찍 벨토치카한테 도달했군요. 알디아 왕국의 왕자가."

『뭐? 왕자가 아냐, 메어리야.』

"메어리? 왕자의 추종자 중 하나, 레가리야 공작가 아가씨의 이름이 분명 메어리였죠."

『어, 「백은의 성녀」라 불리고 있어. 참고로 그 자랑하던 갑옷을 부순 사람도 그녀였지~.』

"이거, 이거. 백은의 기사 다음에는 백은의 성녀입니까? 그 왕국은 백은이라는 단어를 참 좋아하는 것 같군요. 게다가 성녀라니, 또 과장된 표현을."

여자 목소리가 그런 것도 모르냐며 비웃듯 말했다. 그러나 남자는 전혀 동요하지 않고 태연하게 놀랐다. 남자는 여자가 허세를 부리며 거짓말을 했다고는 생각하지 않았다. 짜증을 잘 내긴 하지만, 그녀의 정보 수집 능력이 탁월하다는 건 옛날에 연구하여 알고 있으니까.

"과연. 이쪽에서 수집한 정보에 모호한 부분이 있었던 이유가 그 때문이었군요……. 왕자가, 아니, 왕가가 철저히 숨기고 있던 거였어요……. 참으로 흥미롭군."

남자는 아까 전과는 딴판으로 무표정한 목소리로 중얼거렸다. 여자는 남자의 변화를 인식하지 못하고 말을 계속했다.

『그보다도 그 녀석들이 여기에 올지도 몰라! 더 좋은 걸 준비해.』

"모조품을 쓸 바에야 당신이 직접 나서는 게 좋지 않을까요?"

『아, 안 돼! 아가드가 깨버리잖아. 그 사람이 조용히 잤으면 좋겠어. 내 억지 때문에 무리하게 할 수는 없어.』

지금껏 격앙됐던 감정이 싹 사라진 것처럼 수줍어하는 소녀 감성을 한껏 드러내며 여자가 말했다. 그 급격한 변화에 당황하지 않고, 남자는 오히려 냉담하게 탄식했다.

"……어쩔 수 없군요. 제가 나가도록 하죠."

『엇, 앗, 흐~응…… 그럼 실력을 보도록 할까.』

예상치 못한 제안이었는지 여자는 순간 어리둥절해하다가 수락했다. 그리고 그 덕분에 냉정을 되찾았다.

다시 정적이 주변을 지배했다. 더는 할 말이 없는지 남자는 조용히 여자에게서 떠났다.

"백은의 성녀. 마왕 말고도 그 갑옷을 파괴했던 소녀라······. 자, 소울 머테리얼 이상으로 내가 기대할 수 있는 샘플이었으면 좋겠는데."

『방금 뭐라고 했어, 니케?』

"아뇨, 아무 말도······."

제3장 학원편 백은의 기사 사건 3

01 정령해의 영역

레리렉스 왕국 왕도에서 벨토치카 님을 데리고 나온 뒤 다시 항구 도시에 도착한 우리는 현재 에밀리아의 배 위에 있었다.

물론 천공의 섬 제오라르로 가는 중이었다.

"왕도에서 그런 일이 벌어졌다니. 과연, 그래서 메어리 양이 만사 제쳐두고 급히 달려갔던 건가?"

갑판 위에서 수평선을 바라보면서 나에게 여러 사정을 들은 왕자님이 의미심장하게 물었다.

"아뇨, 그저 에밀리아의 기세에 휩쓸렸을 뿐 아무 생각도 하지 않았습니다. 경솔하게 행동해서 죄송합니다."

괜한 변명을 했다가는 일이 더 꼬일 수 있기에 나는 순순히 있는 그대로 전했다.

"자자, 메어리 님한테도 여러모로 생각이 있었겠죠. 그보다도 앞으로 어떻게 할지 의논하죠."

나를 배려해서 마기루카가 감쌌는데, 과연 나에게 플러스가 되는 발언인지는 굉장히 의문이었다.

지난번에 항구 도시에 도착했더니 엘리자베스 님과 왕자님 일행이 에밀리아의 별장에 잠복, 아니, 있어서 놀랐다. 엘리자베스 님은 정공법(?)으로 왕자님을 통하여 나를 데려올 작정이었는데,

에밀리아가 선수를 쳤다. 우리가 여기에 돌아오리라 내다봤는지, 아니면 우연히 여기서 대기했는지, 어쨌든 우리와 합류했다.

엘리자베스 님은 벨토치카 님이 밖으로 나온 걸 보고서 감탄했지만, 왕도에서 현재 벌어지고 있는 영웅과 마왕의 전투를 듣고는 한숨을 내쉬며 마지못해 왕도로 갔다.

아마도 부서진 왕도를 수습하기 위해서겠지. 잠깐 봤지만, 그 전투 때문에 주변이 상당히 피해가 나왔을 것 같다. 주로 건물이……. 인근에 있던 마족들이 휘말려서 다치지 않았으면 좋겠는데.

엘리자베스 님은 입으로는 불평만 늘어놓으면서도 간간이 마왕님을 걱정하는 마음을 엿볼 수 있었다. 나는 조금 안도했다.

여길 떠나기 전에, 과보호라고 할 수 있을 만큼 엘리자베스 님은 벨토치카 님을 걱정했는데, 당사자와 에밀리아가 '메어리가 있으니 괜찮다'고 말하자 선선히 수긍하고 말았다. 왜지? 납득이 안 되는데…….

뭐, 그래서 엘리자베스 님을 따라온 왕자님, 마기루카, 사피나, 자하와 합류한 뒤 우리는 배를 타고서 대해원으로 나갔고, 지금에 이르렀다.

"그도 그렇군. 벨토치카 님께서 제오라르에 가려면 어느 해역을 지나가야 한다고 했더라?"

"정령해(精靈海)의 영역. 정령수의 영역처럼 정령이 지배하고 있는 해역이라고 해요. 문헌에 따르면 배의 무덤이라고도 불린다는데, 왜 무덤인지는 공부가 부족해서……."

"무덤이라니, 상당히 위험한 장소군요. 정령이 뭔가를 하는 걸까요?"

시타가 차분한 얼굴로 보충 설명을 하자 사피나가 소박한 의문을 던졌다.

"상대는 정령이니, 이상한 해코지를 해서 배를 침몰시키나~?"

내가 경험을 바탕으로 농담처럼 대답하자, 모두 복잡한 표정을 지으며 아무 대답도 하지 않았다.

"아니, 아니, 빈말이라도 거짓말을 해주길 바랐는데, 미안, 제가 잘못했습니다."

"앗, 하지만 정령과 통하는 엘프인 시타 씨가 있으니, 어떻게든 되지 않을까요?"

자기 입으로 말해놓고서 불안해진 내가 벌벌 떨자, 마기루카가 손뼉을 짝, 치고서 타개책을 제시했다.

"으~음, 글쎄? 그쪽 정령이랑 만난 적이 없어서 뭐라 할 말이……."

"차이점이라도 있어?"

"정령이라기보다 그 주변? 우리는 정령수, 이른바 나무의 정령하고만 통해. 정령해, 물의 정령과 통하는 다른 종족이 있을 가능성이 있어. 저쪽에는 저쪽만의 규칙이 있으니 우린 어디까지나 이방인이라는 거지."

"그렇구나~. 그럼 정령해의 영역과 소통할 수 있는 사람이 누구일까?"

"그건~ 벨토치카 님?"

내가 고개를 갸웃거리며 질문하자 시타도 덩달아 고개를 갸웃거렸다.

우리의 대화를 지켜보던 모두가 바닷바람에 실려 들려오는 류트 소리를 알아채고서 일제히 뱃머리 부근에 있는 마족 여성에게로 시선을 돌렸다.

그 이름은 제오라르.
전설의 하늘섬.
이 세상에서 격리된, 마력이 흘러넘치는 낙원.
대해원의 천공을 떠도는 모습은 아무도 모르리라.
그저 바다의 정령과 인어의 노래가 그 전설을 끌어들인다.

아름답고 맑은 목소리가 주변 소리에 묻히지 않고 내 귀에 닿았다. 에밀리아와 노아가 졸라서 노래하고 있던 벨토치카 님이 우연인지, 아니면 우리의 대화를 들었는지 어쨌든 나이스 타이밍에 제오라르에 관한 노래를 부르기 시작했다.

"메어리 님, 어떻게 생각하나요?"

"역시 음유시인이네. 아름다운 목소리야. 한 폭의 그림 같아~."

"아가씨, 그쪽이 아니라 가사 내용을 어떻게 생각하느냐는 질문 같은데요?"

"앗, 그쪽?"

마기루카가 질문하자 머리를 비우고서 황홀하게 듣고 있던 나는 솔직한 감상평을 늘어놨다. 그러자 뒤에서 튜테가 넌지시 정정했다.

"바다의 정령이 아까 말했던 정령해의 영역과 관련이 있다면, 그 영역과 통하는 존재는 엘프가 아니라 인어 아닐까?"

"그래요~♪ 우리는~ 지금부터 인어의~ 보금자리로 가기 위해, 정령해의 영역에 발을 들여야만 해요~♪"

류트로 아까 그 멜로디를 유지하면서 벨토치카 님이 우리에게 말하듯 노래했다.

"저기…… 뮤지컬 같은데."

"뮤지컬?"

"아뇨, 괘념치 마세요. 그보다도 평범하게 말씀해주시면 좋겠는데요."

"앗, 미안해요. 노래를 부르다가 무심코."

노래하고 있으면 평범한 대화도 노래가 되다니 직업병일까? 아니, 나는 음유시인이 아니라서 잘 모르겠다. 응, 깊이 생각하지 말자.

"어쨌든 각오는 했지만 역시나 그렇구나. 또 어떤 난제와 부딪치게 될까."

나는 마음을 다잡고서 정령수와 겪었던 일을 떠올리면서 어깨를 축 늘어뜨리고서 한숨을 깊이 내쉬었다.

"흠, 정령해의 영역이라. 정령과 만난 적이 없는지라 어떤 녀석일지 기대가 되는구나."

나와 함께 정령의 시련을 경험했던 튜테와 사피나가 아무 말 없이 쓴웃음을 흘리는 옆에서 아무것도 모르는 에밀리아는 기대감을 부풀리고 있었다.

"참고로 방금 정령해의 영역에 진입했으니 유념하는 편이 좋을 거예요."

"후엥?"

일단 대책회의라도 하는 편이 좋지 않을까, 하고 생각하던 차에 벨토치카 님이 온화하게 웃으며 선뜻 그런 말씀을 하셨다. 나는 핏기가 싹 가신 얼굴로 그쪽을 쳐다봤다.

덜커덩!

때마침 커다란 진동과 함께 범선이 급하게 정지했다.

"엇? 아까까지 쭉쭉 나아가던 배가 왜 갑자기 멈췄지?"

"글쎄다? 유령선인가? 해적? 크라켄?"

"에밀리아…… 그거 날 비꼬는 거니?"

"아니, 메어리가 바다에서 일어나는 이벤트가 뭔지 물어보기에 말해봤을 뿐이다만."

"공주님, 배에는 이상이 없습니다!"

나와 에밀리아의 하잘것없는 대화를 무시하고서 상황을 확인하러 갔던 선원들이 외쳤다.

"메어리 님, 바람이 그쳤습니다……."

사피나가 조금 긴장한 얼굴로 주변을 경계하면서 허리에 찬 칼에 손을 댔다.

그녀의 말을 듣고서 나도 그토록 상쾌했던 바닷바람이 완전히 멎었음을 알아챘다. 주변이 너무 고요해서 불안감이 스쳤다.

"이거…… 해류도 멈춘 것 같은데?"

시타가 갑판에서 몸을 조금 내밀고서 다른 괴현상을 보고했다.

"이게 정령해의 영역. 별칭은 배의 무덤……."

완전히 정지한 배 위에서 나는 주변을 둘러본 뒤 침을 꿀꺽 삼켰다.

"홋, 이 정도로 본녀의 발목을 잡을 수 있으리라 생각했다니 어설프구나, 어설퍼!"

"에밀리아, 정령을 도발하는 행위는 좋지 않다고 생각해."

뱃머리에 우뚝 선 채로 수평선을 향해 호언장담하는 에밀리아에게 나는 뒤에서 조용히 충고했다.

"왜냐면 바람이 없어도, 해류가 없어도 본녀의 배는 문제가 없다! 자, 가라아아, 크라코여! 레리렉스의 저력을 일깨워줘라아아아!"

에밀리아가 앞을 가리키며 드높이 선언했다.

그리고 잠시 침묵이 흘렀다.

잠시 침묵.

침묵, 또 침묵…….

"저기, 에밀리아 씨?"

"크라코, 무슨 일이냐! 설마 이 비상사태에 잠이 든 건 아니겠지!"

에밀리아가 갑판에서 몸을 내밀고는 배 아래, 수면을 향해 외쳤다.

그러나 역시나 배에는 아무런 변화가 없었다.

아니, 딱 하나 변화가 생겼다. 수면 밖으로 오징어 다리가 미안하다는 듯 고개를 빼꼼 내밀었다.

그리고 꿈틀거리며 첨벙첨벙, 하고 소리를 냈다.

"하아아? 왜 꼼짝도 하지 않는 것이냐! 네놈, 정령한테 겁을 먹었더냐. 이 약해빠진 작자, 아니, 오징어라고 해야 하나?"

바닷속에 있는 크라켄, 크라코의 보고를 받고서 에밀리아가 발끈하면서도 홀로 자기 말에 딴죽을 걸었다. 냉정한 건지 아닌지 잘 모르겠다.

"저요! 정령수가 영역에 있는 나무들을 자유자재로 다뤘으니 정령해 역시 그 해역을 마음대로 조종할 수 있지 않을까요?"

"예, 정답입니다."

시타가 우등생처럼 손을 든 뒤 자기 생각을 말하자 벨토치카 님이 현 상황과 걸맞지 않은 사근사근한 표정으로 손을 맞대고는 학생을 부드럽게 칭찬하듯 대답했다.

"으~음, 즉 바닷속에 있는 크라코는 정체를 알 수 없는 힘, 혹은 수압 때문에 옴짝달싹도 못 한다는 뜻?"

"그렇죠. 이 해역은 전부 정령이 마음먹은 대로 흘러간다고 생각하는 게 좋아요."

내가 질문하자 벨토치카 선생님이 느긋하게 대답했다.

"과연. 그럼 크라코의 말이 진실이었구나. 우와~ 다행이다, 다행이야……. 아니, 기뻐할 때냐아아아아! 이 반칙 기술은 뭐냐아!"

"뭐, 그게 바로 정령이라는 말 밖에."

"너무 부조리하지 않으냐!"

"알아, 알아, 에밀리아. 그래서 별로 얽히고 싶지 않은 거야, 정령이랑."

동지가 또 하나 늘어서 기뻐해야 할지 슬퍼해야 할지.

그건 제쳐두고, 이 상황을 어떻게 타개해야 좋을지 알 수가 없었다. 내가 주먹으로 수면을 때려본들 커다란 파도가 일어날 뿐이다. 본체가 어디인지 애매모호한 정령에게 큰 데미지를 입히지 못할 가능성이 있다.

또한 그 바람에 일어난 커다란 파도에 배가 뒤집히기라도 하는 날에는 넙죽절로 넘어갈 수가 없겠지. 섣불리 움직일 수 없는 현 상황이 아아, 답답하다.

"어어어, 어쩌면 좋단 말이냐? 지금이라도 사과하는 게 좋을까? 지금이야말로 그대가 알려줬던 넙죽절을 할 때인가?"

아까 그 기세는 어디로 갔담? 공주님이 상당히 꼴사나운 모습을 보여줬다.

"지금은 레리렉스 왕국의 공주로서 의연한 태도를 보여줬으면 좋겠는데. 넙죽절을 한 번 해서 여길 통과할 수 있었다면 이 메어리 레가리야도 기꺼이 함께 넙죽절을 했을 거야."

"메, 메어리……."

둘이 왠지 감동적인 분위기를 빚어냈다. 그러나 그 내용이 너무 한심해서 눈물겹긴 하지만…….

"공주님! 배 주변에 갑자기 커다란 소용돌이가 발생했습니다. 배를 에워싸듯 소용돌이가 커지고 있습니다! 이대로 있다가는 배가!"

돛대 위에 달린 전망대에 있던 선원이 보고하자 드디어 정령이 전력을 다하기 시작했음을 알아챘다.

아니, 내가 만났던 요정과 정령 모두 민폐를 끼치긴 했지만, 접촉을 전혀 하지 않고 이렇게 일방적으로 공격했던 적은 없었다.

뭐, 개체 간의 차이라고 할 수도 있겠지만, 아무래도 정령에게 무슨 일이 있는 것 같았다.

(아니, 아니, 아니, 한가롭게 그런 생각이나 할 때가 아냐. 이 상황을 어쩌지? 바다를 상대로 난 뭘 해야 해?)

이때 벨토치카 님이 가장 앞으로 나섰다.

"어, 어마마마!"

에밀리아가 경악했지만, 벨토치카 님은 아랑곳하지 않고 류트를 연주하며 노래하기 시작했다.

그러자 놀랍게도 소용돌이의 기세가 약해지더니 쪼그라들기 시작했다.

"굉장해! 이게 음유시인의 힘!"

"그럴 리가 없잖느냐. 이건 어마마마의 힘이니라."

"그러니까 음유시인의 힘 아냐?"

"아니~ 어마마마의 힘이니라."

"에밀리아, 그런 사소한 걸로 다투지 마렴. 이 틈에 일단 도망치도록……."

"""""앗."""""

나와 에밀리아가 사소한 일로 토론을 벌이기 시작하자 방금까지 노래를 부르던 벨토치카 님이 희한하게 딴죽을 걸었다.

(그럼 어떻게 되는 거냐고? 당연하지. 노래가 멎었잖아.)

마음속으로 그렇게 자문자답하고 있으니 아니나 다를까, 오히려 신경에 거슬렸는지 소용돌이 더욱 커지며 격렬해졌다.

"메어리가 아까 노래를 부르지 말라고 해서 이렇게 되지 않았느냐."

"애당초 당신이 쓸데없이 참견해서 그런 거잖아!"

꼴사납게 책임을 서로 미루는 와중에 상황이 더 악화된 듯했다.

"잠깐만요. 뭔가 들리지 않습니까?"

우리가 강아지처럼 서로에게 캉캉, 짖어대고 있으니, 마기루카가 입술에 검지를 대고는 쉿~ 포즈를 취하며 귀를 기울였다.

나도 덩달아서 귀를 기울였더니 지금껏 들리지 않았던 바람 소리라고 해야 할까, 노래 같은 소리가 들려왔다.

"드디어 내 노래가 닿은 것 같네요."

벨토치카 님이 안도하며 말하자 소용돌이의 기세가 서서히 약해졌고, 구속에서 풀려났는지 배도 서서히 움직이기 시작했다.

"정령의 의식이 딴 데에 쏠렸습니다. 에밀리아, 지금 당장 노래가 들리는 방향으로!"

"뭔지 잘 모르겠지만, 좋다, 크라코여! 바다의 괴물로서 두려움을 퍼뜨렸던 그대의 근성으로 약해진 구속을 풀고서 도망쳐라아아아!"

(방금은 근성 말고 힘이라고 말하는 편이 더 낫지 않았을까?)

왠지 마뜩잖은 에밀리아의 외침에 호응하듯 배가 움직이기 시작했다. 약해진 소용돌이를 헤쳐 나온 뒤 멀리서 들려오는 노랫소리를 향해 나아갔다.

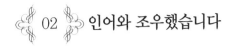 **인어와 조우했습니다**

크라켄의 근성인지 뭔지로 우리는 무사히 정령의 위협에서 탈출한 듯했다.

우리는 바람처럼 울리는 노랫소리에 이끌리듯 비틀비틀, 아니, 엄청난 기세로 향했다.

기세가 어찌나 드센지 우리는 갑판 난관이나 돛대에 매달려 있어야 했다.

뭐, 나는 신님에게서 받은 이 슈퍼 보디 덕분에 버틸 수 있었지만, 튜테를 지탱하고, 노아가 몸에 매달려 있어서 꼼짝도 할 수 없었다.

"에밀리아 좀! 저 아래에서 근성을 너무 내는 거 아냐?"

"뭐, 정령의 힘을 처음 접했으니까. 패닉을 일으켜 전속력으로 달아나고 있는 거겠지. 저 비실이가아아아!"

"바다의 괴물이라는 별칭은 대체 어디로……."

"으음, 저기, 이런 상태에서도 용케 목적지로 가고 있네요. 그게 크라켄의 힘일까요?"

나와 에밀리아가 서로에게 캉캉, 짖어대고 있으니 사피나가 크라코의 주가를 끌어올리고자 필사적으로 쥐어짜며 칭찬했다.

(사피나는 참 착한 아이야. 그에 비해 난…….)

"으~음, 이거 난감하군."

마기루카와 함께 근처에 있는 돛대 밧줄을 붙잡고 있는 왕자님이 곤란한 표정을 지었다.

"전하. 무, 무슨 문제라도?"

"아까와는 딴판으로 파도가 커진 것 같아."

"예, 그래서 위아래로 심하게 요동쳐서 배 밖으로 튕기지 않도록 이렇게……."

"아니, 우린 상관없지만…… 끝까지 버텨낼 수 있을는지……."

왕자님의 말을 듣고 나는 정신을 퍼뜩 들었다.

혹시 이런 속도로 파도를 뚫고 나가는 충격을 배가 버텨낼 수 있을까?

(아니, 아무리 썩었더라도 이 배는 레리렉스 왕국의 공주가 탄 배야. 어떤 마법이 부여되어 있어서 튼튼하지 않을까?)

나는 침을 꿀꺽 삼키고서 왕자님의 말을 기다렸다.

"……배에 약한 자하가 말이야……."

(그쪽이었어어어!)

무심코 왕자님에게 딴죽을 걸 뻔했다. 그러나 나는 꾹 참고서 대신에 속으로만 했다.

(왕자님도 참. 가끔 오해를 초래하는 표현을 하신다니까. 방심하고 있다가 말실수할 뻔했잖아. 위험했다, 위험했어.)

그러나 이런 소동이 벌어지면 가장 흥분해야 하는 자하가 없는 이유는 단순히 뱃멀미 때문에 선실 안에 있기 때문이었다.

더욱이 레이첼 씨가 약을 끓여 먹이면서 간병하고 있었다.

"헉, 내가 읽었던 연애 책에 따르면, 이런 패턴이 벌어지면 으레 관계가 진전되곤 하는데."

"뭐라고! 그렇다면 이런 데에 매달려 있을 때가 아니다! 어서 보러 가야 해!"

그런데 어째선지 시타와 에밀리아가 더 흥분했다.

아무래도 저 두 사람은 남의 연애 앞에서는 사족을 못 쓰는지 레이첼 씨에게 쓸데없는 간섭을 하기 일쑤였다. 이번에도 저 둘이 간병하라고 등을 억지로 떠밀었다.

참고로 내 허리에 매달려 있는 노아도 흥미가 있는지 에밀리아 쪽을 힐끗 쳐다봤다.

(뭐지? 조숙한 아이일까? 뭐, 이 나이대의 여자애는 연애에 흥미가 많은가……. 아니, 왠지 내가 감정이 메마른 것 같은 이야기가 됐는데?)

"여긴 내게 맡기고 에밀리아 짱이랑 같이 가렴. 이따가 어떻게 됐는지 알려줘♪"

"벨토치카 님?!"

내가 감정이 시들어버렸다며 한탄하고 있으니 그 딸에 그 어머니였다. 설마 벨토치카 님이 끼어들자, 나는 놀라움을 감추지 못하고 목소리를 뒤집고 말았다.

"여러분, 그보다도 앞을 봐주세요! 저 작은 바위 위에 누가 있어요!"

연구에는 엄청난 열정을 쏟으면서도 의외로 이런 연애담에는 냉정한 마기루카가 앞을 가리키며 주의를 환기했다.

분명 작은 바위 위에 누군가가 앉아 있었다. 더욱이 노래는 그 곳에서 들렸다.

그 모습은 그림책에 나오는 것처럼 상반신은 사람이고 하반신은 물고기인 여성이었다.

바다를 연상케 하는 선명한 물색 머리카락은 심해를 표현하듯 끝으로 갈수록 짙은 청색으로 물들어 있었다.

그늘을 찾아볼 수가 없는 해원에서 용케 햇볕에 타지 않았구나, 싶을 만큼 하얀 피부가 눈부셨다. 그 살결을 꾸미는 조개껍데기를 비롯한 장식품이 보였다.

(조, 조조조, 조개껍데기 수영복이야아아아!)

만화나 애니에 나오는 인어의 장식을 직접 눈으로 보고서 그 강한 임팩트에 놀랐다. 그러나 어른스러운 색기를 풀풀 풍기는 글래머러스한 몸을 보고 있으니 오히려 민망해질 지경이었다.

저쪽도 우리가 다가온 걸 알아챘는지 노래를 멈췄다.

그런데 저 아래에서 패닉에 빠진 크라코의 폭주는 멈추지 않았다.

(어라? 이거 위험하지 않나?)

"훗훗, 역시 벨토치카의 노래였네. 만나서 기뻐, 엇, 앗, 잠깐, 뭐야, 어라아아아아!"

바닷속에서 도도도도, 하는 충격음이 울렸다. 크라코가 정면충돌했다는 사실이 전해졌다.

더욱이 감속하지 못한 배가 물보라를 일으키며 바위로 돌진했고, 그 충격과 파도에 인어가 날아가는 모습이 보였다.

(역시 공주님의 배. 이만한 충격으로는 꿈쩍도 하질 않네, 하고 감탄할 때가 아냐!)

"".......""

한동안 정적이 흘렀다.

모두 인어가 빠져버린 지점에서 일어나는 파문(波紋)을 응시하면서 땀을 뻘뻘 흘렸다.

그리고 익사체 인어 하나가 조용히 떠올랐다.

"프, 프레데리카아아아아!"

모두의 사고가 정지된 와중에 벨토치카 님이 홀로 날개를 꺼내어 인어 쪽으로 날아갔다.

"이, 이거 저지른 거 아냐? 인어들이랑 전쟁이 벌어지지 않을까?"

"아, 아아아, 저건 사고였다. 하, 하하하, 대화를 나누면 이해하지 않을까? 주로 어마마마가."

내가 지적하자 에밀리아는 시선을 돌리고는 여전히 땀을 뻘뻘 흘리며 변명했다.

"아~ 깜짝 놀랐다. 배가 들이박다니 이 얼마나 정열적이야. 훗, 여전하네, 벨토치카. 장난이 너무 짓궂어."

"아뇨, 저건 내가 아니라 저 아래에서 배를 끌고 있는 크라코 씨가 덜렁댄 것뿐이에요. 게다가 크라코 씨를 매료시켜 패닉에 빠뜨린 사람은 당신이잖아요. 여전히 장난꾸러기라니까."

날개를 파닥거리며 공중을 나는 벨토치카 님과 그 아래에서 수면 밖으로 상반신을 내민 인어 프레데리카 씨.

마치 이런 사고가 일상다반사라는 듯 두 사람이 느긋하게 대화를 나누자 당혹스러웠다. 나 혼자만 이렇게 느낀 건 아니겠지.

어, 어쨌든 우리가 저지른 사고를 무사히 넘어갈 것 같은 분위기이니 안도하도록 하자.

사방에 한없이 펼쳐진 대해원. 아까 전 소동과는 딴판으로 고요한 배 위에서 우리는 겨우 마음을 진정시켰다.

참고로 자하가 어떻게 됐는지 보러 갔더니, 그는 생각 이상으로 라노벨 주인공력을 발휘하고 있었다.

"설마, 레이첼 씨가 자하를 밀어 넘어뜨리다니. 우와~ 의외로 적극적이구나."

"아, 아닙니다! 아까도 말했지만, 배가 갑자기 요동쳐서 그를 지키려다가 우연히 그렇게 됐는데, 때마침 공주님 일행이 온 것뿐입니다. 따, 따따따, 딱히 별 뜻은 없어요!"

에밀리아가 무흐흐, 하고 상스러운 웃음을 흘리자, 레이첼 씨는 귀까지 새빨갛게 물들이며 항의했다.

"난 언니를 응원해. 노아 짱, 그치?"

시타가 힘내라는 듯 두 주먹을 불끈 쥐면서 콧김을 흥, 내뱉으며 기합을 불어넣는 포즈를 취했다. 노아를 봤더니 시타와 똑같은 자세를 취했다.

"시타랑 노아 짱까지. 아이 참~ 절 놀리지 말아주세요."

시타는 뭐, 그런 이야기를 잔뜩 읽었다고 하니 흥미가 있을 법도 하겠지. 그러나 왜 노아까지 흥미를 보인 거지?

(저 아이가 잃어버린 기억 속에 있는 아가드. 레이첼 씨가 겪은

상황이 그에 관한 기억을 자극하여 불러일으킨 게 아닐까? 아니면 이미 그 기억을 떠올렸고, 비슷한 처지를 보고서 공감했나?)

나는 평상시와 다름없는 노아를 쳐다봤다.

그러나 기억을 되찾기 시작하면서 그녀의 안에서 변화가 일어나고 있는 건 분명한 듯했다.

그 증거로 어젯밤에도 함께 자다가 가위에 눌렸다. 걱정돼서 살펴봤더니 소리를 지르며 벌떡 일어났다. 그 후에 내뱉었던 말을 나는 잊을 수 없었다.

미안해요, 미안해요. 아가드. 난, 내가 아냐······.

노아는 몸을 벌벌 떨면서 잠시 꿈과 현실이 뒤섞인 듯했다. 내가 걱정하면서 몸을 만졌더니 얼굴을 공포에 일그러뜨리며 나에게서 떨어졌다. 다만 나를 무서워했다기보다 왠지 다른 존재, 기억 속에서 봤던 누군가를 두려워하는 것 같았다.

그 존재가 누군지 꼽아보자면 백은의 기사, 아니면 아가드일까?

어쨌든 지금은 그런 내색은 전혀 하지 않고, 평소처럼 맹랑하게 행동하는지라 차마 이것저것 캐묻기가 꺼려졌다.

(제오라르에 가서 백은의 기사랑 만나면 모든 걸 알 수 있다······. 지금은 그리 믿고서 가는 수밖에.)

나는 마음을 다잡고서 갑판에서 아래를 내려다봤다.

그곳에는 날면서 선체를 점검하고 있는 선원들과 그 광경을 바라보는 벨토치카 님과 인어 프레데리카 씨가 있었다.

"좋아, 간다. 메어리."

"잠깐, 날 또 안지 마! 창피하잖아."

에밀리아가 아주 당연하다는 듯 유령선 소동을 다시 재현하며 해상으로 나가려고 했다.

"괜찮아요. 거기서 보고 있어요."

나와 에밀리아의 대화를 듣고서 프레데리카 씨가 이쪽에 다 들릴 만한 목소리로 말했다. 별로 힘을 준 것처럼 보이지 않는데도 우리의 귀에 또렷하게 들렸다. 인어의 특성일까?

뭐, 다 함께 배에서 내려 바다 위에 있는 프레데리카 씨에게 갈 필요가 없어서 다행이다.

"그러면 자기소개부터."

벨토치카 님과 대화를 나누면서 그녀의 이름은 이미 알려졌지만, 정식으로 소개를 나누지 않았다.

"뮤직, 스타트으으으!"

"예?"

프레데리카 씨는 일단 바닷속으로 들어갔다가 수면 밖으로 촤아악, 튀어나오면서 그렇게 말했다. 그러자 벨토치카 님이 류트를 경쾌하게 연주하기 시작했다.

"내~ 이름은 프레데리카♪ 이 정령해의 영역에 사는 인어 중 하나~로 가희예요♪

그리고 프레데리카 씨가 느닷없이 뮤지컬처럼 노래하기 시작했다. 공중에 튀어 오른 프레데리카 씨는 마치 노렸다는 듯 선체를 점검하려고 비행 중이던 덩치 좋은 선원에게 공주님 안기로 착 안겼다. 선원은 자신이 왜 그녀를 자연스럽게 받아냈는지 영문을 알지 못해 화들짝 놀랐다. 반면에 프레데리카 씨는 당연하다는 얼굴로 나와 눈을 마주쳤다.

"얘~♪ 당신의 이름을, 들려줄래♪"

"앗, 저기, 메어리 레가리야입니다."

"아냐, 아냐, 아냐아아아~ 그건~ 아냐아~♪"

요청을 듣고서 내가 당혹해하며 자기소개를 하려고 했더니 칫 칫칫, 하고 손가락을 흔들며 불합격 판정을 내렸다.

(서, 설마 나더러 노, 노노노, 노래를 하라는 거야아?)

불길한 예감을 느끼고서 모두를 쳐다봤더니 다들 도망치듯 시선을 회피했다. 최후의 동아줄이라는 심정으로 지금도 류트를 경쾌하게 연주하고 있는 벨토치카 님을 봤더니 생긋 웃기만 했다…… 음악에 맞춰서 즉흥적으로 노래하며 말하라는 말씀? 말도 안 돼.

(이, 이게 이쪽 정령의 시련일까? 정령수의 사랑 이야기도 그렇고, 정령은 나의 신님 파워를 통째로 무시해버려어어어! 빌어먹으으으으을!)

나는 최대의 난제에 직면하고서 수치심에 쩔쩔맸다. 그러나 이건 아직 시작에 불과하다는 걸 깨달았다.

03 노래와 대화

조용한 대해원에 배 한 척이 머물러있다. 그 갑판 위에서 나는 바닥에 두 손을 댄 채 낙담하고 있었고, 다른 사람들은 주변에서 그런 나를 북돋아 주고 있었다.

"그렇구나, 잘 부탁해. 메어리 짱."

"……예…….."

"괴, 굉장해요, 메어리 님. 느닷없이 노래하면서 자기소개를 하라니. 저였다면 어찌할 바를 모르고 가만히 서 있었을 거예요."

"그, 그래요. 마치 이런 행위를 알고 있었다고 해야 할까, 상당히 익숙한 듯 보였어요."

사피나와 마기루카가 열심히 나를 북돋아줬다. 그러나 어째선지 노래는 평가하지 않았다.

수치심이 불꽃처럼 활활 타오르고 있었다. 나는 구멍이 있다면 들어가고 싶은 심정이었다.

프레데리카 씨가 즉흥 노래를 요구했는데, 처참한 결과로 끝났기 때문이었다.

노래에 자신이 있는 건 아니었지만, 서투른 편도 아니었다. 뮤지컬 영화나 애니를 본 적이 있어서 아까 전까지만 해도 가능하겠다 싶었다.

그런데 나는 지금껏 남이 가르쳐준 노래를 따라 부르기만 했다. 즉흥 노래는 또 다른 영역이라는 사실을 그때는 미처 알지 못했다.

더욱이 멘탈이 두부처럼 약한지라 노래를 부르려는 순간에 자신감이 사라져서 음정이 이상하게 흐트러지고 말았다.

결과가 어떻게 됐냐고? 굉장히 잘 부르지도 않았고, 그렇다고 해서 굉장히 못 부르지도 않았다. 왠지 음정이랑 박자가 조금 안 맞는 것 같은데? 라는 석연치 않은 기분을 마음속에 남기는 노래를 선보였다.

(이럴 줄 알았다면 차라리 음치 수준으로 노래를 못 불렀으면 좋았을걸. 다들 어떻게 위로해야 좋을지 모를 만큼 어중간한 게 제일 괴로워어어어!)

갑판에 무릎을 꿇고서 나는 속으로 절규했다.

"응, 갑자기 부탁해도 부를 수 있는 배짱이 있다면 합격이야!"

내 노래를 듣고서 프레데리카 씨가 그렇게 평가했다. 기뻐해야 할지 슬퍼해야 할지 모르겠다(솔직히 노래를 잘 부르든 말든 상관없었잖아?).

뭘 시험하려고 했는지 모르겠지만, 이게 마지막이었으면 좋겠다. 설마 걸핏하면 뮤지컬 모드로 돌입하는 건 아니겠지? 나는 내심 조마조마했다.

처음에 충돌 사고를 저질렀을 때는 끝났다고 생각했다. 일단 정령해의 영역과 통하는 인어와 친해졌으니, 다행으로 여기자.

내가 낙담하고 있는 동안에 뮤지컬 흐름이 끊어진 틈을 타고서 벨토치카 님이 모두를 파바밧, 소개해버렸다.

(진짜 어이가 없네…….)

"후훗, 메어리 짱이라면 프레데리카랑 교류할 수 있으리라 믿었어요. 역시 백은의 성녀군요."

"아니, 그거랑 백은의 성녀가 무슨 관계인지……."

내가 원망스럽게 벨토치카 님을 쳐다봤더니 그녀는 평소처럼 온화한 웃음으로 화답했다.

요컨대 벨토치카 님은 자신을 제외한 사람 중에서 인어와의 첫 접촉을 나에게 맡겼다는 뜻이겠지.

"그나저나 프레데리카, 당신한테 여러모로 물어보고 싶은 게 있습니다만."

"그래, 그~건♪"

"저, 저기…… 슬슬 내려오시면 안 될까요? 중요 인물을 안은 채로 계속 나는 건 좀~."

벨토치카 님의 말을 기다렸다는 듯 프레데리카 씨가 다시 노래하기 시작하자 그녀를 안고 있던 선원이 박정하게 끊어버렸다.

"지금 중요한 얘기를 나누고 있다! 잠자코 안고 있어라."

"이, 이럴 수가~."

에밀리아가 강요하자 튼튼하게 생긴 선원이 약한 소리를 내뱉었다.

(뭐, 중요 인물을 계속 안고 있으면 자칫 떨어뜨릴 것 같다는 긴장감이 자꾸 커질 수밖에 없지. 나였다면 정말로 떨어뜨릴 것 같아서 거부했을 거야.)

"그래~. 당신은 지금 인어의 무희로서 유명한 나와 스킨십을 하는 거야~. 우훗, 기쁘지?"

"아니, 저기~ 근데 물고기 부분이 왠지 미끌미끌하다고 해야
할까, 징그——."

"파렴치 싸대기!"

"커헉!"

내가 동정하는 눈으로 지켜보고 있으니, 선원이 해서는 안 되
는 발언을 내뱉고는 프레데리카 씨의 꼬리 싸대기를 맞았다.

그런 짓을 저지른 바람에 갑판 위로 이동하고 있던 선원 씨의
손에서 프레데리카 씨가 홀러덩, 슈르륵 떨어졌다.

"어머머머!"

바다가 아니라 갑판 위로 철퍼덕, 떨어지지 않을까 우려했을 때,
우리 중 누군가가 움직였다.

방금까지 뱃멀미에 시달리다가 레이첼 씨의 우연찮은 엉큼한
짓, 이 아니라 정성 어린 간호를 받고서 부활한 자하였다.

"후우~ 위험했다."

"……."

청년 기사가 아름다운 인어를 받아냈다. 아주 한 폭의 그림 같
지 않습니까~. 레이첼 씨가 굳어버린 것처럼 보이는데, 기분 때
문이겠지.

"고, 고마워——."

"우와~ 위험했다, 위험했어. 하마터면 사냥물을 놓칠 뻔했다고.
어라? 근데 인어는 몬스터 부류에 속하나?"

"파렴치 싸대기이이이!"

자하가 의도치 않게 하렘 루트를 구축할 줄 알았더니만, 현 상황을 전혀 이해하지 못한 이 사이비 주인공이 터무니없는 실언을 저질렀다. 그래서 프렌데리카 씨의 강렬한 꼬리 싸대기를 왕복으로 맞았다.

나는 자하에게 지시하여 프렌데리카 씨를 떨어뜨리지 않도록 신중히 갑판 난간 위에 앉혔다.

"정말로 죄송합니다. 이 어리석은 인간은 나중에 따끔하게 혼내줄 테니 부디 너그럽게."

"사정을 몰라서 아주 무례한 발언을 했습니다. 죄송합니다."

실언남의 머리를 눌러 고개를 숙이게 하면서 나는 자하와 함께 프레데리카 씨 앞에서 사죄했다.

"뭐, 좋아요. 이번에는 용서해줄게요. 대신에~♪ 내~ 부탁을 들어줄래~♪"

프레데리카 씨가 관대한 마음으로 용서해줬는데, 왜 슬금슬금 뮤지컬처럼 변해가는 걸까?

그리고 그녀가 나를 쳐다보는 걸 보니 그 부탁을 나에게 하고 싶은가 보다.

"뭐, 뭐죠?"

나는 속으로 경계하면서도 어색하게 웃으며 물어봤다.

(예, 알고 있어요. 지금껏 그래왔듯 나도 노래를 부르는 게 최선일 테지만, 그런 분위기가 아니라는 걸 인정해 줄 수는 없을까?)

나는 조마조마한 마음으로 프레데리카 씨의 반응을 살폈다.

"으~음, 아냐."

"프레데리카, 당신의 부탁이 뭔가요? 우린 영역에 들어오자마자 다짜고짜 정령의 습격을 받았습니다. 게다가 성역에 있어야 할 당신이 어째서 이런 데에 있는 거죠? 다른 인어는 어쩌고요?"

프레데리카 씨의 입에서 불온한 단어가 튀어나오기 전에 벨토치카 님이 노도와 같은 기세로 질문 공세를 퍼부었다.

"잠깐, 잠깐. 그렇게 질문을 퍼부으면 뭐부터 노래로 부를지 혼란스럽잖아."

"아뇨, 노래 안 해도 되니까 얼른 대답해주세요."

"에~에에엥, 이렇게 중요한 장면이나 고조되는 대목에서는 노래로 감정을 전해야지."

벨토치카 님이 철저히 웃으면서 부드럽게 거절하자 프레데리카 씨는 불만이 그득한 목소리로 대답했다.

(아니, 노래를 부르면서 중요한 얘기를 하면 머릿속에 들어오지 않는데…….)

"프레데리카."

"예예, 알겠어요. 이러면 시시하긴 하지만 뭐, 좋아요. 즉 내 부탁은 노래하고 춤을 춰줬으면 좋겠어!"

"……예?"

프레데리카 씨가 노래를 부르면 대화에 집중할 수가 없어서 문제인데, 평범하게 말했더니 이건 이것대로 너무 간략해서 알아들을 수가 없다. 아아, 어쩌지?

"프레데리카, 조금만 더 자세히 얘기해줄 수 없을까? 설명을 생략하는 건 여전하네."

"엥, 그~러~니~까~ 나 대신 춤을 추면서 노래를 불렀으면 좋겠어."

프레데리카 씨가 두 팔을 붕붕 휘저으며 떼쟁이처럼 설명했지만, 역시나 내용이 너무 부족해서 잘 모르겠다. 다만 춤을 추면서 노래를 부른다는 불온한 표현이 튀어나온 이상, 더는 이야기를 진행하지 않는 게 낫지 않을까, 하고 본능이 경종을 울렸다.

"저기~. 지금 이 자리에서 춤추고 노래해달라는 말인가요?"

내가 망설이고 있으니, 마기루카가 대신 대화를 이어갔다.

"웅? 아냐, 아냐, 성역에서."

"누가요? 으음, 흐름상 메어리 님이겠죠?"

마기루카가 미안해하며 나를 쳐다보자. 나는 고개를 고속으로 가로저었다.

"뭐, 메어리 짱은 확정이지. 다른 아이도 있으면 좋긴 하겠는데~."

프레데리카 씨가 가차 없이 말하자 나는 경악하면서도 희망의 빛을 발견하고서 눈빛을 반짝였다.

"다 함께 말이죠?"

"으음~ 앗, 그보다도 왜 성역에서 그래야만 하는 건가요?"

내가 반드시 끌어들이겠다는 눈빛으로 쳐다보자, 마기루카는 회피하듯 말을 돌렸다.

"정령을 진정시키기 위해서!"

마기루카가 유도한 덕분에 왠지 전모를 알 것 같다.

아무래도 그 정령은 지금 한창 날뛰고 있는 듯하다. 그걸 진정시키기 위해 춤추고 노래해달라는 건가? 어떤 의미에서는 애니 같은 전개라고 할 수 있을까?

(춤추고 노래하라니!)

나는 아까 그 수치 지옥을 잊고서 애니로 봤던 것처럼 다 함께 무녀(巫女)처럼 차려입고서 춤을 추는 장면을 망상했다. 그리고 살짝 히죽거렸다.

"잠깐만요. 그건 원래 성역에 사는 인어족의 역할이라고 하지 않았나요? 아무리 당신일지라도 그런 독단적인 행동을 모두가 허락할 리가."

"훗, 반대 따윈 안 해. 왜냐면~ 다들 이미~ 거기에 없으~니~까~♪"

벨토치카 님이 의문을 던지자 프레데리카 씨는 결국 참지 못하고 노래하기 시작했다.

"무슨 뜻이에요? 내가 백은의 기사와 함께 방문했을 때는 모두가 있었잖아요? 무슨 일이 있었습니까?"

"아아~아 그건 몇 년 전일까? 벨토치카가~ 백은의 기사님을 제오라르로~ 보내고서~ 상당히 지난 후라는 건 분명~♪"

"흠, 어마마마가 제오라르를 아는 이유는 그 때문이었나?"

에밀리아가 태연하게 두 사람의 대화에 끼어들었다. 그리고 엄마에 이어서 그 딸도 뮤지컬 분위기를 끊어버렸다.

(역시 마왕의 가족, 배짱이 남달라.)

그러나 그 덕분에 나는 전부터 궁금했던 걸 물어볼 기회가 생겼다.

"저기, 어째서 백은의 기사는 제오라르에 갔던 건가요?"

"정확히 말하자면~ 갔던 게 아니라, 돌아갔다고 표현하는 편이 더 정확하겠지♪"

"돌아갔다……. 즉, 백은의 갑옷은 원래 제오라르에 있었다?"

역사의 비밀 중 하나가 풀리자, 탐구에 홀린 아이인 시타도 흥미진진해하며 대화에 끼었다.

"그렇구나. 벨토치카 님이 최초의 섬이라고 말씀하셨던 게 그런 이유였군요."

그리고 또 하나, 탐구에 홀린 아이인 마기루카도 가세했다.

"하, 하지만 백은의 갑옷은 에네루스 숲속에서 연구하고 있었을 텐데요?"

사피나도 상당히 날카롭게 지적하면서 대화에 참여했다.

"이건 상상인데, 그 수기나 연구소를 고려했을 때, 니케가 갑옷을 갖고 제오라르에서 나왔던 게 아닐까?"

"응, 나도 그리 생각해. 인어들이 갖고 나왔다고 하기에는 숲은 너무 멀어. 얘기를 들어보니 여기에 사는 인어들은 제오라르에 간섭하지 않는다지?"

내가 의견을 밝히자 왕자님이 찬동했다. 그리고 사전에 들었던 정보를 확인하듯 벨토치카 님을 봤다.

그녀는 아무 말 없이 고개를 끄덕이더니 이야기를 계속하라는 듯 프레데리카 씨를 봤다.

"……왜 모두 나한테 맞춰주지 않는 거야! 노래는 어떻게 된 거야, 노래는!"

이때 프레데리카 씨는 더는 참을 수 없었는지 노래를 관두고서 불만이 그득한 목소리로 항의했다.

"그보다도 내가 떠난 후에 무슨 일이 있었죠?"

"그, 그보다도, 라니…… 흥이다! 정 궁금하면 그 아이한테 물어보면 되잖아!"

벨토치카 님이 매정하게 말하자 프레데리카 씨가 토라졌다. 그리고 우리는 그녀가 말하는『그 아이』를 봤다.

"어, 나?"

모두가 쳐다보자, 노아는 스스로를 가리키며 놀란 표정을 지었다.

"모…… 모르겠어……."

"몰라? 하지만 당신, 한동안 지낸 후에 청년과 함께 제오라르에서 내려왔잖아?"

노아가 대답하자 프레데리카 씨는 고개를 갸웃거리고서 물었다.

"청년? 혹시 이름이 아가드 아닌가요?"

"어, 잘 아네. 근데 이건 모르겠지? 그가 바로 백은의 기사님이야……. 어라? 반응이 싱겁네."

내가 질문하자 프레데리카 씨가 젠체하며 대답했다. 그러나 이 자리에 있는 모두가 다 아는 사실이었기에 별로 놀라지 않았다. 프레데리카 씨가 실망하여 또 토라지지 않았으면 좋겠는데.

"내가 제오라르에서…… 윽."

유일하게 반응한 사람은 프레데리카 씨의 말을 듣고서 기억을 회복하려는 노아였다. 그러나 그녀가 기억을 되찾는 걸 방해하듯 두통이 도졌다.

(그 청년이 아가드였다는 건 예상했지만, 그가 갑옷을 제오라르에 되돌렸다는 게 놀랍네. 게다가 노아를 데리고서 제오라르에서 내려왔다니……. 무슨 뜻이야? 노아는 에네루스 연구소에서 태어났던 게 아닌가?)

이 대목에서 나는 착각했음을 깨달았다.

노아는 분명 그 연구소에 잠들어 있었다. 그러나 노아가 거기서 태어났다는 기록은 없었다. 어쩌면 노아는 제오라르에서 태어나 어떤 이유로 에네루스에 잠들었을지도 모른다.

(갑옷이 없어진 대신에 노아가 옆에 있었다? 아가드는 신의 갑옷을 제오라르에 반환하는 게 커다란 힘의 봉인이라고 생각했나? 그렇게 간단한 문제였다면 굳이 카이로메이어에 오지 않았겠지. 아니, 제오라르의 존재를 알아보기 위해서였나? 그것도 아닌 것 같아.)

나는 지금까지 확보한 정보와 프레데리카 씨의 발언을 맞춰보다가 잘 맞물리지 않아서 골머리를 앓았다.

"프레데리카 씨, 노아는 오랫동안 잠들었기 때문인지 기억을 잃었어요. 제오라르로 가려는 이유 중에는 그녀의 기억을 되찾으려는 목적도 있어요."

"그렇구나. 미안해, 그런 줄도 모르고."

뾰로통해하던 프레데리카 씨가 노아의 사정을 듣고서 사과했다. 그러고는 축 늘어졌던 자세를 고친 뒤 대화에 다시 참여했다.

"제오라르에서 백은의 기사는 뭘 했습니까? 왜 갑옷을?"

"그건 나도 잘 모르겠네. 우린 제오라르에 간섭하지 않고, 개인적으로 흥미는 있지만, 물어보는 건 촌스럽다고 생각해서…… 게다가 노아 짱이라고 했지? 당신은 그때 잠들어 있었고. 앗, 하지만 억누를 수 없는 호기심 때문에 앞으로 어쩔 셈이냐고 물어보긴 했어."

"그래서 아가드는 뭐라고?"

노아는 이 부분이 중요하다고 여겼는지 두통이 다시 엄습할지도 모르는데도 두려워하지 않고 프레데리카 씨에게 물었다.

"그녀가 깨어났을 때 놀래주려고 고향으로 돌아간다고. 당신을 아주 소중하게 안고 있었어."

"그래서 그 이야기와 현 상황은 무슨 관계가 있을까요?"

"벨토치카~ 당신 말이야, 내가 기껏 로맨스를 제공했는데, 음유시인으로서 아무런 느낌도 없어? 훗, 시들어버렸네."

"지금은 사사로운 감정을 앞세울 때가 아니라고 생각했을 뿐이에요. 시들었다고 말하지 말아요."

프레데리카 씨가 앙갚음이라도 하듯 이를 씨익 내보이며 어처구니가 없다는 느낌을 몸으로 표현했다. 벨토치카 씨는 전혀 동요하지 않고 웃으면서 대꾸했다. 그러나 나는 한순간 그녀의 관자놀이가 움찔거리는 걸 봤다.

(아~ 프레데리카 씨도 참. 우리가 자신의 요구를 무시해서 아직도 마음에 담아두고 있는 거야? 벨토치카 님은~ 응, 그냥 착각이야, 착각. 난 아무것도 못 봤습니다.)

"그래서 그 후에 무슨 일이 있었죠?"

"그래, 있었어. 그 후에~ 시간이 상당히 흐르고서, 그게 느닷없이 내려왔어 ♪ 안치됐던 백은의 갑옷이 제오라르에서~ ♪ 게다가 하나가 아니었지~ ♪"

모두 각오는 했지만, 아니나 다를까 프레데리카 씨가 중요한 부분을 다시 노래하듯 말하기 시작했다. 점점 익숙해졌는지 처음보다는 귀에 잘 들어왔다. 그러나 자신의 순응 능력에 놀란 나머지 그녀의 가사 속에 담겨 있던 충격적인 사실에는 놀라지 않았다. 이건 비밀이야.

04 ✦ 이제야 입을 열었더니만

"백은의 갑옷이 제오라르에서 내려왔다? 어, 아가드가 장착자 아니었어?"

내가 놀랄 타이밍을 놓치자, 시타가 대신 놀랐다. 그 덕분에 나는 그 발언의 중대성을 알아채고서 비로소 놀랄 수 있었다.

"성역을 다짜고짜 어지럽히고, 제오라르로 향하는 길을 파괴한 백은의 갑옷들은 광분한 정령과 싸웠어. 그 여파는 어마어마해서 우린 성역에 머물 수가 없게 됐어. 백은의 갑옷들이 떠난 후에도 정령의 분노는 가라앉지 않아서 다가오는 모든 자들을 적으로 인식하여 습격하는 실정이야. 그리고 성역에는 얼씬도 할 수 없게 된 우리는 한 사람씩 영역을 떠났고, 끝내 나 혼자만 남게 됐다는 사실~."

프레데리카 씨의 이야기는 최근인 것처럼 들리지만, 실은 꽤 오래된 이야기겠지. 그리고 우리도 습격받았으니, 아직도 그 분노가 현재진행형으로 지속되고 있다.

(역시 정령. 우리와 시간 감각이 다르네. 자칫 이대로 수천 년 동안 접근하려는 사람한테 위해를 가할 것 같아.)

"그래서 정령을 진정시키고 싶다는 말이구나."

"춤추고 노래해서 정령을 진정시키자는 건가요? 혹시 옛날부터 그런 역할을 인어들이 맡았던가요?"

탐구에 홀린 아이인 시타와 마기루카만이 빨리 이해하고서 흥분했다.

"바로 그거야. 이번에 당신들이 그걸 해줘야겠어! 아아~아♪ 나 혼자서~ 어떡할까 난감했는데~. 이건~ 이제~ 신의 뜻이야♪"

프레데리카 씨가 하늘을 향해 호들갑을 떨면서 노래하기 시작했다.

"신의 뜻이라면 백은의 성녀님이 나서야겠네."

"잠깐, 무슨 소리를 하는 겁니까, 벨토치카 님?!"

벨토치카 님은 은근히 중대한 임무를 떠넘기려고 하자 나는 무심코 항의했다.

"오호~ 메어리 짱은 백은의 성녀라 불리는구나. 이것 참."

"아니, 아니, 주변 사람들이 멋대로 붙였을 뿐, 난 조금도 동의하지 않아요."

"명성이란 원래 자신이 아니라 남들이 퍼뜨리는 거야."

"그렇습니다. 더 자신을 가져요. 당신은 수많은 사람을 구해왔으니까!"

성녀에 약간 광신적인 시타와 레이첼 씨가 나를 위한답시고 북돋아 줬다. 그러나 개인적으로는 별로 눈에 띄고 싶지 않은지라 사양하고 싶었다.

다른 사람들을 봤더니 납득한 얼굴로 고개만 끄덕였다. 나는 이 이야기가 더는 확대되지 않도록 화제를 바꾸기로 했다.

"으음~ 춤과 노래라면 프레데리카 씨가 하면 되잖아요? 왜 우리가 필요한 건가요?"

화제를 돌리는 김에 나는 비루하게도 나뿐만 아니라 다른 사람들도 함께 끌고 들어갔다.

"정령을 위한 춤은 혼자서는 출 수 없어. 게다가 젊은 소녀가 아니면 안 돼."

프레데리카 씨가 탄식을 흘리며 말했다. 나는 하늘의 계시를 받은 것처럼 벼락을 맞은 기분으로 무심코 생긋 웃었다.

"그 말인즉슨 여기 있는 모두가 춤을 춰야한다는 뜻인가요?"

"뭐, 그런 셈이지."

"좋았어, 힘내자! 튜테, 마기루카, 사피나, 에밀리아, 시타, 레이첼 씨도!"

그리고 나는 다짜고짜 모두를 끌어들였다.

"아아, 미안하지만 튜테 짱이랑 레이첼 짱은 우리 쪽이 아닐까~."

그 말은 나이가 맞지 않는다는 뜻?! 어쨌든 튜테는 가슴을 쓸어내렸고, 레이첼 씨는 안도하면서도 왠지 납득이 안 간다는 복잡한 표정을 지었다.

"잠깐만! 나이로 따지면 본녀도 그쪽 아니더냐!"

"아니, 굳이 따지자면 난 육체 연령보다는 정신 연령을 말한 건데."

"엇, 앗, 그런가?"

"잠깐만, 그러면 우리의 정신 연령이 애들 수준이라는 뜻?"

에밀리아가 납득할 수 없다며 큰소리를 내자 프레데리카 씨가 선별 이유를 말해줬다.

그러나 그건 내가 납득할 수 없는 이유였기에 흘겨보며 항의했다.

"아니, 아니, 싱그러운 소녀라고, 소녀."

프레데리카 씨가 황급히 달랬지만, 얼버무리려는 듯했다. 뭐, 어쨌든 나 혼자가 아니라 모두와 함께라면 부끄럽지 않아서 의욕도 샘솟을 듯했다.

(애니에서 봤던 소환 의식 같은 환상적인 노래와 춤을 우리가 선보인다고 생각하니 두근거리네.)

"조, 좋았어~. 그럼 정해졌으니~ 얼른 성역으로 가서 정령을 진~정~시~키~자♪"

프레데리카 씨는 더는 분위기가 이상해지지 않도록 일을 억지로 진행했다. 우리는 프레데리카 씨의 안내를 받으며 성역으로 향했다.

한없이 펼쳐진 수평선.

그 속에서 고개를 삐죽삐죽 내민 거대한 돌기둥 다섯 개. 말끔하게 다듬어지고 세공된 그 모습을 보면 인공물임을 알 수 있다.

그 다섯 기둥의 중심에는 말끔하게 돌로 만들어진 무대가 펼쳐져 있다.

옆에서 보니 무슨 스테이지처럼 보이는 것 같기도 했다.

현재 정령이 해코지하지 않는 이유는 프레데리카 씨가 정령이 알아채지 못하도록 바닷속에서 여러 방책을 쓰고 있기 때문인 듯했다.

(뭐지? 바닷속에 소나 같은 걸 쏘고 있나?)

상상해보니 왠지 인어라는 이미지와 크게 동떨어진 것 같아서 더는 깊이 생각하지 않았다.

"저기서, 우리가 노래하는구나."

그래서 여정은 일단 제쳐두고, 나는 지금 눈앞에 펼쳐져 있는 광경을 보고서 긴장과 설렘을 느끼며 중얼거렸다.

"그런 것 같군요, 메어리 님. 하지만 무도회 댄스라면 자신 있지만, 노래하며 춤을 추는 건 어떤 느낌인지 상상도 안 됩니다."

"괜찮아, 마기루카. 분명 우아하게 이렇게, 살랑살랑 춤추면서 노래하는 게 아닐까?"

마기루카가 긴장하자 나는 무도회에서 출 법한 우아하고 느릿한 춤을 추면서 콧노래를 흥얼거렸다.

"그럼 다 함께 추기보다는 혼자서 추는 게 더 홀가분하지 않을까요?"

"아냐, 사피나. 다 함께 추니까 정령을 진정시키는 힘이 되는 거야."

내가 큼지막하게 행동해서 그런지 사피나가 사양하면서 당치도 않은 소리를 했다. 그래서 나는 묘한 논리로 그녀를 설득했다. 어차피 한 사람만 추게 된다면 여럿 중에서 아마도, 아니, 십중팔구 내가 뽑힐 테니까.

"근데 곳곳에 무너진 데가 보이는구나. 저게 백은의 갑옷들이 습격했던 흔적인가?"

"그렇군요. 프레데리카는 부족 안에서 노래와 춤에 가장 능한 자가 받는 칭호인 가희를 갖고 있으니, 그 자긍심 때문에 홀로 여기에 남아 있었겠죠."

규모가 너무 커서 놀란 돌기둥은 에밀리아가 지적했던 대로 무너진 부분이 많았다. 아마도 무대를 에워싸는 훨씬 화려하고 광대한 건조물이었을 텐데, 파괴되어 이것밖에 남지 않았다.

"근데~ 혼자서는 정령을 진정시킬 수가 없고~ 어영부영하는 사이에 나도 성장하여~ 성인이 돼버려서, 이제 무대에는 오를 수가 없게 됐어~ ♪"

"훗, 프레데리카 씨!"

정령을 어딘가로 유도하는 작업을 마친 프레데리카 씨가 이미 전속이 됐는지 꼬리 싸대기를 먹였던 선원에게 안긴 채 날아올랐다.

포즈를 취한 채 노래를 부르면서 올라오는 모습은 스테이지 아래에서 위잉, 하고 올라오는 듯해서 분명 멋있어야 했다. 그러나 억지로 끌려나와 묘한 연출에 어울리고 있는 선원의 지긋지긋해하는 표정이 아쉬웠다.

더욱이 그녀의 말도 무거웠기에 더더욱 그랬다.

"에구, 축축한 분위기가 돼버렸네. 앗, 맞아. 잠깐만! 텐션을 끌어올릴 수 있도록 내가 의상을 갖고 올게요!"

뭐라고 말해야 좋을지 난감해하고 있으니, 프레데리카 씨가 웃음을 뿌리고서 홀로 바닷속으로 뛰어들었다. 그래서 허공에서 공주님 안기 포즈를 유지한 채 굳어버린 선원만 덩그러니 남았다.

합장.

이때 우리가 탄 배는 커다란 무대에 도착했고, 상륙할 준비에 들어갔다.

선원이 유도하는 대로 우리는 무대에 상륙했다. 스테이지가 상당히 넓은지라 나는 오오오~ 하고 감격해하면서 노아와 에밀리아, 리리와 함께 뛰어다녔다. 모두 따뜻한 눈으로 지켜봤다.

"근데 아까 얘기에 따르면, 누군가가 이 무대에 접근하면 갑옷들이 습격하지 않을까?"

"글쎄요? 갑옷들은 제오라르로 올라가지 못하도록 여길 파괴했으니 이제 안 오지 않을까요?"

"으~음 가능성을 꼽자면 위험하게 여기는 자, 예를 들어 정령 등이 여기에 나타나 무언가를 하기 시작하면 경계하고서 올지도 모르겠습니다. 현재 정령이 이 주변에 있는 기척은 느껴지지 않습니다만."

왕자님과 벨토치카 님이 묻자, 레이첼 씨가 주변을 둘러보며 고개를 갸웃거렸다. 관할이 다르다고는 해도 정령은 정령이다. 레이첼 씨와 시타는 그들을 감지할 수 있겠지.

그렇다면 정령이나 갑옷들을 자극하지 않도록 얌전히 있는 게 상책 아닐까?

나는 조금 걱정돼서 트러블메이커인 에밀리아를 주시했다.

그녀는 노아, 리리와 함께 여기저기를 돌아다니고 있을 뿐 현재는 무해하게 보였다.

"이, 이건 뭐지? 고대 기술? 무슨 마법진이 새겨져 있는 듯 보이는데."

"이 넓은 무대 전체에 새겨져 있는 걸 보면 의식과 관련이 있지 않을까요? 그렇다면 왜 지금도 파괴되지 않고 남아 있는 거죠?"

이때 트러블메이커로 분류되지 않았던, 탐구심에 홀린 시타, 마기루카조가 수상쩍은 행동을 보였다.

"글쎄? 오르트아기나 님 어떻게 생각해?"

『…….』

"응?"

"오르트아기나 님? 야아~ 들려요~? 여보세요~."

시타가 자신의 허리에 달린 책에 말을 걸었다. 그런데 희한하게도 대답이 없었다.

"깜빡 잊었는데, 이 영역에 들어선 이후로 오르트아기나가 상당히 조용하네. 자고 있나? 아니면 아무도 상대하지 않아서 토라졌나?"

『이 멍청아, 누가 자고 있다는 거냐! 게다가 뭘 토라져! 여긴 정령의 영역이다. 이 몸처럼 강대한 존재가 침입하면 자극이 될 것 같아서 기척을 죽이고 있었다.』

책이 오랜만에 목소리를 냈다. 자신의 위치를 여러모로 고려하여 처신하고 있음을 알고서 감탄했다. 맨드레이크 아종을 조종하여 바깥에서 마음껏 제멋대로 굴었던 어느 나무에게 본보기로 보여주고 싶을 정도였다.

그런데 내 입으로 질문하긴 했지만, 대답해도 괜찮았을까?

"오르트아기나, 방금 대답했는데, 괜찮아?"

『…….』

내가 생각을 그대로 전하자, 책은 침묵으로 대답했다.

나에게는 보인다. 이 재잘거리는 책이 땀을 뻘뻘 흘리는 모습이, 그리고 그걸 유발한 내 몸에서도…….

"메어리 님, 무대에 바닷물이……."

마기루카가 지적하자 나는 발치를 내려다봤다. 무대가 바닷물에 살짝 잠겼고, 주변 바다가 너울댔다.

"수위가 올라갔어. 여기에도 밀물이 들어와?"

"해류가 없는 이 영역에서 그런 일이 벌어지겠어요? 이건 정령의 소행……."

"미안! 이거 내 탓이지?"

"아니, 내가 먼저 말을 걸었으니 내 잘못이야."

『아니다, 시타. 그대한테는 잘못이 없다. 아무도 상대하지 않아서 토라졌다며 이 몸을 폄훼했던 메어리 때문이다!』

"잠깐, 그대는 자중해야만 하는 거 아니었나!"

『들켜버렸으니 이제 상관없다. 그보다도 어쩌냐? 하늘에서도 흉흉한 기운이 느껴진다.』

태도를 전환한 오르트아기나가 지금까지 침묵했던 만큼 재잘거리기 시작했다.

그리고 그가 지적하여 다 함께 하늘을 올려다봤더니 작긴 하지만 무언가가 날아오는 게 보였다.

(으음, 혹시 백은의 갑옷들과 정령이 몽땅 집합하고 있는 건가?)

최악의 사태가 벌어질 것 같고, 더욱이 나의 경솔한 발언이 자초한 일이라면 이제는 넙죽절로는 넘어갈 수 없을 듯했다.

그러나 나는 두 가지를 동시에 상대할 수 있을 만큼 재주가 좋지 못했다. 그래서 사고를 친 사람으로서 둘 중 하나는 직접 해결하고 싶었다.

(정령이냐, 갑옷들이냐…….)

"스노우, 이리 와!"

『예예, 어차피 이렇게 될 줄 알았어.』

내 부름에 호응하듯 지금까지 가만히 배에서 자고 있던 스노우가 어느새 내 곁에 내려앉았다.

"시타, 난 하늘에서 오는 녀석들을 어떻게든 처리할게. 미안하지만, 정령은 맡길게."

『이봐, 가장 귀찮을 것 같은 존재를 시타한테 떠넘기려는 생각은 아니겠지?』

"그, 그그그, 그렇지 않아. 저, 저저저, 적재적소야."

기세로 밀어붙여서 이대로 관철하려고 했더니 오르트아기나에게는 통하지 않는지 냉정하게 지적했다. 나는 당황하여 눈알을 이리저리 굴렸다.

『……뭐, 정령을 불러낸 건 이 몸에게도 책임이 있으니. 좋다. 여긴 이 몸에게 맡기고 어서 가라!』

오르트아기나가 아주 늠름하게 말했다. 그러나 그 실상은 시타의 허리에 달린 한 권의 책이었다.

(으~음, 정말로 괜찮을까? 게다가 그 대사는 사망 플래그야, 오르트아기나.)

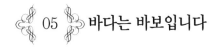# 05 바다는 바보입니다

"마기루카, 사피나, 여길 잘 부탁해."

"예, 맡겨주세요."

"메어리 님도 너무 무모하게 굴지 말아요."

"서, 선처할게."

"앗, 아뇨, 그런 의미로 말한 게 아니에요."

"아가씨, 조심하세요."

사피나의 당차고 든든한 대답을 들으면서 옆을 보니 마기루카는 무모하지 굴지 말라며 걱정하는 듯 보였다. 모두가 인식하는 『무모』와 내가 인식하는 『무모』가 조금 다른 건 애교로 넘어가자. 나는 더는 사고를 치지 않도록, 예컨대 무심코 이 무대를 파괴하지 않도록 바짝 주의하면서 튜테에게서 전설의 검(웃음)을 받았다.

"메, 메어리 언니, 나, 나도 갈게……."

그때 노아가 안고 있던 리리를 튜테에게 맡기고는 나에게 다가왔다.

"위험해. 상대는 그 백은의 갑옷이야."

"백은의 갑옷……."

그 말을 듣고서 노아의 기세가 수그러들었다. 얼굴에 겁에 질린 기색이 번지더니 자그마한 몸을 덜덜 떨었다.

그녀는 왜 그토록 백은의 갑옷을 두려워하는 걸까?

무슨 지독한 짓이라도 당했나? 물어보고 싶기도 했지만, 지금은 그럴 때가 아니고, 억지로 물어봐서는 안 될 것 같았다.

"무리하지 마, 노아."

"하, 하지만…… 내 기억은 분명 백은의 기사와 관련이 있으니…… 그걸 떠올려야 언니한테 도움을……."

내가 덜덜 떨고 있는 노아를 달래듯 머리를 쓰다듬자, 그녀가 자신의 심정을 토로했다.

나는 노아가 더는 말하지 않도록 부드럽게 안아줬다.

"고마워. 하지만 급할 거 없어. 천천히, 천천히 되찾자. 시간은 아주 많으니까."

품속에서 노아의 떨림이 잦아들자, 나는 그녀의 얼굴을 봤다.

그러자 노아의 눈이 허공을 보고 있었다.

"……시간은, 아주, 많다……."

노아가 나를 보는 것 같지 않은 눈빛으로 그렇게 중얼거렸다. 나에게 했다기보다는 누군가의 말을 되뇌는 듯했다.

『뭐 하는 거냐, 메어리. 어서 가라! 무대에 접근했다가는 골치 아파진다.』

나와 노아, 두 사람의 시간인 것 같으면서도 아닌 것 같은 시간이 오르트아기나의 재촉에 풀렸다.

"아, 알겠어! 튜테, 노아를 부탁할게."

"예, 아가씨."

나는 아직도 현실로 반쯤 돌아오지 않은 것 같은 노아를 튜테에게 맡겼다. 그녀는 나를 뒤쫓듯 여전히 손을 내밀고 있었다.

"괜찮아. 넌 내가 지킬 거야. 그러니까 그렇게 괴로워하지 마."

나는 노아를 안심시키듯 웃으면서 부드럽게 말했다. 그러나 노아는 여전히 허공을 쳐다보다가 표정을 더욱 일그러뜨렸다.

"아냐, 아냐, 난, 아냐."

노아가 작은 목소리로 계속 중얼거렸다. 마치 눈앞에 있는 내가 다른 누군가처럼 보이는 듯했다. 분명 나에게 내뱉은 말처럼 들리지 않았다.

노아의 기억을 조금만 더 확인하고 싶었지만, 그럴 시간은 없었다.

오르트아기나가 말했듯 갑옷들이 무대에 접근하는 건 상책이 아니니까.

뭐, 주로 내가 사고를 칠지도 모른다는 의미에서…….

『간다, 스노우!』

『예~이.』

나는 홀로 스노우의 등에 폴짝 올라탄 뒤 상공을 우러러보며 닥쳐오는 실루엣들을 응시했다.

(얼른 쓰러뜨리고서 정령을 진정시키자. 그리고 제오라르로 향하는 길을 열어젖히는 거야!)

메어리가 스노우를 타고서 상공에 날아올랐다.

그 광경을 바라보는 노아의 가슴속에는 온통 불안뿐이었다.

주변 사람들도 알아차리지 못했겠지만, 노아의 기억은 착실히 돌아오고 있었다.

그러나 그녀는 그게 자신의 기억이라고 도저히 인식할 수가 없었다.

느닷없이 되살아나는 기억의 영상, 그게 마치 남의 일처럼 보이는 나날. 그 기억의 대부분은 아가드라는 젊은이와 함께 지냈던 일들이었다. 그게 어째선지 영상이라고만 인식될 뿐 도저히 주관적으로 받아들일 수가 없었다.

그러나 감정이 전혀 없는 건 아니었다. 그와의 기억을 떠올릴 때면 가슴이 편안하고 따뜻해지다가 점점 괴로워졌다.

왜 그럴까? 노아는 알고 싶어서 자신처럼 어떤 이성을 신경 쓰는 레이첼에게 물어본 적이 있었다.

"엇, 저, 저저저, 제가 왜 자하 씨를 신경 쓰냐고요? 그, 그그 그, 그야, 저기, 도움을 받았던 적이 있어서……."

"근데 메어리 언니의 말에 따르면 자하 오빠랑 사피나 언니랑 마기루카 언니 모두 도와줬다고 하던데?"

"으, 그, 그렇긴 하지만…… 뭐라고 해야 할까…… 저기, 가만히 내버려 둘 수 없다고 해야 할까요, 위태롭다고 해야 할까요…… 무심코 신경이 쓰여서."

"이건 말이야, 노아 짱, 사랑이야."

"시, 시타! 노아 짱한테 또 이상한 소리를 하지 말아요."

"……사랑…… 근데, 이미…… 그는, 없어……."

"노아 짱……?"

"레이첼 언니는 그를 잃어버리는 게 무섭지 않아? 그가, 아가
드가, 사라져……."

"노아 짱!"

노아는 레이첼과 더 자세히 대화하고 싶었지만, 결국 평소처럼
가슴이 옥죄이더니 두통이 도졌다. 그와 동시에 정서가 불안정해
져서 의식이 혼탁해졌다.

마치 더는 발을 들여서는 안 된다고 본능이 거부하는 듯했다.

결국 대화는 거기서 중단됐다. 그 후에는 그것에 관하여 물어
보려고 하면 주변 사람들이 걱정해서 노아는 자제하게 됐다.

노아의 감정은, 기억은 과연 그녀들이 말했던 사랑일까?

그랬으면 좋겠다고 생각하면서도 그 기억의 단편을, 벨토치카
를 비롯한 주변 사람들이 들려줬던 이야기와 맞춰보니 자신은 어
떤 인물과 관련이 있었다. 그 사실에 머리가 아파졌다.

백은의 기사.

백은의 기사의 여행과 노아의 기억은 흡사한 데가 아주 많았다.

혹시 자신이 백은의 기사가 아닐까, 하고 생각했던 적도 있었
지만, 그럴 리가 없다.

백은의 갑옷은 따로 존재하고 있고, 그 갑옷은 노아에게 엄청
난 살의를 품고 있다.

기억의 단편으로 보아 자신이 아가드일 리는 없다.

그리고 노아 역시 그 갑옷을 떠올릴 때면 공포에 가슴이 쪼그라들어서 제정신을 유지할 수가 없었다. 마치 기억 밑바닥에 사는 진정한 자신이 갑옷을 거부하는 듯했다.

나는 대체 누구일까?

결국 노아는 그 시작점으로 되돌아갔다.

기억이 돌아오더라도 전부 단편적이었다. 퍼즐 조각처럼 무질서한 상태였다.

모든 퍼즐 조각을 완벽하게 맞출 수 있는 어떤 계기가 있으면 좋으련만, 현재 그런 상황은 찾아오지 않았다.

"자, 귀찮은 갑옷은 메어리한테 맡기고서 본녀들은 정령인지 뭔지와 문답이나 벌이지 않겠나!"

『아니, 마녀 공주여. 정령이 더 성가시다고 생각한다만…….』

큰 소리로 외친 에밀리아에게 냉정하게 딴죽을 걸어준 책 덕분에 노아는 사고의 소용돌이에서 현실로 되돌아왔다.

"오르트아기나 님, 프레데리카 씨가 없는 지금 정령과 대치하지는 건 상책이 아닌 것 같은데?"

『시타여. 정령수와도 대화를 나눴으니, 그대라면 가능하리라 이 몸은 믿는다.』

"은근슬쩍 시타한테 모든 걸 떠넘기지 마세요!"

시타와 오르트아기나의 대화에 끼어든 레이첼의 발언에 납득했는지 주변 사람들이 고개를 끄덕였다.

메어리와 헤어질 때는 그토록 호언장담했던 저 재잘거리는 책은 노아가 보기에는 역시나 거만하기 짝이 없는 재잘거리는 책에 불과했다.

모두가 말하기를 저 모습은 가짜고, 진짜는 위대한 지욕룡님이라고 한다. 그러나 현재 노아에게는 존경할 만한 요소가 없었다.

이러는 동안에도 무대 주변에서 파도가 험하게 쳐대고, 수면 일부분이 부풀어 오르는 게 보였다.

위험을 감지했는지 튜테가 노아를 데리고서 모두에게서 떨어져 배로 이동하기 시작했다.

이런 상황에서 무력한 튜테가 어떻게든 버텨냈던 이유는 위기 관리 능력 덕분임을 노아는 지금껏 여행을 겪으면서 깨달았다. 그래서 불평 없이 리리와 함께 따라갔다.

그들의 움직임을 알아채고서 마기루카도 두 사람을 지키듯 모두에게서 거리를 띄웠다.

그리고 모두 수면의 변화에 시선이 꽂혔다.

노아를 비롯한 사람들의 눈앞에서 거인이 출현했다.

정확히 말하자면 상반신뿐이었지만, 그 크기는 이 커다란 무대도 집어삼킬 정도였다.

"물의 거인…… 이게 정령이라는 거야?"

자하가 신음하듯 말했으나 아무도 대답하지 않았다. 모두의 시선은 눈앞에 있는 거인에게 계속 쏠려 있었다.

"어, 뭐, 진정해라. 이, 이런 때를 위해 본녀는 정령의 말을 빅토리카한테서 전수받았느니라. 친구 엘프한테서 배웠다는구나. 후후훗, 두 눈 크게 뜨고 지켜보도록."

에밀리아는 살짝 질색했지만, 타고난 막무가내 파워로 위엄을 되찾고는 거인과 교류하고자 귀에 선 언어로 말하기 시작했다.

모두가 놀라워하는 중에 노아는 어째서 튜테와 사피나가 초조해하는지 의아해했다.

그러자 물의 거인이 동작을 뚝 멈췄다.

말이 통했나? 하고 모두가 여겼던 순간, 우뚝 서 있던 에밀리아에게 비극이 닥쳤다.

『뭐가 '닥쳐, 꼬맹이'냐아아아아! 난 어엿한 어른이다아아아!』

"아뱌뱌뱌뱌뱌뱌뱌뱌밧!"

소년 같은 중성적인 목소리가 뇌에 쩌렁쩌렁 울리더니 동시에 그 입에서 물대포가 에밀리아에게 힘차게 발사됐다.

불행인지 다행인지 레리렉스 왕국의 공주라는 자긍심이 그 물줄기에 휩싸여 무참하게 날아가는 걸 허락하지 않았다. 그녀가 우뚝 서서 물대포를 꿋꿋이 견뎌내는 참으로 초현실적인 상황이 벌어졌다.

주변 사람들은 정령이 말해서 놀라기보다는 이 상황에 아연실색했다. 그런 와중에 튜테와 사피나만이 그럴 줄 알았지, 하고 쓴웃음을 흘려서 노아는 신기해했다.

『뭐, 뭐야? 이 녀석, 여전히 서 있잖아? 우와, 진짜 징그러운데.』

"본녀가 프렌들리하게 말을 걸었건만 그 태도가 뭐냐아아아아! 한번 해보자는 거냐, 인마아아아아!"

에밀리아의 근성이 정령을 기죽게, 아니, 냉정을 되찾게 했다. 그 대신에 에밀리아가 격노하는 악순환에 돌입했다.

『앗, 드센 여자는 취향이 아니니 체인지 부탁합니다.』

"뭐가 이상형이 아니라는 거냐아아아아! 나야말로 딱 질색이 닷! 아니, 남을 손가락질하기 전에 본인 조형보다 똑바로해애애 애애! 그 추상을 뛰어넘어 녹아내린 것 같은 형태는 뭐냐! 근육을 더 융기시켜라!"

분노한 에밀리아가 온몸으로 무언가를 표현했다. 그러나 인체 구조를 잘 모르는 노아는 뭘 표현한 건지 잘 몰라서 고개를 갸웃 거렸다.

『그렇게 말한들 관찰한 적이 없는데.』

공주와 정령의 뜨거운 배틀(?)이 이어지는 중에 역시나 노아도 이 광경을 계속 지켜만 봐도 되나, 하고 걱정했다.

"그럼 두 눈 뜨고 봐라! 이 근육미를."

"잠깐, 공주 전하, 잠깐, 잠깐, 잠깐."

너무 흥분하여 머리에 피가 솟은 에밀리아가 마침 옆에서 상황을 지켜보고 있던 자하의 옷을 벗기려고 했다. 그 광경을 보고서 노아는 다른 이유로 의아해했다.

주변에 있는 여자들이 꺄꺅~, 외치며 손으로 얼굴을 가리면서도 두 사람을 만류하려고 하지 않았기에.

『앗, 아니, 남자는 좀~. 역시 여자애지.』

처음에 정령은 그토록 호전적이었으면서도 어느새 에밀리아의 페이스를 받아들여 평범하게 대화를 나눴다.

이게 레리렉스 왕국의 공주님인가? 하고 노아는 눈빛을 반짝 이며 감탄했다. 그러자 튜테는 저런 행동을 흉내내서는 안 돼요, 하고 신신당부했다.

"쳇, 요구가 많은 녀석이구나. 여기에 이리샤가 있었다면 장난 치듯 넘겨버렸을 것을."

"남의 어머니를 바치지 말아줬으면 좋겠는데?"

에밀리아의 폭언을 듣고서 왕자님이 조용히 항의했다.

"그럼 본인 어머니는 어때?"

"윽, 안 돼, 안 된다. 어마마마를 남 앞에 내보일 수는 없느니라!"

"오호~ 그 말인즉슨 내가 남들한테 보여줄 수 없을 만큼 스타 일이 형편없다는 말이니, 에밀리아 짱?"

에밀리아가 또 폭언을 일삼자, 벨토치카 님까지 조용히 항의 했다.

방금 감탄했던 걸 취소하고서 레리렉스의 실언 공주라 개명하고 싶다고 노아가 생각할 만큼 에밀리아는 입을 열면 열수록 늪에 빠져들었다.

『여자애라고 하니 떠올랐어. 프레데리카 따아아앙! 어디이이!』

일단 노아 일행의 의식이 정령에서 벗어났을 즈음에 그가 갑자기 외쳤다.

"하? 프레데리카? 그 녀석은 없다."

『어, 없다……? 이, 이럴 수가. 프레데리카 땅을 이리저리 쫓아다니다가 이제야 여기로 몰아넣었, 아니, 왔건만.』

왠지 불온한 표현을 들은 것 같기도 했지만, 정령의 상태가 이상했기에 노아는 지켜보기로 했다.

『너희드으으으을, 프레데리카 땅을 어디로 보냈냐아아아아!』

다혈질인지 정령이 또다시 분노했고, 바다가 거칠어지기 시작했다.

『자, 잠깐. 이 몸의 얘기를 들어라, 정령이여. 이 몸이야말로 위대하아아아아아아아~.』

"시, 시타!"

에밀리아와 정령의 대화를 듣다가 참으로 골치 아픈 사고방식을 지닌 자라고 판단하고서 오르트아기나가 만반의 준비를 갖추고서 말을 걸었다. 그런데 곧바로 시타와 함께 파도에 휩쓸릴 뻔했다. 무정하게도 시타는 줄곧 경계하고 있던 레이첼 씨에게 매달려 홀로 어려움을 모면했고, 책만 휩쓸려갔다.

정말로 그냥 재잘거리는 책에 불과하구나, 하고 노아는 인식을 새로 고쳤다.

"아아, 오르트아기나 님이 흠뻑 젖어버렸어!"

바닷물에 휩쓸려 무대 구석에 흠뻑 젖은 채 방치된 책을 시타가 황급히 주우러 가는 광경은 책의 입장에서는 참으로 가련하다고 해야 할지, 뭐라고 해야 할지.

어쨌든 또다시 이성을 잃어버린 정령을 어떻게 달래야 할지 모두들 고민하고 있겠지. 노아도 무슨 수가 없을지 생각해봤다.

"에잇, 진정해라, 정령! 프레데리카가 있든 말든 뭐가 대수냐."

『우오오옷, 프레데리카 따아아아앙!』

이때 레리렉스의 실언 공주, 즉 에밀리아가 신경에 거슬리는 발언을 일삼았다.

정령에게 프레데리카는 소중한 존재였던 모양이다. 그런 존재가 없다느니, 뭐가 대수냐고 말하다니 실언도 정도껏 해야지, 하고 노아조차 알아차릴 정도였다.

바다가 거칠어지자, 무대 근처에 있는 배가 크게 출렁였다. 무대 위에도 바닷물이 밀려들어서 모두가 흠뻑 젖기 시작했다.

"쳇, 끝이 안 나네. 이렇게 된 이상 어쩔 수 없다. 떼쟁이한테 가볍게 뜨거운 맛을 보여주지!"

"안 됩니다, 에밀리아 짱. 정령한테 위해를 가했다가는 돌이킬 수 없는 일이 벌어져요!"

"아니~ 이딴 녀석은 한 대 먹여서 입을 다물 게 하는 편이 빨라! 후하하하핫, 정령 따위가 뭐라고! 이 몸은 마족의 공주다앗!"

벨토치카가 제지했으나 허사였다. 에밀리아는 광분하여 마법을 쏠 자세를 취했다.

저게 바로 메어리가 말했던『근육뇌』인가? 하고 노아는 이렇게 중차대한 순간에 생각했다.

"……이런, 이런. 흥미가 생겨서 내려왔더니 상당히 수준이 낮은 다툼을 벌이고 있군요."

저쪽에서 벌어지고 있는 소동과는 정반대로 멀리 떨어져 있는 노아 주변이 얼어붙었다. 아니, 실제로 얼어붙은 게 아니라 노아의 귀가 오직 그 목소리만 포착하고서 주변이 조용해졌다고 착각했을 따름이었다.

그리고 노아의 등에 소름이 쏴아아아, 돋았다.

그와 동시에 심장 박동이 빨라지고, 눈에 열기가 깃들더니 시야가 뿌예졌다. 노아는 서서히 그쪽을 쳐다봤다.

그곳에는 한 남자가 허공에 있었다.

⚜ 06 ⚜ 숫자의 폭력이네요

나는 지금 스노우와 함께 상공에서 대기하고 있었다.

무대에 피해가 가지 않도록 꽤 떨어져서 요격 태세를 취하고 있었다. 그래서 무대에서 무슨 일이 벌어지고 있는지는 잘 모르겠다.

그런데 왠지 바다가 굉장히 사나워진 걸 보니 정령이 날뛰고 있는 건 분명한 듯했다.

(어차피 에밀리아나 오르트아기나가 도발해서 정령이 분노했겠지~.)

『눈으로 확인할 수 있을 만큼 가까워졌어. 메어리, 어쩌지?』

내 눈에는 아직 점처럼 보이지만, 스노우의 시력으로 보면 가까운 모양이다.

뭐, 하늘은 지상과 달리 장애물이 없어서 예상보다 거리를 더 빠르게 좁힐 수 있으니 경계는 해두자.

"하지만 그 백은의 갑옷이잖아? 그 속도와 힘과 마력은 성가셔. 진짜, 치트야 치트."

『치트가 뭔지는 잘 모르겠지만, 마치 누구 같네.』

백은의 갑옷을 향한 나의 솔직한 평가와 푸념이 부메랑처럼 내 가슴에 명중했다.

"개, 개인적으로는 무대 상공에서 내려앉듯 등장할 줄 알았는데,

아닌 것 같네."

『그러게. 인근 해역에 대기하고 있다가 이쪽으로 날아오고 있는 느낌이야~.』

"하나만 올 가능성은 없을까? 프레데리카 씨는 갑옷들이라고 했지만."

『뭐, 얼핏 보니 하나는 아닌 것 같네. 대충 헤아려 봐도 하나, 둘, 셋…… 상당히 많아. 근데 설마 이대로 순순히 다가올 때까지 기다릴 셈은 아니겠지?』

스노우가 의미심장하게 말하자 나도 입꼬리를 씨익 올리며 대답했다.

"훗훗훗, 내가 그런 착한 아이일 리가 없잖아! 이 상황에서 대뜸 5계급 마법을 날려서 단숨에 섬멸하는 거야! 그래서 모두한테서 멀리 떨어진 거니까."

『뭐, 그렇게 마법을 날렸다가 무대까지 붕괴하면 혹을 떼려다가 되레 붙인 격이지.』

"그, 그렇긴 하지만, 뭐, 마음을 다잡고서. 자, 반칙이라 미안! 버밀리온 노바!"

나는 아직 눈으로 인식하기에는 미묘하게 먼 상대를 향해서 거대한 화염구를 날렸다.

(이겼다!)

내가 승리를 확신했을 때 그 일이 벌어졌다.

『……말끔하게 피해버렸네.』

"……."

스노우가 지적한 대로 내가 방출했던 강대한 화염구는 파열되지 않고 수평선 너머로 사라졌다.

그리고 명백히 사람 실루엣처럼 생긴 존재들이 우리를 포착하고서 급속도로 접근했다.

『혹시 메어리 씨. 진심으로 저렇게 거대하고 느릿한 화염구가 적중할 거라고 생각했습니까?』

"……."

『얘, 지금 기분이 어때?』

"시끄러워, 시끄~러워! 시뮬레이션 게임에서는 이런 이동 페이즈 때 전체 공격을 날리면 적중한다고!"

스노우가 놀려대자, 나는 얼굴을 새빨갛게 물들이고는 의미를 알 수 없는 논리로 되받아쳤다.

『시뮬, 뭐라고?』

"아, 암것도 아냐. 전투에나 집중하자."

구질구질한 변명이 스스로를 더욱 고통에 빠뜨리자, 나는 억지로 화제를 전환했다.

그런데 저쪽에서 마찬가지로 거대한 화염구가 날아와서 스노우가 휘익, 피했다.

『푸와하핫, 뭐야, 상대도 메어리 수준 아냐? 학습할 줄 모르는 거야? 이봐, 이봐, 이봐.』

스노우가 피하고서 여유를 부리고 있으니 동일한 화염구가 세 개쯤 더 날아왔다.

"잠깐, 방금 아슬아슬하게 피했잖아? 또 온다아아!"

화염구가 내 옆을 아슬아슬하게 지나가자, 나는 스노우에게 불평했다. 그런데 당사자는 대답할 겨를이 없었다.

거대한 화염구가 연달아 날아들었다.

그 개수가 서너 개쯤 됐는데 하나 같이 만만치 않았다.

"대체 몇 명이나 있는 거야?"

『포위됐어, 메어리.』

스노우가 긴박한 목소리로 말하자 나는 비로소 주변 상황을 이해했다.

백은의 갑옷이 서넛 정도 있는 게 아니었다.

단순히 헤아려 봐도 스무 개는 되는 것 같은 화염구가 우리 주변을 날아갔다.

『바보 아냐? 인어들과 정령들을 몰아내고서 저 의식장을 파괴한 거야. 설마 한둘만 왔겠어?』

그리고 최근에 들었던 여성의 목소리가 들려왔다.

백은의 기사 반쪽의 목소리.

그런데 스무 개쯤 되는 갑옷 중 어디에서 그 목소리가 나오는지 짐작도 되지 않았다.

(모두가 일제히 떠들어댔다면 귀를 틀어막을 지경이었을 테니 그나마 다행인가……)

『이것들을 혼자서 조종하고 있어? 마력량이 엄청나. 이게 신의 갑옷, 소울 머테리얼이야?』

나도 신님의 가호를 받아 마력량이 엄청나서 치사하다고 따질 수 있는 처지는 아니었지만, 저쪽도 저쪽 나름대로 신님의 가호를 받은 듯했다.

새삼스레 저 갑옷의 위험성을 확인했다.

『하아~ 이제는 쓰지 않을 줄 알고서 인근 해역에 방치해뒀던 걸 기동하느라 고생깨나 했네. 나 참, 니케 녀석, 전부 꺼내라니…….』

"니케? 그가 여기에 있어?"

백은의 갑옷이 불쑥 내뱉은 푸념 속에 흘려들을 수 없는 단어가 있었기에 나는 잽싸게 듣고서 되물었다.

『어, 있어. 뭣하면 지금 무대 쪽으로 가보지 그래?』

이 여행의 초장부터 드문드문 등장했던 그 엘프가, 라스트 보스다운 느낌도 없이 선뜻 등장했단다. 나는 실감이 잘 나지 않아서 멍하니 있었다. 내 눈앞에 나타나지는 않았으니 애써 문제로 삼지는 않기로…….

『뭐, 이번에는 니케가 널 보고 싶다기에 따라왔을 뿐이지만.』

"나, 나?"

왜 니케가 나에게 흥미를 가진 걸까?

그런 소박한 의문이 떠올랐지만, 곰곰이 생각해보니 짐작 가는 데가 너무 많아서 헤아리고 싶지 않았다.

(아니, 우연이야, 우연. 난 눈에 띄지 않아. 눈에 띄지 않는다고.)

그렇게 둔감한 척 마음의 안녕을 꾀하는 생각이 짧은 나.

『근데 예상이 빗나갔어. 공중전이 벌어질 것 같아서 이쪽으로 마족이 오지 않을까 싶었는데. 에밀리아나 벨토치카, 마왕의 딸과 아내라고 했던가? 그 녀석들을 흠씬 두들겨줬다면 마왕과 싸우면서 쌓였던 체증이 풀렸을 텐데 아쉬워. 설마 네가 홀로 올 줄

이야.』

"혼자가 아냐. 여기 스노우도 있으니까."

『그건 사소한 오차야. 뭐, 한둘이 더 있어봤자 달라질 건 없지. 후후훗, 이 숫자를 상대할 수 있을 것 같아?』

갑옷 모두가 의기양양해하며 웃었다. 그 모습만 봐도 진짜 백은의 갑옷은 이곳에 없고, 모든 것을 동시에 조종하고 있다는 증거였다.

엄청난 힘이고, 엄청난 더블 태스킹이다. 아니, 무슨 태스킹이라고 해야 하더라? 어쨌든 너무 부럽다.

(그럼 이 중에 사령탑 하나를 파괴하면 나머지가 작동불능에 빠지지 않을까 기대했는데, 체념해야 할 거 같네. 이거 고달픈 작업이 되겠어.)

『메어리, 어쩔래? 각개격파하는 수밖에 없을까?』

"시간을 너무 끌면 우리가 불리해질 것 같은 예감이 들어. 게다가 모두가 함께 있으니 괜찮을 테지만, 니케가 저쪽으로 갔다고 하니 걱정돼. 노아, 괜찮을까? 패닉을 일으키지 않으면 좋으련만."

『그러면 한곳에 모아서 일망타진 전법으로 갈까? 메어리의 고계급 마법으로 어떻게든 되지 않겠어?』

"으~음, 그게 된다면 간단하겠지만, 쉽지 않을 것 같은데."

나는 상대의 움직임을 주시하면서 스노우와 의논했다. 그런데 너무 익숙했던지라 상대의 눈에는 혼잣말을 주저리 늘어놓고 있는 머리가 아픈 아이로 비치리라 새삼스레 깨달았다.

그러나 그 덕분에 우리의 작전이 들리지 않을 테지만.

그래서 나는 조금 마음에 걸리는 점을 바탕으로 스노우의 일망타진 전법을 밀고 나가기로 했다.

"뭐, 그 길밖에 없을 것 같으니 그걸로 가자. 임기응변으로!"

『대화는 여기까지. 지금부터 즐거운 쇼가 시작돼! 내가 만족할 때까지 열심히 춤을 춰줘!』

우리의 의논을 끊어내듯 혼잣말을 듣고 있던 백은의 갑옷이 대치 상황을 깨고서 공격을 개시했다.

그래, 화염부터 얼음까지 온갖 탄들이 탄막을 형성하며 우리를 향해 쏘아졌다.

"우오오오옷, 회피해, 스노우!"

『우햐아아아, 왠지 초대형 섬멸 마공병기의 탄막이 떠오르네!』

"그땐 포대가 한 군데뿐이라서 그나마 나았지만, 이번에는 사방에서 날아와!"

탄막도 성가신데 접근전을 꾀하려는 갑옷도 있어서 놀랐다.

그건 내가 응전할 테지만, 그 갑옷이 탄막에 맞든 말든 괘념치 않겠다는 듯 기세를 늦추지 않았다.

"숫자가 다소 줄어들어도 괜찮다는 뜻이네! 터무니없는 사령탑이야!"

나는 독설을 내뱉으면서 어떻게든 찬스를 계속 엿봤다.

어쨌든 고계급 마법으로 단번에 섬멸하려면 최대한 한 군데에 모아둬야만 한다.

스노우의 속도와 회피 능력, 나의 요격 능력으로 어떻게든 버텨내고 있지만, 치트 능력이 없는 사람이었다면 속수무책으로 유린당했겠지.

새삼스레 그 무참한 무대가 다시 떠올랐다.

『야야, 왜 그래? 기세가 팍 죽어버렸잖아. 그러다가 마법에 맞는다! 캬하하하!』

갑옷들이 미친 듯이 마법을 마구 쏘아댔다. 남 말할 수 없는 처지이지만, 네 마력은 무진장이냐?

아니, 그렇지는 않겠지.

진짜 신의 갑옷이라면 그럴지도 모르겠지만, 지금 우리 눈앞에 있는 것들은 가짜다.

그 가짜가 나만큼 강대한 마력량을 갖고 있을 리가 없다.

그리고 내 예상대로 그 징조가 보이기 시작했다.

백은의 갑옷들이 쏘아대는 탄막이 옅어지고, 속도가 느려졌다.

아무 생각 없이 숫자로 밀어붙였던 저쪽의 판단 미스였다.

(뭐, 이래도 신수님과 치트 인간이거든.)

『아잇, 촐랑촐랑 자꾸 피해서 답답하네! 에잇, 짜증 나니까 이제 끝장을 내주마!』

백은의 갑옷도 똑같이 느꼈겠지.

애써 센 척 굴고 있지만, 조바심이 났는지 원거리 공격을 포기하고서 일제히 검을 쳐들고서 우리에게 달려들기 시작했다.

『메어리, 아래가 허술해.』

"알고 있어. 오버 라이트."

스노우의 제안을 따라 나는 섬광탄 같은 광범위 빛 마법으로 눈을 멀게 했다.

그 타이밍에 스노우가 유일하게 허술한 아래쪽으로 급강하했다.

『바~보! 죄다 훤히 보여!』

백은의 갑옷이 비웃었다.

이때 예상치 못했던 원군이 상공을 향해 올라왔다.

아마도 처음부터 이렇게 되리라 예측하고서 일부 병력을 보존한 모양이었다. 속이기 위해서였는지, 아니면 우리를 갖고 놀려고 남겨뒀던 건지 확실하지는 않지만 어쨌든 우리가 협공당할 위기에 처했다는 사실은 변함없었다.

『꺄하하핫. 그 신수의 말을 못 들었을 것 같아? 아깝게 됐네~! 내 귀에 훤히 들렸어!』

이 상황에서 충격적인 고백이 나왔다.

백은의 갑옷은 신의 갑옷. 스노우는 신이 부렸던 신수. 비슷한 부류라서 말이 통하는 모양이다.

급강하하던 스노우가 순간 기세를 늦추자, 백은의 갑옷들이 단번에 접근했다.

"자, 끝이야아!"

백은의 갑옷이 승리를 장담했다.

그러나 아까도 말했지만, 신의 갑옷과 신수의 관계는 어렴풋하게 눈치챘다.

왜냐면 스노우의 혼잣말에 백은의 갑옷이 딴죽을 걸지 않았으니까.

그래서 나도 그걸 역이용했다. 그녀가 우리의 대화를 듣고 있으리라 짐작하고서……

"아니, 끝난 건 너야."

백은의 갑옷들보다 더 머나먼 상공에서 나는 말했다.

그래, 나는 스노우가 급강하했을 때 위로 뛰어올랐다.

스노우에 등에 있던 내 잔상이 크게 흔들리며 사라졌다.

과거에 여러 문제의 발단이 됐던 환영 마법이 이 상황에서 도움이 된다니 참 얄궂다.

동시에 스노우는 속도를 늦추기는커녕 더욱 높여서 올라오는 백은의 갑옷들을 아슬아슬하게 뚫고 내려갔다.

다소는 다칠 수 있겠지만, 내가 등에 타고 있지 않아서 엄청난 회피 능력을 발휘했겠지. 나는 그녀가 돌파했다고 믿고서 영창을 시작했다.

"들어라, 죄 많은 영혼이여! 이곳에 이르는 길은 절대적이며 그대에게 내리는 것은 자비이니라. 바로 여기에 신께서 내리시는 연옥의 문을 열리라."

나의 이 행동은 의논을 일절 하지 않은 임기응변이었다. 그러나 스노우는 나를 믿고서 아무 말 없이 움직여줬다.

내가 전개한 마법진이 스노우를 쫓던 갑옷들을 포착했다.

그러나 스노우는 간발의 차이로 나의 마법 범위에서 빠져나갔다.

"그 죄, 그 추악함, 그 모든 것을 용서하고, 그 모든 것을 정화하는 화염으로 태워버리리라."

『그 문구는 설마 6계급 마법?!』

내 말을 듣고서 짐작 가는 바가 있었는지 백은의 갑옷이 말했지만 무시했다. 스노우의 신뢰와 지금껏 쌓아왔던 인연을 곱씹으면서 나는 마법진에서 나온 화염 사슬에 사로잡혀서 꼼짝도 못하는 갑옷들을 내려다봤다.

"프레임 오브 퓨리픽케이션 프롬 퍼거토리!"

『너, 뭐야! 평범한 인간이 아니잖아아아아!』

백은의 갑옷의 절규는 연옥에 사라졌고, 주변에 있던 갑옷들은 재가 돼버렸다.

"……끝이야."

백은의 갑옷들을 그토록 많이 투입했다.

아마도 왕국을 포함하여 지상에 있는 백은의 갑옷 가짜들은 전부 재가 됐겠지. 아니, 그러지 않으면 곤란합니다만.

어쨌든 이제는 본인을 제외한 백은의 갑옷이 우리를 방해하러 오지는 못하겠지.

이제는 본체가 있는 제오라르로 가면 된다.

(기다려, 백은의 갑옷. 일단 지금껏 당해왔던 결례를 앙갚음해야 하니. 일단 왕복 싸대기는 확정이야.)

07 ❧ 너무 우수한 마공기사

메어리가 백은의 갑옷들과 뜨거운 배틀을 펼치고 있는 동안에 노아는 뱀 앞에 있는 개구리처럼 옴짝달싹도 할 수 없었다.

기억의 단편에 가끔 등장하는 그 엘프를 알고 있기 때문이었다.

"니케…… 어떻게 여기에……."

"흐음…… 신의 갑옷이 말했던 아가씨는 없는 것 같군요. 저쪽으로 가버렸나? 이건 계산 착오인지, 혹은 저쪽의 계략인지……."

노아라고 해야 하나, 주변에 아무런 흥미를 보이지 않고 니케는 홀로 생각에 잠겼다.

노아는 이대로 니케가 알아차리지 못하고 넘어가지 않을까 싶어서 목소리를 죽였다. 그러나 튜테에게 안겨 있던 리리가 으르렁거리자 그가 관심을 보였다.

"응? 저건 신수인가? 조사할 수가 없어서 저쪽에 줘버렸는데…… 게다가."

니케와 눈을 마주치고서 노아는 피가 싹 빠지는 느낌이었다.

"분명…… 아아, 그래, 그래. 떠올랐습니다. 그『실패작』이군요."

실패작——.

그 말을 듣고 노아는 전기가 온몸을 휘도는 듯했다. 그리고 지독한 두통이 도졌다.

"실패…… 내가, 실패작……."

두통에 지끈거리는 머리를 부여잡으며 노아는 기억의 파편을 봤다. 그 속에서 백은의 갑옷이 똑같은 말을 했음을 떠올렸다.

"아, 아냐…… 난 아냐, 난……."

누구에게 하는 말인지 노아 자신도 알지 못했다. 그럼에도 그 말이 자연스럽게 나왔다.

"노아 님, 진정하세요."

따뜻한 감촉이 감싸자 덜덜 떨던 노아는 냉정을 다소 되찾았다.

곁에 있던 튜테가 끌어안았다.

사람의 온기를 느꼈을 뿐인데 이리도 차분해지다니 노아는 자신도 놀랐다. 동시에 제정신을 붙들고자 노력했다.

"모처럼 왔는데 이대로 빈손으로 돌아가면 그녀가 또 화를 낼 것 같군요. 흠…… 그 소녀한테 어떤 영향을 끼칠 수 있는지 실험이라도 해둘까요?"

니케는 근처에서 정령이 난동을 부리든 말든 자기 생각에 푹 잠겼다. 그러나 주변을 둘러보다가 금세 시선이 멈췄다.

그렇다, 니케는 노아를 보고 있었다.

아니, 다르다.

니케가 자신을 부드럽게 감싸며 지켜주고 있는 여성을 보고 있음을 순식간에 확신했다.

"자료에 따르면 그 소녀가 늘 똑같은 메이드를 데리고 다닌다고 하더군요. 시중을 맡기기 위해서인지, 아니면 다른 이유가 있는지……."

니케가 흘린 그 실웃음에 노아의 기억이 헝클어졌다.

그 웃음을 보여주면서 자기 몸과 마음에 실험이라는 이름의 고통을 얼마나 가했던가. 그런 기억이 단편적으로 되살아났다.

부유하던 니케가 서서히 노아 곁으로 다가왔다.

불행하게도 정령이 난동을 부리고 있어서 에밀리아 일행도, 근처에 있는 선원들도 니케가 있음을 알아채지 못했다.

단 한 사람을 제외하고서…….

"거기 멈춰요! 더 이상 두 사람한테 접근하지 말아요!"

메어리가 두 사람을 맡겼던 마기루카였다.

처음부터 마기루카는 모두에게서 거리를 띄운 채 노아와 튜테를 주시하고 있었기에 알아차린 듯했다. 이미 전투 태세를 취한 채 니케를 견제했다.

그러나 니케는 마기루카 따윈 의식조차 하지 않고 접근을 멈추지 않았다.

"프리즈 애로우."

마기루카는 견제하고 위협하기 위해서인지 얼음 화살을 날렸다.

그러나 니케의 양쪽 손가락에 끼워져 있는 여러 반지 중 하나가 빛나더니 반투명한 벽이 생성됐다. 얼음 화살은 그 벽에 막혀 소멸했다.

"매직 아이템!"

오르트아기나에게서 니케가 상당히 우수한 마공기사였다고 들었기에 그리 경악하지는 않았지만, 노아를 비롯한 일행들은 어떤 으스스한 감정을 느끼지 않을 수 없었다.

"견제라고는 해도 망설이지 않다니 상당히 배짱이 있군. 당신도 그 소녀와 자주 함께 행동했었지요. 흠, 어떻게 해야 더욱 비참하게 할 수 있을까? 그 소녀는 얼마나 충격을 받을까? 눌러 죽이기, 태워 죽이기, 꿰어 죽이기, 껍질 벗기기, 으~음 고민스럽군."

표적이 늘어나면 주저할 줄 알았더니만 니케는 한순간 기뻐하듯 잔혹한 웃음을 흘렸다. 노아는 그 표정을 놓치지 않았다.

"도망쳐!"

노아가 외쳤지만, 한 템포 늦었다. 니케는 마기루카를 가리켰다.

"액셀 부스트!"

누군가의 목소리와 함께 니케가 착용한 반지 중 하나가 반짝이자, 마기루카의 주변 공간이 일그러진 듯 보일 만큼 무거워졌다.

마법에 짓눌린다. 그렇게 여긴 노아의 시야에 가속하여 마기루카를 옆에서 낚아채는 실루엣이 보였다.

"큭."

뻗치지 않는 비명과 함께 마기루카는 한순간 크게 이동했다. 이내 땅바닥이 크게 원형으로 함몰됐다.

저런 데에 사람이 있었다면 순식간에 찌그러졌을 만큼 누구나 이해할 수 있는 위력과 범위였다.

미적지근한 3, 4계급 수준이 아니었다.

"사피나 씨!"

한편 하마터면 압사당할 뻔했던 마기루카를 구해냈던 사람은 역시나 메어리의 부탁을 받았던 사피나였다. 그녀는 설마 노아가 아니라 마기루카를 구하게 될 줄은 상상도 못 했는지 꽤나 초조해하며 조금 난폭하게 끌어안고 말았다.

그러나 사피나는 경계를 아직 풀지 않았다.

"액셀 부스트"

사피나가 다시 고속이동을 했고, 그 지점이 또 함몰됐다.

"액셀 부스트."

이동하자마자 바로 사피나가 이동했다. 그리고 바닥이 또 함몰됐다.

"오호~ 이렇게 했는데도 짓눌리지 않았다? 대단한 기량이군. 그럼 플러스해서."

"프리즈 애로우."

사피나와는 다른 방향에서 마기루카의 힘찬 목소리가 들렸다.

어느새 두 사람은 가속 마법으로 뿔뿔이 흩어져 있었다.

그러나 니케는 전혀 놀라지 않았다. 사각에서 공격이 날아왔는데도 담담하게 얼음 화살을 장벽으로 처리하면서 중력 공격을 걸었다.

아무리 봐도 본인은 공격을 알아차리지 못한 듯했다. 반지가 저절로 방어한 것처럼 보였다. 노아는 잘 못 본 게 아님을 확신했다.

"풍인열파!"

사피나도 곧바로 응전했으나 역시나, 라고 해야 할까? 그 공격도 반지가 생성한 장벽에 막혔다.

"방금 그건 마법? 아니, 나처럼 마법 도구를 썼습니까? 재미난 걸 만들었군."

전사인 줄 알았던 사피나가 마법 공격을 가했는데도 흐트러지지 않고 니케는 그녀의 무기를 냉정하게 분석했다.

"하지만……."

니케가 사피나를 가리키자 다른 반지가 반짝였다. 그녀가 있던 바닥에서 무슨 물질인지 알 수 없는, 빛을 띠는 거대한 말뚝이 솟아났다.

사피나가 재빨랐기에 망정이지, 평범한 사람이었다면 그대로 꿰뚫려 죽었을 것이다.

"화염 장전."

사피나는 그 공격에 반응했다. 옆으로 구르면서 뒤로 물러난 뒤 그 말뚝을 발판 삼아 발도 자세를 유지한 채로 허공에 있는 니케에게 단숨에 도약했다.

"염도연참!"

완벽한 타이밍에 발도했다.

바람 마법을 쓸 줄 예상했던 상대에게 기습적으로 화염 마법을 날렸다.

참격 하나가 장벽에 막혔지만, 사피나는 예상했다. 장벽이 사라지더라도 연참은 멈추지 않는다.

그러나 사피나가 연격을 다 마치기 전에 그녀의 앞쪽, 아무것도 없었던 공간에서 말뚝이 가로로 생성되더니 칼날과 부딪쳤다.

"위력이 약하고 내구력은 없군요. 기술과 센스로 어떻게든 메우고 있나? 흠, 재미난 발상이지만 마도구로서 실로 시시하군요."

딱딱한 말뚝에 밀려 사피나가 뒤쪽으로 날아갔다. 그녀의 칼날은 무참하게도 이가 숭숭 빠지고 말았다.

지금껏 니케는 아무것도 하지 않았다.

그저 공중에 머물고 있을 뿐, 마도구가 상대의 공격에 자동으로 응전한 게 전부였다. 더욱이 고계급 마법을 즉각적이면서도 아무런 비용도 없이 펑펑 쏘아댔다.

세계에 하나밖에 없는, 전설급이라 불릴 만한 희소한 아이템 수준이었다.

그런 아이템을 니케는 낀 반지 개수만큼 보유하고 있다.

더욱이 전 세계에서 긁어모은 게 아니라 스스로 제작했다면, 단순히 우수한 마공기사라고 평가할 수준이 아니다.

저건 세계의 이치에서 벗어난 존재.

치트 능력자——.

노아의 머릿속에 그런 단어가 떠올랐다. 그러나 왜 그런 단어가 떠올랐는지 이해하지 못했고, 그 단어는 머릿속에서 한순간에 흩어졌다.

"기대에서 한참 벗어났군요. 뭐, 할 일을 마치고 돌아가도록 할까요. 하고 싶은 연구가 많으니."

마기루카 일행을 격퇴하고서 니케는 다시 튜테를 봤다.

안 돼, 어떻게든 해야 해, 하고 노아가 생각한 순간 툭, 하고 밀리더니 노아를 감싸고 있던 온기가 없어졌다.

노아가 도망칠 수 있도록 튜테가 스스로 떨어졌다.

"어?"

노아는 영문을 알 수 없다는 얼굴로 튜테를 쳐다봤다. 그녀는 그저 부드러운 미소만 지었다.

그녀의 뒤쪽 공중에서 그 말뚝의 끝부분이 모습을 드러냈다.

그걸 인식한 순간, 노아의 동공이 파충류처럼 확, 가늘어졌다.

눈동자에는 튜테가 비쳤지만, 기억에서는 다른 청년의 모습이 떠올랐다.

그 역시 튜테와 마찬가지로 웃으면서 이쪽을 보고 있었다.

아주 똑같은 장면.

똑같은 상황.

기억이 그렇게 인식했을 때 노아의 속에서 무언가가 터져버렸다.

"──으!"

노아의 입에서 공간을 찢어버릴 것 같은 날카로운 소리가 발해졌다. 아마도 무슨 말을 내뱉었을 테지만 아무도 인식하지 못했다. 그리고 발생된 마법진이 유리가 깨지듯 째앵, 하고 부서졌다. 니케도 이 현상에는 놀라움을 감추지 못했다.

"마법을 캔슬했다……? 설마, 이럴 수가……. 그래, 그렇게 된 겁니까……? 과연, 이거 재밌군……."

홀로 납득하고 있는 니케를 무시하고서 노아는 강한 졸음과 탈력감에 시달렸다. 이른바 마력 고갈 현상이 벌어졌음을 노아는 이해하지 못한 채 의식을 붙들고자 휘청거렸다.

"계획을 바꾸겠습니다. 저 실패작을 회수하지요."

무슨 생각인지 니케는 표적을 노아로 바꾸고는 마수를 뻗었다.

『어디서 들어본 목소리구나 싶었더니, 니케냐아아아아! 이 자식, 썩을 놈! 이 꽉 악물어라, 한 대 힘껏 때려주마아아아!』

강풍과 함께 귀를 틀어막고 싶을 만큼 쩌렁쩌렁한 음성이 노아 일행을 덮쳤다.

"이런, 이런, 성가신 분한테 발각됐군요. 뭐, 수확은 있었으니 이만 돌아가죠."

니케가 있음을 알아채고서 물의 거인이 접근하는 중에 노아는 미소를 머금은 그와 눈과 마주치고서 소름이 돋았다.

"제오라르에서 기다리고 있겠어요──."

니케의 마지막 말은 닥쳐오는 바닷물의 굉음에 뒤섞여서 들리지 않았다. 드디어 의식이 한계에 달했다. 흐려지는 시야 속에서 니케가 휙, 사라진 뒤에 엄청난 바닷물이 배 측면을 강타했다.

# 08 의상이란······

피해는 내가 생각했던 것보다 컸다.

백은의 갑옷들을 격퇴하고서 의기양양하게 돌아온 내 눈에는 광분하여 날뛰고 있는 물의 거인이 비쳤다.

"저 거인은 뭐야? 어디서 솟아났어?"

"저건 정령이니라."

"앗, 에밀리아. 아니, 괜찮아? 흠뻑 젖었잖아? 대체 무슨 일이 있었던 거야?"

상공에서 무대를 살펴보고 있으니 칠칠치 못한 모습으로 에밀리아가 비실비실 날아와 사정을 설명했다.

그녀의 이야기에 따르면 처음에는 정령과 대화가 잘 되는 듯했는데, 도중에 갑자기 성을 내며 난동을 부리기 시작했단다. 그러다가 배 쪽을 주시하더니만 이성을 잃고서 해일처럼 엄청난 자연재해를 일으켰단다.

"다, 다들 어떻게 됐어?"

"배에 탑승하지 않았던 시타 일행은 오르트아기나의 기지로 먼저 상공으로 도망쳤다. 그때 왕자와 자하도 데려갔지. 도중에 따로 행동했던 마기루카와 사피나는 본녀와 어마마마가 하늘로 회수해서 화를 면했다. 그 당시에 노아 근처에 니케가 출현했다고 하더구나."

"니케가?! 노아는, 튜테랑 애들은 괜찮아?!"

"튜테와 리리 모두 괜찮다만 노아는 의식불명이다. 지금도 자고 있지. 안정시키기 위해서라도 저 정령을 속히 얌전히 만들어야 하는데 막막하던 차에 그대가 돌아왔느니라."

노아의 몸에 무슨 일이 벌어졌는지 마음에 걸렸다. 일단 모두들 무사하다고 하니 가슴을 쓸어내렸다.

"아마도 정령이 광분한 이유는 니케 때문이겠지. 그는?"

"본녀가 알아챘을 때는 이미 없었다. 아마도 도망쳤겠지. 그래서 정령도 분노를 진정시키지 못했던가?"

"근데 더 폭주했다가는 배가 위험해. 이젠 힘으로……."

나는 배 상황을 확인하면서 주먹을 불끈 쥐었다. 그런데 물을 상대로 어디를 때려줘야 한담? 코어 같은 부분이 있다면 이야기는 달라지겠지만, 그런 건 보이지 않았다.

"고계급 마법으로 날려버릴까……."

『그건 관두도록 해~. 근처에 있는 배까지 날아갈지도 모른다고. 그리고 무대도.』

내가 터무니없는 제안을 하자 스노우가 타당한 이의를 제기했다. 나는 또 골머리를 앓았다.

"무슨 수가 없을까, 에밀리아?"

"무슨 수가 없겠는가, 메어리?"

남에게 의지하고자 옆에 있는 공주님에게 물어봤더니 한목소리처럼 똑같은 질문이 되돌아왔다.

"이렇게 된 이상 돌파하는 수밖에! 부딪쳐서 부숴버리자, 스노우!"

『아니, 부수는 건 싫은데.』

일단 해보고 나서 생각하자는 정신으로 나는 스노우와 함께 날뛰고 있는 물의 거인에게 돌진했다.

우리는 긴박한 심정으로 점점 거인과의 거리를 좁혀 나갔다.

"라라라~ ♪ 의상을~ 갖고 왔어요~ ♪"

우리와 거인의 딱 가운데, 프레데리카 씨가 이 긴박한 분위기와는 동떨어진 노래를 부르며 등장했다.

스노우가 끼이익~ 하고 급브레이크를 밟아서 하마터면 나는 내동댕이쳐질 뻔했다.

"응? 어라? 상황이 왠지 심각한데? 왜 정령님이 있어?"

상황을 파악하지 못하고 고개를 갸웃거리고 있는 프레데리카 씨에게 물의 거인이 다가갔다.

"위험해! 프레데리카 씨!"

『프레데리카 따아아아앙!』

"땅?"

프레데리카 씨가 습격을 받을 줄 알고서 구해주려고 나섰더니 내 귀에 묘한 말투가 들려서 행동이 느려졌다.

"뭔지 잘 모르겠지만 정령님! 기~뻐~해주세요~ ♪ 드디어~ 새로운 무희들이~ 모였어요~ ♪"

파도가 험하게 치고 있는 이 상황에서 느긋하게 헤엄치면서 노래하는 프레데리카 씨. 이런 상황에서 현 문제를 타파할 수 있을까?

"얘, 봐봐! 이게~ 새로운 무희들의 의상이야~♪"

프레데리카 씨가 자신만만해하며 들고 있던 의상을 머리 위로 올렸다.

그녀가 입고 있는 조개껍데기 비키니의 화려한 버전을…….

순간 나와 에밀리아의 시간만이 얼어붙었다.

그녀가 방금 언급했던 가희란 우리를 가리키는 것.

즉 저 창피한 조개껍데기 비키니를 우리가 입어야만 한다는 뜻일까?

심지어, 저 비키니는 아래가 없다.

뭐, 인어는 하반신이 물고기라서 하의가 필요하지 않겠지만, 우리에게는 큰 문제다.

『우오오오오오, 왔다아아아아아!』

얼어붙은 우리를 거들떠도 보지 않고, 정령이 괴성을 지르며 흥분했다.

"일주일 기다려요~♪ 반드시 최고의 춤을, 보~여~줄게요~ 오오오♪"

프레데리카 씨가 끝으로 갈수록 음을 높이며 노래를 고조시켰다. 그 노래를 듣고서 이성을 잃은 정령이 우리의 이야기를 차분히 들어줄까?

『우오오오오오오오! 우오오오오오오오!』

방금과는 달리 흥분한 정령이 고함을 지르면서 의상을 살랑살랑 흔들고 있는 프레데리카 씨를 따라 무대에서 벗어났다.

(이성이 있는 건지 없는 건지. 대체 어느 쪽이야?)

그리하여 그토록 시끌벅적했던 정령은 어디론가 일단 퇴장했고, 잔뜩 거칠었던 무대 주변의 바다도 평온함을 되찾았다.

(프레데리카 씨…… 정령을 어르는 데 능숙해…….)

요란했던 무대는 일단 고요함을 되찾았고, 선원들은 배를 수리했다. 노아는 여전히 잠들어 있었다. 오르트아기나의 말에 따르면 마력 고갈 상태에 가까우니 한동안 재우면 눈을 뜰 거란다. 그래서 안정을 취하도록 놔두기로 했다.

반면에 지금부터 우리는 시끄러워질 듯했다.

그 원인은 프레데리카 씨가 갖고 온 의상 때문이었다.

"프레데리카 씨, 이건 아무리 그래도 입을 수 없습니다."

"그렇군요. 애당초 이 의상은 인어용이지 인간용이 아니라서 좀."

"체형이 비슷하니 문제없지 않나?"

"결정적으로 다른 부분이 있습니다!"

나와 마기루카가 항의하자 프레데리카 씨가 진심으로 모르겠다는 듯 "무슨 문제라도?" 하고 고개를 갸웃거렸다.

"게다가 무대도 무대예요! 이게 뭡니까!"

나는 기세를 몰아 무대 중앙을 가리켰다.

아까 프레데리카 씨가 무대를 설치하겠다면서 기동시켰다. 그런데 중앙에 거대한 물 구체가 부유해 있었다.

"뭐냐니? 무대야. 저 안에서 춤추고 노래하는 거야."

"질식하겠어요!"

"그건~ ♪ 노력과 근성으로~ ♪"

"정신론으로 해결할 수 있는 문제가 아닙니다!"

"자자, 순서대로 해결해 나가자. 일단 의상이 문제랬지? 괜찮아, 괜찮아. 잘 어울린대도."

"하의가 없는 게 문제라고 아까부터 말했잖아요오오!"

"지, 진정하세요. 메어리 님."

이야기가 다시 시작점으로 되돌아가자 너무 답답해서 나는 그만 말투가 험악해졌다. 마기루카가 워워, 하고 말처럼 달래줬다.

"자, 프레데리카. 여긴 내게 맡겨줘요."

지금껏 방관자였던 벨토치카 님이 이 대목에서 등장했다. 설마 싶었지만, 그녀도 이 파렴치한 의상(지금 입고 있는 프레데리카 씨에게는 지극히 결례이지만)을 추천하려는 걸까?

"일찍이 이 무대를 봤을 때 음유시인으로서 나한테도 기회가 있을까 싶어서 몰래 준비했던 게 있습니다."

벨토치카 님이 평소답지 않게 약간 흥분하며 주먹을 쥐었다.

"오오, 어마마마. 그건 혹시?"

기대감에 눈빛을 반짝이는 에밀리아를 거들떠보지 않고, 벨토치카 씨는 선원을 시켜 커다란 상자를 갖고 오게 했다.

"탑에서 지내면서 무료할 때마다 조금씩 만들었던 의상이 도움이 되는 날이 왔어요!"

(왕비님이 심심해하며 의상을 재봉하는 광경을 상상했더니······ 아니, 노코멘트하자.)

무례한 말실수를 할 것 같아서 나는 일부러 사고를 정지했다.

내 속내를 아는지 모르는지 벨토치카 님은 비장한 분위기를 자아내면서 의상 한 벌을 꺼냈다.

그건 전생 때 아라비안나이트에 등장할 법한 조금 섹시하고 천이 얇은 의상이었다.

(하의도 있긴 있으니 이, 이건…… 아, 아슬아슬하게 세이프?)

처음 의상이 심각했기에 이쪽은 그나마 나은 듯 보였다. 그러나 천 면적이 적은 건 변함없었다.

이걸 입으면 되지 않을까 싶어서 다른 사람의 반응을 살펴봤다. 당사자인 여성들은 에밀리아를 제외하고서 고개를 고속으로 가로저었다.

비로소 나는 저게 창피한 의상임을 다시금 인식했다.

"으, 으음, 다, 다른 건 없을까요?"

"다른 거요? 어디 보자~."

내가 일말의 희망을 걸고서 물어봤더니 벨토치카 님이 커다란 나무 상자에 고개를 넣고는 부스럭부스럭 뒤지기 시작했다.

"최초 의상이 매혹적이었기에 이런 귀여운 계열도 만들어 봤습니다."

벨토치카 님이 그렇게 말하면서 꺼낸 건 미니스커트에다가 민소매 옷이었다. 내 기억 속에 있는 하늘하늘한 아이돌 복장과 조금 비슷했다. 마족답게 등이 확 트여 있지만, 솔직히 아까 봤던 아라비안나이트보다는 거부감이 옅었다.

"본녀는 하의까지 다 있다면 저 어른스럽고 매혹적인 의상이 더 좋겠는데."

"아니, 에밀리아. 굳이 어른인 척 애쓸 필요 없어. 우리한테 성인의 매력 따윈 무리이니 귀여운 계열로 가자."

"왜 울지?"

에밀리아가 의견을 밝히자, 나는 우리에게 성인의 매력은 없다고 피눈물을 흘리며 설득했다. 뭐, 마기루카가 그 범위에 속하는지는 의논을 해볼 여지가 있지만.

일단 당사자인 사피나와 시타는 대체로 동의하는지 고개를 끄덕였다.

"그나저나 어마마마는 자주 이런 의상을 제작하나? 의외였다."

에밀리아가 아쉬워하며 그 의상을 바라보며 벨토치카 님에게 물었다.

"어, 뭐, 너무 무료해서 별생각 없이 시작해 봤는데 어쩌다 보니. 뭐, 이번에는 혹시나 싶어서 가져왔는데, 유용하게 쓰일 것 같아서 다행이에요."

"흠, 이거 누군가를 위해 만들었을 리는 없겠구만. 일단 어마마마는 탑에 유폐된 신세였으니."

"그, 그렇지요."

"즉⋯⋯ 이 과격한 의상과 귀여운 의상 모두 본인이 은밀히 입어⋯⋯."

"에밀리아! 그보다도 다음 문제를 해결해야죠!"

에밀리아는 순수하게 궁금한 점을 털어놨을 뿐이겠지만, 더 이상 말했다가는 벨토치카 님의 소녀다운 민감한 영역을 건드릴 것 같았다. 나는 칠칠치 못하지만 큰 목소리로 화제를 억지로 돌렸다.

"앗, 그랬지, 메어리여. 다음 문제는 이 물 구체다만, 어쩌지?"

에밀리아도 딱히 물고 늘어지지 않고 순순히 따라줬다. 정말로 다른 뜻은 없었던 듯했다. 벨토치카 님은 귀까지 새빨갛게 물들이고는 가슴을 쓸어내렸다.

"프레데리카 씨, 무대에 쓰인 마공기술은 이 물 구체를 만드는 기능과 소리를 크게 되울리게 하는 기능인 것 같은데, 맞아요?"

"오호~ 역시 시타 쨩은 박식하네. 정답이야. 갑옷들도 제오라르로 가는데 필요하지 않다고 여겼는지 부수지 않은 모양이야."

어느새 조사했는지 시타가 책 한 권을 든 채로 가슴을 활짝 폈다. 아마도 오르트아기나도 협력해서 내부 구조를 들여다봤겠지. 정말이지 방심할 틈이 없다. 아니, 언젠가 망가뜨릴 것 같아서 그게 더 걱정됐다.

"저기…… 의식을 치르려면 저 물속에 꼭 들어가야만 합니까?"

"아니, 그렇지 않아요, 사피나 쨩. 오히려 우리 인어는 저 안에 들어가야만 무대 위에서 춤을 출 수 있으니까."

저 구체를 본 모든 사람을 대표하여 사피나가 조심스럽게 물어봤다. 이거 바로 해결할 수 있을 듯했다.

"어험, 프레데리카. 이번에는 인어가 아니라 사람이 서는 무대입니다. 그걸 감안하고 여러모로 고쳐보도록 하죠."

"그, 그렇죠. 잘 모르겠지만 도와줬으면 좋겠어요."

평상시처럼 다시 차분해진 벨토치카 님이 대화에 참여했다. 그런데 당사자인 프레데리카 씨보다 그녀가 더 신바람이 난 것 같은데 착각일까? 뭐라고 해야 할까, 음유시인의 긍지가 자극받았나? 이런 음악 프로듀스에 흥미가 있나? 어쨌든 든든하기 그지없다.

"모처럼 물 구체 무대도 준비됐으니 갑작스럽긴 하지만 정령님을 달래는 춤을 내가 한 번 보여줄게. 원래는 다섯 명 정도가 추는 춤이지만 너그러이 봐줘."

기합을 넣기 위해서인지 프레데리카 씨는 자신의 뺨을 팡팡, 때리고는 폴짝 뛰어 그 구체 속으로 들어갔다.

"와아~ 마치 수족관 속……."

옆에서 보니 수족관의 커다란 수조에서 헤엄치는 인어를 보는 듯해서 무심코 그 단어를 내뱉었다. 뒤에 대기하고 있던 튜테가 헛기침하자 나는 또다시 의미를 알 수 없는 단어를 내뱉었음을 깨닫고서 입을 다물었다. 그래서 모두 나와 튜테의 모습을 보고서 고개만 갸웃거리고 넘어갔다.

"자, 여러분! 오늘~ 내 무대에 와줘서, 고~마~워~요오오오♪ 나랑 함께 신나게 놀아봐요오오오~ ♪"

그런 나를 거들떠보지 않고 프레데리카 씨는 텐션을 폭발시키며 춤(?)을 시작했다.

(뭐지? 내가 상상했던 엄숙하게 거행되는 의식적 춤과는 다른 것 같은데?)

나는 무용이라고 해야 할까, 우아한 춤을 기대하며 두근거렸다. 그런데 아닌 듯했다. 프레데리카 씨가 부르는 노래는 종전과는 달리 템포가 꽤 빨랐다.

그리고 물 구체 속에서 여기저기 헤엄치면서 노래하는 그 모습
은…….

"왠지 저거…… 아이돌 라이브 같네……."

나는 아무에게도 들리지 않도록 살며시 감상평을 내놓았다.

09 뜻밖의 약속

프레데리카 씨의 라이브가 종료되자 너나 할 것 없이 모두가 박수를 보냈다.

"여러분~ 고마워요~ ♪ 본격적인 의식은 일주일 후이니까 기대하도록 해요!"

정령의 소리로 추정되는 "우오오오오오" 하는 목소리가 들렸다. 그 박력에 주눅이 들 것 같았지만 나는 모두가 함께 있으니 괜찮다며 정신을 다잡았다.

"자, 일주일 동안에 이런 느낌의 노래와 춤을 스무 곡쯤 익히도록 해."

"무리예요!"

프레데리카 씨가 당연하다는 분위기로 은근슬쩍 터무니없는 스케줄을 세우려고 하자 나는 단호하게 NO, 하고 거부했다.

"그래요. 가르칠 수 있는 사람이 프레데리카 씨 혼자라서 효율이 떨어지니 이렇게 단기간에 배울 수 있을 리가 없습니다."

나의 NO에 벨토치카 님이 찬성했다. 그러나 미묘하게 생각하는 바가 다른 것 같았다.

"괜찮아. 일주일 동안 먹지도 마시지도 자지도 쉬지도 않는다면."

"정령한테 선보이기도 전에 우리가 전멸하겠어요. 그래도 돼요?"

터무니없는 블랙스러운 사상에 나는 다시금 NO를 들이밀었다.

"그건 곤란하지. 그럼 한 사람당 한 곡씩 익혀서 총 다섯 곡 정도라면."

한 사람당 한 곡이라면 혼자서 불러야 한다? 그렇게 이해한 사피나의 얼굴이 창백해졌다.

나도 두부 멘탈인지라 경험해 본 적은 없지만 그 압박감이 얼마나 클지는 알 것 같았다.

"저기, 프레데리카 씨. 다 함께 한 곡을 선보이면 안 될까요?"

"그럼 각자의 솜씨를 보여줄 수가 없어요."

그런 건 보여줄 필요가 없는 것 같은데 프레데리카 씨의 입장에서는 치명적인 문제인지 조금 떨떠름한 반응이었다. 그러나 사피나의, 아니, 주로 나의 멘탈을 위해서라도 다 함께 힘을 합쳐서 물고 늘어져야만 했다.

"그건 파트를 나눠서 짧게나마 개개인의 솜씨를 보여주면 된다고 생각합니다."

"파트를 나눈다? 과연, 하나의 곡을 혼자서, 둘이, 혹은 다 함께 부르는 파트를 만든다면 다채로운 변화를 줄 수 있을 것 같네요. 후훗, 역시 시누이님이 점찍을 만하군요. 재밌어……."

내가 제안하자 프레데리카 씨는 내키지 않는 듯했지만, 벨토치카 님은 이해했는지 흥미를 보였다.

전생의 지식을 활용한 바람에 벨토치카 님이 나에게 매겼던 평가를 바꿀지도 모르겠다. 그러나 혼자서 춤추고 노래를 부르는 터무니없는 이벤트를 피하기 위해서라도 그대로 관철하는 수밖에 없다.

"그럼 포메이션을 다시 생각해야겠군요, 프레데리카."

"어? 아, 응, 그러네, 맡길게."

진지하게 고민하는 벨토치카 님과는 대조적으로 역시나 이해하지 못한 프레데리카 씨는 왠지 떠넘기듯 반응했다.

"다 함께 노래를 부를 수 있으면서도 파트를 나눌 수 있을 만한 곡도 골라야 하겠어요."

"어떤 느낌이 좋을까?"

결국에 두 사람은 자신들만의 세계에 들어갔고 우리는 소외됐다. 되도록 까다로운 건 사양하고 싶지만, 이제는 프로에게 맡기기로 했다.

"이봐, 메어리여. 물속을 이리저리 돌아다니는 건 불가능하지만, 본녀는 공중이라면 날아다닐 수 있다. 그걸로 대신할 수는 없을까?"

에밀리아가 날개를 꺼내고는 아까 프레데리카 씨가 물 구체 속에서 노래하면서 헤엄쳤던 궤도를 따라 날아다녔다.

"오오, 에밀리아 주제에 나이스 발상."

"응? 주제에?"

"그런 말 안 했어, 안 했어."

너무 놀란 나머지 무심코 입이 미끄러지고 말았다. 내가 웃으면서 얼버무리자, 에밀리아는 미심쩍다는 표정을 지었다.

"그럼 에밀리아처럼 움직일 수는 없지만, 부유 마법으로 이동하는 것쯤이라면 우리도 가능할 것 같네."

에밀리아의 발상에 찬동하여 뒤를 따르자, 사피나가 안절부절 못하기 시작했다. 그래, 이 중에서 부유 마법을 쓸 수 없는 사람은 사피나뿐이었다. 전사인 사피나에게 왜 익히지 않았느냐고 따지는 건 너무 잔인한지라 입이 찢어져도 불가능하다. 더욱이 그녀는 높은 데를 질색해서 도저히 강요할 수가 없다.

마기루카 역시 높은 데를 싫어한다는 사실을 깨닫고서 그녀를 봤더니 역시나 얼굴이 조금 창백해졌다.

"어, 저기, 전……."

"괜찮아, 사피나. 그런 건 우리가 할 거야. 꼭 필요하다면 다 함께 떠오르면 되고 말이야. 그렇게 포메이션을 짜면 문제없겠지?"

나는 그렇게 말하고서 공중에 날아다니는 데 별문제가 없을 것 같은 에밀리아와 시타를 봤다. 두 사람은 긍정하듯 고개를 끄덕였다.

"벨토치카, 이 곡이 어떨까요? 다 함께 부른 적은 거의 없지만, 시험 삼아서."

"으~음, 그렇군요. 시험 삼아 불러보게 할까요?"

저쪽도 의논이 일단락됐는지 곡을 정한 듯했다.

(되도록 어려운 리듬이나 음계가 없었다면 좋겠는데.)

나는 홀로 얼굴에는 내비치지 않고…… 내비치지 않았겠지? 긴장하면서 그때를 기다렸다.

"그럼 모두 집합~. 시험용 곡을 불러보게 할 테니 잘 들어."

프레데리카 씨가 물 구체에서 고개를 내밀어 우리를 모이게 한 뒤 가볍게 노래하기 시작했다.

그 곡은 템포가 느리면서도 아카펠라처럼 음정이 약간 복잡한 듯했다.

"그럼 메어리 짱부터 해볼까?"

"아, 예에."

프레데리카 씨가 지명하자 글러먹은 나는 긴장한 나머지 목소리가 뒤집어지고 말았다. 방금 까지 애써 유지했던 포커페이스(?)가 허사가 됐다.

그러나 부를 수 없는 건 아니었다.

평소에 댄스 등을 교양으로 배워둔 덕분이기도 했다.

(고마워, 학원. 고마워, 선생님.)

나는 긴장을 풀기 위해 그 나날을 떠올렸다.

마기루카는 물론 무난하게 불러냈다. 그런데 에밀리아의 노래에 놀랐다.

"뭐야 너? 왜 그렇게 잘해?"

"본녀가 노래를 잘 부르는 게 그리도 못마땅하느냐?"

내가 솔직하게 놀라워하자, 에밀리아가 실눈을 뜨고서 딴죽을 걸었다. 역시나 한 나라의 공주답다고 해야 할까, 음유시인의 딸로서 자질을 물려받았다고 해야 할까, 어쨌든 의외였다.

"아니, 의외여서."

"메어리여. 최근에 그대, 본녀를 너무 낮게 평가하는 거 아닌가?"

"그렇지 않아. 에밀리아가 가진 의외의 일면을 알아서 난 기뻐."

내가 솔직히 말하자 어째선지 공주님이 고개를 푹 떨군 채로 시선을 돌리고는 우물거렸다. 뭐야, 이 귀여운 생물체는…….

그다음은 사피나 차례였다. 그런데 그녀는 예상했던 대로 너무 긴장해서 음정이 종종 흐트러졌지만, 수정할 수 있는 범위라고 해야 할까, 기술보다는 정신이 문제인 듯했다.

『흠, 다음은 시타 차례인가?』

여태껏 침묵하고 있던 오르트아기나가 시타의 차례가 돌아오자 갑자기 떠들기 시작했다.

『시타여, 괜찮은가? 긴장하지 말아라. 심호흡, 심호흡.』

"아, 예."

이 딸바보 드래곤은 딸의 차례가 돌아오자 가장 긴장한 것처럼 반응했다. 오르트아기나의 그런 태도에 전염됐는지 시타도 긴장하며 심호흡을 했다.

카이로메이어의 엘프들은 본의는 아니지만, 오르트아기나가 시행했던 실험 때문에 주변 엘프보다 신체 능력이 뛰어나다고 들었다.

그래서 나는 음악도 문제가 없으리라 예상했던 터라 그녀가 그렇게 반응해서 뜻밖이었다.

그리고 그 이유가 금세 밝혀졌다.

시타는…….

엄청난 음치였다.

(그러고 보니 시타가 노래를 부르는 모습을 본 적이 없네. 이건 예상 밖이야.)

『어, 뭐, 사서장이고 애당초 노래와는 인연이 없었으니 어쩔 수 없겠지.』

"그, 그러네. 시타는 사서장으로서 책무에 쫓기듯 살아왔으니까."

『그래, 그래, 그렇다.』

시타가 네 발로 엎어져 절망을 곱씹고 있으니, 오르트아기나와 나는 필사적으로 두둔했다. 실제로 우리와 달리 시타는 음악이나 춤과는 인연이 없는 삶을 보내왔다. 그 열쇠 문제 때문에 그럴 겨를도 없었겠지.

혹시나 진심으로 노래를 불러본 게 오늘 처음 아닐까?

『콧노래 정도는 흥얼거릴 수 있으니, 괴멸적이라고는 할 수 없겠지. 차분히 연습을 반복하다 보면 잘 부를 수 있게 될 거다. 기다려라, 지금 전문가를 부르마.』

"……예, 오르트아기나 님."

『옳지, 옳지. 그럼 특훈을 위해 한 달쯤 산에 틀어박히도록 하자.』

"예! 잘 부탁드립니다."

"의지를 다지는 중에 참 미안하지만, 이 부근에 틀어박힐 만한 산은 없고, 기간도 일주일밖에 없어."

『왜 그렇게 기간을 짧게 정한 거냐! 저 물고기느으으은!』

(소중한 딸이 위기에 닥쳤으니, 냉정을 잃을 만도 하겠지만, 아웃 발언은 삼가해줬으면 좋겠네. 이건 프레데리카 씨한테 넙죽절을 해야 하는 패턴이 아닐까?)

나는 걱정스럽게 프레데리카 씨를 봤다. 모두의 노래를 다 듣고는 벨토치카 님과 열심히 의논을 나누는 중이라서 전혀 듣지 못한 듯했다.

"응? 뭐라고?"

『저것이!』

"아뇨, 아무것도 아니에요. 그보다도 기간을 늘릴 수는 없을까요?"

내 시선을 느끼고서 프레데리카 씨가 반응하자 저 재잘거리는 책이 또 쓸데없는 소리를 지껄일 것 같아서 나는 요건만 간략히 전했다.

"으~음, 미안해~. 이 기간이 한계일 거야~. 정령님도 폭발하기 직전이라서 일주일도 아슬아슬할 정도야."

프레데리카 씨가 미안해하며 고개를 숙였다. 팽팽했던 균형이 이번에 니케가 습격한 바람에 한계에 달했나? 어쨌든 시간이 없다는 것만은 전해졌다.

"좋았어! 일주일 안에 어떻게든 해내자! 괜찮아, 다섯 밤을 지새우는 것쯤은 여유로우니까! 먹지도 마시지도 자지도 쉬지도 않고 연습하면."

"당연히 안 되지! 그거, 막상 본 공연 때 쓰러지는 패턴이잖아."

모두에게 부담을 지우지 않도록 시타가 강한 척했다. 그런데 정말로 다섯 밤을 지새울 것 같아서 나는 각하했다.

『메어리여 염려하지 마라. 우리한테 다섯 밤쯤은 일상다반사다.』

"자랑스럽게 말하지 말아요! 어쨌든 밤샘은 금지예요!"

블랙은 용납할 수 없도다.

『으~음, 그럼 하는 수 없지. 카이로메이어의 모든 지혜를 모아서 시타를 완벽하게 단련시켜야겠다!』

재잘거리는 책이 홀로 흥분했다. 저 너머에서 거대한 드래곤이 주먹을 불끈 쥐고 있는 광경과 탑 전체에서 학자님들이 오오오옷, 하고 외치고 있는 광경이 눈에 선할 듯했다. 어째서일까?

『좋았어, 그리하기로 정했으니, 시타여! 우선은 기초 능력부터 향상하자. 달리는 거다!』

"옙!"

『그거, 너희들도 따라 해라.』

"에에에엥~."

시타가 무대 위를 힘차게 뛰기 시작했다. 그 뒤를 사피나가 따랐고, 덩달아서 우리도 뒤따랐다.

과연 이게 정답일까? 하고 불안했지만, 우리는 다가올 라이브를 대비하여 다 함께 특훈을 개시했다.

그날 밤, 춤과 노래의 파트를 나누고 달리기(?)를 하느라 지친 모두가 무대 주변에 설치된 야영지에서 자는 중에 나는 노아가 걱정돼서 살펴보러 왔다. 이 무대, 물 구체를 발생시키는 장치가 쓸데없이 커서 우리가 야영 캠프를 차릴 만한 장소는 여유로웠다.

프레데리카 씨의 말에 따르면 제사 때는 주변 사람들이 구경하러 와서 꽤 북적거렸다고 한다. 그렇게 생각하니 어떤 돔처럼 관객 공간을 고려한 규모인가 싶었다.

그렇다면 관객석에 캠프를 쳐도 괜찮을까? 쓸데없는 걱정이 샘솟았다.

"아가씨."

"튜테, 노아는 어때?"

"아직 눈을 뜨지는……."

"시타, 피곤할 텐데, 미안하지만 부탁할게."

처음에는 시타에게서 오르트아기나서를 빌려 나 혼자서 노아의 상태를 보러 갈 작정이었다. 그런데 시타는 자신도 가겠다며 여기까지 따라왔다. 노아는 니케가 만든 합성수인데, 그 기술은 오르트아기나도 보유하고 있다. 일단 이곳에 전문가는 그밖에 없어서 의지할 수밖에 없었다.

시타도 노아의 출신을 생각하니 남 일 같지 않았는지 동행하고 싶다고 했다. 나도 딱히 거절할 이유가 없었고, 전문가라고 해야 할까, 조금이라도 지식을 갖고 있는 사람이 봐주는 편이 좋을 것 같아서 허락했다. 그런 이유로 캠프가 다 차려진 뒤에 나보다 신기한 현상을 더 잘 아는 스노우에게도 함께 해달라고 부탁했다.

『흐음, 얘기를 들어보니 자신의 힘을 발현시킨 것 같군. 그 영향인지 마력 고갈과 비슷한 증상을 일으킨 것 같다. 그만큼 커다란 힘을 발휘한 거겠지.』

니케에 관한 자세한 이야기는 사태가 진정됐을 때 튜테에게서 들었다. 그런데 그는 처음에 튜테를 표적으로 삼았다고 한다. 그 이야기를 듣고서 내 마음속에서 형용할 수 없는 무언가가 소용돌이쳤다.

그리고 위기 상황에서 노아가 발현시킨 능력. 나에게는 꽤 친근한 능력이었다. 튜테에게서 이야기를 듣고서 딱 와닿는 게 있었다. 상대가 구사하는 마법을 무효화시키는 기술일까? 나와는 발동 조건이 다른 것 같지만, 내가 갖고 있으니 그 능력은 엄연히 실존한다. 다른 누군가가 구사하더라도 이상하지는 않겠지.

그런데 어디까지나 가능성 중 하나로서 오르트아기나에게 물어봤더니 불가능하지는 않지만, 상대의 마법에 간섭하거나 무효화시키는 건 대단히 어려워서 거의 웬만해서는 불가능하단다. 그 말을 듣고서 나는 땀을 삐질삐질 흘렸다.

"고갈…… 노아를 보고서 니케가 실패작이라고 말했던 거랑 무슨 관계가 있을까?"

『실패작이라…… 어떤 면에서 실패했다는 건지. 니케가 생각하는 것만큼 노아는 무력한 존재가 아니라고 생각한다만. 뭐, 전에도 그랬다시피 안정을 취하면 곧 눈을 뜨겠지.』

오르트아기나가 전과 똑같은 진단을 내려서 나는 일단 안도했다.

『으~음…….』

"스노우, 왜 그래?"

그런데 스노우가 의아해하듯 신음했다.

『아니, 그게 말이야. 힘을 사용했기 때문인지는 모르겠지만, 가까이서 보니 뭐라고 해야 할까, 으~음.』

"뭐야, 말이 시원치 않네. 생각했던 걸 그대로 말해봐."

『어긋남 같은 게 느껴져.』

"어긋남?"

『잘 설명할 수는 없지만, 우린 기초 마력이라고 해야 하나, 영혼이라고 해야 하나, 그런 게 보이잖아~.』

"전에 마력의 잔재가 보인다고 했었지."

『응, 알고서 꼭 붙어 다녔는지는 모르겠지만, 지금은 리리 덕분에 안정된 것처럼 보여. 하지만 왠지 몸과 마력이 이따금 어긋나고 있어.』

스노우가 엄청난 발언을 선뜻 내뱉자, 나의 사고가 따라가질 못했다. 그래서 나는 바통 터치하듯 스노우의 말을 시타에게 전했다.

『……어긋남이라. 큭, 이 몸은 그 자리에 없는지라 감각적인 걸 느낄 수 없다. 뭐, 영혼 같은 건 신의 영역이니, 신수가 더 민감하게 느낄 수밖에 없겠지. 결코 이 몸은 대충 진단하지 않았다.』

"알고 있어. 딱히 이거 때문에 당신한테 따질 생각은 없어. 그보다도 견해를 말해줘."

『솔직히 그런 사례를 들은 건 처음이다. 자세히 고찰하려면 마력의 근원부터 얘기해야 할 텐데 괜찮겠나?』

"가, 간략하고 알기 쉽게 가능할까?"

『그건 무리다. 똑바로 쫓아 와라.』

"카이로메이어 안에서도 토론을 벌이는 테마 중에, 마력이 육체에서 비롯하느냐, 아니면 영혼에서 비롯하느냐는 문제가 있어."

오르트아기나가 복잡하게 설명하려고 하자 대신에 시타가 끼어들었다.

"어? 육체 아냐?"

"그럼 육체를 단련하면 마력이 올라가느냐는 의문이 생겨."

시타의 물음에 나는 말문이 막혔다. 태어났을 때부터 갖추고 있었기에 딱히 아무 생각도 없었지만, 마력은 무엇을 단련해야만 올라갈까?

(애당초 마력이 올라가기나 하나? 처음부터 엄청난 마력을 타고나서 생각도 안 했어.)

"정신?"

나는 만화 등에 나오는 지식을 이용하여 평범한 결론을 내놓았다.

『오호, 바로 거기에 도달하다니 역시 성녀인가?』

흔한 패턴 같아서 말해봤더니 그렇지 않은 패턴이었는지 시타와 오르트아기나가 감탄했다.

(아차, 저질렀나?)

이 대목에서 당황하여 재잘댔다가는 제 무덤을 팔 것 같아서 내 의견을 무시하고 어서 이야기를 진행해달라고 제스처를 취했다.

『그럼 정신이란 무엇인가? 이 몸은 그걸 영혼이라 가정했다.』

"즉 마력과 영혼은 서로 이어져 있다는 가정이야. 실증할 수 없어서 가설의 영역에 불과하지만 말이야."

『분하지만 전에도 말했듯 영혼은 신의 영역이다. 이 몸이 쉽사리 들어설 수 있는 분야가 아냐.』

"오호~ 역시 카이로메이어. 학문을 제대로 연구하고 있구나."

『그 감상은 뭐냐? 왠지 무례하게 들리는데 기분 때문인가?』

"기, 기분 때문이야, 기분. 대단하네~ 하고 감격했어."

내가 무심코 내뱉은 솔직한 감상에 오르트아기나가 미심쩍어하자, 나는 황급히 얼버무렸다.

(아까부터 나, 계속 얼버무리기만 하는 것 같아.)

"아가씨, 조용히."

당황하여 무심코 목소리가 커지자 튜테가 나무랐다. 나는 손으로 제 입을 막았다.

『뭐, 어쨌든, 그런 문제는 저기 신수한테 맡기더라도, 결국에는 안정을 취하는 게 최선이겠지.』

내가 주의를 받아서인지 오르트아기나도 작은 목소리로 이야기를 매듭지었다. 나도 이렇다 할 반론이 없었다. 쓸데없는 지식을 더 늘어놨다가 오르트아기나와 시타의 평가가 바뀔까 봐 입을 가린 채 고개만 끄덕였다.

"좋았어, 그럼 난 자기 전에 노래 연습을 좀 하고 올게."

시타는 책을 정리하고서 나가려고 했다.

"이봐, 그냥 돌아가서 자. 어차피 그대로 문득 정신을 차려보니 아침이었습니다~ 하고 변명하며 밤을 지새울 작정이잖아."

나는 나가려고 하는 시타의 손을 홱 붙잡고서 그녀의 꿍꿍이를 밝혔다. 그동안 제법 오래 알고 지냈기에 나는 이 아이를 나름 잘 알고 있었다.

"하, 하지만."

아무래도 정답인 듯했다. 시타는 얼버무리지도 않고 침울해했다. 불안감은 알겠지만, 무리는 금물이다.

"괜찮아. 오늘도 연습을 조금 했더니 음치에서 꽤 벗어났잖아. 시타는 한 번 하면 해낼 수 있는 아이야. 혼자서 조바심 내지 마. 다 함께 힘내자."

『그렇지, 그렇지. 시타는 하면 해낼 수 있는 아이다. 사서장이 된 후에도——.』

내 말에 자극받았는지 오르트아기나가 자식을 자랑하기 시작했다. 자칫 밤을 새울 것 같아서 강제적으로 다물게 한 건 좋은 추억으로 간직하자.

10 🎵 라이브가 가까워졌습니다

정령 라이브를 위해서 연습하는 나날이 시작됐다.

우리는 라이브 회장 한가운데에서 오늘도 노래와 단체 안무를 열심히 연습하고 있었다.

"에잇, 안 돼, 안 돼! 사피나, 수치심을 더 버려! 허리를 좀 더 이렇게, 손짓은 이렇게!"

"아, 예에."

내 눈앞에서 에밀리아가 사피나와 함께 안무를 연습하는 중이 었다. 사피나는 부끄럼쟁이라서 안무가 통 나아지지 않았다. 수 치심이 전무한 에밀리아의 영향을 받아 한 꺼풀 벗겨졌으면 좋겠 지만, 너무 벗겨지면 곤란하므로 나는 예의주시하고 있었다.

"공주님! 이쪽 물자는 어쩌죠!"

"본녀는 지금 바쁘다! 그건 레이포스한테 맡겨졌으니, 그쪽에 가서 물어봐라!"

선원이 에밀리아에게 지시를 요청하러 왔더니 왕자님에게 물 어보라며 돌려보냈다. 그러자 선원이 "알겠습니다!" 하고 힘차게 되돌아갔다. 다른 나라 왕자의 지시를 따르라니…… 레리렉스 왕 국은 그래도 되나?

그러나 왕자님의 인기(?)는 굉장해서 지시받으러 수많은 선원이 몰려들었다. 괜찮을까 싶어서 물어봤더니 공주님보다 지시가 적확하고 부조리하지 않아서 감격했을 정도였다. 레리렉스 왕국이여, 정말 그래도 되는 거야?

지시를 내려줄 사람이 하나 더 있긴 했다. 바로 벨토치카 님이지만, 현재 그녀는 몹시 바쁘다.

"하아~ 마기루카 쨩은 수선할 데가 적어서 살았습니다~."

자기 어깨를 툭툭 두드리면서 텐트에서 마기루카와 함께 나오는 언니, 아니, 레리렉스 왕국의 왕비님은 의상을 고치느라 완전히 부업 때문에 밤잠을 못 이루는 어머니 상태에 돌입했다.

"시타 쨩, 치수를 재러 오세요."

"예~에!"

엄마가 불러서 달려가는 딸처럼 카이로메이어의 사서장, 즉 시타가 들뜬 마음으로 텐트에 들어갔다.

(왠지 여기 모여 있는 사람들의 신분만 따져보니 엄청 카오스한 공간이네.)

"메어리 님, 왜 그래?"

새삼스레 얼토당토않은 공간이구나, 하고 한숨을 내쉬면서 내가 어슬렁거리고 있으니, 맞은편에서 자하가 말을 걸었다.

"자하 씨랑 레이첼 씨는 뭘 하고 있어?"

"뭐하냐니? 다 함께 낚시하고 있지."

그 말을 듣고서 다시금 그들의 주변을 봤더니 선원 몇 명과 함께 해안선을 향해 낚싯줄을 드리우고 있는 게 아닌가.

"재밌어 보이네."

"뭐, 낚을 때는 재밌지만, 기다리는 게 좀."

"후훗, 자하 씨는 참을성이 없으니까요."

"하지만~ 낚싯대를 든 채로 가만히 있는 건 고역이야."

레이첼 씨가 골려대자, 자하가 머리를 긁적이며 항의했다.

(뭐지, 이 두 사람이 빚어내는 상쾌한 공간은……. 누, 눈부셔, 눈부시다고.)

"레이첼 씨, 어서 당겨!"

"어, 앗! 큰일이야, 으아!"

두 사람의 공간을 파괴하듯 선원이 크게 외치자, 레이첼 씨가 자신의 낚싯대를 봤다.

확실히 물린 듯했다.

그녀는 황급히 낚싯대를 쥐었지만, 너무 당황하여 그대로 고꾸라졌다.

까닥 그대로 바다로 다이빙할 줄 알았더니만, 자하가 팔로 레이첼 씨의 몸을 둘러서 받쳐줬다.

"괜찮아? 너무 당황했잖아."

"아, 아뇨…… 감사합니다."

한 팔에 안겨 있는 레이첼 씨가 굳어버린 채 낚싯대는 꽉 잡고 있는 와중에 물속에서 물고기가 실을 자꾸 당기는 광경은 참으로 우스꽝스러웠다. 그러나 못 본 척하자.

"내가 단단히 지켜줄게."

"아…… 저기."

"걱정하지 말고 낚시에 전념해. 그렇게 허둥대다니 생선을 그리도 먹고 싶었구나."

달~콤한 분위기가 조성될 것 같았는데 저 남자가 모든 것을 망치자, 레이첼 씨의 얼굴에서 표정이 싸악 사라졌다. 참 씁쓸한 장면이었다.

"이 둔감 주인공 녀석어억!"

"와아아아앗!"

자하가 레이첼 씨를 놓아주자마자 나는 지켜보고 있던 모두의 심정을 대변하듯 뒤에서 킥을 날려 그를 바다에 던져버렸다.

"야, 메어리! 네 휴식은 다 끝났느니라! 연습에 와서 안무를 맞춰라."

내가 자하를 바다에 떨어뜨린 뒤 다시 끌어올리고 있으니, 에밀리아의 호통이 날아들었다. 일부러 나를 찾으러 와준 모양이다.

"그러고 보니 프레데리카 씨는 어디에?"

"무슨 볼일이 있는지 주변을 돌아다니고 있는 것 같아요."

떨떠름해하며 에밀리아에게 돌아가려다가 문득 우리의 선생님인 프레데리카 씨가 보이질 않아서 두리번거렸다. 그러자 레이첼 씨가 고개를 갸웃거리며 대답해줬다.

"뭘 하는 거지?"

"으음, 홍보를 하고 오겠다고 했습니다."

"홍보…… 뭐야, 그 불온한 단어는."

아는 사람들끼리만 은밀히 진행해야 하는 의식이라는 이름의 라이브에 홍보라니 이 무슨.

그러나 나의 우려는 날이 갈수록 선명해져갔다.

"손님이 늘었네."

"그렇군요. 선원이 아닌 분들이 무대 주변에 나타나기 시작했어요."

내가 무대 주변을 살펴보며 의문을 던지자, 마기루카가 동의했다.

내 시야에는 선원과는 다른, 해양생물에 가까운 마족들이 비쳤다. 인어의 모습도 드문드문 보이는 걸 보니 프레데리카 씨의 홍보 효과는 상당한 듯했다. 더욱이 맨몸으로 온 게 아니라 물자 같은 것을 들고 와줘서 고마웠다.

일부 구역에 노점 같은 게 차려지고 있는 게 조금 마음에 걸리긴 했지만. 왠지 축제라도 시작할 것 같은 분위기였다.

"우와~ 여기서 의식을 치르는 게 몇 년 만이지?"

"저 갑옷들이 습격하여 붕괴된 후로 상당히 지났지~."

"그거 참혹했어. 그 바람에 정령도 사나워져서 여기에 얼씬도 못 했고."

"근데 저 백은의 성녀님이 갑옷들을 섬멸했다나 봐. 그래서 의식이 재개된 거래."

"오호~ 풍문으로 들었는데 실존했구나, 백은의 성녀님. 하아~ 감사한 일이야."

"게다가 이번 의식에서 그 성녀님이 춤을 추신대."

"오오옷, 그거 뜨거운데!"

귀를 기울여 봤더니 다들 소문 이야기를 하고 있었다.

"잠깐 백은의 성녀에 관한 부분을 정정하고 올게."

"메어리 님, 사실이라서 정정해야 할 데가 하나도 없습니다만."

"끄으으응⋯⋯."

나에게 바람직하지 않은 소문이 들려와서 정정하러 가려고 했더니 뒤에서 마기루카가 가차 없이 제지하여 아무 대꾸도 못 하고 나는 끙끙거리기만 했다.

"자자, 여러분~ 의상을 다 고쳐서 확인하려고 하니 갈아입어 주세요."

눈가가 살짝 거뭇해진 벨토치카 님이 다 해냈다는 듯 시원스럽게 웃으며 우리를 불렀다.

어떤 의상일지 솔직히 걱정됐지만, 역시나 아이돌 의상을 입고서 노래하는 동경을 억누르지 못하고 나는 설렌 표정으로 텐트로 향했다.

물론 나는 의상이 망가지면 미안하기에 튜테의 힘을 빌려서 입기로 했다.

(이 상황에서 힘 조절에 실패하여 찌이익, 찢어져 버린다면 벨토치카 님이 기절할 테니까.)

힘 조절을 할 자신이 전혀 없는 나는 처음부터 백기를 걸고서 당당히 튜테에게 부탁했다.

한편 튜테는 나를 도와주면서도 틈틈이 다른 사람들도 빠릿빠릿 도와줬다. 정말로 대단히 우수한 메이드라는 걸 다시금 인식했다.

"배가 살짝 노출돼서 부끄러워요."

이런 의상을 처음 입어보는 사피나가 자신의 배가 창피한지 감췄다.

"우와~ 역시 검사구나. 아주 탄탄해서 부러워."

나는 아저씨 같은 감상을 늘어놓으면서 자신의 배를 걱정했다.

"그래? 본녀는 아무렇지도 않다만. 자, 본녀의 아름다움을 보도록 해라."

에밀리아는 그렇게 말하고서 자신만만하게 우뚝 섰다.

"그런 점은 당신 아버님과 꼭 닮았네."

나는 자신만만하게 몸을 드러내는 에밀리아를 보면서 근육을 과시하는 어느 마왕을 떠올렸다.

"자자, 남이 입은 의상을 너무 품평하지는 말자고요."

사피나와 마찬가지로 시타도 배를 내보이는 데 거부감이 있는지, 아니면 모두와 함께 갈아입는 데 거부감이 있는지 왠지 몸을 앞으로 숙인 채 모두에게서 거리를 띄웠다.

"왜 겁을 먹은 거야. 좀 더 당당하게 굴어, 당당하게!"

그런 시타에게 도발하듯 말한 뒤 무슨 생각인지 에밀리아는 그녀의 두 팔을 잡고서 만세 자세를 시켰다.

"히익!"

"오호~ 책벌레라서 건강하지 않은 줄 알았더니만 꽤나 탄탄하구나."

에밀리아는 의상으로 갈아입으려고 상반신을 벗은 시타를 물끄러미 관찰했다. 순간 사고가 정지했는지 시타는 그대로 굳어버렸다.

『그렇다. 시타가 건강하도록 이 몸과 레이첼이 확실히 관리하고 있으니까~.』

"오호~ 그랬구나."

소녀들의 장난을 보고서 재잘거리는 책 하나가 끼어들었다. 그리고 나는 그 너머에 시타의 아버지, 즉 오르트아기나가 있다는 사실을 알아차리는 데 몇 초쯤 걸렸다.

"변태애애애애! 여긴 남자 금지야!"

시타가 옷을 갈아입기 위해 탁자 위에 놔뒀던 책을 움켜쥔 채 나는 텐트 밖으로 던져버렸다.

『용인 이 몸이 네 녀석들의 육체를 보고서 무슨 음흉한 생각이라도 품을 것 같으냐아아아아!』

오르트아기나의 말에는 일리가 있지만, 그건 그거, 이건 이거다. 소녀의 마음은 복잡한 법이다.

"메, 메어리 양?"

그리고 나는 왕자님의 목소리를 듣고서 자신이 무슨 짓을 했는지 깨달았다.

그래, 책을 정성껏 밖으로 내던지기 위해 출입구 밖으로 몸을 내밀었다.

그런 나와 깜짝 놀란 왕자님의 눈이 마주쳤다. 그는 자기 일을 수행하면서 누군가가 무심코 들어가지 못하도록 지켜주고 있었다. 그런데 설마 내가 터무니없는 모습으로 튀어나올 줄은 예상하지 못했겠지.

"꺄아아아아아아!"

나의 비명은 되울렸고, 나는 달아나는 토끼처럼 부리나케 텐트로 돌아갔다.

"어, 저~기, 다들 사이즈는 어떠니? 답답한 데는 없나요?"

내가 혼자 구석에서 얼굴을 새빨갛게 물들인 채 충격에 휩싸여 있으니 벨토치카 님이 나를 배려하듯 가만히 내버려 두고서 일을 진행했다.

새삼스레 모두가 착용한 의상을 보면 볼수록 내 기억에 가까운 아이돌 의상 같았다. 아니, 굳이 말하자면 예전에 마경(魔鏡) 때문에 출현했던 나의 가짜가 입었던 의상과 모양새가 몹시 흡사했다. 설마 내가 저런 야릇한 의상을 입게 될 줄이야……. 그렇게 생각하니 왠지 속이 부글거려서 이번이 첫 아이돌 의상이라고 생각하기로 했다.

"옷을 다 갈아입었겠지~ ♪ 좋았어~ 여러분~ ♪ 밖으로 나와 얼른 의식 홍보를 하자~ ♪"

텐트 밖에서 프레데리카 씨의 목소리가 들렸다. 밖을 보니 프레데리카 씨가 담긴 커다란 물통을 선원들이 가마처럼 짊어지고 있었다.

너무나도 우스꽝스러운 장면을 보고 방금까지 나를 괴롭혔던 수치심이 쪼그라들었다.

그리고 우리가 행사장인 무대 중앙에 정렬하자 주변에 있던 사람들이 거리를 띄운 채 모여들기 시작했다.

"여러분~ 오늘은 곧 다가올 의식 때 춤추고 노래할 무녀(巫女)들을 소개할게요~♪"

무슨 일이 벌어진 건지 전혀 알 수가 없어서 우리는 프레데리카 씨의 페이스를 따라가지 못한 채 시종일관 안절부절못했다.

"자, 여러분, 큰 목소리로 자기소개하기. 최대한 귀엽게 부탁해."

그리고 느닷없이 난제를 억지로 떠미는 프레데리카 씨.

"귀, 귀엽게, 라니 메어리 님, 어쩌죠?"

"아니, 마기루카. 내게 의지한들 곤란할 뿐이야."

"어, 어어어, 어어어, 어쩌죠죠죠."

"진정해, 사피나. 심호흡, 심호흡."

"귀엽게~? 그러고 보니 카이로메이어 학자들이 귀엽게 부탁하는 방법에 관해 여러 토론을 벌였다지?"

"오, 좋구만. 그래서 결론이 어떻게 나왔지?"

"글쎄? 책을 안 갖고 있어서 오르트아기나 님한테 물어볼 수 없어."

"왜 갖고 오지 않은 거냐."

"왜냐면 나만 책을 차고 다니면 이상하게 비칠까 봐."

"여러분, 귀엽게 자·기·소·개 부탁해요."

"""예……."""

우리가 멋대로 자기들끼리 속닥거리고 있으니, 프레데리카 씨의 압박이 날아들어 입을 다물고 말았다.

"어, 어쩌지? 누구부터 할래?"

"좋았어, 이건 그거다. 전에 했던 가위바위보인지 뭔지로 순서를 정하자."

"앗, 그거라면."

"좋네, 에밀리아. 그걸로 정하자."

에밀리아의 제안을 듣고 떠오르는 바가 있었는지 마기루카가 지적하려고 했다. 나는 황급히 그녀의 입을 막았다.

그래, 에밀리아는 가위바위보를 무지 못한다.

그걸 새까맣게 잊어버렸는지, 인정하지 못했는지 어쨌든 우리는 그녀가 제안한 대로 가위바위보로 순서를 정했다.

그 결과──.

"어, 어째서, 어째서 졌지?"

역시나 에밀리아가 곧바로 패배했다.

"아니, 오히려, 왜 이길 거라고 생각했어?"

"스피아를 비롯하여 주변 사람들이랑 매일 밤 승부를 겨루며 단련해서 이길 줄 알았건만."

(그건 아마도 너무 처절하게 패배해서 다들 봐준 게 아닐까?)

나는 난감해하는 스피아 씨를 상상하면서 마음속으로만 대답했다.

"어~쨌든 첫 번째는 에밀리아야. 부탁해."

"으그그, 하는 수 없지. 그 눈으로 똑똑히 봐두거라. 레리렉스 왕국의 마녀 공주, 에밀리아 레리렉스가 살아가는 모습을!"

왠지 거창하게 운을 띄운 뒤 에밀리아가 앞으로 나섰다.

"야호~♪ 여러분의 공주님, 에밀리아~예요. 처음 뵙겠어요. 두근거리지만~ 여러분~ 응원, 부 · 탁 · 해 · 요~♪"

에밀리아가 혼신의 귀여운 포즈와 함께 호소했다.

(저 녀석, 엉뚱하게 왜 저래…….)

우리는 얼어붙었지만, 반면에 주변 사람들은 우오오오오, 하고 열광했다.

그리고 이것은 지옥의 시작이었다.

"예, 다음♪"

새하얗게 굳어버린 채로 선원들이 에밀리아를 영차영차 옮기자, 프레데리카 씨가 만족해하며 귀신처럼 재촉했다. 나는 오늘 최고의 공포를 맛봤다.

"2번 시타. 갑니다~!"

이미 자포자기하는 심정으로 시타가 돌진했다. 에밀리아와 마찬가지로 샤랄라 아우라를 전개하며 사고 소개, 아니, 자기소개를 해나갔다.

다 끝나자마자 달아나는 토끼처럼 텐트로 뛰어간 시타. 주변에서 터져 나오는 환성보다 그 책의 목소리가 더 크게 들렸던 것 같은데 착각일까?

이렇게 되니 대미를 장식해야 하는 나의 압박감이 장난이 아니었다. 가위바위보에 강한 내가 너무 원망스러웠다.

"사피나 씨, 시간을 너무 들이지 않도록 우린 둘이 가죠."

"아, 예. 잘 부탁드립니다."

"앗, 치사해!"

그다음에 마기루카는 무슨 생각인지 시간 핑계를 대면서 사피나와 함께 앞으로 나갔다.

괜찮을까 싶어서 프레데리카 씨를 봤더니 이건 이것대로 흐름이 바뀌어서 오케이예요, 라는 듯 엄지를 척 세웠다.

그렇게 마지막인 내 차례가 돌아왔다.

"이봐, 저거, 혹시?"

"맞아, 백은의 성녀님?"

"틀림없어, 저 머리색, 그리고 뒤에 있는 신수님. 저분이 소문이 자자한 그 백은의 성녀님이야!"

결의를 다지고서 앞으로 나서려고 했더니 주변이 왠지 술렁거리기 시작했다. 무슨 일인가 싶어서 뒤를 돌아봤더니 스노우가 생긋 웃고 있었다.

(이, 이 글러먹은 표범이이이이!)

나는 그럴 생각이 없었는데 스노우 때문에 무척 눈에 띄었다. 프레데리카 씨는 분위기를 돋울 줄 아는구나, 하고 크게 호평했다.

더욱이 보고 있는 모든 사람이 성녀라고 외쳐대며 들끓었다.

이런 상황에서 자기소개를 하라고?

이 무슨 지옥이야.

(에잇, 여자는 배짱! 메어리 레가리야 갑니다앗!)

나는 각오를 굳히고는 손가락으로 가위를 만들고서 눈에 가까이 댔다.

"여러분~ 메어리예요~! 최고의 라이브를 선사할 테니 조금만 더 기다려! 응원, 부탁해요오오오!"

나의 혼신의 인사는 환호성에 덮여버렸다. 이대로 모래가 되고 싶은 심정이었다.

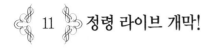# 11 정령 라이브 개막!

"엇, 노아가 깨어났어?"

라이브가 하루밖에 남지 않은 저물녘이었다.

튜테가 보고하자 우리는 급히 노아에게 달려갔다.

"노아!"

"앗, 후햐히하호에햐안."

황급히 가봤더니 노아가 엄청난 양의 음식물을 입에 넣고 있었다.

(그러고 보니 처음에 만났을 때도 입을 열자마자 배고프다고 했지. 연비가 나쁜가?)

음식을 왕성하게 먹고 있는 모습을 보고서 나는 아연실색하기보다는 안도하며 가슴을 쓸어내렸다.

"노아, 먹으면서 말하면 못써. 꼴불견이야."

"꿀꺽⋯⋯ 미안해요."

"자자, 건강한 것 같으니 잘 됐잖아요?"

"⋯⋯미안해요."

"이제 됐어."

"으으응, 아냐. 나 때문에, 모두가⋯⋯."

침울해하는 노아는 다른 의미로 다시 사과한 듯했다. 아마도 자기 때문에 니케가 습격했다고 여기고서 사죄했겠지. 그러나 노아 때문이 아니라는 건 명백하다.

"사과할 거 없어. 모두가 위험에 처했던 건 너 때문이 아냐. 오히려 나 때문이니까."

"그, 그렇지 않아."

그 당시 이야기를 들어보니 처음에 니케는 노아에게 흥미가 없었던 모양이다. 그리고 그가 주변 사람들에게 해를 가하려고 했던 건 나에게 보여주기 위해서였다. 그러니 책임을 굳이 따지자면 나에게 있지 않을까?

"그러니까 괘념치 마. 네가 무사해서 정말로 다행이야."

어찌할 바를 모르고 당혹해하는 노아를 꼬옥 끌어안으면서 나는 안도의 한숨을 내쉬었다.

『꼬마여, 그럼 묻겠다. 니케는 그대를 실패작이라고 불렀지. 그 이유를 아는가? 그리고 이야기를 들어보니 그대가 마지막에 마법을 없앤 것처럼 보였다는데, 무얼 했지?』

포근한 분위기를 깨부수듯 재잘거리는 책이 질문을 개시했다.

"시타! 이 눈치도 없는 재잘거리는 책 좀 조용히 시켜."

"엇, 앗, 오르트아기나 님! 쉿, 쉿."

내 말을 듣고서 시타가 황급히 검지를 손가락에 대면서 책에게 조용히 하라고 부탁했다.

『시간은 유한하다. 게다가 감상에 푹 젖어 있으면 저 꼬마도 거북하겠지. 얼른 다른 이야기를 진행하는 게 낫다.』

"분명 그렇긴 하지만, 그럼 질문할 내용을 더 고려했어야지."

왠지 일리가 있어서 납득할 뻔했지만, 질문 내용이 본인의 마음을 후비는 것임을 알아채고서 나는 항의했다.

"저기~ 그럼 일단 지금은 안정을 취하게 하고 훗날 다시 물어 보는 게 어떨까요?"

나와 오르트아기나의 주장을 듣고서 마기루카가 정론을 말했다.

『저토록 많이 먹지 않았는가? 이제 걱정할 일은 없겠지.』

오르트아기나가 지적하자 모두가 일제히 테이블에 놓여 있는 수많은 빈 접시를 쳐다봤다.

"어, 으음, 저기~."

모두의 시선을 알아채고서 노아는 새빨개진 얼굴로 우물쭈물 거렸다.

『그래서 어떤가? 이제부터 니케와 맞닥뜨릴 테니 조금이라도 정보를 확보하고 싶다. 게다가 힘을 쓴 걸 보면 무언가가 떠오른 게 아닌가?』

오르트아기나가 태연히 중대한 사실을 말하자 내 품에 안겨 있 는 노아의 몸이 흠칫 떨렸다. 나는 그걸 놓치지 않았다.

"노아?"

"……모르, 겠어. 분명 난 니케와 백은의 갑옷한테서 실패작이 라는 소리를 들었던 기억은 떠올랐지만, 왜 실패작인지는 떠오르 지 않아. 그때도 정신없이 머릿속에 언뜻 떠올랐던 걸 그대로 외 치기만 했을 뿐 뭘 했는지 자신도 잘 모르겠어."

노아는 허공을 바라보면서 스스로를 돌이켜봤다. 그러나 역시 나 결정적인 답을 찾아내지 못한 채 곤혹스러워했다.

『흠…… 결정적인 조각은 없었나?』

"오르트아기나?"

『아니, 이제 됐다. 내일은 의식이다. 다들 쉬는 게 좋겠지.』

"어? 벌써 내일이 의식이야?"

오르트아기나의 말을 듣고서 노아가 놀랐다. 뭐, 지금까지 자고 있었으니 그럴 만도 하겠지.

"그래, 우리의 경사스러운 첫 무대. 노아도 봐줬으면 좋겠어. 그러니까 오늘은 푹 쉬렴."

나는 놀란 노아를 살며시 재웠다.

"우우우우, 드디어 내일인가~. 나, 나, 조금만 더 연습하고 올까요?"

내일이 두려운지 부르르 떨면서 시타가 밖으로 나가려고 했다. 가장 우려했던 시타의 노래는 프레데리카 씨의 기준으로 최고라고 할 수는 없지만, 합격점에는 도달한 듯했다. 그러나 개인적으로는 불안하겠지.

"시타."

"알고 있어. 무리하지는 않을 거야. 한 번만 맞춰볼 거니까."

"앗, 그럼 저도."

레이첼 씨의 주의를 듣고도 시타는 대꾸하면서 밖으로 나갔다. 그리고 사피나도 불안했는지 그녀를 따라나섰다.

"으음, 저, 전, 두 사람을 보고 올게요."

이러니저러니 해도 마기루카도 불안했는지 두 사람을 따랐다.

이러면 나는 뭘 해야 하나? 노아도 걱정되긴 하지만, 내가 내일 공연을 앞두고서 차분하게 기다릴 만한 멘탈을 갖고 있지 않음을 스스로 잘 알고 있다.

그래, 가장 벌벌 떨면서 불안해하는 사람은 실은 나다.

"이런, 이제 와서 뭘 하든 별반 다를 게 없거늘. 본녀랑 메어리처럼 마음을 차분히 먹어라."

"그러면 뒷일은 부탁할게, 에밀리아."

마음이 차분한 것 같은 에밀리아에게 맡기고서 나는 모두에게 달려갔다.

"잠깐, 기다려, 기다려라! 본녀도 불안하느니라아아아아!"

뒤에서 우는 소리를 내뱉은 에밀리아를 기다렸다가 우리는 결국 해가 질 때까지 연습했다.

이튿날.

무대 주변은 지금껏 본 적이 없을 만큼 왁자지껄했다.

어디서 왔는지는 모르겠으나 배를 타고 찾아온 마족들과 인근 주민들로 북적거렸다.

그리고 이 행사를 통제하고 있는 사람이 레리렉스 왕국 사람이 아닌 알디아 왕국의 왕자라는 사실 역시 이례적이었다.

왕자님은 지난번에 학원제를 치렀던 경험을 살릴 수 있겠다며 솔선하여 모두를 이끌었다.

튜테에게 노아의 간병을 맡겼지만, 노아는 건강을 되찾았다.

지금은 이 흥겨움에 감화됐는지 여기저기를 즐겁게 어슬렁거리고 있었다. 뭐, 리리와 스노우가 봐주고 있으니 괜찮겠지.

자하와 레이첼 씨는 주변 경비를 맡았고, 벨토치카 님은 악기를 들고서 다른 연주대와 함께 최종 점검을 하고 있었다. 이 연주대 역시 프레데리카 씨가 데려온 해양생물들이었다. 벨토치카 님을 제외하고는 악기라기보다는 자기 몸에서 내는 소리로 연주하는 느낌이었다.

이렇게 되니 더더욱 어느 뮤지컬 영화에 가까워진 느낌이었다. 어느새 나도 무심코 노래하듯 대화하지 않을까 싶어서 전전긍긍했다.

의상을 다 갈아입은 뒤 우리는 마련된 대기실에서 기다렸다.

"드디어 시작이네. 좋았어, 동그랗게 모여!"

나는 때마침 모두가 모여 있기에 기합을 불어넣고자 했다.

"동그랗게 모이라니요? 메어리 님, 학원제 때 했던 그건가요?"

사피나와 튜테는 그걸 기억하는지 내 곁으로 다가왔다. 다른 사람들도 무슨 일인지 잘 모르면서도 모여 줬다.

내가 신나게 손을 내밀자, 사피나와 튜테가 뒤따랐다. 다들 무슨 동작인지 이해했는지 따라 하듯 손을 내밀고는 동그랗게 모였다.

"……."

"이봐, 이 대목에서는 말을 꺼낸 메어리가 뭐라고 해야 하지 않느냐?"

내가 뭘 하고 싶은지 알아챘는지 에밀리아가 재촉했다.

"아니~ 여기에 왕자님과 공주님, 왕비님도 계시는데 다 제쳐두고서 내가 말하는 건 좀~."

"후훗, 새삼스러운 느낌이에요."

"그러네요. 이 의식은 메어리 짱한테 맡기도록 하죠."

주변 열기에 텐션이 올라가긴 했지만, 어째선지 한마디 하라고들 하니 갑자기 긴장돼서 아무 말도 못 하는 소시민 같은 나.

잘 얼버무려서 남에게 넘기려고 했지만, 말끔하게 되받아쳤기에 각오를 굳힐 수밖에 없었다.

나는 다시금 동그랗게 모인 모두를 둘러본 뒤 내밀어진 수많은 손을 쳐다봤다.

"다들, 오늘을 위해 열심히, 아주 열심히 노력했어! 이 라이브, 가 아니라 의식을 성공시킬 수 있을지 불안하기도 하고, 긴장도 되지만 짓눌리지 말고 힘차게, 오늘 이 시간을 전력으로 즐기자 아아아아!"

"""오오오오오!"""

모두 나를 따라 손을 들어올렸다.

"좋았어, 가볼까? 메어리 짱과 그 친구들, 무슨 일이 있어도 의식을 계속하는 거야!"

우리가 텐션을 한껏 높이고서 무대 중앙으로 가려고 하자 프레데리카 씨가 태연하게 왠지 불온한 말을 했다.

무슨 뜻이냐며 뒤를 돌아보려고 했더니, 연주대가 팡파르 같은 소리를 울렸다. 주변에서 환호성이 터져 나왔다.

드디어 정령을 진정시키는 의식, 아니, 정령 라이브가 시작됐다.

"드디어 왔어, 정령 라이브! 모두, 힘차게 놀아보자아아아아!"

내가 크게 외치자, 무대 전체에 울려 퍼졌다. 무대 효과 때문에 되울리고 있다고는 해도 음량이 상당했다. 그런데 그에 못지않게 내 목소리가 덮어버릴 기세로 주변에서 환호성이 터졌다.

(히이이이익, 압박이, 압박이 굉장해애애애애!)

주변 열기에 압도되어 무심코 움츠러들 뻔했지만, 가까스로 참아냈다.

내 시선 끝에는 튜테와 함께 눈빛을 반짝이며 보고 있는 노아가 있었다.

(언니로서 좋은 모습을 보여줘야 해! 노아한테 이 즐거움을 조금이라도 전하고 싶어!)

반주가 연주되자 우리는 정해진 조합과 순서대로 노래하기 시작했다.

물론 노래를 부르지 않는 사람도 안무에 맞춰서 춤을 췄다.

사피나와 시타 조는 귀엽게, 에밀리아와 마기루카는 정열적으로, 나는 두 조 사이를 넘나들며 여러 모습을 선보였다.

시타는 가창력에 자신이 없었고, 사피나는 무대 공포증이 있었다. 그러나 그것들을 다 날려버리듯 완벽한 시작에 행사장이 들끓었다. 그리고 관계자석에서 책 한 권 쩌렁쩌렁하게 울부짖었다. 카이로메이어에서 포효를 질러도 괜찮을까 걱정될 만큼 대음량이었다.

나뉘었던 파트가 다시 하나로 합치자, 에밀리아와 시타가 공중에서 춤을 추기 시작했다.

아래에 남은 나와 사피나와 마기루카는 델타 포메이션으로 춤추고 노래했다.

느낌이 좋다. 이대로 마지막까지 무사히 진행될 것 같다고 생각했을 때 내 뺨에 물방울이 튀었다.

(응? 비?)

그토록 화창했던 하늘에 먹구름이 드리워지고, 바다가 출렁이기 시작했다.

『우오오오오오오! 우오오오오오오오!』

지금까지와는 비교조차 되지 않는 엄청난 소리가 울려 퍼지더니 행사장이 뒤흔들렸다.

정령이 납신 모양이다.

그때 나는 프레데리카 씨가 했던 말을 떠올렸다.

(무슨 일이 있어도 계속 노래하라고 했는데, 이걸 두고 한 소리였어?)

간주에 들어가자, 나는 관계자석을 쳐다봤다. 다들 무장하고서 분주히 움직이고 있었다.

"회장 A지구, C지구에 무장반 전개! 회장 안에 절대로 들이지 마! 이 의식의 성공은 우리들의 움직임에 달려 있어! 무녀들을 지켜!"

왕자님이 호령하자 자하와 레이첼 씨, 프레데리카 씨를 비롯한 무장반이 외쳤다.

빗줄기가 더 거세지고, 파도의 높이도 점점 높아졌다.

이 위험한 분위기가 피부에 찌릿찌릿 느껴지자, 불안감이 샘솟

앉는지 춤을 추고 있던 모두가 불현듯 나를 쳐다봤다.

(다들 열심히 하고 있어. 이제 우리도 질 수는 없어!)

"여러부우우우운, 악천후를 싹 날려버릴 만큼, 더욱더욱더우우우욱, 신나게 놀아보자아아아!"

간주가 끝나기 직전에 나는 한 걸음 앞으로 나와 쩌렁쩌렁하게 외쳤다. 그러자 반응하듯 회장이 들끓었다.

우리는 다시 노래하기 시작했다.

주변 바다에서는 물로 이루어진 손이 튀어나왔고, 무장반들은 그것을 격퇴하거나 밀어내고 있었다.

그건 이미 '손님, 더 들어가시면 안 됩니다', '무대에 올라가지 마세요' 상태였다.

그 거대한 본체는 프레데리카 씨가 스스로를 방패처럼 내세워 어떻게든 틀어막고 있는 듯했다.

정령, 무시무시하도다.

『후오오오오오오오오! 메어리 따아아아아앙, 마기루카 따아아아앙, 에밀리아 따아아아앙, 사피나 따아아아앙, 시타 따아아아아앙!』

덮치려다가 격퇴될 때마다 정령은 우리의 이름을 부르며 흥분했다.

(히이이익, 너, 너무 무서워어!)

속으로 공포를 느끼면서 우리는 클라이맥스에 돌입했다.

사전에 의논했던 대로 빛의 마법을 구사하여 회장을 채색했다. 회장에 있는 모든 사람과 한 덩어리가 되어 최고조에 다다랐다.

그건 정령도 마찬가지인 모양이다. 감정이 최대치로 달아올랐는지 주변 바다, 날씨가 더없이 거칠어졌다.

그럼에도 우리는 계속 춤추고 노래했다.

내가 상상했던 라이브와는 뭔가 다른 느낌이 들긴 했지만, 그건 그거, 이건 이거. 지금 나는 몹시 즐거웠다.

이대로 끝나나, 하고 생각했더니 계속 달리고 싶은 기분과 달리고 싶지 않다는 상반된 감정이 맞부딪쳤다.

그래도 끝을 맞이했다.

우리도, 음악도, 회장도 시간이 뚝 멈춰버린 것처럼 고요해졌다.

잠시 정적이 흘렀다.

『브라보오오오오!』

정령의 엄청난 목소리와 함께 날씨가 단번에 화창하게 바뀌어 갔다.

햇볕이 내리쬐자 회장 안에 있는 모든 사람이 다 끝났음을 깨달았다. 정령에게 뒤지지 않을 만큼 환호성을 질렀다.

그 순간, 탈력감이 내려앉고 긴장감이 녹아갔다.

우리는 해냈다.

모두 성취감을 피부로 느꼈는지 서로를 치하했다.

"해냈구나, 메어리어."

"그래, 해냈어."

"해냈어, 해냈어, 해냈다아."

"기, 긴장의 떨림이, 이제서야아아아."

"괜찮아, 사피나."

나와 에밀리아가 퍽 진지한 얼굴로 서로를 향해 엄지를 세워주고 있으니, 시타가 기뻐하며 끌어안았다. 그 후에 사피나가 풀썩 주저앉자, 나는 말을 걸어줬다.

"으음, 이거 정령님을 달래기 위한 의식이었죠? 왠지 지금 가장 흥분한 것 같은데, 괜찮을까요?"

모두 서로를 치하하는 중에 마기루카가 현실을 언급했다. 나는 애당초 이 라이브의 취지가 무엇이었는지 다시금 떠올렸다.

"그, 그랬지. 저 무서운 정령은 어떻게 됐어?"

나는 조심스럽게 정령의 본체인 거인을 쳐다봤다.

그는 두 손을 들어 올린 채 조용히 굳어 있었다.

"""......"""

회장에 있는 관객들도 마른침을 삼키며 정령의 동향을 지켜봤다.

그때, 무슨 생각인지 가장 근처에 있던 프레데리카 씨가 부주의하게 스스슥~ 접근하여 굳어버린 거인을 툭툭 찔렀다.

그러자 정령에게 변화가 생겼다.

거인이 우르르르, 무너져 내렸다.

그에 맞춰서 환호성이 일었다.

아마도 진정시키는 데 성공한 듯하다.

굳이 따지자면 진정됐다기보다 다 연소됐다는 느낌을 부정하지 못하는 건 나뿐일까?

여하튼 우리의 의식은 성공한 모양이다.

경사로세, 경사로세.

"좋아, 돌아갈까?"

"메어리 님, 여기에 뭘 하러 왔죠?"

"어? 정령 라이브하러?"

"아닙니다."

"……헉, 맞아. 제오라르에 가서 백은의 기사를 조사하러 가야지."

내가 만족스럽게 행사장을 떠나려고 하자 역시나 냉정한 마기 루카가 딴죽을 걸었다. 그 덕분에 제정신을 차렸다.

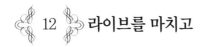

12 라이브를 마치고

정령 라이브가 끝나고, 정령 때문에 대참사가 벌어졌던 무대 위는 다시 정비됐다. 이곳을 찾았던 사람들은 저마다 술을 마시며 떠들어대고 있었다.

"언니들, 굉장했어!"

조금 흥분한 노아가 리리와 함께 우리가 있는 텐트에 들어오자마자 외쳤다.

"훗훗훗, 동경했는가?"

"응."

"그럼 본녀처럼 더 섹시하게 성장해야겠구나, 흠. 노아라면 몇 년 후에 될 수 있지 않겠는가? 허나 지금 보아하니 메어리 수준에서 멈출 것 같기도 하다만."

"으, 응……."

뒤이어 에밀리아의 말을 듣고서 기뻐하다가 무슨 생각을 했는지 갑자기 패기가 빠져버린 노아. 아니, 뒷이야기에 어떻게 대답해야 할지 몰라서 당혹해하는 것뿐인지도 모르겠다.

"좀, 에밀리아. 무슨——."

"어, 뭐, 뭐냐, 이런 것도 어떤 의미에서 활기로 이어지는군. 꼭 우리 왕도에도 도입하고 싶다."

내가 항의하려고 했더니 갑자기 이야기를 틀어버려서 더는 추궁할 수가 없었다. 이 자식, 에밀리아 주제에 제법이잖아?

"에밀리아 혼자서 할 거야?"

"무슨 소리를 하는 거냐? 그때도 메어리 일행을 부를 건데?"

"왜 타국의 도시를 흥겹게 하기 위해 우리가 참여해야만 하는 거야. 할 거면 자기 나라 사람들끼리 해."

"그렇군. 그것도 좋은 방안이네. 곧바로 다음 학원제 때……."

에밀리아의 의견을 듣고서 반쯤 농담처럼 말했더니 왕자님이 골똘히 생각하면서 무서운 말씀을 하셨다.

"자자, 그런 얘기는 나중에 하고, 지금은 성공을 축하하죠."

"그, 그그그, 그래요, 축하해요, 축구해요."

왕자님의 뜻대로 이루어지면 자신에게도 불똥이 튈 것 같아서 마기루카가 곧바로 이야기를 돌렸다. 그러자 사피나도 찬성했다.

『그렇군, 그런 수가 있었나? 그럼 카이로메이어에서도 시타를…….』

"무, 무무무, 무슨 소릴 하는 거야, 오르트아기나 님! 무리야, 무리무리무리무리무리이이!"

『아, 아아아아아, 알겠다, 알겠으니 책을 고속으로 흔들지 마라. 시, 시야가 흐트러져서 기분이 왠지.』

시타와 오르트아기나의 대화를 보면서 모두가 웃었다. 덩달아서 조금 침울해하던 노아도 웃음을 되찾았다.

"언니, 왜 그래?"

내가 쳐다보는 걸 눈치채고서 노아가 고개를 갸웃거렸다.

"응, 아냐, 노아는 지금 즐겁니?"

내가 대화 흐름을 생각하지 않고 솔직하게 궁금했던 걸 물어보자, 노아가 갑작스러운 질문에 어리둥절했다.

"응, 즐거워."

그리고 아이답게 활짝 웃으면서 대답하자 나도 자연스럽게 웃으며 그녀의 머리를 쓰다듬었다.

돌이켜보니 노아를 깨운 사람은 바로 나였다. 처음에는 그녀를 깨우는 게 옳은 일이었는지, 나를 따라다니게 하여 잃어버렸던 기억을 되찾는 것이 과연 노아를 위한 일인지 의구심을 품었다. 그러나 언젠가부터 그저 순수하게 현재를 즐기며 살길 바라게 됐다.

(이 기분은 뭐지? 마기루카와 친구들한테 보내는 감정과 비슷한 것 같기도 하고, 조금 다른 것 같기도 하고…….)

형제를 가져본 적이 없는 나는 말로만 여동생이라고 했다. 그런데 여행하는 중에 그 단어가 내 안에서 변화한 걸까?

"다행이야. 앞으로 함께 더 재미난 일을 하자."

내가 진심을 밝히자, 노아는 기뻐하는지 슬퍼하는지 읽을 수 없는 표정을 순간 보였다.

"자~아, 여러분, 피곤할 텐데 미안하지만 한 가지를 더 부탁해도 될까?"

왜 그러냐고 물어보려고 했더니 내 말을 가로막듯 프레데리카 씨가 나타나 일을 한 가지 더 요구했다. 불길한 예감밖에 들지 않는 이유는 뭐지?

"뭡니까? 노래를 또 부르라는 건가요?"

"아냐, 아냐. 의식을 마친 뒤에는 방문한 관객들과 무녀들의 교류회를 열어야 해!"

"교류회 말인가요? 그런 말 듣지 못했는데?"

"응, 그래서 지금 말했어."

"……"

"어쩔 수 없잖아아아아. 첫 멤버라서 사람들이 이렇게 좋아할 줄은 몰랐거든. 관객들이 예상했던 것보다 더 호평하면서 밀려들고 있어. 전통이라 여기고서 한 번만 더 도와줘."

프레데리카 씨가 평소와 달리 손을 모으며 부탁했다. 그래야만 할 만큼 바깥에 큰일이 벌어졌나?

그러고 보니 자하와 레이첼 씨의 모습이 보이지 않는데, 분명 그 일과 관련이 있겠지.

(으~음, 이른바 악수회 같은 행사일까? 더더욱 아이돌 같네.)

뭐, 그토록 가혹한 상황 속에서 관객들은 우리와 함께 분위기를 고조시켰다. 서비스를 조금 해줘도 나쁘지는 않겠지?

"으~음, 뭐, 잠깐만이라면…… 다들 어때?"

"저도 위험하지 않다면……."

마기루카가 내 질문에 대답하고는 텐트에서 바깥을 슬쩍 엿봤다. 나도 뒤이어 엿봤더니 자하를 비롯한 관계자들의 지시에 따라 관객들이 질서정연하게 순서를 기다리고 있었다. 모두 콧김을 씩씩거리고 있는데 기백이 무서웠다.

"프레데리카 씨, 위험하지는 않겠죠?"

"으~음, 뭐, 아~마~도~ ♪"

"노래하면서 얼버무리지 말아요."

"괜~찮~아~. 왜냐면 너희들은 무녀이~니~까아아안 ♪"

무녀가 뭐 어쨌다는 거지? 프레데리카 씨를 신용하기는 어려 웠지만, 관객들을 더 기다리게 했다가는 정말로 흥분이 폭발하여 정령처럼 폭주할지도 모른다.

"좋았어. 파바밧, 끝내버릴까?"

나는 무슨 일이 벌어져도 무적이니 어떻게든 되겠지, 하고 생 각하면서 앞장을 섰다.

모두가 지켜보는 와중에 내 앞으로 안내를 받은 한 관객이 황 급히 다가왔다.

"오늘 라이브를 보러 와줘서 고마, 워, 요?"

당차게 앞장을 서긴 했지만, 실은 첫 경험인지라 나도 긴장한 바람에 머리가 잘 돌아가지 않았다. 멋대로 악수회인 줄 착각했 다. 내가 손을 내밀었는데도 상대는 그 손을 잡으려고 하지 않 았다.

내가 고개를 갸웃거리자, 앞에서 그 사람이 어떤 행동을 취했다.

그래, 무릎을 꿇었다.

그리고 손을 모으고서 기도하는 포즈를 취했다.

"아아아, 무녀님, 근사한 의식을 보여주셔서 감사합니다!"

"……으음, 이, 이건?"

손을 내민 채 굳어 있는 내 앞에서 절을 하는 관객님. 참으로 희한한 광경인지라 나는 어찌할 바를 모른 채 망가진 기계처럼 고개를 끼기긱, 돌려 모두를 쳐다봤다.

"그야 이번에 무녀로서 의식을 치렀으니까. 신성한 의식, 정령을 진정시키는 소녀들을 공경할 만하지 않니? 자자, 다른 사람도 나란히, 나란히~♪"

홀로 텐션이 높은 프레데리카 씨가 지시했다.

의식 내용이 아이돌 라이브 같았고, 주변 사람들의 태도가 팬 같았기에 잊고 있었다. 그러고 보니 이건 일단 성스러운 의식이고, 우리는 무녀(巫女)였다. 듣고 보니 이건 신성한 제사였다. 그러므로 경건한 신도라면 기도할 수밖에.

(그렇구나, 그럼 괜찮나…… 진짜로 괜찮나?)

내가 숭배를 받고 있으니 다른 사람들도 어색한 얼굴로 나란히 섰다.

"자, 끝! 다음 분~."

"아아아, 잠깐만! 조금만 더어어어어~!"

"안 돼, 안 돼♪ 자~ 연행해요~♪"

"아아아, 아직 감상을 자세히 들려드리지 못했는데에에에에!"

프레데리카 씨가 유도하자 선원들이 절하고 있던 사람을 연행했다. 다음 사람은 우리에게 맹렬히 달려와서는 허용된 시간 안에 우리 멤버에게 일일이 숭배했다.

(왜, 왠지 내가 생각했던 팬 교류회랑 달라…….)

그리하여 우리는 한동안 모두의 열렬한 숭배를 받았다.

한 시간 뒤.

"아아~ 굉장한 경험이었어."

"그렇군요…… 설마 숭배를 받다니."

텐트에 돌아와 일상복으로 갈아입은 나는 의자에 주저앉았다.

"홋, 본녀는 기분이 나쁘지는 않았다."

"역시 공주 전하, 그릇이 다르네~."

"시타도 카이로메이어에서는 오르트아기나 다음 가는 권력자 아니더냐? 숭배받는 데 익숙해져서 손해 볼 일은 없다."

"아니~ 그건 좀~."

"뭐, 사피나가 가장 안절부절못하던데 괜찮아?"

"괘, 괜찮아요오오."

에밀리아와 시타의 대화를 들으면서 테이블에 엎어져 있는 사피나에게 말을 걸었더니 그녀가 오늘 가장 피곤한 표정을 보였다.

우리의 의식은 이번에야말로 막을 내렸다. 다들 성공을 기뻐하고 축하했다.

그리고 시간이 흘러 해가 기울기 시작하면서 주변의 흥분이 가라앉았을 즈음에 그것이 왔다.

"여러분, 오늘 정말로 훌륭한 의식이었습니다."

축 늘어진 채 한동안 쉬고 있으니 벨토치카 님이 방문했다. 나는 황급히 자세를 바로 했다.

"베, 벨토치카 님. 아, 아뇨, 당치도 않습니다."

"근데 많이 피곤할 텐데 참 미안하지만, 정령이 또 나타났습니다. 여러분을 만나고 싶어해요."

벨토치카 님의 그 말에서 긴장감이 흘렀다. 내가 모두를 서서히 둘러보자 각자 호응하듯 고개를 끄덕였다.

우리는 벨토치카 님을 따라서 정령을 만나게 됐다.

조금 걸어갔더니 바다 위에 어중간하게 생긴 그 거인이 아닌 조금 더 인간다운 형태를 띠는 물의 거인이 서 있었다.

『잘 와줬다, 내방자들이여.』

"엇, 앗, 웅."

정령이 차분한 말투로 어른스럽게 말하자, 나는 위화감을 한껏 느껴서 존댓말조차 쓰는 걸 깜빡했다.

『난 이 정령해의 영역을 지배하는 물의 정령이다.』

"웅, 알고 있어."

『내방자인데도 이번에 의식을 치르느라 고생했다. 이 영역을 대표하여 감사를 표하지.』

"아니, 원인이 바로 당신이었는데. 그보다도 왜 그래? 아까 전까지 후오오오오, ㅇㅇ 따아아앙, 하고 텐션을 폭발시켰잖아?"

『오흐으으응, 무, 무무무, 무슨 소리지? 난 영역의 지배자. 그, 그그그, 그런 바보 같은 짓을, 하하하, 할 리가 없지이이이.』

정령이 시치미를 떼자, 나는 만세 포즈를 취한 채 아등바등했다. 그러자 그는 마구 동요했다.

"프레데리카 씨?"

"자자, 흥분 상태가 정점에 달했다가 폭발하여 단숨에 제정신으로 되돌아온 게 창피한 모양이야. 뭐, 젠체하고 싶은 나이라고 생각하고서 가볍게 흘려버렸으면 좋겠어."

"나이라니. 우리보다 수백 배나 더 살았는데?"

"메어리 님, 더 괴롭혔다가는 발끈할지도 몰라요."

"듣고 보니 마기루카의 말이 맞네."

그토록 고생하게 했으니, 창피를 조금 당해도 싸지 않을까 싶었다. 그러나 마기루카의 말대로 토라져서 다시 떼쟁이로 되돌아가기라도 하면 큰일이다.

"그럼 우리가 여기에 온 이유를 알고 있을까?"

『그래, 프레데리카 땅, 이 아니라 프레데리카한테서 들었다. 제오라르로 가고 싶다지?』

"어, 백은의 기사들이 장치를 파괴해서 제오라르에 갈 수 없다고 들었는데, 가능할까?"

『음, 안전하고도 확실하게 제오라르로 가는 장치는 파괴됐지만…… 젠장, 니케 자식, 기술만 훔쳐서 본인용으로 만들다니. 뭐가 전시대적이고 비효율이냐. 이래도 수백 년이나 운영했거늘!』

"정령님, 얘기가 벗어났어요."

좋은 느낌으로 이야기가 진행되다가 왠지 불온한 분위기가 감돌기 시작하자 나는 정령에게 말을 걸어 제정신으로 되돌렸다.

『음, 아아, 어험, 파괴되긴 했지만 제오라르에 가지 못하는 건 아니다. 후후후훗, 굉장하지? 뭐니 뭐니 해도 난 이 해역을 지배하는 정령이니까!』

"오, 역시 정령님, 근~사~해~요~오오오오 ♪"

궤도는 잘 수정했지만, 프레데리카 씨가 자신만만하게 으스대고 있는 정령을 노래로 추켜세웠다. 이렇게 응석을 다 받아줬기에 쉽게 발끈하는 떼쟁이로 성장한 게 아닐까?

『그러니 곧바로 제오라르로 보내주지.』

그리고 분위기도 읽지 않는 이 스피디한 전개. 우리도 준비할 게 여러모로 있다고 해야 할까, 솔직히 그 의식을 치르느라 모두 기진맥진하니 오늘은 이대로 쉬고 싶다.

"아니, 오늘은 다들 피곤하니 내일쯤 되어야⋯⋯."

"와아~ 와~ 메어리 짱!"

내가 모두를 대표하여 부탁하려고 하자 프레데리카 씨가 황급히 재주 좋게 히프(?) 어택을 가하여 제지했다.

"프레데리카 씨, 무슨 짓입니까?"

"정령님은 기분파야. 오늘이 지나면 또 시련을 치러야 한다는 소리를 꺼낼지도 몰라. 지금 목적을 달성하는 편이 나아. 게다가 지금 정령님은 자신의 추태를 씻어내고 싶으니 거절했다가는 떼를 또 쓸 수도 있어."

프레데리카 씨가 나에게 충고한다기보다 울먹이며 애원했다.

(아아, 그러고 보니 정령은 무지무지 성가신 상대였지. 깜빡했어.)

"무대를 정리하고 돌아갈 채비를 해두는 건 우리가 어떻게든 해두겠습니다. 마음이 괴롭습니다만, 뒷일은 이쪽에 맡기고서 메어리 짱 일행은 목적을 이루도록 해요."

벨토치카 님도 프레데리카 씨의 뜻을 이해했는지 뒷일을 맡아줬다.

이 대목에서 '아뇨, 내일 할게요' 하고 말할 수 있을 만큼 강한 멘탈을 갖고 있지 않기에 나는 망설이며 모두의 눈치를 살폈다.

"다들 갈 수 있겠어?"

나는 신체만은 튼튼한지라 다소 피곤하기만 하지만, 다른 사람들은 걱정이 됐다.

그런데 쓸데없는 걱정이었나 보다. 다들 괜찮다며 힘차게 대답했다.

"좋았어, 그럼 가자, 제오라르로!"

내가 오~, 하고 주먹을 높이 올리자 모두 뒤이어 주먹을 올렸다.

『좋아, 그럼 제오라르를 부르지.』

"제오라르를, 부른다?"

우리의 결정을 확인하고서 정령이 어떤 액션을 취했다. 그런데 왠지 이상한 표현이라서 무심코 되물었다.

그런 나를 거들떠보지도 않고, 정령은 하늘을 서서히 올려다보고는 입을 크게 쩍 벌렸다.

"여, 여러분, 귀를 막아요!"

마침 떠올랐다는 듯 프레데리카 씨가 주의를 주자마자 째지는 것 같은, 고래 등 해양생물이 내는 초음파 같은 소리가 정령에게서 쩌렁쩌렁 방출됐다.

나는 뒤늦게 귀를 틀어막았지만, 별 충격은 없었다. 그러나 워낙 소리가 큰지라 화들짝 놀라며 뒷걸음질을 쳤다. 다른 사람들을 봤더니 겨우 귀를 틀어막았지만 휘청거렸다.

"갑자기 큰소리를 지르다니! 이런 건 미리 알려주고 해야지!"

『흠, 왔다.』

"남의 말 좀 들어어어! 아니, 왔다? 뭐가?"

모두를 위해 따끔하게 일러줘야겠다 싶어서 항의했더니, 정령은 싹 무시하고서 먼발치를 쳐다봤다.

그 태도에 격앙됐지만, 그 말을 듣고서 분노를 가라앉혔다. 정령이 쳐다보고 있는 하늘을 봤다.

시선 끝, 하늘 저편.

작긴 하지만 그곳에 변화가 일었다.

『뭔가가 공간에서 나왔네.』

스노우가 내 옆으로 와서 실눈을 뜨고는 올려다봤다.

"공간의 바다를 헤엄쳐 다니는…… 풍요로운 대지, 방대한 마력을 내포한 채 형성된 거대한 마법 생물…… 그게 바로 제오라르……."

스노우에 뒤이어 한 사람, 그게 눈에 보였는지 아니면 떠올렸는지 노아가 떨리는 목소리로 말했다.

『자아, 가볼까?』

"어떻게?"

천공의 저편에 있는 제오라르는 점으로밖에 보이지 않았다. 그러나 정령은 의기양양해하며 우리에게 재촉했다.

『무대 중앙으로!』

그 말과 함께 무대가 기동하더니 중앙에 물 구체가 형성됐다.

아무것도 모르는 방문객들이 크게 웅성거렸다. 또한 불운하게도 무대 근처에 있던 사람들이 물 구체에 휘말려서 아주 난리가 났다.

"잠깐, 그걸 꺼낼 거면 미리 말을 해야지! 모두한테 민폐를 끼쳤잖아!"

『그래서 중앙으로, 하고 말했잖아?』

(으으으으으, 이래서 정령이란 녀석으으으은!)

무심코 마음속으로 주먹을 내지를 뻔했지만, 꾹 참고서 우리는 물 구체 쪽으로 이동했다. 그 와중에 벨토치카 님 일행이 사정을 설명하면서 주변 사람들을 진정시키는 모습이 보였다.

『노렸던 대로 제오라르가 근처에 나타난 이유는 니케 녀석이 여기에 왔기 때문이겠지. 그렇지 않았다면 저기보다 더 멀리 이동하여 아무리 나라고 해도 너희들을 보내줄 수가 없었을 거다. 자, 시간이 없어! 어서 물 구체 속으로.』

아무 생각도 없는 듯 보여도 실은 생각하고 있는 정령이 재촉하자 우리는 물 구체로 달려갔다. 그런데 안으로 들어가라는 소리를 듣고서 망설였다.

"자, 잠깐만. 물 구체 속에 들어가면 우린 숨을 쉴 수가 없어!"

『안심해라! 나의 힘으로 몇 분 동안은 호흡할 수 있도록 조종했어!』

나의 우려를 들었는지 바다 위에서 여기까지 다 들리도록 정령이 쓸데없이 크게 외쳤다.

그렇게 편리한 능력이 있었다면 의식 때도 그렇게 해줬으면 얼마나 좋았을까. 그러나 애당초 당시에 한껏 거칠었던 정령이 그렇게 해줄 리도 없고, 또한 몇 분 동안 호흡할 수 있다는 모호한 표현이 나의 불안감을 매우 자극했다.

나의 손을 꼬옥 쥐는 감촉이 느껴졌다.

곁에 있던 노아였다.

(맞아, 여기까지 왔어. 이제 와서 되돌아갈 수는 없어. 정신 차려, 메어리. 넌 언니야.)

나는 심호흡을 한 번 하고서 모두를 봤다.

"가자, 제오라르로!"

나는 그렇게 말하고서 가장 먼저 물 구체 속으로 뛰어들었다.

도중에 헤어진 벨토치카 님과 프레데리카 씨를 제외한 모두가 뒤따라 안으로 들어왔다.

물속을 떠다니면서 보는 풍경. 그런데 호흡은 할 수 있는 신기한 체험에 당황하면서도 나는 정령을 보고 고개를 끄덕였다.

『좋았어, 준비 다 됐지? 그럼!』

내가 신호를 주자 정령이 커다란 손을 뻗었다. 그리고 물 구체를 움켜쥐고는 자기 쪽으로 끌어당겼다.

갑작스러운지라 물 구체 속에 있던 우리도 살짝 패닉에 빠져 자세를 유지하지 못했다. 물 구체 속에서 여기저기 떠도는 사람이 나타나기 시작했다. 내가 노아와 튜테를 지키듯 끌어안자 다들 따라하듯 내 주변으로 모여들었다. 흩어지지 않도록 저마다 손을 잡고서 사태를 지켜봤다.

『간다아아아! 이 꽉 악물어어어어!』

무슨 일이 벌어질지 전혀 짐작도 안 됐다. 정령은 일부로 다리까지 만들어 낸 뒤 바다 위에서 움켜쥔 물 구체를 크게 휘둘렀다.

"엇, 잠깐, 아아아아, 잠깐, 잠깐만! 설마, 던질 생각은 아니겠지?!"

그 멋들어진 투구 폼을 보고서 나는 창백해진 얼굴로 불길한 예감을 말했다. 그러나 물속이라서 아무도 듣지 못했다. 정령이 물 구체를 크게 휘두른 바람에 내부가 또다시 크게 요동쳤다. 우리는 날아가지 않도록 다함께 똘똘 뭉쳤다.

『으랴아아아아, 제오라르! 받아라아아아!』

"말도 안 돼애애애애!"

나의 예상은 적중했고, 이 정령은 우리가 들어 있는 물 구체를 하늘 저편으로 투척했다.

# 13 제오라르, 상륙

설마 던져진 공의 심정을 맛보게 될 줄이야. 나, 메어리 레가리야는 예상조차 못 했다.

그게 아니라 터무니없는 짓을 저지른 정령 때문에 현재 우리는 물 구체 밖으로 튕겨 나오지 않도록 서로를 꽉 붙잡고 있었다.

그보다도 스노우가 있는 덕분에 모두 그녀의 몸에 매달렸다. 그 덕분에 살았다고 해도 과언은 아니겠지.

『메어리, 제오라르가 보여.』

이 상태에서 바깥을 볼 여유가 있는 스노우에게 놀랐다. 그런데 이러는 나도 의외로 주변을 바라볼 여유는 있었다. 진짜, 신님, 고마워요.

내 시야에 펼쳐진 광경.

하늘이라는 바다를 헤엄치는 거대한 거북이(?)의 모습이었다.

전체 형태가 거북이처럼 보여서 나는 거북이라고 호칭했지만, 실제로는 거북이와는 어딘가 달랐다. 얼굴 생김새는 용처럼 생겼다. 날개처럼 보이는 이상하리만치 큰 지느러미와 돌고래와 비슷한 꼬리를 갖고 있었다. 더욱이 하나 같이 생물이 아니라 바위 같은 질감을 지녔다. 또한 등은 동그란 유선형이 아니라 평평했다. 그 위에는 강이나 초목, 광석이나 수정으로 된 산 같은 게 있었다.

하나의 섬처럼 보였다.

그 거대한 존재가 공간에서 그 모습을 거의 다 노출한 채로 우아하게 헤엄치고 있었다. 한동안은 그대로 공중에 떠 있을 셈인가?

여하튼 다가가면 갈수록 상상 이상의 스케일에 압도됐다.

이때 물 구체의 궤도에 변화가 생겼다.

우리가 위에서 제오라르를 바라본 건 몇 분에 불과했다. 그대로 서서히 제오라르의 등으로 접근했다.

(어라? 혹시 이대로 낙하?)

정령이 투척하여 제오라르로 보내는 무식한 기술을 선보였는데, 그러고 보니 어떻게 착륙하지? 그 생각이 떠오르자, 내 얼굴이 창백해졌다.

이대로 지상과 충돌한다면 과연 무사할 수 있을까?

(분명, 괜찮을 거야. 정령님이 지켜……줄 리가 없잖아아아아아, 그 정령이라고! 뭘 믿으라는 거야아아아아!)

그 정령이다. 분명 아무 생각도 없었겠지. 그저 오로지 제오라르로 보낸다, 그 생각만 했겠지.

내 머릿속에서 엄지를 척 세우고 있는 정령의 모습이 떠올랐다.

더욱이 그냥 느낌일까? 튜테를 비롯한 일행들이 괴로워하는 듯 보였다. 아마도 호흡할 산소가 부족해졌겠지.

오래 생각할 여유 따윈 없었다. 이제는 물 구체를 버리고서 제오라르에 착지할 수밖에 없었다.

"스노우, 이 물 구체를 파괴할 수 있어?"

『못할 건 없지만, 그랬다가는 어중간한 지점에서 터져버릴 거야.』

"이대로 땅바닥에 처박히거나, 산소가 다 떨어지는 것보다는 나아. 정령한테는 미안하지만 우린 이쯤에서 하차해야겠어."

나는 스노우에게 말하고서 모두를 봤다.

여유가 있는 사람들은 내 뜻을 읽고서 고개를 끄덕이고는 부유 마법을 못 쓰는 자하와 사피나에게 팔을 둘렀다.

그 광경을 봤는지 튜테가 리리를 안고 있는 노아를 끌어안았다. 나는 그녀의 허리에 팔을 둘렀다.

"스노우, 간——."

채비를 갖추고서 나는 스노우에게 말을 걸려다가 등골이 오싹해지는 기분을 느꼈다.

반사적으로 우리가 날아가고 있는 방향을 봤더니 한 실루엣이 출현했다.

"니케!"

나는 그와 만난 적이 없지만, 본능적으로 외쳤다.

상대도 우리가 공격 범위에 들어왔는지 비열한 웃음을 흘렸다.

니케가 우리를 손가락으로 가리키자, 주변에 커다란 말뚝 세 개가 뻗어 나오더니 우리에게 사출됐다.

마법을 영창할 여유는 없다. 이렇게 된 이상 내가 모두의 앞으로 나서서 분쇄할 수밖에 없다.

『하울링 블래스트!』

내가 움직이려고 한 순간, 스노우가 포효했다.

그러나 그건 말뚝의 궤도를 조금 틀기만 했다. 결국 말뚝이 물 구체에 직격했다.

스노우의 포효와 말뚝이 가한 충격에 물 구체가 크게 터졌다.

"튜테, 꽉 잡아!"

그 충격에 모두가 튕겨 나갔고 뿔뿔이 떨어졌다. 그러나 다행히도 미리 물 구체를 빠져나갈 준비 중이었기에 혼란스럽지는 않았다.

한편 나는 곁에 있는 튜테에게 손을 뻗어 그녀를 확보했다. 그러나 충격 때문에 튜테는 노아를 놓치고 말았다. 그녀가 떨어지는 광경이 보였다.

(내가 놓쳤기 때문이야.)

"스노우, 튜테를 부탁해."

나는 근처에 있는 스노우에게 튜테를 맡긴 뒤 미안하지만, 그녀를 발판으로 삼고는 노아를 향해 몸을 날렸다.

"노아아아아!"

나는 리리를 안고 있는 노아를 향해 팔을 뻗었다. 지상에 도달하기까지 아직은 시간이 있었고, 따라잡지 못할 거리는 아니었다. 노아도 의식을 잃지 않았는지 이쪽을 보고 안도한 듯했다. 나도 덩달아 표정을 풀었다.

바로 그때 노아의 뒤에서 또 다른 실루엣이 출현했다.

"샘플을 갖고 와줘서 감사해요."

나처럼 쫓아왔다기보다 느닷없이 출현한 니케가 노아를 낚아챘다.

"니케!"

쭉 뻗은 나의 손은 허공만을 잡았다. 노아가 있었던 장소를 그저 통과하기만 했다.

니케가 노아를 데리고서 사라졌다.

(또 내가 모르는 마법을.)

아까 말뚝 같은 것도 그랬지만, 아마도 니케는 전이 마법 같은 기술까지 자유자재로 쓰는 듯했다. 내가 얼마나 아는 게 없는지 통감했다.

부유 마법으로 허공에 뜬 채로 허공만을 붙잡은 주먹을 불끈 쥐었다.

"아가씨!"

감정이 엉망진창으로 구겨진 내 마음에 튜테의 목소리가 울렸다. 나는 제정신을 퍼뜩 되찾았다.

스노우의 등에 올라탄 뒤 걱정스레 이쪽을 쳐다보는 튜테에게 억지로 웃음을 지어 보였다.

"괜찮아, 튜테. 노아를 곧 되찾을 테니까."

튜테에게 했다기보다 자신에게 들려주듯 마음속으로 그 말을 반복했다.

다시금 저 아래에 펼쳐진 대지를 내려다봤다.

타이밍이 좋았는지 굳이 이동하지 않고 그대로 내려가기만 해도 발이 땅에 닿을 듯했다.

"다른 사람들은?"

"괘, 괜찮아요!"

기습을 당하여 혼란스러울 텐데, 마기루카가 사피나를 지탱하며 모두를 대표하여 무사하다는 걸 알렸다.

다른 사람들도 저마다 하강하여 제오라르에 착지하려고 했다.

전설의 섬, 제오라르.

그 규모는 약간 작은 섬 정도였다.

섬이라는 이름의 거북이처럼 생긴 생물(?)이 공중을 계속 헤엄치고 있다.

"이게, 제오라르인가……. 어마마마한테서 얘기를 듣긴 했다만, 왠지 인상이 다르군."

공중을 우아하게 넘나들며 모두가 무사한지 확인하며 돌아다니던 에밀리아가 내 곁으로 오더니 미심쩍어하며 말했다.

그래, 신이 창조한 공중 낙원.

온갖 것들로 가득한 전설의 풍요로운 섬.

여기로 오는 도중에 벨토치카 님이 그렇게 노래했던 게 떠올랐다.

그러나 아래에 보이는 땅은 그렇지 않았다.

뭐라고 해야 할까, 황폐했다.

초목은 시들었고, 호수나 강은 오염됐다. 그중 일부는 거의 다 말라버렸다.

노래에 따르면 지상에는 본 적도 없는 식물, 전설 속에 등장하는 생물들이 있다고 했다. 그런데 그런 진귀한 생물은 전혀 보이지 않았다.

이걸 낙원이라고 할 수 있나? 고개를 갸웃거릴 만한 수준이었다.

몇 분 뒤 우여곡절은 있었지만, 드디어 우리는 목적지인 제오라르에 착륙하는 데 성공했다. 그리고 그 감촉을 확인했다.

황폐하고 말라붙은 땅이 내 발에 전해졌다.

"제오라르의 겉모습을 보고서 놀라긴 했지만, 이 땅을 보니 다른 의미로 또 놀랍군. 이게 어찌 된 일이지? 무슨 일이 있었을까?"

왕자님이 주변을 둘러보며 질문했다. 그러나 아무도 대답할 수 없었다.

나는 전생의 표현을 빌리자면 자연이 풍부한 장소가 공장이나 개발 사업에 파괴된 인상을 품었다.

『옛날에는 이렇지 않았겠지. 그 증거로 메마른 초목과 그 속에 어른거리는 풍화된 동물들의 뼈, 그것들 모두가 조사할 만한 가치가 있는 연대물이다. 물론 상태가 저래서야 조사할 수도 없다만.』

"아아아, 매우 아쉽네. 대체 무슨 짓을 저지른 거야. 귀한 학술 자료가……."

우리가 경악하든 말든 아랑곳하지 않고 시타와 오르트아기나는 곧바로 주변을 관찰했다. 그리고 시타는 절망에 몸부림쳤다.

『윤택했던 마력이 한 곳으로 빨려들었어. 아마 그게 원인일 거야.』

신음하며 그렇게 말한 스노우의 시선을 따라가니, 그쪽에 산 한편에 세워진 신전이 보였다.

"저 신전에 마력이 집중되어 있어?"

내가 말하자 모두 저편에 솟아 있는 커다란 신전을 봤다.

"그럼 저 신전에 백은의 갑옷과 니케가 있을 가능성이 있겠군.

아마도, 노아랑 리리도……."

"달리 눈에 띄는 건물은 보이지 않고, 갑옷이 아니라 니케가 마중을 나와 준 걸 보면 메어리 님이 백은의 갑옷들을 전부 쓸어버린 건 분명한 모양이야."

왕자님에 이어서 주변을 경계하던 자하가 말하자 나도 고개를 끄덕였다.

"여기서 고민해봤자 아무 소용도 없겠지. 무례하게 마중을 나왔으니, 항의하러 가지 않겠나? 노아도 기다리고 있을 테고."

"그래, 가자."

에밀리아가 말하자 나는 조급한 마음을 억눌렀다. 애써 냉정한 척 굴면서 그 누구보다도 먼저 신전으로 걸어 나갔다.

그런 나를 뒤쫓듯 다른 사람들도 신전으로 향했다.

장엄하고 거대한 신전은 시대감을 물들이려는 것처럼 풍화되고 있었다.

원래 이렇게 신이 창조한 기적의 섬은 풍화와는 거리가 멀다는 인식이 있었다. 이것도 주변이 황폐해진 것과 관계가 있을까?

그런 신전의 한편. 어둑한 방에 노아는 던져졌다.

갑작스럽게 던져져서 낙법을 취하지 못했다. 노아는 등이 바닥과 충돌하여 고통에 신음했다.

그 바람에 방금까지 소중히 안고 있던 리리를 놓쳐버렸다. 리리는 암흑을 향해 으르렁거리며 경계 태세를 취했다.

리리의 시선 끝, 암흑에서 한 남자가 나타났다.

"쓸데없는 것까지 데려왔군요. 나 참…… 연구 가치가 없는 쓰레기한테 용건은 없습니다만."

니케가 진심으로 성가시듯 리리를 쳐다보자, 그 온후한 리리가 송곳니를 드러내며 달려들었다.

그러나 니케 앞에 출현한 얇은 벽에 가로막혀 날지도 못하고 바닥에 구르고 말았다.

"리리!"

픽, 하고 고통스러운 소리를 내면서 뒤로 날아간 리리가 걱정돼서 노아는 달려가면서 손을 뻗었다.

바로 그 순간.

뻗으려고 했던 손바닥에서 격통이 일었다.

공간에서 출현한 말뚝이 가차 없이 노아의 손바닥을 관통했다.

"아아아아아아아악!"

말뚝이 스윽, 사라지고 사태를 파악한 노아의 비통한 절규가 암흑에 퍼졌다.

노아의 절규에 호응하듯 리리가 다시 니케에게 달려들었지만, 그는 담담하게 손가락을 움직여 리리를 사이에 끼우듯 반투명한 벽을 출현시켰다. 그녀의 동작이 멎자, 이번에는 꿰뚫으려는 듯 옆으로 말뚝을 들이댔다.

리리는 직격을 피했지만, 뒤로 크게 날아가 방에 우뚝 솟아 있는 어느 기둥에 처박혔다.

더욱이 옆구리에서 피가 번져 나왔다.

"리, 리……."

"왜 그럽니까? 이 정도는 금세 재생할 수 있지요?"

아무 일도 없다는 듯 니케는 노아를 보고서 냉담하게 사태를 계속 관찰했다.

"애당초 이만한 공격도 튕겨내지 못하다니, 강도도 떨어졌군요. 역시 『붕괴』 때문에 신체 능력이 떨어지고 있습니까? 그 시설에서 요정의 도움을 받아 어떻게 변화했을지 흥미가 생겼건만 이거 실망입니다."

"부……웅, 괴……."

고통을 견디며 노아는 니케의 말을 곱씹었다. 무슨 말인지 아직도 잘 이해할 수 없지만, 그래도 자기 몸에 무슨 일이 벌어졌는지 노아도 어렴풋하게 깨달았다.

무대에서 니케와 싸울 때 무의식적으로 썼던 힘. 그 후에 깨어날 때까지 걸린 시간과 신체에서 느껴지는 위화감.

실패작.

노아는 그 의미를 곰곰이 생각했다. 저곳에 그녀의 상태를 똑바로 살펴볼 수 있는 인물이 있었다면 이변을 알아챘겠지만, 불운하게도 노아 본인밖에 없었다.

모두에게 걱정을 끼치고 싶지 않다. 그런 마음도 있었지만, 자신이 실패작이라는 게 모두에게 발각될까 봐 두려웠는지도 모르겠다.

"하아…… 흥미가 싹 사라졌습니다. 이거, 어떻게 할까요?"

니케가 무표정하게 노아의 뒤를 보고 있었다.

손에 일어난 격통도 상당히 가셨다. 자세히 보니 상처가 낫기 시작해서 놀랐다. 그러나 그 이상으로 노아는 자신의 뒤에 있는 존재가 마음에 걸렸다.

노아가 조심스럽게 고개를 돌렸다.

그 시선 끝에는 계단이 있었다. 자신이 있는 바닥보다 조금 높은 지점, 그곳에 커다란 베일에 휩싸인 공간이 존재했다.

『뻔한 거 아냐? 자신의 존재를 저주하고 후회할 정도로 괴롭히고 괴롭히다가…… 그러네, 엉망진창으로 망가뜨린 뒤 그 빌어먹을 건방진 성녀한테 던져주면 되잖아?』

베일 너머에서 노아가 공포를 느끼는 목소리가 들려왔다.

그러나 노아는 예전과는 달리 용기를 냈다. 공포에 벌벌 떨며 달아나지 않았다.

두려워하지 마.『언니』처럼 강하고 늠름하게. 그 의지가 노아를 굳세게 만들었다.

『어머 왜 그래? 평소처럼 울부짖으며 도망치렴. 태어난 걸 후회하고, 무력한 스스로를 저주하렴.』

"내가 대체 뭘 했다는 거야? 나도 아가드를 알고 있어. 당신과 마찬가지로——."

『똑같다고 말하지 마아아아! 이 복제품 실패작이이이이!』

갑자기 방출된 노기와 강렬한 살기에 짓눌려서 역시나 노아도 말문이 막힐 수밖에 없었다.

그러나 백은의 갑옷이 언급했던『복제품』이라는 단어가 마음에 걸렸다.

지금껏 니케의 말과 자신의 상황으로 미루어보아 실패작이란 육체적인 의미인 줄 알았다. 그런데 백은의 갑옷이 내뱉은 그 단어를 듣고서 의문이 생겼다.

복제…… 나는 무엇을 모조했는가? 그렇게 생각한 순간, 기억의 조각들이 움직이기 시작했다.

도망치기만 했던 옛날의 자신은 알아차릴 수 없었다. 그런데 자신의 기억을 되찾을 수 있는 가장 빠른 지름길은 눈앞에 있는 백은의 갑옷이 아닐까?

그러나 그러려면 공포에 맞서 앞으로 나아가려는 용기가 필요했다. 그러나 메어리와 만나기 전 자신에게는 벅찬 일이었는지도 모르겠다고 노아는 생각했다.

"복제품? 내가?"

『그래! 넌 나의, 아니, 우리의 바람을 짓밟은 실패작이야!』

바람이라는 단어를 들었을 때 또다시 노아의 안에서 기억의 조각이 풀렸다.

함께 싸우는 아가드의 모습.

그걸 『내부』에서 보는 자신.

그를 느끼고 싶다, 더 접촉하고 싶다는 마음이 생겨서 살며시 자기 손을 봤다.

비치는 건 아무것도 느낄 수 없는 무기물 같은 손——.

"아아, 그보다도! 그들이 여기로 올 때가 아닙니까! 환영 준비는 안 합니까?"

니케가 큰 소리로 외쳤기에 노아의 사고가 현실로 되돌아왔다.

『흐흥, 그리 생각한다면 네가 하도록 해. 뭣 때문에 마음대로 하도록 내버려 두고 있는데!』

"이런, 이런, 무서워라. 뭐, 설령 오더라도 여기에 도착하기는커녕 존재조차 알아차리지 못하겠지요. 제 마도구는 완벽하니까."

『흥, 그 정도는 당연하지. 이 섬 전체를 빌려줬으까.』

"예, 예. 원래 백은의 갑옷을 위해 만들어진 이 땅을, 당신 허락 없이는 쓸 수 없다는 이야기죠? 잠들어 있던 당신을 조사하려다가 요정한테 혼쭐이 나고서 밖으로 방출된 적도 있었죠. 뭐, 그 덕분에 여러 연구를 할 수 있었지만."

노아를 놔두고서 백은의 갑옷과 니케만 대화를 이어갔다. 노아가 그 대화에 끼지 않고 조용히 있었던 이유는 다른 기회를 엿보고 있었기 때문이었다.

니케와 백은의 갑옷의 대화에 의하면 메어리 일행이 이리로 오고 있다. 그러나 평범한 방법으로는 노아와 리리가 있는 곳에는 도달할 수 없는 듯했다.

도망쳐야 한다. 모두가 있는 곳으로 돌아가야 한다.

노아는 막 눈을 떴을 때는 형언할 수 없는 공포에 벌벌 떨면서 살아가는 것을 비관했지만, 메어리 일행과 만나고, 여행하고, 그 당찬 모습을 동경하면서 어느새 처음에 품었던 비장감은 없어졌다.

상처도 꽤 나았고 고통 때문에 아예 움직일 수 없는 것도 아니었다. 두 사람의 의식이 잠시 자신에게서 멀어진 지금이 기회일지도 모른다. 노아는 암흑 너머에 보이는 출입구를 향해 뛰기 시작했다.

그러나 시야 한구석에 몸을 비실비실 일으키고 있는 리리의 모습이 비쳤다.

그녀를 안아 올린 뒤 출구로 향한다면 시간이 걸려서 둘 다 발각되고 말 것이다.

그럼에도 노아는 주저하지 않고 리리에게 뛰어갔다.

친구를 버릴 수는 없다. 설령 이 몸이 위험해질지라도. 언니였다면, 메어리였다면 분명 그랬을 거다.

그렇게 생각했을 때 노아의 마음에 조각 하나가 떠올랐다.

그것은 아가드의 웃음.

아주 상냥하면서도 덧없는 웃음.

그 웃음과 함께 들려오는 그의 목소리.

설령 죽임을 당할지라도, 널…….

『라이트닝 볼트』

노아의 기억은 뇌명(雷鳴)과 함께 싹 흩어졌다.

번개의 창이 노아를 꿰뚫었다. 온몸에 전류가 흐르더니 감각을 잃어버렸다.

그럼에도 노아는 리리를 들고서 출입구를 향해 힘껏 내던졌다.

그 힘조차 주체하지 못하고 그대로 노아는 앞으로 고꾸라졌다.

"……아아, 그래…… 이건…… 신님이 주셨던 걸 버리려고 했던 내게 내려진 벌……."

의식이 흐려지는 와중에 그녀의 입에서 그 말이 새어 나왔다.

"……난…… 난…… 좋아하는 아가드를…… 죽이고……."

그 독백과 함께 노아의 동공이 스윽 가늘어졌다. 그녀의 안에서 기억의 조각들이 완전히 딱 맞아떨어졌다.

❦ 14 ❦ 독백

나는 인간이 싫었다.

그런 자기 자신도 인간이라는 게 더 싫었다.

그래서 다시 태어난다면 인간이 아닌 존재가 좋겠다.

차라리 무기물이었다면 상처를 입지 않았을까?

그런 시시한 생각을 하면서 나는 암흑에 떨어졌다.

불현듯 누군가의 목소리가 들린 듯했다.

그리고 눈을 떠보니 낯선 풍경, 낯선 세계에 나는 있었다.

소울 머테리얼. 신의 갑옷.

그게 나의 새로운 삶이었다.

그러나 갑옷이라니 무슨 뜻이지?

분명 무기물도 상관없다고 했지만, 신님이 왜 이런 판단을 했는지 잘 모르겠다.

뭐, 깊이 생각하지 말자.

나는 이 처지조차 꽤 만족하니까.

그로부터 시간이 얼마나 흘렀을까?

이곳은 다툼도, 서로 상처 입힐 일도 없는 평화로운 공간이었다. 요정이나 동물들과 대화를 나눌 수 있어서 놀랐지만, 덕분에 쓸쓸하지는 않았다. 아니, 쓸쓸하다는 감정이 희박하다는 게 그나마 위안이었을지도 모르겠다.

아무것도 느낄 수 없는, 빛바랜 세계.

그래도 나에게는 충분했다.

그런데 이곳에 사람이 왔다. 내가 눈을 뜬 후로 가장 놀랐던 때인지도 모르겠다.

아니, 이세계에 전생했음을 알았을 때 더 놀랐던가? 뭐, 아무렇든 상관없나?

귀가 긴 사람이 이곳에 왔다. 요정들에게 혼쭐이 나면서도 무언가를 하려고 했다. 그러나 나는 흥미가 솟지 않아서 잠시 잠들었더니 어느새 장소가 바뀌었다.

그래도 아무렇든 상관없었다. 흥미도 없었고, 불안 같은 감정도 솟지 않았다. 아무도 나를 상처 입힐 수 없고, 나는 마음만 먹으면 강하다는 사실을 알고 있으니까.

나에게는 묘한 힘이 있었다.

내가 이렇게 하고 싶다, 저렇게 하고 싶다고 생각하면 비전이 눈에 비쳐서 이끌어준다.

일단은 검과 마법이 있는 흉흉한 세계라서 전투가 벌어진 경우에도 나를 이끌어준다. 빼어난 전투 센스를 보여준다.

가장 대단한 것은 그 마법을 알든 말든 발현하게 해준다는 점이다. 마법을 쓸 때면 능력이 이끌어 준 대로 발동하기만 하면 된다.

이건 누구나 가능한 능력은 아니다. 이른바 치트 능력이다. 그래서 지식량이 방대해서 생물은 감당할 수가 없는 수준이란다. 더욱이 마력을 꽤 많이 소비해서 연비도 나쁘다.

나는 생물이 아니라서 문제없고, 신의 갑옷답게 마력도 풍부했다.

그 누구의 간섭도 받지 않고, 누군가에게 흥미를 품을 일도 없다.

그렇게 생각했다.

그가 나타나기 전까지는…….

번호로 불리는 남자애.

그런 그를 봤을 때 내 안에서 한 가지 비전이 보였다.

그와 함께 여행하는 것 같은 영상이었다.

그래서였을까? 나는 그에게 조금이나마 흥미를 가졌다.

그 이후로 나는 매일 그와 대화를 나눴다.

그는 자신에 관한 이야기와 오늘 벌어졌던 일을 재밌게 들려줬다. 그러나 나는 흥미가 솟지 않았다.

이따금 나에 관해 물어봤지만, 매일 짧게 대답했다.

그런데 어쩌서였을까?

어째서 나는 그에게 이름을 부여했고, 나와 그밖에 모르는 문자를 알려줬을까?

모르겠다.

다만 무언가를 그에게 남기고 싶었는지도 모르겠다. 나라는 존재를…….

영원할 것 같았던 나날은 갑자기 끝났다.

이러한 마법은 없나? 신의 영역이란 무엇인가? 갈 방법은 없나? 등등 여러 가지를 묻던 귀가 긴 인간이 없어졌다.

아가드가 뭐라고 말했지만, 흥미가 없어서 기억나지 않았다.

이로써 또다시 조용한 생활이 돌아올 줄 알았더니만 아가드가 나에게 말했다.

함께 여행을 떠나자고.

그 비전대로 흘러가는 건가?

이제부터 둘이 여행한다. 그렇게 생각했을 때 내 안에서 무언가 자그마한 응어리 같은 게 생겼다.

그게 무엇인지 나는 몰랐다.

그래서 확인하고 싶었는지도 모르겠다.

나는 그와 여행하기로 정했다.

처음에는 그저 느긋하게 여행할 작정이었다.

그런데 아가드는 점점 어려운 사람들을 돕기 시작했다.

왜 그런 짓을 하는지 모르겠다.

주변이 어찌 되든 나와는 아무 관계가 없었다.

그래도 어째서인지 아가드가 다치는 걸 두고 볼 수가 없었다.

그래서 나는 갑옷이니 마침 잘 됐다 싶어서 그를 지키기로 했다.

그 후로 얼마나 많은 전투를 치러왔을까.

우리에게 패배는 없었다. 무적이었다.

백은의 기사.

알디아 왕국의 영웅.

그러나 아가드는 영웅의 소질을 갖고 있지 않았다.

그저 착한 사람일 뿐이었다.

조금도 강하지 않다. 그건 내 힘이니까.

그래서 그는 매일 상처를 입었다. 망가졌다.

그럼에도 일어서서 남에게 웃음을 내보였고, 어려운 사람들을 계속 도왔다.

주변 사람이 위기에 빠지면 아가드가 구해준다.

그럼 아가드가 위기에 빠지면 누가 구해주지? 그야 당연하다. 나다. 나밖에 없다. 아가드는 내가 지킨다.

그렇게 생각했을 때 내 안에서 그을렸던 자그마한 응어리가 해소되고, 뭔가가 벗겨진 듯한 기분이 들었다.

그 이후로 내 안에서 원래는 희박했던 감정이 이따금 고개를 내밀었다.

아가드가 의지하고 있기에 감정을 그다지 드러내지 않으려고 했다. 그러나 참지 못하고 대화에 끼어들어서 주변 사람들을 놀랜 적도 있었다. 특히 젊은 여자가 다가와 말을 걸었을 때는 감정을 억누를 수 없었다.

그러는 중에 우리는 수많은 공훈을 남겼다.

바다 너머에 있는 마왕인지 뭔지를 흠씬 때려줬고, 성교국인지 뭔지 잘 모르는 나라의 침공을 막아내는 등 큰일을 해냈다.

그때마다 아가드가 평가받고 칭찬을 듣는 게 기뻤다.

이대로 그를 더욱더 유명하게 만들어 역사에 이름을 남긴다면 얼마나 좋을까.

그런 신나는 나날의 끝은 의외로 일찍 찾아왔다.

그의 신체는 인간이 만든 것.

신님이 손을 대지 않은 존재라서 결함이 있었다.

아가드는 이미 너덜너덜해졌다.

어렴풋하게 알아채기는 했다.

그러나 그가 힘을 빌려달라고 하기에, 그가 나를 원하기에, 그에게 미움을 받기 싫기에 나는 애써 모르는 척했다.

그게 잘못이었다.

나는 후회하며 아가드에게 울면서 부탁했다.

울었다.

갑옷이라서 눈물을 흘릴 수 없다. 그래도 이 감정은 분명 눈물이겠지.

이토록 히스테릭해진 건 이 세계에 태어나고서 처음이었다.

그래도 멈출 수 없었다.

지금껏 억눌렀던 감정이 폭발한 것처럼 나는 자신의 모든 감정을 쏟아냈다.

이 감정을 알아차린 게 언제였을까?

그건 분명 여행에 동행했던 음유시인이 자신의 처지와 심정을 토로했을 때 나 역시 공감했던 게 시작이었을지도 모르겠다.

그 사람을 생각하면 심장이 옥죄이듯 괴롭다.

그 사람과 나의 「차이」가 괴롭다.

그 사람이 없어진다고 생각하면 괴롭다.

그렇게 괴롭다면 잊어버리면 된다. 얽히지 않으면 된다.

그러나 잊고 싶지 않았다. 계속 생각하고 싶었다. 계속 얽히고 싶었다.

그런 모순에 고민했을 때 그녀의 말이 내 감정과 이어졌다.

나는 아가드를 사랑하고 있다고.

그 후로 우리는 속세에서 떨어져 우리를 위해, 아니, 주로 내 바람을 위해 움직이기 시작했다.

나의 바람.

아가드를 더 느끼고 싶다.

함께 살고 함께 죽고 싶다. 똑같은 존재가 되고 싶다.

나는 인간으로 되돌아가고 싶었다.

그토록 인간을 「혐오」했던 내가 이런 생각을 품다니 우스웠다.

그래도 나는 돌아가고 싶었다.

신님이 준 이 힘을 모두 버려도 좋으니 나는 아가드와 「인생」을 함께 하고 싶었다.

더욱이 또 하나, 이런 힘이 있기에 아가드는 계속 싸우는 것이다.

그래서 버리고 싶었다.

그리하여 우리는 여러모로 조사했다.

왕국을 떠나 고대의 숲과 여러 나라를 돌아다니며 무슨 수가 없는지 조사하는 나날을 보냈다.

그러던 때에 우리 앞에 귀가 긴 인간, 니케가 나타났다.

그는 어떤 연구를 하고 있었는데, 어디서 들었는지 우리에게 아주 유의미하다고 제안했다.

영혼의 이동.

현 육체에서 다른 육체로 자신을 옮기는 놀라운 기술.

어째서 그런 걸 연구했는지, 어째서 그걸 우리에게 가져왔는지, 어째서 내가 그걸 바라는 걸 알았는지, 아니, 그건 아무렇든 상관없다.

아가드는 반신반의했지만, 나는 영혼을 이동시킬 수 있다고 확신했다.

왜냐면 나 자신이 기억을 지닌 영혼의 상태에서 다른 개체로 이동했으니까. 이 세계라면 분명 가능하리라.

승낙을 얻어낸 니케가 이 연구를 하려면 방대한 자원이 필요하다고 했다. 나는 제오라르의 자원을 제공하기로 했다.

나는 그 연구에 눈이 멀어버렸다.

인간으로 되돌아갈 수 있다는 기쁨과 기대로 머릿속이 가득했다.

그게 악마의 속삭임인 줄도 모르고.

제오라르로 올라가 니케에게 연구를 맡기고서 나는 아가드와의 미래를 그렸다.

그 역시 시간이 별로 없었다.

더는 싸우지 않게 되면서 붕괴가 더뎌졌지만, 아예 없어진 건 아니었다.

니케에게 부탁했지만, 이미 늦었단다. 멈출 수가 없단다.

그래도 장명종의 피가 섞여 있는 덕분에 앞으로 백 년쯤은 살 수 있다는 게 그나마 행운이었다.

그만큼 살다보면 언젠가 해결할 수 있을지도 모른다고 나는 낙관했다.

들떠 있었다. 이 세계에 태어난 후로 신님의 보호를 받으면서 모든 것이 잘 풀려왔기에 앞으로도 잘 되리라 믿어 의심치 않았다.

그래서 시작품이 완성됐을 때 나는 테스트 과정을 내던지고서 곧바로 나에게 시험하라고 니케에게 부탁했다.

그는 말리지 않고 승낙했다.

니케의 입장에서는 누가 최초의 샘플이 되든 상관이 없었으니까.

결과는 성공이었다.

나처럼 신의 갑옷에 깃든 영혼의 힘(?)은 방대하므로 그 반동을 받아낼 수 있도록 니케는 강인한 육체, 용이나 엘프, 그밖에 여러 요소를 뒤섞은 육체를 준비했다.

그 덕분이었을까? 나는 어떻게든 영혼을 옮기는 데 성공했다. 눈을 떴을 때 걱정했던 아가드와 함께 울면서 기뻐했다.

아가드를 느낄 수 있다.

내가 지금 아가드와 '똑같은 존재'라고 생각하니 기쁘기 그지없었다.

아쉬운 점은 눈을 뜬 지 얼마 안 돼서 몸을 잘 다루질 못해 그와 마음껏 접촉할 수 없었다는 것 정도?

그래도 괜찮다. 앞으로 얼마든지 접촉할 수 있다. 시간은 아주 많다. 함께 살아가자, 아가드.

나는 하늘에 날아오를 것 같은 기분으로 신님께 감사했다.

우리는 제오라르를 떠나 둘이 만났던 그 땅에서 조용히 살기로 했다.

그 후에 여러 고생도 겪었다.

우선 육체를 잘 다룰 수가 없었기에 재활 과정이 힘겨웠다. 그러나 아가드가 있어서 힘을 낼 수 있었다.

원체 강인한 육체였기에 시간이 그리 오래 걸리지 않았던 게 위안이었다.

그 후로 살아가면서 사람들과 적잖이 교류를 나눴다. 나는 몹시 즐거워서 주변 사람들이 기피하는 것도 눈치채지 못하고 말썽도 많이 일으켰다.

내가 침울해하자 아가드는 제오라르에서 좋아했던 그 꽃을 몰래 가져와 규모는 조금 작지만 흐드러지게 핀 광경을 보여줬다.

그때는 감동했다.

행복했다.

갑옷이었을 때는 그러지 못했지만, 아가드를 느끼고, 함께 살아갈 수 있어서 몹시도 기뻤다.

그게 나타나기 전까지는…….

백은의 갑옷.

내가 버려서 텅텅 빈 일개 갑옷으로 전락했던 그것이 오랜만에 만난 니케와 함께 나타났다.

머테리얼인지 뭔지 때문에 갑옷이 움직인다고 말했는데, 나는 이해할 수가 없었다.

그보다도 이해할 수 없었던 것은 갑옷이 나를 「복제품」이라고 매도했다는 사실이었다.

연구는 실패했다.

영혼은 옮겨지지 않았다. 단순히 기억만이 그쪽으로 복사됐을 뿐이라고 갑옷은 말했다.

내가 내가 아니라는 소리를 들었지만 와닿지 않았다.

뭐가 뭔지 잘 모르겠다.

그저 눈앞에 있는 갑옷이 무시무시한 살기를 뿜어내고 있다는 사실만은 알았다.

소중한 것을 빼앗긴 분노와 슬픔, 증오를 나에게 쏟아내고 있었다.

그 후로 갑옷은 감정에 모든 걸 맡긴 채 유린했다.

아가드에게는 이미 갑옷을 만류할 힘 따윈 없었다. 무서우리만치 정신이 불안정해진 갑옷에게 그의 말은 닿지 않았다.

나는 그저 튼튼하기만 한 소녀였다.

나에게는 갑옷처럼 신님이 주신 전투 센스도 없었고, 그 마법 능력도 발동할 수 없었다. 이 신체가 익숙하지 않은지 거부당한 것 같기도 했다.

어쨌든 나는 정말로 기억만이 복사된 존재임을 깨달았다.

그리고 악몽이 시작됐다.

얄궂게도 우리가 행복했던 그곳은 절망의 무대로 바뀌었다.

니케는 실패를 개선하겠다면서 육체가 튼튼하다는 걸 이용하여 나를 실험 대상으로 삼았다.

갑옷은 그 미쳐버린 증오를 오로지 쏟아냈다.

아가드도 몇 번인가 나를 구하려고, 갑옷을 설득하려고 시도했지만 실패했다. 애당초 갑옷에서는 대화가 통하지 않을 정도의 광기가 어른거렸다.

그리고 언젠가부터 그는 새장 속 새처럼 갑옷 속으로, 징그럽게 꿈틀거리는 살덩어리 속으로 끌려들었다. 자유를 빼앗긴 채 나에게 상처를 입히는 가해자 노릇을 억지로 떠맡게 됐다.

믿을 수 없었다.

자기 행복을 위해서라면 그를 구속하고, 그것도 모자라서 그가 저항하지 못하도록 팔다리를 잘라낼 생각까지 하는 이기적인 「내」가.

지금껏 봐왔던 그 모든 것이 「나」라는 게 믿기지 않았다.

그만두라고 울부짖고, 차라리 나에게 하라고 애원해도 그저 계속 웃기만 하는 미쳐버린 「내」가.

무서웠다.

그리고 용납할 수 없었다.

「그녀」는 「내」가 아니다.

아가드를, 나의 소중한 사람을, 돌려내…….

「그녀」가 아가드에게 상처를 입혔을 때 내 안에 있던 거무스름한 무언가가 터져버렸다. 나는 생각을 내던지고서 감정이 시키는 대로 모조리 해방했다.

애당초 내가 신의 갑옷을 이길 수 있을까?

그런 생각은 넌센스다.

그저 눈앞에 있는 「적」으로부터 나의 소중한 사람을 구해내는 거다.

나는 죽기 살기로 공격했다.

주변이 무너지든, 시설이 부서지든 알 바 아니었다.

내가 가진 모든 힘을 끌어내어 부딪쳤다.

그러자 나의 온몸에서 점점 피가 뿜어지기 시작했다. 신체 내부에서 비명을 지르기 시작했다.

어차피 나도 만들어진 존재.

나도 아가드처럼 절묘한 밸런스를 유지한 채 성립된 위태로운 존재였다.

그럼에도 나는 관둘 수 없었다.

설령 이 몸이 어찌 되든 되찾고 싶었으니까.

눈앞에 있는 「적」을 제거하고 싶었으니까.

그래서 나는 소중한 사람의 말조차 듣지 못했다. 공격하고 있는 상대가 「누구」인지 이해하지 못했다.

나는 어쩔 도리가 없는 어리석고 한심한 아이였다.

딱딱한 물체를 부수는 감촉. 부드러운 살점의 감촉이 오른손에 전해졌다. 무언가가 싸악, 감싸는 감촉이 물방울 하나가 뚝 떨어진 것처럼 퍼져나가며 거뭇한 응어리를 정화해 나갔다.

그리고 작긴 하지만 아가드의 목소리가 들려왔다.

설령 죽임을 당하더라도 널 다치게 할 수는 없다……고.

언제 밖으로 나왔는지 모르겠다.

여기가 어디인지도 모르겠다.

주변이 온통 타버렸다. 커다란 힘이 충돌했음을 말해주고 있었다.

비가 내리는 중에 나는 눈앞에 있는 존재를 조심스럽게 올려다봤다.

백은의 갑옷을 두른 아가드가 나를 다시 서서히 끌어안았다.

그리고 나는 나의 오른팔이 갑옷과 함께 그의 가슴을 꿰뚫었음을 알았다.

다행이야, 드디어 돌아왔구나. 그렇게 말하면서 아주 상냥하고 덧없는 웃음을 지으며 그가 멀어져갔다.

나의 공격에 투구가 벗겨졌기 때문인지 모르겠지만, 아가드는 갑옷의 주도권을 한순간이나마 되찾았겠지.

그러나 그 결말이 이랬다.

긴장의 끈이 뚝 끊어지자, 몸에서 힘이 쭉 빠져나갔다. 온몸에서 느껴지는 격통이 심각한 상태로 악화됐다. 육체 내부부터 붕괴하는 고통에 비명을 지를 수도, 눈앞에 있는 아가드에게 사죄할 수도, 손을 뻗어서 걱정할 수도 없었다.

히스테릭하게 외치는 갑옷의 목소리가 들렸다.

니케를 불러서 치료해야 한다느니, 여긴 여러 가지가 부서져서 안 된다느니 제오라르에 가야 한다느니 그런 대화를 나눴다. 그러나 나는 의식까지 혼탁해져서 아무것도 할 수 없었다.

그리하여 어느새 나는 홀로 남겨졌다.

이대로 죽는 걸까?

내 안에서 붕괴와 재생이 반복됐다. 이대로 나는 계속 고통 속에서 허우적대야 하는 걸까?

아아, 「내」가 무섭다.

아아, 「내」가 싫다.

아아, 「나」는 나쁘다.

결국 「나」는 「나」였다.

감정에 몸을 맡긴 채 미친 듯이 힘을 휘두르는 갑옷과 다를 바가 하나 없었다.

아아, 이대로 사라지고 싶다.

그러나 그랬다가는 아가드와 만날 수 없게 된다. 사과할 수 없게 된다.

아니, 무슨 소리를 하는 거야?

나는 그를 잃어버렸다.

내가 그를 죽였다.

싫다, 그건 절대로 싫다.

그건…… 견딜 수 없다…….

의식이 흐려져 가는 와중에 흐릿한 눈으로 마지막에 본 것은 이리로 다가오는 인간 모습을 띠는 이상한 조각상이었다.

 **15** **철권 제재!**

"뭐야? 방금 그 영상은……."

나는 곁에 있는 튜테를 보고서 반응을 살폈다.

아마도 나만 본 것은 아닌 듯했다.

우리는 지금 신전 안에 있었다.

어떤 형태로든 저항할 줄 알고서 경계했지만, 신전 내부는 껍데기 같은 상태였다.

더욱이 전설의 섬에 있는 신전치고는 심하게 쇠퇴하여 거의 유적처럼 변해버려서 놀랐다.

그저 이곳을 방문하기 위해서 왔다면 아무것도 없다며 그냥 돌아갔겠지. 그러나 이곳에는 분명 노아와 리리가 있을 것이다.

그리고 백은의 갑옷과 니케도. 이 섬을 이 지경으로 쇠퇴시킨 무언가가 있을 텐데 짐작이 되질 않았다.

유일하게 에네루스에 있던 시설처럼 미스릴로 만들어진 인간형 조각상이 신전 내부에 덩그러니 서 있었다.

그러나 그 조각상은 움직일 기미가 없었다. 가까이 다가가자, 우리가 갖고 있는 물건이 반응했다.

이게 웬일? 시타가 갖고 있던 그 아가드의 수기가 흐릿하게 빛나기 시작했다. 어떤 위험이 있을지도 모르겠다고 내가 받아들였을 때, 그 수기에서 빛이 빠져나가가더니 인간형 조각상으로 빨려 들었다.

그리고 조각상이 빛나더니 아까 그 요정이 노아의 독백과 함께 그녀가 봤던 광경을 보여줬다.

『아마도 여길 관리했던 요정이겠지. 에네루스 때와 느낌이 비슷하니 동일하거나 혹은 가까운 존재일지도. 여하튼 저 녀석은 줄곧 노아를 지켜주고 있었어. 그리고 여기까지 도달한 우리한테 전하고 싶었을 게야. 여기에서 무슨 일이 있었는지.』

노아의, 아니, 백은의 기사의 인생을 들여다보고서 나는 가슴이 먹먹해졌다.

잘못된 선택을 했다면 나는 그녀와 같은 길을 걸었을지도 모른다.

생각할 거리가 많은 사안이지만, 그보다도 지금은 노아와 리리를 찾아내야만 한다.

"어쨌든 지금은 노아랑 리리부터 찾아야 해. 스노우, 정말로 어디에 있는지 모르겠어?"

『여기에 있는 것 같긴 한데, 어째선지 사방에서 방해받는 기분이 들어~. 게다가 내 안에 찾아내야 한다는 감정조차 저해되고 있는 것 같고.』

"저해된다?"

신전에 들어온 뒤 스노우의 상태가, 아니, 나를 제외한 나머지 사람들의 상태가 조금 이상해진 것 같았는데, 그 때문이었나?

신전에 들어오기 전까지는 다들 걱정하기도 했고, 의지도 있었다. 그런데 신전에 들어와 안으로 들어갈수록 어째선지 집중력이 흩어지고, 찾는 행위가 수고롭게 느껴지기 시작했다. 나 역시 신전에 들어오니 무언가가 들러붙은 감각이 느껴져 마음이 불편했다.

더불어서 신전 안에 노아와 리리의 흔적이 전혀 없었다. 신전 안을 샅샅이 찾아봤지만 전혀, 라고 할 수 있을 만큼 사람이 머물렀던 흔적이 없었다.

신전 안에 자리하고 있는, 아마도 백은의 갑옷이 안치됐을 대좌와 그 옆에 서 있는 조각상뿐이었다.

『저해라……. 그렇군, 그 녀석이라면 그러고도 남지. 아마도 이 신전 전체에 여러 겹 깔아놨을 거다. 메어리여, 그대는 다른 자들과 달리 영향을 받지 않은 듯한데, 시간을 끌면 끌수록 주변 사람들은 악영향을 받을 거다.』

"그, 그런 소리를 한들."

나는 어둑하고, 그저 넓기만 한 공간을 응시했다.

초조해지면 질수록 자그마한 차이를 구별할 집중력이 산만해졌다.

(어딘가에 있을 거야. 늘 그랬듯 환영 같은 걸로 숨겨뒀을지도. 이런 보스방에는 꼭 어딘가로 이어지는 비밀 통로가 있을 거야.)

눈에 힘을 주고서 변화가 없는지 살펴봤지만, 벽이나 바닥에서도 찾아볼 수 없었다.

『──.』

그때 내 머릿속에서 어떤 소리가 들린 것 같았다.

"스노우, 뭐라고 했어?"

『아니, 아무 것도. 왜 그래?』

느낌으로 보아 스노우인 줄 알았는데 아무래도 아닌 듯했다.

"아무것도 아냐. 좀⋯⋯."

『──.』

또 들렸다. 나는 주변을 주시하면서 의식을 예리하게 갈고 다듬었다.

분명 무언가가 들린다. 아니, 정확히 표현하자면 머릿속에 울리고 있다. 아주 가냘파서 평상시였다면 착각이라며 흘려버렸겠지.

그러나 지금은 다르다. 자그마한 변화도 놓치지 않으려고 의식을 예리하게 다듬었기에 감지할 수 있었겠지.

더불어서 스노우와 오랫동안 대화를 나눈 덕분에 이런 것에 익숙해졌다는 사실도 크게 작용했다.

말로 표현할 수는 없지만, 무슨 소리가 나에게 닿았다.

(어디, 어디야? 이런 게 가능한 건 리리? 제발, 리리, 대답해.)

나는 마음속으로 필사적으로 바라면서 아주 자그마한 변화도 놓치지 않으려고 했다. 원래 이런 건 스노우가 더 민감하게 감지했겠지만, 감각이 저해돼서 알아차리지 못했겠지. 엄청난 기술력이구나. 점점 무서워진다.

(그래도, 그렇기에 내가 해야만 해. 내가 기필코 잡아내야만 해.)

『──.』

가장 커다란 소리가 나에게 닿았다.

저 앞, 공간에 아주 작지만, 한순간 흔들림이 보였다.

"리리, 거기 있구나!"

나는 그 흔들리는 한 점을 향해서 주먹을 내질렀다.

주먹이 공간에 접촉하자 균열이 작게 생겼다. 그리고 창문이 깨지듯 와장창, 하고 공간이 열렸다.

힘을 너무 줬는지 붕괴가 점점 커져 나갔다. 아무것도 없었던 공간에 새로운 신전의 일부가 출현했다.

입구나 작은 부분을 숨기는 기술과는 달랐다. 신전 전체의 4분의 1 정도를 대대적으로 숨긴 그 기술력에 감탄했다. 그러나 설마 차원을 비틀면서까지 숨겼을 줄은 미처 몰랐다.

오르트아기나가 말하기를 환혹, 인지, 차원, 정신 오염 등등 온갖 은폐, 방해 행위의 집대성이라 할 수 있는 시스템이 구축되어 있단다. 그런데 그 마도구들을 집약하여 관리하는 단말기를 내가 파괴한 바람에 그 여파로 주변 마도구까지 붕괴했단다.

나는 정말이지 터무니없는 파괴신일까?

『리리!』

나의 힘에 감사하고 있으니, 스노우가 외쳤다. 새롭게 출현한 신전 일부를 보니 커다란 통로 가운데, 마도구 잔해 근처에 리리가 축 늘어져 있었다.

"스노우, 리리는 괜찮아?"

『응, 다행히도. 다친 것 같긴 한데 안정을 취하면 회복될 거야.』

"그래, 괜찮은 거네. 다행이야."

걱정스레 보고 있는 모두를 안심시키듯 내가 스노우의 말을 전하자 다들 안도했다.

"이런 작은 몸으로 애를 썼구나. 장하다, 리리."

나는 축 늘어져 있는 리리를 부드럽게 쓰다듬었다.

리리의 몸으로는 이리로 올 수가 없었겠지. 그렇다고 해서 마도구를 파괴할 수도 없으니 그저 벽을 쳐다보면서 우리가 올 것을 믿고서 계속 울었겠지.

그 당찬 면모에 감동이 치밀었다. 쓰다듬는 손에 무심코 힘이 들어갈 것 같아 황급히 손을 뗐다.

"메어리여, 느긋하게 있을 상황은 아닌 것 같구나."

온화한 분위기 속에서 에밀리아는 혼자 다른 방향을 보며 긴장하고 있었다.

새롭게 출현한 신전 일부의 반대편, 우리가 왔던 방향에서 무언가가 철컥철컥, 흉흉한 소리를 내며 다가오고 있었다.

『아마도 침입자를 격퇴하기 위해 제작한 마공기기겠지. 은폐 시스템이 파괴돼서 황급히 나왔나? 소리를 들어보니 숫자가 상당하다.』

레리렉스 왕국에서 탑을 침입했을 때 맞닥뜨렸던 요격용 마공병기가 떠올랐다.

왕국 최고의 마공기사 기르츠 씨의 작품조차 상당히 강했는데, 이번에는 그 니케가 제작했다. 귀찮을 것 같다는 느낌이 자꾸만 들었다.

저 미스릴로 된 이상한 조각상이 움직일 기미가 없어서 다행이다.

"메어리여. 여긴 본녀한테 맡기고 어서 가라!"

"에밀리아, 그건 사망 플래그라고 몇 번이나 말해야 알아들어?"

이쪽으로 접근하는 소리를 들어보니 숫자가 상당하다는 걸 알겠다. 그런 걸 친구에게 떠밀고서 어떻게 먼저 갈 수 있을까. 그래서 나는 놀려대면서 에밀리아의 옆에 섰다.

"이 바보야, 리리를 봐라. 저 상태로 여기까지 도망쳐 온 거다. 남겨진 노아가 어떤 꼴을 당했을는지. 어서 가서 구해줘."

에밀리아의 말을 듣고서 나는 말문이 막혔다.

분명 노아도 걱정이 되긴 했지만, 여기에 남으려고 하는 에밀리아도 걱정됐다.

"헤헷, 괜찮아, 메어리 님. 공주 전하한테만 재미난 활약을 맡길 수야 없지."

"공주 전하는 마법을 주로 구사하니 물리적인 공격과 방어는 우리가 맡겠어요."

에밀리아와 나의 앞에 자하가 섰다. 그리고 뒤따르듯 레이첼 씨도 섰다.

"그렇다면 팀을 움직일 통솔자가 필요하겠군. 마기루카 양이나 내가 남는 편이 좋을 것 같아."

왕자님은 그렇게 말하면서도 정해졌다는 듯 앞으로 나섰다.

"가라, 메어리! 얼른 노아를 데리고 돌아오너라!"

나를 보내려고 하는 네 사람의 얼굴을 둘러보고서 나는 가슴이 지잉~ 따뜻해졌다.

나에게는 모두가 있다. 이 얼마나 축복받은 환경일까. 나는 노아의 기억을 엿보고서 자신의 환경에 감사했다.

"……고마워, 다들. 다녀올게! 스노우, 튜테랑 리리를 잘 부탁해!"

리리를 간호하기 위해 남겨둔 튜테를 지키는 역할을 스노우에게 맡긴 뒤 나는 친구들의 배웅을 받으며 사피나와 마기루카, 시타를 데리고 앞으로 나아갔다.

신전 안으로 나아갔다. 아까 아무것도 없었던 신전과는 정반대로 어떤 연구시설 같은 느낌이 풀풀 풍겼다.

무슨 장치인지 모를 물체와 생물의 신체 부위 등이 보관되어 있었다. 보는 것조차 꺼려지는 광경이었다. 이 모두를 니케가 혼자서 만들었다고 생각하니 말문이 막힐 지경이었다. 그러나 이런 게 가능할 만한 실력을 보유하고 있다는 뜻이다. 나는 다시금 마음을 다잡았다.

『시타여, 저건 혹시 도감에만 실려 있는 귀중한 식물 아닌가?』

"엇, 어디!"

내가 마음을 다잡는 동안에 오르트아기나의 유혹에 시타가 반사적으로 마음이 흔들렸다. 그런데 마기루카가 두 어깨를 콱 쥐고서 아무 말 없이 제지했다. 마치 자기 자신에게도 경고하는 것처럼 보이는데 단순한 착각일까?

"그, 그래. 오르트아기나 님, 지금은 그런 얘기를 할 때가 아냐."

『요, 용서해라. 불현듯 눈에 들어와서, 무심코.』

뭐, 오르트아기나는 실제로 바깥에서 이 상황을 보고 있는 방관자 같은 존재이니 당사자인 우리와는 다소 온도 차가 있겠지.

그러나 시타가 위기에 처하더라도 과연 철저히 방관자로 있을 수 있을까? 설마 카이로메이어에서 날아오거나 하지는 않겠지? 저 딸바보 용이?

"오, 이런, 이런. 상당히 그리운 목소리가 들리더니만."

우리가 자그마한 만담을 펼치고 있으니, 안에서 남자의 목소리가 들렸다.

『니케…….』

"과연, 당신이 있었다면 그걸 돌파할 만도 하겠군요."

그러고 보니 오르트아기나와 니케가 대화를 나누는 건 이번이 처음인 듯했다.

그런데 처음에 말을 걸어왔을 때 왠지 당황한 듯 보였는데 그저 느낌일까? 오르트아기나의 존재를 알고 난 지금은 그런 내색을 전혀 하지 않고 여유를 보였다.

"훗, 어떻게 왔나 싶었는데 참 하잘 것 없는 모습으로. 천하의 지욕룡도 갈 데까지 갔군요."

『어, 그렇군. 지금 이 몸은 방관자다. 이 아이들을 하나도 도와줄 수가 없도다.』

"……그럼 여러 겹이나 깔아둔 저해, 방어를 단번에 돌파한 뒤 순식간에 장치를 핀포인트로 파괴하는 기예를 펼친 자가 당신 말고 또 있다는 뜻입니까?"

(어어, 예, 내가 그랬는데요. 평소처럼 저질렀습니다만, 이 흐름을 보니 내게 불리하게 작용할 것 같아.)

두 사람의 대화를 들으면서 당사자인 나는 홀로 땀을 뻘뻘 흘리며 조마조마해했다.

"그, 그보다도 노아는 어디? 그 민폐스러운 경비병을 제자리로 돌려보냈으면 좋겠는데."

누가 파괴했는지는 사소한 문제다. 그보다도 더 중요한 게 있다. 그래서 나는 화제를 돌려, 아니, 핵심을 찔렀다.

"경비병? 아아, 그거 말입니까? 돌려보내지요. 당신들이 죽는다면 말이죠."

남을 비웃는 웃음을 짓고서 니케가 대답했다.

즉 멈출 생각이 없거나 멈출 수단이 없다는 건가? 후자라면 마공기사로서 실력이 너무나도 조잡하다는 뜻이니 아니겠지. 그렇다면 우리를 살려 보낼 생각이 없다는 뜻이다.

"그리고…… 노아? 아아, 그 실패작 말입니까? 지금쯤 그 갑옷의 스트레스 발산용 장난감이 되어 있겠군요."

"그 아이는 실패작이 아냐. 어엿한 사람이라고."

니케가 빈정거리듯 말하자 내 안에서 무언가가 부글부글 끓어올랐다.

"실패작이에요. 영혼조차 받아낼 수 없는 저 빈약한 육체 따윈 쓰레기 이하지요."

그건 명백한 니케의 도발이었다.

그렇다는 건 알고 있다. 나에게 하는 말이었다면 웃으며 흘려버렸겠지.

그러나 나는 노아를 모욕하는 말을 흘려버릴 수 있을 만큼 성숙하지 못했다. 아니, 시원스러운 얼굴로 흘려버릴 수 있는 사람이 될 바에야 나는 분노하는 걸 택하겠다.

다른 사람들도 같은 생각인지 뒤에서 노기 같은 게 느껴졌다. 그게 나의 등을 밀었다.

"아아, 백은의 갑옷은 엉망진창으로 망가뜨린 뒤 당신한테 돌려보내는 걸 원하는 것 같으니 쓰레기는 쓰레기답게 확실히——."

니케가 또 가증스러운 말을 자아내려고 하자 나는 그 입을 다물게 하기 위해 앞으로 뛰쳐나갔다.

니케가 그런 나를 어리석은 자라며 웃고는 경멸하는 눈으로 쳐다봤다. 그리고 손가락을 놀렸다.

그 순간 내 앞에 반투명한 벽이 발생했다.

나는 그걸 주먹으로 분쇄했다.

"어엇?!"

역시나 니케도 놀랐는지 방금까지 보여줬던 여유로운 웃음이 싹 사라졌다.

뒤이어 나의 좌우에서 말뚝이 쑤욱, 출현했지만 나는 점프하여 회피했다.

그걸 기다렸다는 듯 내가 착지하려는 지점에 다른 말뚝이 솟아났다.

니케는 그걸 필살의 일격으로 여겼겠지. 그 증거로 그 밉살스러운 웃음을 다시 지었다.

그러나 나는 당황하지 않고 그 말뚝을 향해 팔을 뻗었다. 방출된 말뚝을 그대로 잡아낸 뒤 콱 움켜쥐어 분쇄했다.

"마, 말도 안 돼! 뭐야, 저거어어어언?!"

역시나 니케도 크게 경악할 수밖에 없었다. 냉정을 잃었는지 존댓말도 잊어버렸다. 나는 그의 목소리를 근처에서 듣고 있었다. 착지한 나는 니케의 바로 곁에 있었다.

이른바, 체크 메이트다.

나와 경악에 얼굴을 일그러뜨린 니케의 눈이 마주쳤다.

"이 꽉 악물어. 그 아이가 받았던 고통은 이 정도가 아니니까!"

나는 니케를 올려다보며 한 걸음 나아가면서 그 배에 주먹을 쳐올렸다.

방어벽을 여러 겹이나 펼친 모양인데, 아무 소용이 없는 듯 나의 주먹은 모조리 분쇄한 뒤 니케에게 도달했다.

"뭐야?! 뭐냐고 넌! 크어어어억!!"

니케가 흐리멍덩한 비명과 함께 천장으로 높이 떠올랐다. 그리고 아름답게 호를 그리며 뒤로 날아갔다. 나도 기세를 주체하지 못하고 주먹을 위로 쳐올리며 날아올랐다. 모 게임의 유명한 기술을 방불케 해서 무심코 속으로 그 기술명을 외쳤는데, 비밀이다.

참 싱거운 싸움이었다.

발끈하여 일을 저지르고 말았다. 이 광경을 마기루카 이외의 사람이 봤기에 난감해하며 살며시 눈치를 살폈다. 사피나와 시타는 눈빛을 반짝이며 '굉장해, 굉장해, 역시 메어리 님, 성녀님' 하고 기뻐했다. 나의 힘에 의문을 품지 않나? 성녀 같은 단어로 얼버무릴 수 있는 건지 굉장히 의문이 들긴 했지만, 본인들은 아무렇지 않은 듯했다.

(뭐, 상관없나? 상관없는 거 맞지?)

맹신이란 이따금 참 무섭게 느껴진다.

참고로 오르트아기나는 어째선지 진즉에 알고 있었다며 으스대기까지 했다.

여하튼 니케와의 전투는 고전하지 않고 끝났다. 뭐, 이 모두 내가 신님에게서 받았던 힘이 니케의 힘을 웃돌았기 때문이다. 그저 그뿐.

더욱이 보아하니 그는 도구에 너무 의지하여 스스로를 단련하는 걸 등한시한 듯했다.

천재 마도구 개발자로서 여러 지식을 바탕으로 연구를 벌였고, 더불어서 엄청난 전투력까지 갖고 있었다면 내 힘으로는 대적할 수 없었겠지.

정말로 하나라도 뛰어난 점이 있어서 신님께 아무리 감사해도 모자랄 지경이다.

니케는 나의 일격을 맞고도 기절만 했다. 아니, 뭐, 뼈 한두 개쯤은 부러졌겠지만, 생명에 지장은 없다. 그 역시 오로지 그가 제작한 마도구 덕분이겠지.

그 증거로 그가 착용했던 여러 반지가 주인을 대신하여 충격을 흡수한 것처럼 파괴됐으니까. 혹시 모르니 나머지 반지도 부숴뒀다.

그때 안쪽에서 폭발음이 울렸다.

누가 공격했다.

노아나 백은의 갑옷 둘 중 하나겠지만, 노아가 마법을 쓰는 모습을 본 적이 없으니, 갑옷의 소행이라고 판단했다.

그렇다면 누가 누굴 공격했을까? 답이 저절로 보여서 나는 황급히 안쪽으로 뛰어갔다.

"노아!"

입고 있는 옷은 너덜너덜했고, 타는 냄새가 코를 찔렀다. 노아는 옷뿐만 아니라 온몸에 상처를 입은 채로 바닥에 엎어져 있었다.

"……언, 니……."

노아가 의식도 있고, 나를 보고 반응도 해줘서 나는 일단 안도했다.

『파이어 볼.』

그때 화염구가 날아와 노아에게 직격했다.

"노아아아아아!"

그녀의 몸에 붙은 불을 털어내고자 황급히 달려갔다. 그런데 그녀가 아무런 저항도 하지 않고 공격을 기꺼이 받아낸 것처럼 보여서 나는 의문이 들었다.

"노아, 왜?"

"……이건, 내 벌이니까…… 난…… 모조품, 이니까……."

노아가 가냘픈 목소리로 떠듬떠듬 참회했다.

그 말을 듣고서 나는 노아가 기억을 되찾았음을 깨달았다.

"모조품이 아냐. 계기야 어쨌든 간에 지금 넌 노아. 나의 귀여운 여동생이야."

뭐라고 말했어야 정답이었을까? 나는 모르겠다.

그러나 노아의 기억을 들여다보고서 느꼈던 바를 그대로 말로

써 전했다.

『꺄하하하하하! 그게 뭐야? 너무 진부해서 웃음밖에 안 나와!』

나의 말에 맨 먼저 반응한 사람은 노아가 아니었다. 그 목소리는 저 안쪽, 광대한 실내에 설치된 대좌 위에서 들려왔다.

마법을 발사하면서 일어난 폭풍에 베일이 휘날리더니 그 안에 존재하는 것이 드러났다.

내가 이 신전에서 날뛰었기 때문일까? 어두웠던 그곳에 빛이 새어들어 훤히 비추었다.

그걸 보고서 나는 말문이 막혔다.

그곳에는 광대한 신전을 메울 만큼 커다란 장치가 있었다.

용도를 알 수 없는 온갖 기기들이 달라붙어 우뚝 솟아 있는 그 거대한 장치에는 배양조가 두 개 있었다. 어떤 액체가 관을 통해 흐르기도 하고, 증기가 푸쉬, 하고 분출되기도 했다. 지금 저 장치가 가동되고 있음을 나에게 알려줬다.

아마도 저게 노아를 탄생시켰던 영혼 이송 장치겠지.

그런데 너무 거대해서 어처구니가 없었다.

그러나 내가 입을 다문 이유는 그것이 아니었다.

그 장치 앞에는 세밀하게 장식된 커다란 의자가 있었다. 옥좌라고 해도 지나치지 않은 그곳에 전신 갑옷이 앉아 있었다.

그러나 그 모습은 기이했다. 관절 부분에서 물컹한 살덩어리가 대량으로 삐져나와 있었다. 자세히 보니 가슴 부분에 커다란 구멍이 뚫려 있고, 거기에서도 살덩어리가 튀어나와 있었다. 그리고 내가 봤던 전신에 아름답게 칠해진 백은색은 흔적도 없이 퇴색되어 빛을 반사하지 않았다.

무엇보다 인상적인 것은…….

벗겨진 투구에서 엿보이는 머리 부분.

그곳에 인간의 두개골이 보였다.

백은의 갑옷이 소중하게 감싸고 있는 사람 뼈.

그게 누구의 것인지 굳이 설명하지 않아도 알 수 있었다.

아가드.

백은의 갑옷이 사랑했던 기사.

아마도 아가드는 그 사건으로 사망했겠지.

백 보 양보해서 기적적으로 목숨을 건졌다고 해도 오래 부지하지는 못했을 거다.

백은의 갑옷은 그런 유해를 매장하지 않고 소중하게 자신의 안에 간직했다.

그 광기에 나는 말문이 막혔다.

저 아이는 줄곧 저 상태로 우리와 대화를 나누고, 전투를 했다.

눈이 제대로 멀었다.

"너…… 그거?"

『응? 뭐? 아아, 아가드, 시끄럽게 해서 미안. 조용히 시킬 테니 잠깐만 기다려.』

백은의 갑옷은 그렇게 말하고는 살덩어리를 능숙하게 조작하여 투구를 썼다.

백은의 갑옷은 아가드가 죽었다는 걸 이해하지 못했나? 아니,

이해하고 싶지 않나? 어쨌든 현실을 보지 못했다.

"백은의 갑옷, 아가드는 이미."

"언, 니."

내가 현실을 전하려고 하자 내 품에 안겨 있는 노아가 제지했다.

노아를 보니 불안한 듯 눈동자가 흔들렸다. 아마도 기억을 되찾은 노아도 인정하고 싶지 않은 사실이겠지.

타인이 진실을 말했다가는 자기 자신을 유지할 수 없을 것 같은 불안이 아른거렸다.

"제발, 더는 저 사람한테 상처주지 마. 전부, 전부, 내 잘못이야. 내가 저 사람의 소중한 기억, 소중한 사람을 빼앗았으니까……."

노아가 애원했다. 그렇다고 해서 저대로 내버려 둘 수는 없는 노릇. 이제 어떻게 해야 좋을지 나는 모르겠다.

그저 눈앞에 있는 적을 분쇄하면 해결되느냐고 묻는다면 그렇지 않을 것 같은 기분이 자꾸만 들었다.

그런데 뭐라고 해야 좋을지 모르겠다.

전생한 후로 나는 복을 누렸다. 전생 전에는 불행이 닥쳐오긴 했지만, 사랑하는 부모님이 마지막까지 함께했다. 나는 비록 여러 가지를 빼앗겼을지도 모르겠지만, 소중한 걸 잃은 적은 없었다.

"하지만…… 하지만…… 그럼 노아는 어떡해! 난 싫어. 노아가 상처를 입는 걸 보기만 하라니. 너도 구하고 싶어!"

아무것도 모르겠지만 나는 말하지 않을 수 없었다.

『아하하하핫, 무슨 신파극이냐? 진짜 웃겨! 에어 블릿!』

우리를 향해 괴이한 소리를 내더니 갑옷이 마법을 쐈다.

"풍인열파!"

사피나의 바람 칼날이 공기의 탄환과 부딪쳐 상쇄됐다. 마기루카도 내 옆에 와서 노아를 살폈다.

"노아가 아가드를 죽였는지도 몰라. 하지만 이런 헛된 짓을 되풀이할 필요는 없잖아!"

외부인은 끼어들지 말라고 한다면 할 말이 없지만, 나는 말을 삼킬 수 없었다.

『뭐어? 무슨 소리야? 아가드는 여기에 있잖아? 앗, 지금은 푹 자고 있어. 미안, 아가드.』

백은의 갑옷이 귀여운 말투로 자신의 안에 있는 인물을 배려했다.

그러나 그 위화감에 소름이 돋았다.

그녀는 아가드가 죽었다는 걸 가장 잘 알고 있을 터. 그렇기에 그녀는 노아를 증오하고, 그 분노를 쏟아내지 않았던가.

그런데 그녀는 마치 아가드가 죽었다는 걸 이해하지 못한 듯 보였다.

"그럼 넌 왜 노아를 이리도 모질게 괴롭히는데?"

『음, 왜냐면 저 모조품이 내 행세를 하며 아가드를 빼앗은 것도 모자라 죽여…… 어? 죽여…….』

갑옷은 내 질문에 물 흐르듯 순서대로 대답해 나가다가 모순을 깨닫고서 말문이 막혔다.

『죽여, 아니, 잠들어, 그럼, 왜 저 모조품을…… 아가드는, 아가드는…… 아냐, 아냐, 니케, 니케, 어디야, 니케에에에! 아냐, 누가,

누가 좀 아니라고 말해애애애!』

갑옷이 미친 듯 자문자답을 떠듬떠듬 이어나가다가 갑자기 니케를 찾으며 호통을 쳤다. 당사자인 니케는 내가 쓰러뜨렸기에 대답하지 않았다.

『아가드는, 아가드는, 주, 죽었어? 그때, 내 안에서 숨이 끊어, 아냐, 죽지 않았어, 아니, 죽었어, 죽었다. 여기에 없어, 없어, 없어, 없어, 없어.』

갑옷이 무서우리만치 똑같은 말을 반복하다가 뚝 멈췄다.

이제부터 무엇이 벌어질지 알지 못한 채 나는 그저 지켜볼 수밖에 없었다.

『———!』

절규라고 해야 할까, 째진 목소리가 신전에 가득히 퍼져나갔다. 그 음파에 벽과 기둥, 바닥에 균열이 생겼다.

"뭐, 뭐야?"

"아~아, 망가뜨려버렸습니까? 콜록, 콜록."

니케가 비틀거리며 백은의 갑옷 옆에 나타났다.

(전이 마법. 큭, 또 마도구를 갖고 있었네.)

상태를 보니 완전하지는 않았지만, 거동할 수 있을 만큼 이토록 빨리 회복할 줄은 예상하지 못했다. 순식간에 이동했기에 감시하던 시타도 반응이 늦어져 미처 대처하지 못했던 모양이다.

"망가뜨렸다고?"

"예, 저 실패작은 생물의 성질을 교묘히 이용하여 기억상실이라는 형태로 정신이 붕괴되는 걸 피했습니다만, 이 갑옷은 그러지 못했습니다. 모든 시간을 선명하게 기억하고 있어서 말 한 마디조차 잊어버릴 수 없지요. 그렇다고 해서 약이나 마법에 의지하여 속일 수도 없고요. 거창하게 신의 갑옷이라 불리지만, 그 영혼은 참으로 연약하군요. 정신이 점점 붕괴하자 그걸 피하고자 어리석게도 자신에게 거짓말하기 시작했어요."

니케는 동정한다기보다 경멸하는 눈으로 백은의 갑옷을 쳐다봤다. 그 눈빛을 느꼈는지 백은의 갑옷이 덜덜 떨리는 팔을 니케 쪽으로 뻗었다.

『아, 가드…… 아, 가드…… 아, 가드…….』

망가진 기계처럼 갑옷이 계속 중얼거렸다.

백은의 갑옷이 불안정한 이유를 깨달았다. 그녀 역시 아슬아슬하게 자기 자신을 유지하고 있었다.

우리가 이토록 저항하며 끼어든 바람에 자기모순에 박차가 가해졌는지도 모르겠다.

"후훗, 우습군요. 자기모순을 필사적으로 숨기려고 망가지는 모습이. 너무 재밌어서 무심코 몇 번이고 진실을 전할 뻔했습니다. 하지만 아직 이용 가치가 있어서 꾹 참았지요."

어째서 저 남자는 입을 열면 가증스러운 말만 나오는 걸까? 당장에라도 저 입을 틀어막고 싶었다.

"하지만 감사합니다. 덕분에 저걸 마지막까지 이용할 수 있을 것 같으니까."

왜 고마워하는 건지 잘 모르겠지만, 그가 감사를 표했는데도 나는 불쾌하기 짝이 없었다.

"이토록 망가졌으니 속일 수 있을 것 같군."

니케는 그렇게 말하고서 모습이 흔들렸다. 환영 마법을 썼는지 변화했다.

그곳에는 노아의 기억에서 봤던 남자가 있었다.

노아가, 백은의 갑옷이 사랑했던 그 사람.

백은의 기사, 아가드가 서 있었다.

"난 여기 있어. 자, 함께 악을 무찌르자."

『아아아아, 아가드으, 아가드으!』

"니케에에에! 당신이라는 인간은!"

모습은 달라졌지만 목소리는 니케의 것이었다.

그럼에도 갑옷은 알아차리지 못하겠지.

그렇게 망자를 모독하는 소름이 돋는 행위를 보고 나는 발끈하여 달려나갔다. 옆에 있던 마기루카가 황급히 노아를 넘겨받았다.

그 광경을 곁눈으로 보면서 나는 당장에라도 저 둘을 떼어놓아야 한다는 일념으로 니케를 붙잡으려고 했다. 그때 갑옷이 내 손을 막았다.

니케의 팔에는 백은의 손이 장착되어 있었다. 벌레를 씹은 것 같은 기분으로 나는 눈앞에 있는 남자를 노려봤다.

"내가 이렇게까지 할 필요는 없었습니다만, 당신한테 조금 흥미가 생겨서 시험을 해보도록 하죠."

니케가 그렇게 말하자 살덩어리 촉수가 그를 휘감았다. 그리고 소중히 품고 있던 아가드의 유골을 버리고서 백은의 갑옷이 매달리듯 아가드의 모습으로 변한 니케에게 장착되어 나갔다.

"여기서 조금 더 연구를 계속하고 싶었습니다만, 뭐, 이곳을 이용할 가치도 없어졌으니 딱 잘 됐군요."

니케는 자신의 뒤에 우뚝 서 있는 거대한 장치를 만졌다.

그러자 의미를 알 수 없는 문자와 마법진이 부각되더니 장치가 고오오오오, 하고 으르렁거렸다.

그 순간 지진이 일어났다.

아니, 여긴 천공의 섬이다. 그 거북이처럼 생긴 섬에서 지진? 뭔가 아닌 듯했다. 굳이 정정하자면 몸부림을 치고 있다고 표현해야 더 와닿겠지.

그런 자질구레한 생각을 하고 있으니 장치 중앙 부분에서 빛 덩어리가 발생하여 점점 커져나갔다.

『안 돼! 저 녀석은 이 땅의 마력을 송두리째 흡수했다! 이대로는 이 섬이 죽고서 추락한 뒤에 저 마력 덩어리가 장치와 함께 폭발하여 아래에 있는 사람들과 주변 해역에 막대한 피해가 나올 거다.』

오르트아기나가 가장 먼저 사태를 파악하고서 우리에게 전했다.

"자, 이 상황을 어떻게 할 겁니까, 백은의 성녀? 피해가 얼마나 생길지 구경하도록 하죠. 앗, 하지만 안심하세요, 당신은 죽이지 않아요. 어느 정도 시험을 마친 뒤에 꼼짝 못 하게 구속하여 이 결말을 똑똑히 지켜보게 할 테니까."

얼마나 음습하게 굴어야, 얼마나 내 속을 긁어대야 직성이 풀리는 걸까? 일부러 긴박한 상황을 만들어서 나의 전력을 이끌어

내려는 듯했다. 그래서 나의 무엇을 시험하려는 건지 모르겠지만, 지금은 그의 꿍꿍이에 넘어갈 수밖에 없었다.

대좌의 옆에 놓여 있었는지 니케는 백은의 검을 뽑아 나에게 휘둘렀다.

"아가씨!"

『이걸 받아!』

그와 동시에 뒤에서 리리를 안고서 달려오는 튜테의 목소리가 들렸다. 그리고 그 둘을 등에 태운 스노우가 무언가를 이쪽으로 내던졌다.

나는 최초 공격을 물러나며 회피한 뒤 스노우가 던져준 걸 한 손으로 받고서 그대로 뽑았다.

끼이잉, 하고 금속처럼 딱딱하고 날카로운 소리가 주변에 되울렸다.

각자가 든 백은의 검이 휘황찬란하게 빛났다.

거대한 장치가 굉음을 내면서 최종 결전의 시작을 알렸다.

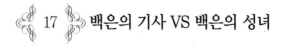

"자, 시작해볼까요!"

니케가 신난 목소리로 말하고서 눈앞에서 쓰윽, 사라졌다.

갑자기 밀어내던 힘이 없어지자, 나는 앞으로 고꾸라질 뻔했지만 버텨내고서 왼쪽으로 뛰었다. 니케의 검이 내가 방금 있던 지점을 옆으로 베었다.

니케는 사라지지 않았다. 그저 옆으로 이동했을 뿐이었다. 그럼에도 나를 비롯하여 주변 사람들의 눈에는 사라진 것처럼 보였다.

엄청난 속도다. 나조차 포착할 수 없다니 역시나 저쪽도 전생자, 치트 능력자답다.

"오호~ 방금 그걸 따라잡다니."

니케는 다시금 나에게 검을 휘둘렀다.

그가 가하는 참격은 하나 같이 묵직했다. 그 풍압만으로도 주변에 피해가 생기기 시작했다.

(여기에 있다가는 모두가 휘말릴 거야.)

나는 철저히 방어를 유지한 채 모두에게서 거리를 띄우기 위해 왔던 길을 되짚었다.

니케는 신전과 주변 사람들이 어찌 되든 상관없다는 듯 검을 휘두르며 주변에 있는 것들은 마구 베었다.

마치 거대한 힘에 도취한 것처럼 보였다.

"대단해, 대단하군요. 원래 이 힘을 단 일격이라도 받아낸다면 뼈가 부서졌을 텐데. 용케 받아내는군요. 나 역시 머테리얼로 보조하지 않았다면 검을 휘두르다가 뼈가 박살 났을 텐데."

아니, 그 말은 취소. 그는 도취한 게 아니라 나를 보고 기뻐하는 듯했다.

그렇게 생각했더니 오싹해져서 몸을 부르르 떨 뻔했다.

"메어리 양! 왜 여기에?!"

"레이포스 님, 안쪽에 있던 장치가 폭주해서 섬에 영향을 끼치기 시작했어요! 이대로는 추락하여 폭발할 겁니다!"

니케의 공격을 받아내면서 얼마나 후퇴했을까. 왕자님의 목소리를 듣고서 내가 여기까지 밀려났다는 걸 알고는 깜짝 놀랐다.

아니, 왕자님 일행 역시 밀리고 밀리다가 여기까지 후퇴했던 거겠지.

곁눈으로 보니 네 사람이 상대하고 있는 마공병기의 숫자는 '무한 아냐?' 하고 생각할 만큼 심상치 않았다. 머릿수에 짓눌리는 건 시간문제였다.

어떻게든 해야 한다. 그러나 조바심만 날 뿐 잘되지 않았다. 허를 찌른 공격이 번번이 막혔다. 마치 내 행동을 미리 읽고 있는 듯 선수를 계속 빼앗겼다.

아니, 읽히고 있겠지.

분명 백은의 기사는 비전을 볼 수 있다고 했다.

"그렇군요. 이게 갑옷의 능력입니까? 훌륭하긴 하지만, 당신의

491

비전은 왜 뿌옇게 보이는지 모르겠군요. 실로 흥미로워."

투구에 가려져 표정은 보이지 않았지만, 그 목소리를 들으니 섬뜩했다.

마공병기 몇 대를 니케의 검에 휘말리게 한 뒤 나는 더욱 물러났다. 그리고 끝끝내 밖으로 나왔다.

그때 비로소 알아챘다.

구름 위치가 처음 왔을 때보다 위에 있었다. 섬이 떨어지기 시작했다.

주변을 보니 땅바닥에 균열이 일었다. 곳곳이 무너지고 있었다.

예상보다 진행 속도가 빨랐다.

서둘러야 해.

그 조바심 때문에 아까부터 한심한 실수를 거듭하고 있음을 나는 미처 알아채지 못했다.

시간제한이 있는 전투, 게다가 상대는 나와 동일한 전생자.

그 힘은 동급, 아니, 미지수다.

나도 힘을 조절할 생각은 없다.

그러나 아무리 거대한 힘을 갖고 있을지라도 맞추지 못한다면 의미가 없다.

"흠, 이 갑옷을 이토록 상대할 수 있는 신체 능력이라니, 솔직히 놀랐습니다. 그럼 이러면 어떨까?"

니케는 그렇게 말하고서 속도를 더욱 올렸다.

그러나 아직은 놓칠 만한 수준은 아니라서 요격할 수 있다.

『파이어 볼.』

"엇?"

참격과 완벽하게 연계하여 내 위에서 화염구가 날아왔다.

니케의 검을 쳐내면서 동시에 화염구를 피하고자 옆으로 뛰었다. 원래는 대미지가 들어왔을 행동이지만, 내가 아무렇지 않게 빠져나와서 적중하지 않은 것처럼 보였을 거다. 위험했다, 위험했어.

『프리즈 애로우.』

안도한 것도 잠시. 뒤이어 니케가 공격하자마자 사각에서 마법이 날아왔다. 검과 마법을 동시에 구사했다. 더욱이 각기 다른 의식으로. 아무리 나라도 그런 재주는 부릴 수 없다.

백은의 기사, 둘이 하나이기에 가능한 기술이겠지.

(이건 너무 반칙이잖아. 이러니 그 마왕님이 호되게 당할 수밖에!)

마음속으로 푸념을 내뱉으면서도 나는 방어에 전념했다.

"왜 그럽니까? 이대로 있다가는 섬이 추락할 텐데요? 그 정도로는 우리의 인연, 최강의 영웅, 백은의 기사를 쓰러뜨릴 수 없어요. 그렇지?"

『응, 아가드의 말이 맞아.』

니케가 다정하게 갑옷에게 말하자 망가진 갑옷이 대답했다.

역시나 나는 어린애인가 보다. 이 긴박한 상황에서 이런 도발에 쉽사리 넘어가 발끈했다.

"넌 백은의 기사를 입에 담을 자격이 없어어어!"

그럼에도 용납할 수 없었다.

우리의 동경이, 그 아이의 존재가 더럽혀진 것 같아서…….

『사우전드 크리스털 엣지.』

내가 뛰어오르며 검을 휘두르려고 하자 니케는 요격 태세를 취하면서 동시에 무수히 많은 얼음 가시를 날렸다.

그러나 그건 이미 계산했다.

나도 이제 힘을 아끼지 않는다. 가진 능력을 쓰자.

그래서 나에게 닿은 가시가 아무 일도 없는 듯 사라졌다.

마법 무효 스킬이다.

또한 나에게 내질렀던 검 끝이 딱딱한 무언가와 부딪쳐 궤도가 틀어졌다.

물리 무효 스킬이다.

그리고 나는 백은의 갑옷의 투구를 향해 그 일격을 휘둘렀다.

땅이 요동치는 와중에 노아는 고통스러운 육체를 질질 끌며 백은의 갑옷이 버렸던 것에 매달리듯 다가갔다.

아가드의 유골.

그 표현이 노아의 마음을 좀먹고 파괴하려고 했다.

이럴 줄 알았다면 떠올리지 않으면 좋았을걸, 하고 후회할 만큼 괴로운 기억.

그러나 그 고통이 깊으면 깊을수록 그 사랑 역시 비례하여 깊어진다는 걸 노아는 떠올렸다.

"미안해, 미안해요, 아가드."

유골을 끌어안고서 눈물을 흘리며 노아는 연거푸 사죄했다.

자신이 저지른 죄에 대하여 이런 형태로나마 겨우 사과했다. 이런 사과로 용서받을 수 있으리라 노아도 생각하지 않았다. 그래도 일단락을 지었다고 생각했다.

"어, 어쩌지? 어쩜 좋아, 오르트아기나 님!"

시타가 외치자, 노아는 고개를 들었다. 근처에 늘어져 있던 베일을 뜯어서 유골을 감싸려고 했지만, 몸이 아파서 잘되지 않았다.

그때 마기루카의 손이 노아를 대신하여 베일을 뜯었다. 사피나는 그 베일을 받아서 유골을 소중히 감쌌다.

『이대로 있으면 머지않아 섬은 추락한다. 그 피해를 모른 척하고 이대로 도망치든가, 장치 폭주를 막아야만 한다.』

오르트아기나가 두 가지를 제안했지만, 노아나 모두에게 선택지는 하나뿐이었다.

"어떻게 막을 수 있죠?"

『단순히 장치를 파괴했다가는 폭발을 유도할 뿐이니 안 된다. 니케가 설계했으니 이런 짓을 저질러놓고서 긴급 정지 장치를 만들었을 리는 없겠지. 명령을 덮어씌울 수밖에 없다.』

"어떻게?"

오르트아기나의 말이 무슨 뜻인지 몰라서 노아는 고개를 갸웃거리며 지켜보기만 했다. 그런데 다른 사람들은 뭔가 알아챘는지 시타를 쳐다봤다.

"나, 나밖에 못해……."

『그렇다. 여기에 시타가 있어서 행운이다. 분하긴 하지만 니케의 장치를 건드릴 수 있는 자는 니케뿐이다. 그런 피의 프로텍트가 걸려 있지. 그리고 시타여, 그 피를 이어받은 너한테도 그 권한이 있다.』

노아는 모험하던 중에 시타가 자신의 출생을 언급했던 걸 떠올렸다.

니케의 여동생인 이리스를 선조로 둔 시타.

그렇기에 시타는 니케가 만든 여러 장치에 간섭할 수 있었다.

노아는 몰랐지만, 카이로메이어에 있는 수많은 장치도 니케가 제작했다. 그래서 시타의 일족이 관리자가 된 것은 필연이었다.

"그럼 오르트아기나 님이 날 조작하여 장치에 간섭할 수 있겠네."

『안 된다. 거대한 마력의 소용돌이가 원격 연결에 심하게 간섭하고 있다. 이런 상황에서는 너무 위험해서 이 몸도 손을 댈 수가 없다.』

"앗, 그럼 어떻게?"

『그대가 하는 거다. 그 계기는 이미 메어리가 부여했지. 그 녀석은 시타가 단독으로 조작하는 상황을 예측하고서 우리를 이끌었던 것인가……. 큭큭큭, 장래가 두려운 성녀로군.』

오르트아기나가 감복하자 노아도 놀랐다. 그러나 여기에 당사자인 메어리가 있었다면 그런 의도는 없었고 우연일 뿐이라고 극구 부정했겠지. 애석하게도 또다시 본인은 이 자리에 없었다.

모두가 기대 어린 시선으로 쳐다보자, 두려움을 느끼며 시타가 한 걸음 물러났다. 그러나 들고 있던 책을 꽉 움켜쥐고는 결심을 굳힌 듯 장치를 응시했다.

"해볼게. 다들 저마다 열심히 싸우고 있으니 나도 싸워야만 해!"

시타는 그렇게 말하고서 장치에 걸려 있는 계단을 올라 중추로 달려갔다.

중추 부분은 이미 사고 현장처럼 처참했다.

여러 장치가 폭주하여 열기를 방출해서 주변 온도가 높았다. 마력이 응축된 중심부는 더 대단했다. 근처에 있기만 해도 마력을 쐬고 기절할 것 같았다.

노아는 마기루카에게 여기까지 데려와 달라고 부탁했다. 물론 마기루카는 거절하고 싶었지만, 당사자인 자신이 빠질 수는 없다는 애원을 듣고서 마음이 꺾였다.

그리고 지금 눈동자에 빛을 잃은 시타는 장치와 전투를 벌이고 있었다.

얼핏 아무것도 하지 않는 것처럼 보이지만, 장치를 제어하고자 거듭 시도했다. 그러던 중에 시타의 몸에 점점 변화가 생기기 시작했다.

눈동자는 붉게 충혈됐고, 오르트아기나서를 든 손이 덜덜 떨렸다. 시타의 몸이 부하를 견뎌내지 못한다는 증거였다.

『틀렸다. 해석 시도를 막아내고자 니케가 깔아둔 대책이 예상보다 너무 빠르다. 게다가 폭주하는 마력이 역류해서 방해하는군.』

"괜찮아…… 내가, 어떻게든……."

오르트아기나가 푸념하자 시타가 억양 없는 말투로 대꾸했다.

그런데 도중에 피를 토하고는 말을 잇지 못했다. 그럼에도 시타는 포기하지 않았다. 그리고 그 모습을 그저 지켜볼 수밖에 없어서 노아는 애가 탔다.

눈부신 거대한 마력의 빛. 저것만 어떻게든 억누른다면…….

그렇게 생각했을 때 노아는 어떤 사실을 깨달았다.

"저기, 오르트아기나 님."

『꼬마, 왜 그러나?』

"저 장치에 간섭하려면 시타 언니와 피가 이어져 있어야만 하지?"

『맞다, 그렇다.』

"그럼 이리스를 베이스로 만들어진 나도 그 조건에 맞는 거지?"

노아가 말하자 오르트아기나는 그게 무슨 뜻인지 순간적으로 이해하고는 말문이 막혔다.

"역류하는 마력을 내가 어떻게든 한다면 시타 언니가 편하게 작업할 수 있지 않을까?"

『……확실히 일리는 있군.』

"오르트아기나 님!"

오르트아기나의 결단에 마기루카가 이의를 제기하려고 했다. 그런데 그 말을 가로막듯 폭발음이 울려 퍼졌다.

"마기루카 씨, 전하 일행이 여기까지 후퇴했어요!"

장치 앞에 대기하고 있던 사피나가 큰 목소리로 상황을 전했다.

『경비병을 포함하여 여기에 있는 모든 시설의 에너지는 이 장치에서 무한정 공급되고 있다. 이 녀석을 멈추기만 한다면 모든 게 해결된다. 꼬마가 도와준다면 어떻게든 된다. 생각할 시간이 없다!』

오르트아기나가 말하자 노아는 고개를 힘차게 끄덕였다.

현재 마기루카는 노아의 제안에 아무런 대꾸도 하지 못했다. 그녀 역시 노아의 제안이 얼마나 유효한지 이해하고 있다. 그러나 감정이 그걸 용납하지 못하겠지.

그걸 감지한 노아는 너덜너덜해진 몸을 재촉하여 웃으면서 애써 강한 척했다.

"괜찮아. 난 모조품이지만 일단 백은의 기사의 그릇으로 만들어졌으니까. 다른 사람들보다는 튼튼해."

"역시 안 돼요! 노아는 이미 쇠약해졌습니다. 부하를 더 가하는 건 자살행위예요. 메어리 님은 제게 노아를 맡겼습니다. 간과할 수 없어요."

『이건 그대나 메어리가 정할 일이 아니야. 노아 자신이 결정할 일이다.』

오르트아기나가 타이르자 마기루카는 입술을 깨물었다.

시간은 별로 없었다. 경비병 대군이 여기까지 밀려든다면 이제는 장치를 세우는 시도조차 할 수가 없으니까.

"알겠, 습니다……. 그래도 무리하지 마세요."

"응, 알겠어."

마기루카가 당부하자 노아는 쓴웃음을 지으며 대답했다. 마기루카는 약간 석연치 않은 표정을 짓고는 이곳에 경비병들이 오지 못하도록 왕자 일행에게 가세하러 달려갔다.

"……미안, 언니."

그녀를 떠나보낸 노아는 지금 먼 곳에서 싸우고 있는 메어리를 생각하며 사과했다.

나의 혼신의 일격이 허공을 가르며 땅에 꽂혔다. 눈앞에 있는 니케가 사라졌다.

환영 마법.

평소의 나였다면 그 흔들림을 놓치지 않았을 텐데, 지금 너무 분노한 바람에 놓치고 말았다.

옆에서 내 목을 향해 검이 뻗어왔다.

"아무것도 하지 않았는데 마법이 지워지고, 공격이 튕겨 나오는군요. 게다가 당신은 아무런 영향조차 받지 않은 듯 보입니다……."

니케가 차분하게 분석하는 목소리가 으스스했다. 나는 피가 얼어붙는 것 같은 기분이었다.

"대단해애애애애애!"

그리고 지금껏 들어본 적이 없을 만큼 흥분한 목소리로 니케가 환희했다.

"신의 갑옷이 전력을 다하는데도 따라올 수 있다니. 게다가 모든 일격을 무난하게 견뎌내는 강도와 속도, 그리고 그 일격에 대응했던 공격력까지!"

니케는 그렇게 말하고서 내 앞을 봤다. 나의 혼신의 참격이 대지에 흔적으로 남았다. 그건 육신을 지닌 인간이 남기기에는 너무나도 터무니없는 흔적이었다.

"대단해애애애! 이거야말로 내가 원하는 그릇! 꼭 갖고 싶군요!"

니케가 흥분하면서 다음 행동을 벌이려고 했을 때, 그의 앞에 무언가가 훨훨 내려앉았다.

"웅? 뭡니까, 이게?"

니케와 나에게 내려온 것. 그것은 갈가리 찢어진 아가드의 수기였다.

조각상 근처에서 시타에게 빌린 채로 그대로 소지했음을 떠올렸다.

그리고 아마도 아까 니케가 가했던 특공이 내 몸을 스치면서 옷을 벗고, 소지하던 책까지 찢어버렸겠지. 원체 약해서 세심하게 다뤄야만 하는 물건인데 내가 허술하게 관리해서 이렇게 되고 말았다. 뿔뿔이 흩어져 휘날리는 수기의 한 페이지를 보고서 나는 미안해졌다. 니케 역시 흥이 깨진 듯 휘날리는 한 페이지를 집어서 쳐다봤다.

"이건, 문자입니까?"

『문자? 이게?』

두 사람이 무난하게 대화를 나눴다. 그러나 나는 그 위화감을 깨달았다.

백은의 갑옷은 그 문자를 문자로서 인식하지 않았다.

"무슨 소리야? 그건 당신이 그한테 자신이라는 존재를 남기려고 했던, 두 사람만의 소중한 문자였어!"

나는 기억으로 봤던 백은의 갑옷의 추억을 언급했다.

『내가…… 아가드한테……?』

백은의 갑옷이 순간 삐걱거리면서 틈이 생겼다. 나는 놓치지 않고 거리를 띄우고자 크게 뒤로 물러났다.

『나, 몰라…….』

"쳇, 거의 다 왔는데 쓸데없는 짓을."

아쉬워하는 니케를 보고서 나는 확신했다.

"설마…… 노아는 완전히 성공했다……?"

"하! 대단하군요! 맞아요, 백은의 성녀! 솔직히 놀랐습니다. 백은의 기사와 그녀가 섬을 떠난 후에 이 정보를 바탕으로 연구를 더 진행할 작정이었는데, 그들이 떠나고 내게 섬을 사용할 수 있는 권한이 없어지자마자, 그 시끄러운 요정이 방해하러 와서 아주 민폐였습니다! 이래서는 연구를 지속할 수 없지 않습니까? 그래서 저는 남아 있는 갑옷을 조사하여 거기에 있던 잔류사념과 영혼의 찌꺼기를 긁어모아 영혼의 재구축을 시도했습니다."

니케가 자못 당연하다는 듯 말했다. 그러나 그 계기 자체가 이상하다고 느낀 건 나 혼자뿐일까?

"하지만 그건 나조차도 대단히 어려운 일이었습니다. 근데 어느 순간에 아주 작긴 하지만 영혼이 재구축됐어요. 그야말로 기적. 신의 갑옷은 영혼이 깃들어 있는 최고의 갑옷. 그게 텅텅 비어서 일개 갑옷으로 전락하는 건 신이 정한 이치에 반하는 일이겠지요. 그래서 신께서 날 도와줬습니다. 아아, 원리는 전혀 이해할 수 없는 위업, 도저히 흉내낼 수 없는 힘, 그야말로 신의 조화! 대단해애애애!"

나와 전투 중인 것도 잊었는지 니케가 도취된 듯 열변을 토했다.

"하지만 애석하게도 기껏 이뤄낸 위업도 그 쇠약한 영혼을 유지할 수 없어서 불안정했습니다. 그래서 사념이 강한 부분, 감정이 격렬한 부분을 뽑아내어 증폭시키고자 내가 아는 자료와 기록을 삽입했습니다. 뭐, 감정을 우선했기에 모순투성이가 되고 말았지만, 그것도 우리가 미숙해서 그런 것뿐이니 신께서도 용서하시겠지요."

신의 위업이라느니 이치라느니 그의 말하는 내용이 전혀 와닿지 않았다. 그러나 나도 알 수 있는 사실은 눈앞에 있는 남자가 백은의 갑옷을, 노아를 마음대로 이용했다는 것이다.

"그런…… 그런 시답잖은 이유로 당신은 백은의 갑옷을 억지로 형성하여 노아와 싸우게 했다는 말이구나!"

"그 실패작에는 흥미가 없었습니다만, 갑옷이 부탁하기에 이루어줬을 뿐이에요. 시답잖은 일에 휘말려서 나도 곤란했습니다. 자, 얘기는 이쯤하죠. 모처럼 새로운 가능성을 찾아냈으니까."

니케는 마지막으로 핥는 것 같은 시선으로 나를 쳐다보고는 자신의 이야기에 만족하며 다시 전투 태세를 취했다.

아니, 취하려고 했지만 움직이지 못했다.

"아, 아닛, 무슨 일입니까?"

『나, 난…… 난…….』

그런 이야기를 듣고서 갑옷이 어떻게 될지 그는 생각하지 않았을까?

연구 대상 말고는 남에게 흥미가 전혀 없으니 눈치채지 못할 법도 한가?

백은의 갑옷은 자신의 정체를 깨닫고서 그 현실과 자신이 보고 싶은 허구의 사이에서 흔들리고 있겠지. 죄다 백은의 갑옷에 의지했으면서 그걸 자신의 힘이라고 착각했던 말로가 이것이었다.

(설마, 아가드의 수기가 이런 결말을 초래하다니⋯⋯. 아니, 혹시 아가드는 이 결말을 바랐을지도.)

그렇게 생각하면서 나는 처음에 나에게 떨어졌던 페이지 한 장을 쥐었다. 에네루스에서 조사했을 때는 미처 몰랐는데, 뿔뿔이 흩어진 덕분에 내 눈에 띄게 된 페이지.

그 페이지에는 두 사람이 의논하여 적었을 마법의 말이 실려 있었다. 아가드의 바람에 응하여 갑옷이 능력을 써서 처음으로 이끌어낸 마법. 그 상세한 내용을 아가드에게 전하기 위해 적은 문장은 이후에 백은의 기사가 마법을 영창할 때 읊었던 길고도 부끄러운 문언과 비슷했다. 아마도 추후에 갑옷의 힘을 쓰지 않더라도 아가드가 홀로 마법을 상상하여 영창할 수 있도록 갑옷이 배려한 거겠지. 그 덕분에 나는 그 마법을 모르는데도 지금 그걸 구사할 수 있다.

"왜 그래? 젠장, 움직여, 움직여!"

니케가 냉정을 잃고서 험한 말을 내뱉는 사이에 나는 대지에 검을 꽂았다.

"어머니이신 대지여, 모든 자식이여. 나는 바라노라, 그대들의 영혼을."

검을 중심으로 마법진이 크게 퍼져나가더니 빛이 분출되듯 흘러넘쳤다. 또한 그 빛의 일부가 땅에 꽂힌 검으로 모여들었다. 나는 두 손으로 자루를 꽉 잡고서 검을 뽑아 들었다. 드높이, 자신감을 갖고서 상단세를 취했다.

"아버지이신 하늘이여, 모든 자식이여. 그 바람, 그 모든 것을 안고서, 그 모든 것을 인도하리라. 아버지이시여, 어머니이시여, 자식들이여, 나는 약속한다, 그 빛 너머에 있는 축복을!"

검 끝으로 겨누고 있는 상공에 땅과 마찬가지로 커다란 진이 전개됐다. 그리고 공중 마법진에서 햇빛 같은 빛이 쏟아져 내 온몸을 감쌌다. 또한 두 개의 진의 사이, 나의 머리 위에도 진이 전개되더니 그 세 개의 마법진을 한데 잇듯 빛의 기둥이 뻗어나갔다. 땅울림이 심해지고 주변 지반에 균열이 일었다. 그러나 나는 꽉 버티고 서서 상단세를 계속 유지했다.

공기마저 떨렸다. 한가운데 마법진이 서서히 작아져 빛의 기둥에 응축되더니 검으로 쏟아져 내렸다. 그것은 거대한 빛의 검처럼 보였다.

『……난………… 자고, 싶어…….』

아주 작긴 하지만, 그 목소리가 불쑥 내 귀에 닿았다. 검을 쥔 손에 힘을 줬다.

"움직여, 움직여! 젠장, 젠장, 이 쓰레기이이이이이이!"

나의 기백과 눈앞에 펼쳐진 광경에 생명의 위기와 공포를 느끼고서 니케가 필사적으로 움직이려고 했다.

그러나 단 1mm도 움직이지 못했다.

"라이트 오브 블레싱 투 올 소울즈."

내가 힘껏 외치자마자 마법진이 깨지더니 검이 해방됐다. 나는 아까처럼 그 검을 힘껏 휘둘렀다.

그 후에 거대한 빛 속에 휩싸인 갑옷 속 존재는 살덩어리와 함께 정화의 빛에 타버렸다. 백은의 갑옷이 해방된 것처럼 관절부에서 가루가 되어 날아가는 광경이 보였다.

"이로써…… 끝이야……."

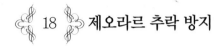

18 제오라르 추락 방지

"구체적으로 내가 뭘 하면 돼?"

폭주하는 장치를 막으려고 하는 시타를 돕기 위해 노아는 오르트아기나에게 구체적으로 지시해달라고 청했다.

『음~ 아~ 그게.』

시간이 없는데도 오르트아기나는 표현을 고르고 있는지 미적댔다. 그 모습을 보고서 노아는 역시나, 하고 깨달았다. 어지간히도 위험하지 않다면 오르트아기나는 진즉에 지시를 내렸겠지. 이 긴박한 시기에 뜸을 들이는 걸 보니 아주 위험한 행위인가 보다.

"오르트아기나 님, 시간이 없어. 난 괘념치 말고 어서 말해."

『으, 으음…… 그렇군. 역류하는 마력은 저 팽창한 마력로에서 나오는 거다. 그러니 잠시라도 흐름을 바꿔준다면 그 틈에 시타가 들어갈 수 있다.』

오르트아기나가 제안하자 시타와 노아가 서로를 보며 고개를 끄덕였다.

"어떻게 흐름을 바꾸면 좋을까?"

『시타 덕분에 일부분이나마 내부를 봤다. 동력로 안쪽에 순환기가 있다. 그걸 이용하여 역류를 억누른다. 뭐, 간단하다. 가서 레버를 당겨주기만 하면 되니까.』

"잠깐. 저 방대한 마력의 소용돌이 속으로 들어가라는 말이야?"

『그렇다. 저 방호벽을 무난하게 열고, 방어 결계를 해제하지 않고도 그냥 지나갈 수 있는 자는 노아뿐이다.』

행위 그 자체는 간단했지만, 그 현장으로 가는 게 얼마나 위험한지 시타는 깨달았다. 오르트아기나에게 따지려고 했더니 그는 각오를 굳혔는지 담담하게 사실만을 말했다.

"응, 정말이야. 나도 간단히 해낼 수 있을 것 같아."

"안 돼, 절대로 안 돼! 저 속에 들어가서 노아 짱이 버텨낼 수 있다는 보장이 없어. 절대로 시킬 수 없어!"

『그럼 어쩔 테냐, 시타? 그대도 알겠지. 상대와의 실력 차를. 지금 그대 혼자의 힘으로는 어쩔 도리가 없다는 사실을. 그럼에도 어떻게든 해낼 수 있다는 근성을 따질 단계는 진즉에 지났다. 시간이 없다.』

"그래도…… 그래도……."

오르트아기나가 정론을 말하자 시타는 마치 아이가 떼를 쓰듯 거부했다. 그러나 현 상황을 타개할 다른 방안은 나오지 않았다.

"다녀오겠습니다."

노아는 웃음을 생긋 짓고서 자신이 해야 하는 일을 확인하듯 동력로 부분을 응시했다.

고민할 시간은 없다. 아니, 애당초 노아에게 고민할 만한 요소는 없었다. 오히려 모두에게 도움이 될 수 있어서 몹시 기뻤다.

고통스러운 몸을 재촉하며 노아는 문 쪽으로 비틀비틀 걸어갔다.

"미안해, 미안해, 노아 짱. 내가, 미숙해서…… 나도 메어리 님처럼 멋지게 전부 해낼 수 있다면 좋았을 텐데……."

자신의 무력함을 통감하고서 울먹이는 시타가 떨리는 목소리로 말하자 노아는 뒤를 돌아보며 고개를 가로저었다.

"아니야. 다들, 다들 자기가 할 수 있는 일을 다치는 것조차 두려워하지 않고 열심히 하고 있어. 그래서 아주 멋져."

노아가 웃음을 머금은 채로 문에 있는 플레이트 같은 것을 만지자, 마력이 순간적으로 그녀의 몸속을 휘돌았다.

그리고 잠긴 문이 무난하게 열렸다. 오르트아기나가 말했던 대로 노아 역시 니케와 같은 핏줄이라고 인식했겠지. 그 후에는 뭘 해야 하는지 알고 있다.

문 너머에서 뜨거운 증기가 노아를 덮쳤다. 내부가 얼마나 가혹한 환경인지 상상하고 싶지 않아서 노아는 주저하지 않고 방 안으로 침입했다.

동력로 내부에서는 예상보다 더 뜨거운 열기가 방출되고 있었다. 체력을 빼앗고 상처를 자극해서 그 고통에 울부짖고 싶어졌다. 또한 폭주하는 마력의 소용돌이는 노아의 정신을 좀먹고 의식을 몽롱하게 했다. 그러나 노아는 입술을 질끈 깨물고서 필사적으로 버텨내며 오직 목표 지점을 응시하며 계속 걸었다.

노아가 강인한 육체를 지녔기에 버틸 수 있었겠지. 노아의 결의가 고통을 이겨냈기에 걸을 수 있었겠지.

이대로 어떻게든 레버까지 가서 당길 수 있을지도 모르겠다. 하지만 그 순간에 자신은 끝나리란 걸 노아는 본능적으로 깨달았다.

이런 상황에서 그런 행동을 했다가는 바로 근처에 있는 자신에게 어떤 형태로든 반동이 엄습하겠지. 쉬이 예상할 수 있었다.

과연 그 반동을 자신이 버텨낼 수 있을지 노아는 자기 몸을 확인했다. 이 열악한 환경이 육체의 붕괴를 재촉하여 이미 자기 복구 능력은 기능하지 않는 것이나 마찬가지였다.

자그마한 단차에 걸려서 힘없이 땅바닥에 쓰러진 노아. 그 꼴사나운 모습에 노아는 눈물이 나올 뻔했다.

"에헤헤…… 나도 메어리 언니처럼 멋지게…… 해낼 수 있었다면, 좋았을 텐데……."

자학하듯 웃으면서도 노아는 전진을 멈추지 않았다. 멋지든 꼴사납든 반드시 목적지까지 가고야 말겠다는 기백만으로 노아는 질질 기어갔다.

몸이 타오를 듯 뜨겁고 아프고 괴로웠다. 의식이 몽롱해지고 구역질이 나왔다. 그러나 해내야만 한다. 내 몸이 어찌 되든 모두를 위해 역할을 수행한다. 그렇게 생각했을 때 노아는 깨달았다.

"아아…… 분명 아가드는 이런 기분이었겠지…… 자신이 얼마나 다치든 모두를 지키고 싶었구나……."

시야가 흐릿해지고 이제는 자신이 어디로 가는지도 모를 지경이었다. 그럼에도 희미하게 보이는 빛을 향해서 나아갔다. 마치 누군가가 인도하듯.

"그래서 아가드는 내가 폭주했는데도 손을 쓰지 않았던 거야. 설령 죽임을 당할지라도…… 상처를 입히고 싶지 않았던 거야……."

노아의 시야에 그 레버가 보였다. 그녀는 마지막 힘을 쥐어짜

내어 일어섰다.

"미안, 아가드. 당신이 지키려고 했던 내가 모조품이라서……
나 같은 모조품이 태어난 바람에 두 사람의 행복이 엉망진창이
돼서…… 그래도 기뻤어. 이 기억이 그저 남이 새겨준 것일 뿐이
더라도…… 행복했어…….."

레버를 쥔 손에 힘을 줬다.

이걸 당기면 모든 게 끝난다.

그래, 나의 생명도…….

그렇게 생각했더니 어째선지 노아의 머릿속에 백은의 기사와
얽힌 기억이 아니라 노아라는 이름을 받고서 지금껏 살아왔던 자
기 모습이 떠올랐다.

모조품이 아냐. 계기야 어쨌든 간에 지금 넌 노아. 나의 귀여운
여동생이야.

문득 메어리의 그 말이 뇌리를 스치자 둑이 무너진 것처럼 눈
물이 펑펑 쏟아졌다.

"……으흑, 흑…… 살고 싶어어…… 모두와 함께 하고 싶어……
조금 더, 조금 더, 느끼고 싶어어…… 하지만…… 하지만…… 그
럴 수…… 없어…….."

이게 마지막이라고 생각했을 때 노아의 본심이 터져 나왔다.

노아가 아이처럼 서럽게 울었다. 그러나 결코 레버에서 손을
떼지 않았다.

"살아야 해, 노아! 넌 모조품 따위가 아냐!"

지금 가장 듣고 싶었던 목소리가 동력로 안에 울려 퍼졌다.

『어이! 열리지 않아야 할 문을 힘으로 열어버리면 어쩌냐! 게다가 결계 마법까지 부숴버리다니.』

등 뒤로 오르트아기나의 딴죽을 들으면서 문 앞에 서 있는 소녀가 노아에게 손을 뻗었다.

"자, 뒷일은 내게 맡기고 레버를 당겨! 모두의 곁으로 돌아가자, 노아!"

"……응…… 메어리 언니."

노아는 자신도 놀랄 만큼 평온하게, 안심하며 레버를 힘껏 당겼다.

♪ 19 ♪ 종막

여러 일들이 있었지만 우리는 간신히 제오라르의 추락을 막아 냈다.

"오버 올 힐링."

나는 다친 사람들을 순서대로 회복시켜 나갔다. 이렇게 다시금 보니 다들 필사적이었구나 싶었다. 이번 사건이 얼마나 위험했는지 실감했다.

안타까운 점은 노아의 몸에 회복 마법이 잘 듣지 않는다는 점이었다. 그녀의 붕괴도 회복시킬 수 있을 줄 알았는데, 회복 마법은 어디까지나 그 사람이 지닌 자기수복능력을 활성화시키는 작용과 비슷하다. 그게 기능적으로 떨어진 상태면 회복력도 저하된다. 다 죽어가는 사람을 회복 마법으로 되돌릴 수 없는 것과 비슷하다고 해야 할까? 그 경우에는 또 다른 마법이 있을 테지만, 그건 다음 기회에 찾아보자. 개인적으로는 노아가 살아남은 것만으로도 기쁘니까. 초조해하지 말고 하나씩 해나가자.

그로부터 시간이 얼마나 지났을까. 제오라르는 서서히 고도를 되찾으면서 우아하게 하늘을 헤엄치고 있었다. 그 민폐스러운 장치는 오르트아기나와 시타 덕분에 지금은 침묵하고 있다. 그러나 추후에 카이로메이어 학자들을 불러다가 해체한 뒤 제오라르 부흥에 전념할 예정이라고 한다. 뭐, 노아가 허가하지 않으면 이 섬에서 작업을 벌이기가 어렵다고 하는데, 그 점은 괜찮겠지.

그때가 오면 협력하고 싶다고 에밀리아와 왕자님이 의견을 교환했다. 사건이 끝난 지 얼마나 지났다고. 역시나 남들 위에 서는 사람은 바쁘구나, 하고 마음속으로 응원했다.

부흥 작업이라고 하니 그 미스릴제 인간형 조각상이 어느새 빠릿빠릿하게 작업을 벌이고 있는 걸 보고서 깜짝 놀랐다.

오르트아기나가 말하기를 니케가 권리를 악용한 바람에 이번 일에 관여하지 못하고 간접적으로 움직였단다. 니케가 죽고서 움직일 수 있게 돼서 일단은 뒷정리를 벌이고 있는 듯했다.

니케가 만들었던 장치를 어떻게 처리할지 당혹스러워하며 홀로 풀이 죽은 모습이 귀여웠다.

"그나저나 우린 어떻게 돌아가면 되는 것이냐? 본녀는 아래에 계시는 어마마마와 여러모로 대화를 나눌 예정이다만."

뒷정리가 일단락됐을 즈음에 에밀리아가 소박한 질문을 던지자, 나는 그 사실을 깨달았다.

오르트아기나의 이야기에 따르면 원래는 무대에서 리프트 같은 게 뻗어 나와 제오라르와 접속하여 잠시 오갈 수 있는 구조였는데, 니케가 파괴했다. 이리로 내던져졌던 우리는 돌아가는 법을 모른다.

『어험, 그 점은 괜찮다. 요정이 일러준 정보인데, 긴급할 때는 정령이 그런 방법을 취했듯 제오라르 역시 스스로 분비한 점액으로 감싸서 바다로 사출하면 정령이 회수하는 방식이 예로부터 있다고 하더군.』

누가 물어보길 기다렸다는 듯 의기양양하게(보이지는 않지만 목소리를 듣고 짐작했다) 대답하는 책.

"으~음, 그 말인즉슨 제오라르의 침과 함께 떨어지라는 뜻?"

『응, 뭐, 알기 쉽게 말하자면 그런 셈이지만, 제오라르는 생물이 아니므로 침은 아니다. 충격을 흡수하는 아주 편리한 점액이다.』

""".......""""

"에밀리아 공주한테는 미안하지만, 예정을 엄수하기 위해 움직여야겠군."

왕자님이 미안해하며 지시하자 자하와 사피나가 사과하면서 에밀리아를 질질 끌고 갔다.

"싫어어어어어어! 그대들, 인간 맞나? 이 악마아아아아아!"

마족이 악마라고 부르다니 이 무슨.

"그럼 시타 양, 뒷일을 맡길게."

"아, 예."

에밀리아 일행의 뒤를 시타와 레이첼 씨가 미안해하는 표정으로 따라갔다. 가엾은 에밀리아는 가장 먼저 사출되어 내려갔다. 생물이 아닌 제오라르의 입에서 펫, 하고 사출되는 모습은 그걸 방불케 했지만, 다른 사람의 눈에는 보이지 않으니 그냥 괜찮다고 해두자.

(아니, 아니, 아니, 온갖 일들을 겪어서 내 감각이 마비되기 시작했네. 정령이나 요정이랑 얽히면 좋은 꼴을 못 본다니까.)

아래로 내려가면 설명하고, 여러 물자 등을 갖고서 벨토치카 님과 함께 다시 위로 내던져지겠지.

(너무 불쌍해.)

이게 다 니케가 무대를 파괴했기 때문이다. 얼른 복구했으면 좋겠다.

제때 복구가 되지 않는다면 언젠가 우리도 그렇게 되겠지만, 지금은 에밀리아의 용기 있는 행동에 경의를 표해두자.

그때 노아가 리리스와 스노우, 튜테의 도움을 받으며 돌아왔다. 그리고 그 뒤에는 그 조각상도 따라왔다.

"우선 매장을 해야겠군."

왕자님의 말을 듣고서 무슨 뜻인지 알아차린 노아가 달려오려고 했다. 그러나 나는 그녀의 몸을 염려하여 먼저 달려갔다.

에밀리아가 돌아오자마자 매장을 거행할 예정이다.

잠시 뒤에 낯이 익은 구체가 날아왔다.

함께 온 벨토치카 님은 비상식적인 던지기를 체험해서 허릿심이 빠졌는지 창백한 얼굴로 한동안 일어서지 못했다. 그건 못 본 척하자.

아가드의 유골은 노아의 바람대로 여기 제오라르에 묻기로 했다.

에네루스는 고향 같은 곳이니 그쪽이 더 낫지 않을까 싶어서 문득 제안했다. 그러나 노아는 아가드와 백은의 갑옷이 뿔뿔이 해어지면 쓸쓸하리라 생각한 듯했다. 나는 더는 아무 말도 하지 않았다.

어디에 매장하느냐는 물음이 나오자, 노아는 월견초가 피는 곳을 택하고 싶다고 말했다.

그래서 노아의 기억을 바탕으로 스노우와 튜테, 리리와 함께 찾아봤다. 놀랍게도 이렇게 황폐해진 대지에 유일하게 그곳만 지켜진 것처럼 꽃봉오리에 가까운 상태로나마 꽃이 피어 있는 곳이 있었다.

이건 오로지 백은의 갑옷이 마음이었을까? 아니면 이곳을 관리하던 요정의 배려였을까?

이제 전자에게는 더 이상 물어볼 수가 없다.

백은의 갑옷은 나의 마지막 일격을 받고서 영혼이 정화됐다. 그러나 놀랍게도 갑옷 자체는 파괴되지 않았다.

아무것도 대답하지 않는 갑옷은 현재 신전 안쪽에 있는 대좌에 돌아가 조용히 쉬고 있다.

『더 대대적으로 장례식을 치르고, 더 번듯한 묘지를 세워주는 게 낫지 않나?』

오르트아기나가 배려하듯 말하자 노아는 고개를 가로저었다.

"괜찮아……. 아가드는 거창한 걸 싫어하니까. 갑옷을 버린 후에는 눈에 띄지 않게 조용히 살고 싶다고 했으니까……."

조각상의 협력을 받으며 노아가 아가드의 유골을 묻어 나갔다.

"아가드…… 잔뜩, 잔뜩, 즐거운 추억을 줘서…… 고마워. 내게 마음을 줘서…… 고마워. 아가드, 하늘에서 날, 모두를, 지켜봐 줘……."

노아는 눈물을 흘리면서 사랑했던 사람에게 마지막 작별을 고했다.

간소하긴 했지만, 매장을 마쳤다.

곰곰이 생각해보니 알디아 왕국 제1왕자와 귀족가의 영식영애, 신수들, 레리렉스 왕국의 왕비와 공주, 카이로메이어의 지욕룡과 사서장과 보좌가 이 자리에 참석했다. 쟁쟁한 면면들이라 오오옷, 하고 이상한 소리가 나올 것 같았다.

"……이제 끝이네."

"아뇨, 끝나지 않았어요."

내가 긴장을 풀고서 별생각 없이 내뱉자, 마기루카가 대답했다. 나는 어리둥절해했다.

"끄, 끝나지 않았다니 아직 뭐가 남았어?"

나는 주변을 쭈뼛쭈뼛 둘러봤다.

"메어리 님은 애당초 리포트를 위해 백은의 기사님을 조사하러 왔잖아요?"

"앗, 그러고 보니 그런가……."

마기루카의 지적을 듣고 나는 손뼉을 짝, 치며 납득했다.

그래, 계기는 나의 리포트였다.

백은의 기사의 말년. 그것은 드러내놓고 말할 수 있을 만큼 휘황찬란하지 않았다.

아주 슬픈 그 이야기를 나는 후세에 남길 마음이 들지 않았다. 그 반면에 아가드라는 마음씨 착한 청년이 있었다는 사실을 전하고 싶은 마음은 있었다.

어떻게 할지 고민하고 있으니, 마음의 정리가 끝났는지 노아가 무덤에서 우리 곁으로 돌아왔다.

"노아는 한동안 제오라르에 남아 있어야 할 거야. 그동안에 나도 남아서 여러모로 조사할까?"

"그거 좋은 방안인 것 같아요 ♪"

"응응, 미력이나마 나도 협력할게 ♪"

내가 남을 거라고 말하자 탐구심에 홀린 아이들이 찬성했다. 마기루카는 분별력이 있어서 괜찮긴 하지만, 시타와 오르트아기나는 걱정이 됐다.

(이제 문제를 더 일으키는 건 용납할 수가 없는데. 감시를 철저히 해야 하나~.)

"언니, 여기에 남아?"

우리의 대화를 들었는지 노아가 놀란 얼굴로 물어봤다.

"응? 당연하잖아? 어차피 함께 돌아가야 하니까. 아버님과 어머님도 귀여운 여동생이 돌아오길 기다리고 계신다고."

아마도 노아는 자기 혼자 제오라르에 남으리라 예상했는지 내 말을 듣고서 어리둥절해했다. 그러나 나의 마지막 말을 듣고서 부끄러웠는지 얼굴을 붉히며 고개를 숙였다.

"어, 어라? 아냐?"

예상치 못한 반응에 나는 당황했다.

"으으응…… 고마워, 언니."

고개를 든 노아가 지은 웃음은 무척이나 귀여웠다.

신이 처음으로 내려왔다고 전해지는 영봉(靈峰).

그 땅에 번듯한 신전과 교회, 주거지 등이 조성된 구역이 있었다.

그 구역에서 가장 높은 곳. 선택받은 자만이 들어설 수 있는 성역을 한 청년이 걸어갔다.

아무도 없는 고요한 공간에 또각또각, 신발 소리만이 한동안 울리다가 멎었다.

신전 안쪽 그곳에 한 인물이 의자에 앉아 어떤 책을 읽고 있었다.

그 인물의 앞, 떨어진 지점에 청년은 무릎을 꿇고서 경의를 표했다.

"……제오라르에서 마지막 메시지가 왔습니다.……."

의자에 앉아 있던 인물은 그 말을 듣고서 흠칫, 반응했다. 독서를 그만두고서 청년을 천천히 봤다.

"죽었나?"

"예."

"그 『복제』는 제오라르에서 벌이던 연구를 넘겨주기 위해 만들었던 것들 중에 유일하게 성공한 존재였거늘…… 뭐, 그 이후로 새롭게 발견한 게 없었으니 잃어버려도 상관은 없나?"

"……."

"그래서 메시지에 뭐라고 적혀 있던가?"

"그릇을 발견, 백은의 성녀라고."

"백은의 성녀?"

"우리가 인지하고 있는 정보 중에 그런 별칭은 없습니다. 아마도 외부인이지 않을까……. 조사하려고 해도 영멸기관이 큰 피해를 받아서 당장에는 움직일 수 없는 상태입니다."

"다른 추기경들은?"

"현재 알디아 왕국을 감시하는 데도 실패, 레리렉스 왕국에 진군하기 위한 거점을 만드는 데도 실패, 카이로메이어를 침공하려는 작전도 실패했습니다."

"쓸모없는 놈들이군."

"죄송합니다. 하지만 보고에 따르면 그 모든 일에 알디아 왕가가 관여한 것으로 보입니다."

"알디아 왕국이라…… 옛날부터 눈에 거슬리는 왕국이었지."

"……."

"뭐, 좋다. 지금은 그 그릇인지 뭔지를 찾아라. 그것이야말로 나의 비원이다."

"……모든 것은 『교황』님이 뜻하시는 대로……."

청년은 일어서서 그대로 빠른 걸음으로 신전을 떠났다.

이곳은 영봉을 중심으로 세워진 작은 국가.

사람들은 이 국가를 「에인호르스 성교국」이라 부른다.

저자 후기

이번에 「아무래도 제 몸은 완전무적인 것 같아요」 7권을 읽어주셔서 정말로 감사드립니다.

예전에는 몸을 일으킬 때마다 「영차」 하고 말하다가 요즘에는 「음나마슈」 하고 이상한 소리를 내뱉게 된 「챠츠후사」입니다.

헉, 이 이상한 말은 혹시 이세계어가 아닐까?

즉 나의 전생은 이세계인……

아니, 잠깐만. 요즘 들어서 오랫동안 앉아서 집필하다 보면 허리가 아픈, 이 연약한 몸으로는 도저히 전생 치트를 얻을 수 없겠군. 그냥 착각인가?

좋아, 방금 얘기는 없었던 것으로 치고…… 여러분, 오랜만에 뵙겠습니다.

이번 권도 약간 우여곡절이 있었지만, 무사히 어떻게든 발매됐습니다.

오로지 지금껏 책을 구매해주시고 응원해주신 독자 여러분과 출판업계에 근무하시는 여러분, 이렇게 시간을 들여서 게다가 분량도 장난이 아닌데도 신속하게 행동해주신 마이크로매거진 임직원 여러분과 여러 고민거리를 들어주신 담당자님 덕분입니다.

그리고 매번 귀여운 메어리 님과 새로운 캐릭터들을 근사하게 그려주신 후미 선생님.

용과 엘프가 섞인 소녀나 조개껍데기 비키니 인어 등 제 취향이 한껏 반영된, 아니, 다양한 인물들을 귀엽고 아름답게 그려주셔서 정말로 감사합니다.

자, 전에도 언급했습니다만, 이번 권에서는 개인 역사상 최대 분량인 무려 5백 쪽을 넘기는 터무니없는 사고를 치고 말았습니다.

평소처럼 한 사건을 해결하면 한 권 분량으로 끝나도록 신나게 글을 쓰다 보니 '어라? 왠지 이번 사건 길지 않나? 아니, 아니, 아니, 그냥 느낌이야, 느낌' 하고 메어리 님처럼 현실도피를 했더니 어머나 세상에. 집필을 마치고서 각 이야기를 정리하고서 땀을 뻘뻘 흘렸습니다.

그러나 후회는 하지 않는다!

그런데 도중에 "이거, 이미 한 권 분량 아닌가요?"라는 지적을 듣고서 "아니, 그럴 리가요" 하고 무시했던 과거의 자신에게 타임 슬립하여 뺨을 때려주고 싶은 심정입니다.

이번 권은 그 백은의 기사에 관한 사건을 다뤘습니다. 그래서 과거에 겪었던 사건들을 집대성하는 성격입니다.

다시 월견초 축제를 집필하면서 그로부터 벌써 5년이나 지났구나(이야기 속에서), 하고 메어리 님 일행을 부모의 마음으로 흐뭇하게 지켜봤습니다.

그리고 과거에 이름만 언급됐던 벨토치카.

그러고 보니 그런 캐릭터가 있었지, 하고 알아차리신 분이 과연 몇 명이나 있을까요?

뭐, 이름만 등장했던지라 잊어버릴 만도 하겠지만.

그리고 역시나 평범한 범주에서 조금 벗어난 어머니로 묘사된 이유가 대체 뭘까요(먼 산)?

또 노아와 백은의 갑옷, 그리고 아가드.

원래 백은의 기사는 메어리처럼 전생자로서 등장시키려고 했지만, 설마 내용물이 없는 갑옷이 본체가 될 줄은 그 당시에는 생각지도 못했죠.

그 결과, 어마어마한 분량이……. 정말로 상상은 무섭습니다.

그 이야기에서 노아의 존재가 탄생했고, 여러 슬픈 과거와 현재가 그려졌습니다. 이건 오로지 영웅이란 험난한 길을 걷는 운명을 타고났다고 여기는 제 탓입니다.

그 바람에 백은의 기사 이야기를 집필할 때는 개그를 봉인해야 한다는 일종의 시련을 자신에게 부여한 셈이었는데, 어떠셨는지요?

조금이라도 즐거우셨다면 다행이겠습니다.

그럼 다음 권에서 다시 뵐 수 있기를 바라면서 이만 마치도록 하겠습니다.

Douyara Watashino Karadawa Kanzenmuteki No Youdesune Vol.7
©2024 by Chatsufusa, Fuumi
All rights reserved
First published in Japan in 2024 MICRO MAGAZINE, INC.
Korean translation rights reserved by Somy Media, INC.

아무래도 제 몸은 완전무적인 것 같아요 7

2025년 3월 15일 1판 1쇄 발행

저　　　자	챠츠후사
일 러 스 트	후미
옮 긴 이	박춘상
발 행 인	유재욱
이　　　사	조병권
출판본부장	박광운
편 집 2 팀	정영길 박치우 조찬희
편 집 3 팀	오준영 권진영 이소의 정지원
디자인랩팀	김보라
디지털사업팀	김경태 김지연 윤희진
콘텐츠기획팀	박상섭 강선화
라이츠사업팀	김정미 이윤서 유아현
영업마케팅팀	최원석 이다은 윤아림
물 류 팀	허석용 백철기
경영지원팀	최정연
인쇄제작처	㈜코리아피엔피
발 행 처	㈜소미미디어
등　　　록	제2015-000008호
주　　　소	서울시 마포구 토정로222, 502호 (신수동, 한국출판콘텐츠센터)
판매 및 마케팅	(070) 8822-2301

ISBN 979-11-384-8601-9
ISBN 979-11-6389-523-7 (세트)